Anna July   **Die Nächte von Draghant**

alto-Verlag Berlin

## Impressum

July, Anna
»Die Nächte von Draghant«
HIRAETH 01
Roman

Original-Printausgabe
alto-Verlag Berlin
ISBN 13: 978-3-944468-21-1
ISBN 10: 3-944468-21-X

Printed in Germany

Copyright © dieser Ausgabe by alto-Verlag Berlin
Copyright © 2019 by Anna July
Umschlaggestaltung: Bernd Schroll
Alle Rechte vorbehalten
© alto-Verlag Berlin 2019

E-Book
ISBN 13: 978-3-944468-31-0 (EPUB)
ISBN 10: 3-944468-31-7 (EPUB)

www.alto-verlag.com
fon: +49.(0)30.654 977 32
fax: +49.(0)30.654 977 33
info@alto-verlag.com

# Anna July

# Die Nächte von Draghant

# HIRAETH 1

HIRAETH (walisisch)
Die Sehnsucht nach einem Ort,
an den man nicht mehr zurückkehren kann.
Es gibt keine deutsche Vokabel dafür.

## ◇ Prolog ◇

»Zhanyr!«, begann Thynor mit einer tiefen, ausgewogen modulierenden Stimme zu sprechen, die selbst vor seinen tausend Männern keiner Verstärkung bedurfte. Langsam ließ er den Blick über die vor ihm stehende Mannschaft gleiten. Noch musste er sich an die neuen Silhouetten gewöhnen, aber ihm imponierte der Anblick der athletischen Körper.

Das Abbild des Kommandanten des Exilschiffes schwebte etwas erhöht auf einer dünnen silberfarbenen Lichtscheibe. Erstmals bot Thynor der Crew den Anblick seiner neuen Erscheinung. Sein Körper maß fast zwei Meter in der Höhe, kräftige Muskeln umgaben ein ebensolches Skelett und eine vollkommene Haut schloss alles ein. Faltenlos schmiegte sich die Uniform an die perfekt proportionierte Gestalt. Die Züge seines Gesichtes zeugten von Entschlossenheit und Durchsetzungskraft. Eigenschaften, die die Männer schon vom Leben auf Draghant kannten. Niemand hatte es je gewagt, Thynors Entscheidungen infrage zu stellen oder gar einem Befehl zu widersprechen. Für ihn war es selbstverständlich, dass seinen Anordnungen ausnahmslos Folge geleistet wurde.

»Wir entkamen dem Inferno. Unsere Sonne ließ uns keine Wahl, als sie beschloss, Draghant in ihre rote Glut zu ziehen. Die geliebte Heimat ist längst unbewohnbar geworden. Es gibt kein Zurück.« Thynor hielt inne und gestand allen einen gemeinsamen Moment der Trauer zu, bevor er fortfuhr: »Sämtliche Bordsysteme unseres Schiffes zeigen an, dass der Flug optimal verlaufen ist. Ihr seid die *Auserwählten*, die ausgesandt wurden, um an einem fernen Ort für neues Leben der Zhanyrianer zu sorgen. In wenigen Stunden erreichen wir Lanor, den blauen Planeten, den die Astrowissenschaftler für uns gefunden haben. Er hat genau die richtige Entfernung zu seiner recht jungen Sonne und verfügt über ausreichend Masse, um eine Schutzhülle zu bilden. Die Atmosphäre hat sich seit dem Beginn unserer Suche nach geeigneten Planeten kaum verändert, ist also der von Draghant zu seinen besten Tagen erfreulich ähnlich. Die aktuellsten Analysen bestätigen ebenso, dass sich auf dem Planeten ausreichend Eisen für unser Überleben findet.«

Thynor hatte bewusst mit den guten Nachrichten begonnen. Er wusste, wenn er in wenigen Augenblicken die grausame Meldung verkündete, die ihm als erstes, unmittelbar nach seinem Aufwachen, schonungslos vom Kontrollsystem übermittelt worden war, würde die Crew rebellieren und am Rande des Wahnsinns stehen. Für diesen Notfall hatte er ein paar seiner engsten Vertrauten eingeweiht und strategisch günstig im riesigen Frachtraum positioniert. Sie wussten, wie zu agieren war, wenn es galt, eine wütende Menge von Zhanyr zu kontrollieren, und sie würden ohne Skrupel handeln, falls eine Meuterei entstand. Nach einem versichernden Blick auf seine Gefolgsleute fuhr Thynor zunächst fort, die gelungenen Aspekte ihrer Mission zu verkünden: »Während der Reise hat sich unsere Metamorphose, wie geplant, vollzogen. Seht euch an! Ihr gleicht absolut den männlichen Wesen der Spezies dieses Planeten. Die Körper garantieren uns ein unerkanntes Leben auf Lanor. Nach unseren Schätzungen existieren hier nicht ganz 300 Millionen *Menschen*, wie sich die Ureinwohner selbst nennen, verteilt auf mehrere Kontinente. Die Geschöpfe bezeichnen ihren Planeten mit verschiedenen Namen, abhängig von der Sprache, die sie sprechen oder welcher Religion sie sich zugehörig fühlen. Je nachdem, wohin es euch auf Lanor verschlagen wird und was für eine Aufgabe ihr erfüllen müsst, nehmt die dortigen Bräuche, Sitten und Sprachen an.«

Neben Thynors Hologramm erschienen golden leuchtend plastische Zeichen in der Luft, die ihr zukünftiges, ewiges Dasein bestimmen würden. Darüber schwebte ein Abbild von Lanor und den anderen Planeten, die einen Fixstern begleiteten.

»Wir alle sind lange auf diesen Einsatz vorbereitet worden. Das harte Training wird sich auszahlen. Jedes Team weiß, welchen Auftrag es zu erfüllen hat. Ihr kennt die Regeln, die uns für die Kolonisation Lanors auferlegt wurden. Schon bevor wir zu dieser Mission aufgebrochen sind, habt ihr alle geschworen, sie zu befolgen. Sie gelten unverändert und für alle Zeiten.«

In der singenden Sprache der Zhanyrianer trug eine synthetische Stimme mit kräftigem Bass den in die Luft projizierten Text vor: *Vermeidung jeglicher Entdeckung, bis das Besiedlungsziel gesichert ist. Keine längerfristigen Beziehungen zu einzelnen Individuen, um das Risiko einer Enttarnung zu minimieren. Achtung vor der Natur des Planeten. Keine aktive Veränderung der Evolution; Vermeidung von Einmischung in Selektion und Mutation. Garantie der körperlichen Unversehrtheit der Urbevölkerung. Ausschließlich im Selbstverteidigungsfall gibt es das Recht die Ureinwohner zu verletzen oder gar zu töten!* Während der letzten Worte erglühten die Zeichen, wie zur eindringlichen Mahnung, in einem warnenden Rot, bevor sie, nachdem die Stimme verhallte, wieder ihre ursprüngliche goldene Färbung annahmen und verblassten.

Thynor hatte seinen Leuten ihren Schwur nicht ohne Absicht so spektakulär demonstriert. Vielleicht konnte die Erinnerung an ihre gemeinsame Aufgabe die Mannschaft davor bewahren, an der jetzt folgenden verheerenden Nachricht zugrunde zu gehen.

»Ich bin gezwungen, euch über eine Angelegenheit von apokalyptischem Ausmaß zu informieren. Es betrifft uns alle und wird unser geplantes Leben komplett ändern.« Leise setzte er hinzu: »Und es ist mit Abstand die schwerste Pflicht, die mir je auferlegt wurde.« Thynor sah auf die Männer herab. Er bemerkte ihr Erstaunen und wusste, dass besonders seine letzte Bemerkung sie irritierte und beunruhigt den Atem anhalten ließ. Er sagte es ihnen gerade heraus: »Das Exilschiff mit den Zhanyra ist während des Fluges nach Lanor durch einen Zusammenprall mit einem großen Meteoriten komplett zerstört worden. Es gab keine Überlebenden.«

Einen Moment lang war kein Laut zu vernehmen. Dann hallte ein infernalisches Brüllen, das Entsetzen und Verzweiflung gleichermaßen wiedergab, durch das Raumschiff. Eine größere Katastrophe war nicht denkbar.

»Wir sind gezwungen, künftig ohne unsere Frauen zu leben«, versuchte Thynor, seine Ansprache fortzusetzen.

Tausend Männer gerieten in Bewegung. Diejenigen, die sich vor ihrer Abreise vereinigt hatten, erfuhren soeben vom Verlust ihrer

Spiegelfrauen, und der Rest sah jede Hoffnung auf Reproduktion und Unsterblichkeit fahren.

Thynor spürte, dass er schnell reagieren musste, sonst würde die Situation eskalieren. »Zhanyr! Hört mir zu! Ich weiß, dass es keinen größeren Schmerz gibt. Es trifft alle. Der Verlust wird unser Volk nie so leben lassen, wie wir Zhanyrianer es mit dieser Mission erstrebten. Wir sind die *Auserwählten*, ohne Frage. Es gibt Hoffnung, für jeden Einzelnen von uns. Hört mir zu!«, forderte er jetzt energischer. »Unsere an Lanor angepasste Modellierung sollte es uns ermöglichen, dass wir uns mit den Menschenfrauen paaren. Eine Vermehrung wird möglich sein!« Dies war eine der Optionen, die die Wissenschaftler auf Draghant für die Auserwählten im Falle unvorhersehbarer Komplikationen vorgesehen hatten. »Die Ureinwohner von Lanor verfügen über genügend Eisen im Körper. Unsere Gene werden zweifellos dominieren und irgendwann gehört der blaue Planet uns Zhanyrianern. Da jeder von uns tausende Lanorjahre existieren wird, ist es belanglos, wie lange es dauert, bis dieses Ziel erreicht ist. Doch es ist gewiss: Eines Tages werden wir auf Lanor ebenso leben wie auf Draghant. Das schwöre ich euch als Kommandant der Mission, bei meiner Ehre und meinem Leben.«

Thynor schaltete die Projektion der Aufzeichnung ab. Er hörte sich seine lausige Rede einmal im Jahr an, jedes Mal genau an dem Tag, an dem er sie vor mehr als zweitausend Jahren gehalten hatte. Das Raumschiff der Zhanyra war verunglückt! Oh, wie er es hasste, daran zu denken. Sie hatten sich auf Draghant für eine getrennte Reise entschieden, weil ihr Lebensalltag ebenso separat verlief. Damals schien das ein völlig normaler Entschluss gewesen zu sein. Bis auf die Paarungsbegegnungen verbrachten sie das Jahrtausende währende Leben getrennt. Wenn ein Zhanyr das Bedürfnis nach Sex mit seiner Spiegelfrau hatte, flog er dafür zu ihr. Manchmal kam sie zu ihm. Der Austausch von Körperflüssigkeiten ermöglichte ihre unendliche Regeneration und dadurch waren sie quasi unsterblich geworden. Die Vermehrung war für Zhanyrianer außergewöhnlich und selten. Alle vierhundert Jahre war eine Schwangerschaft möglich. Wenn ein Spiegelpaar bereit war, hob es seinen

Eisenspiegel kurz auf ein Vielfaches der im Körper üblichen Konzentration an, ihre Keimzellen verbanden sich und es entstand ein Embryo. Die Zhanyrianer wechselten einander beim Austragen des Nachwuchses nach jeweils zehn Jahren ab und verteilten so die Last der achtzigjährigen Schwangerschaft auf beide Spiegelpartner. Später wuchsen die Kinder betreut in großen Kolonien auf, von denen aus sie, sobald ihre Grundausbildung nach zweihundert Jahren beendet war, in die separaten Siedlungen der unsterblichen Zhanyra oder Zhanyr zogen.

Hier auf Lanor hatten die Zhanyrianer beobachtet, dass menschliche Männer und Frauen ihr kurzes Leben bevorzugt paarweise verbrachten. Und obwohl das selten ohne Schwierigkeiten ablief, strebten sie danach, gemeinsam zu leben. In der Regel ein Mann und eine Frau, oder gleichgeschlechtliche Paare. Die Menschen kümmerten sich größtenteils selbst um ihre Kinder, in ihren sogenannten Familien. Dort verblieb der Nachwuchs, bis er selbstständig genug war, um sich ebenfalls wieder einen Partner zu suchen. Bis heute hatte Thynor nicht völlig ergründet, welcher Mechanismus dahintersteckte. Die Menschen nannten das, was dieses sonderliche Verhalten bewirkte, Liebe. Es gab dazu in unzähligen Sprachen auf Lanor eine Unmenge an Beschreibungen in Liedern, Gedichten, Romanen und Filmen; Liebe in allen möglichen Formen und ihren Begleiterscheinungen – Verbundenheit, Verlangen, Wonne, Angst und Schmerz. Warum durchlebten die Menschen so etwas immer wieder und wieder?

Thynor schloss die Augen und lehnte sich mit einem unbehaglichen Gefühl in den Sessel zurück. Brutal wuchs die Verzweiflung in ihm. Mit jedem weiteren Jahr auf Lanor sank seine Zuversicht, dass sich sein Schwur vom Tag ihrer Landung je erfüllen würde. Sicher, ihre Transformation in die menschlichen Körper war perfekt gelungen. Eisenerz wurde in gewaltigen Mengen gefördert, der Rest war ein Kinderspiel für den Einkauf eines ihrer Tarnunternehmen. Ihre Labore waren bestens versorgt. Druum, ihr lebenserhaltendes Liquid, war unkompliziert und ausreichend herzustellen. Überall auf Lanor hatten sie nur für Zhanyrianer Sichere Orte eingerichtet, die es jedem Angehörigen ihrer Spezies erlaubte, sich im Bedarfsfall mit Druum einzudecken. Meistens nutzten sie Kirchen, Bahnhöfe oder andere Orte, die leicht zugänglich waren. Zuverlässige Männer, vom zivilen Leiter der zentralen Labore bestimmt, trugen seit jeher dafür Sorge, dass sich immer ausreichend Druum in den Verstecken befand.

Es ging ihnen gut. Alle Auserwählten waren zu Reichtum und Wohlstand gekommen; das war bei ihren Fähigkeiten und über die lange Zeit ihres Lebens auf Lanor gar nicht zu verhindern. Die Frauen der Menschen zeigten ein ungebrochenes Interesse an den Zhanyr. Offenbar hatten die Körperdesigner auf Draghant total richtig gelegen, als sie die Körper nach den in den griechischen Tempeln aufgestellten Plastiken schufen. Von Göttern war die Rede, von Helden oder Recken, wenn Angehörige seiner Spezies, gleich wo auf der Erde, von den unwissenden Menschen beschrieben wurden. Doch ihr größter Traum, die Reproduktion ihres Volkes und damit die Herrschaft über Lanor, hatte sich für die Zhanyr bisher nicht erfüllt. Sie waren ihrem Ziel keinen Schritt näher als am Tag ihrer Landung. Wenn Thynor darüber nachdachte, was sich von ihren Hoffnungen eingelöst hatte, war die Bilanz niederschmetternd. Bisher gab es keine einzige gelungene Fortpflanzung. Im Gegenteil: Sein Volk starb aus. Mit den Jahren waren immer wieder Angehörige seiner Crew bei Unfällen, Naturkatastrophen oder in Kriegen umgekommen. Andere hatten sich selbst getötet: Die Suche nach der einen geeigneten Menschenfrau, die bei der Paarung empfangen würde, hatte so manchen in den Wahnsinn getrieben.

Und nicht zu vergessen – die Abtrünnigen, die Bralur, die Lebensräuber. Zhanyr, die sich nicht ehrenhaft und den Regeln ihrer Mission gemäß verhielten, die die Menschen skrupellos ausbeuteten und dabei selbst vor grausamsten Verbrechen nicht zurückschreckten – und die deswegen eliminiert werden mussten. Genau das war nun schon seit Jahrhunderten Thynors vorrangiger Job geworden. Ursprünglich waren er und seine wenigen Männer dafür verantwortlich, dass das Raumschiff unentdeckt und betriebsbereit blieb. Dazu setzten sie es alle hundert Jahre einmal um. Erst später waren sie zu Jägern geworden, eine bewaffnete Spezialeinheit von bestens ausgebildeten Kämpfern mit bemerkenswerten Fähigkeiten. Sie töteten die Bralur, Angehörige ihrer eigenen Spezies, zum Wohl der Menschheit, aber auch zu ihrem ureigenen Schutz, denn die Bralur machten inzwischen sogar vor den überall auf Lanor lebenden Zhanyr keinen Halt mehr. So weit war es mit ihnen gekommen! Thynor saß ratlos da, ohne eine Idee, wie er die Männer, wie er die gesamte Spezies vor dem Untergang bewahren konnte. Für ihn war klar, seine Mission, eine neue Welt für die Zhanyrianer aufzubauen, war grandios gescheitert.

## ◇ 1 ◇

In einer der tiefen Höhlen des Tibesti-Gebirges, die sich weit im Innern des vulkanischen Bergmassivs befand, flirrte eine grell leuchtende Warnung durch die Kommandozentrale der Bralur.

Brandon, der das gesamte Informationssystem entwickelt hatte, war heute Nacht selbst im Dienst. Ein bloßer Blick auf die silbernen Zeichen hätte ihm genügt; der entsetzliche Lärm dazu regte ihn nur auf. Die Nachricht bedeutete, dass sein Handeln erforderlich war. Schnell. Mit ein paar geübten Gesten stellte er die nötigen Verbindungen her.

Der Erste, der vom Heulen der Alarmsignale herbeigelockt wurde, war Franco. Ihr Anführer seit den Tagen, als sie vor vielen Jahrhunderten beschlossen hatten, die Regeln Regeln sein zu lassen und sich für ihr Dasein auf Lanor alles zu nehmen, was ihnen gefiel, solange, bis sie ihr Leben irgendwann im Kampf oder durch einen unglücklichen Zufall verlieren würden.

Stumm nickten sich die Männer zu.

Brandon war ein ergebener Mann Francos. Ihm gefiel zwar nicht, was dieser manchem der Bralur durchgehen ließ, ertrug es als seine rechte Hand aber, ohne groß zu murren. Er sprach sich gelegentlich für eine straffere Organisation aus oder zumindest für disziplinierende Maßnahmen, doch Franco belastete sich nur ungern mit Details. Er fühlte sich unangreifbar, und was seine

Leute trieben, war ihm im Prinzip egal, es sei denn, es schmälerte die eigenen Erträge. Er war reich, wie alle Bralur. Aber als souveränes Oberhaupt stand ihm ein angemessener Anteil von allen anderen Einnahmen zu. Wer Francos Ausbeute in die Quere kam, den brachte er ohne den geringsten Skrupel, sogar mit einer gewissen Freude, eigenhändig um. Der Mann war nicht einfältig. Ihm war klar, dass mehr als Brutalität und Hemmungslosigkeit dazugehörten, eine weltweit agierende Organisation erfolgreich und zugleich unentdeckt zu führen.

Deswegen hatte Franco seinem Vize Brandon seinerzeit auch freie Hand gelassen, als der eine straffe Hierarchie mit festen Gruppenführern einrichtete. Diese wiederum berichteten lückenlos über die Aktivitäten der Mitglieder ihrer Einheiten. Kontrolle war wichtig. Jeweils drei der Anführer wurden regelmäßig, nach einem willkürlich wirkenden, doch von Brandon genau ausgeklügelten System ein paar Tage ins Hauptquartier einbestellt. Hier wurden sie verschiedenen physischen und mentalen Tests unterzogen. Bestanden sie die strapaziöse Überprüfung, kehrten sie in ihre Einsatzgebiete zurück und agierten dort weitestgehend autark. Selbst Geschäfte auf eigene Rechnung waren in gewissem Umfang erlaubt. Versagten sie, verschwanden sie spurlos, Franco kassierte ihr Vermögen ein und ein anderer aus ihrer Gruppe avancierte wenig später zum neuen Anführer.

Heute Nacht waren die Gruppenführer Rastor, Henrik und Mansur im Hauptquartier anwesend. Die ihnen zugewiesenen Unterkünfte befanden sich weit entfernt von der Leitstelle. Von dem Lärm herbeigerufen, blieben sie, etwas außer Atem, in gebührendem Abstand vor den beiden Anführern stehen und warteten. An den sauber ausgearbeiteten Höhlenwänden schwebten mehrere Dutzend großformatige Hologramme, die die weltweit verteilten Quartiere der Bralurgruppen nebst einigen dazugehörenden Informationen zeigten.

Ein Handzeichen Brandons ließ sie nähertreten. Ihre Augen versuchten, dem immer noch blinkenden Alarmtext zu folgen. Es fiel ihnen schwer, damit etwas anzufangen. Trotzdem faszinierte sie das Lichterspiel.

»Jemand sucht nach Informationen über unsere *Freunde*«, deutete Brandon erklärend auf das zentrale Hologramm und grinste triumphierend.

»Sieht beinahe so aus«, bestätigte Franco.

Es war ihr bisher größter Coup, als es Brandon vor ein paar Tagen gelungen war, in das Informationssystem der Jäger einzudringen. Wie es aussah, funktionierte sein Hack; der dortige Alarm wurde in Echtzeit in die Höhle zu ihnen weitergeleitet. Und das Schönste war, Thynor schien nicht einmal etwas davon mitzubekommen; zumindest waren nicht die geringsten Gegenmaßnahmen erkennbar. Perfekt!

Der oberste Bralur strahlte über das ganze Gesicht. Von jetzt an konnten diese selbstgerechten Ärsche keine Geheimnisse mehr vor ihm haben – und bemerkten nicht einmal, dass sie ausspioniert wurden. Franco freute sich schon auf den Moment, wenn sich hoffentlich eines baldigen Tages – nach dem triumphalen Sieg über diese elenden Jäger – dem sterbenden Thynor seine maßlose Überlegenheit offenbarte.

»Aber warum interessiert sich jemand für solche Daten? Schnöde Familiennamen? Das Ganze scheint zu simpel. Ist das unter Umständen ein Fehlalarm?«, fragte Brandon skeptisch in die Runde.

»Der Alarm wurde mit Sicherheit nicht auf direkten Befehl Thynors ausgelöst«, mutmaßte Franco. »Eines der unzähligen Analysesysteme in seiner Zentrale war dafür verantwortlich.«

Brandon nickte. »Die Frage lautete also: Wer stößt mit der Suche nach gewöhnlichen Namen im System der Jäger einen Alarmtrigger an?«

»Auf jeden Fall keiner von Thynors Leuten«, warf Henrik ein, »der hätte in der Zentrale nach allem suchen dürfen, ohne dass das Alarmsystem aktiviert wird. Aber denken wir mal daran, dass jemand durch das Zentralsystem der Jäger an Hinweise über uns gelangen wollte. Wir werden ohne Zweifel gesucht, obgleich kein Mensch unsere wahren Identitäten auch nur ahnt. Trotzdem sind hohe Belohnungen auf unsere Köpfe ausgesetzt. Und, das muss ich wohl in dieser Runde nicht extra betonen: Wir haben jede Menge Feinde.«

Das war ein bedenkenswerter Aspekt. »Brandon, kriegst du raus, von wo aus da gesucht wird?«, fragte Franco.

Ohne den Blick von den Daten abzuwenden, modulierte Brandon mit seiner kräftigen Stimme ein paar Befehle nach fest vorgegebenen Algorithmen. Abschließend autorisierte er dann mit einer gezielten Geste die Prozedur und weit entfernt, in einer abgeschirmten Höhle, arbeiteten die Rechner in Lichtgeschwindigkeit. »Es dauert nur ein paar Augenblicke.«

»Hatte dieser Jemand sonst noch was gesucht?«, fragte Mansur seinen Anführer beflissen. »Hast du einen Verdacht? Das zu wissen, schränkt den Aufwand unserer Nachforschungen notfalls ein.«

Franco hatte absolut nicht vor, die Gruppenführer in seine Ideen und Strategien einzuweihen. Dazu war die Sachlage viel zu brisant. Womöglich kam jemand durch einen dummen Zufall hinter sein streng gehütetes Geheimnis! Klar war, dass derjenige, der nach Informationen über die Zhanyr fischte, umgehend gefunden und einem schonungslosen Verhör unterzogen werden musste. Und das alles, bevor Thynor ihn in die Hände bekam. »Na, bitte!« Franco sah seine drei Gruppenleiter herausfordernd an. Eine bessere Prüfungsaufgabe hätte er sich gar nicht ausdenken können! »Ich wünsche, denjenigen hier zu haben, der da so eifrig sucht. Wer von euch kümmert sich darum?«

Henrik zuckte gelassen mit den Schultern. »Ich habe in den nächsten Tagen nichts Besseres vor«, grinste er schelmisch, wohl wissend, weshalb er hierher ins Hauptquartier einbestellt worden war.

Mansur sagte nur kurz: »Ich mach's, wenn du es verlangst.«

Rastor hingegen hielt sich auffallend zurück. Es nervte ihn, dass er in dieser unwirtlichen Höhlenanlage mitten im heißen Afrika festsaß. Zugegeben: einigermaßen klimatisiert und mit allem möglichen Komfort. Dass Franco sich dieses extrem isolierte Gebirge für sein Hauptquartier auf Lanor ausgesucht hatte, leuchtete ihm ein. Unerwünschte Gesellschaft war kaum zu befürchten. Durch *plötzliche* Vulkanausbrüche gelang es letztlich, sich jeden vom Leibe zu halten. Rastor beabsichtigte dennoch, keinen Tag länger als unbedingt nötig in der Nähe der Chefs zu verweilen. Und so ein

Auftrag verlängerte seinen Aufenthalt unnötig. Darauf hatte er überhaupt keinen Bock! Dabei waren Entführungen genau sein Spezialgebiet. Und deshalb kannte er die unvorhersehbaren Schwierigkeiten, denn er hatte sie alle schon mal erlebt. Erst vor ein paar Tagen hatte er sich eine Puppe geholt, um, wie üblich, Lösegeld von ihrem Ehemann zu erpressen. Einen Haufen Zaster. Zweifelsohne hatte er nicht vor, das weibliche Entführungsopfer zurückzugeben, dafür bereitete es ihm viel zu großen Spaß, es für seine ureigenen Bedürfnisse zu missbrauchen. Das Flehen zu hören, und die Angst in den Augen der Frau zu genießen, wenn sie erkannte, dass er gar nicht daran dachte, sie nach all der Qual mit dem Leben davonkommen zu lassen. Zugegeben, die Millionen ihres Mannes vergrößerten sein ohnehin schon unsinnig hohes Vermögen, doch der finale Tötungsakt war für ihn der ultimative Kick bei der Sache. »Ich würde ja liebend gern, aber ...« Ohne die geringsten Skrupel berichtete er den anderen von seiner Gefangenen und wie er sich schnellstmöglich wieder um den Fall kümmern müsste. Mit kummervollem Blick setzte er hinzu: »Ist mir womöglich jemand auf der Spur? Der Name dort klingt recht ähnlich?« Er deutete mit finsterer Miene auf das Alarmfenster.

Brandon beruhigte ihn: »Das sieht nicht wie eine gezielte Suche nach dir aus. Entspann dich.« Ihm gefiel nicht, was Rastor für ein Spielchen trieb, doch war er über all die Jahrhunderte immer ausgezeichnet damit gefahren, nicht die Angelegenheiten seines Chefs zu übernehmen. In dem Moment verlosch das blinkende Alarmfenster und eine neue holografische Nachricht erschien. »Ah. Schon fertig«, freute Brandon sich.

Franco las die kryptisch anmutenden Angaben. Dann wies er an: »Henrik! Du bekommst den Auftrag und fliegst nach Ringstadt«, er öffnete ein Navigationssystem, »in Mitteleuropa in der Nähe des baltischen Meeres. Offenbar ein winziges Städtchen. Dort steht der Computer, an dem unser Mann sitzt. Ha, der Schnüffler hat sich sogar einen Puppennamen gegeben, ohne Zweifel mit der Absicht sich zu tarnen. Denkt der Typ, das würde klappen?«, rief er amüsiert.

»Was ist, wenn es in der Tat eine Puppe ist?«, fragte Henrik vorsichtshalber.

»Wo ist das Problem? Bring den Menschen her! Mach dich sofort auf den Weg. Nimm zur Reise eines unserer Portale in Kopenhagen oder Berlin, das geht am schnellsten. Von dort wärst du selbst mit einem Auto in einer Stunde da. Zum Glück ist es Nacht bei deiner Ankunft, da brauchst du keine Fahrgelegenheit.«

An den ehernen Grundsatz der Zhanyr, ihre Fähigkeit zum Fliegen nur im Dunkeln einzusetzen oder wenn sicher feststand, dass sie nicht gesehen werden konnten, hielten sich sogar die Bralur, denn auch ihnen war nicht an einer Entdeckung durch die Ureinwohner von Lanor gelegen.

»Und bekomme ich darüber hinausgehende Instruktionen?«

»Nun, nichts, was du nicht schon wüsstest: Verhalte dich so, als seiest du unsichtbar, verstanden? Kein auffälliges Getue und möglichst keine Kollateralschäden. Und zu guter Letzt ein kleiner Tipp: Achte stets auf deine Umgebung! Die Jäger haben ihr Hauptquartier in der Nähe. Besser, du läufst denen nicht über den Weg. Mach ohne großes Brimborium, was wir in solchen Fällen immer tun: Isoliere das Opfer und schlage blitzartig zu. Aber bring den Kerl bitte in einem Stück zu mir. Ich möchte mich schließlich ein wenig mit ihm unterhalten.« Und dann erst töte ich ihn. Was denn sonst? Es sollte Francos kleines, schmutziges Geheimnis bleiben: Kein Mensch, der ihn je gesehen hatte, blieb am Leben!

## 2

Elisa hatte hervorragend geschlafen. Sie öffnete die Augen und stemmte sich etwas hoch. Der Blick aus dem Fenster deutete ihr das grauweiße Licht des herbstlichen Morgens an: dichter Nebel mit verschleierten Welten. Baumstämme ohne Kronen, in der Ferne Häuser mit schwebenden Dächern, Kirchen ohne Türme. Das Grün verabschiedete sich. Kräftiges Gelb und Rot überwog an den Blättern der Ziersträucher vor ihrem Haus. Weit entfernt trompeteten die Kraniche ihren Keil zusammen. Bald würden sie in den Süden aufbrechen. Elisa liebte diese Rufe. Der Tag lockte sie mit allen Mitteln aus dem Bett. Ausgeruht stand sie auf und ging in ihre Küche, um die Kaffeemaschine anzuschalten und die Butter aus dem Kühlschrank zu nehmen. Dann verschwand sie für ein paar Minuten im Bad, zog sich ihren kuscheligen Bademantel über und kehrte in die Küche zurück. Sie probierte eine neue Kaffeesorte aus, ihr gepflegtes Laster. Sie liebte Kaffee, kräftig geröstet und heiß gebrüht. Aus der ganzen Welt hatte sie ihn sich schon schicken lassen. Sie trank ihn meistens schwarz, doch die Tassen am Morgen nahm sie mit Milch. Der Duft von frisch gemahlenem Kaffee gehörte für sie zu den unverzichtbaren sinnlichen Eindrücken, die ihr Freude bereiteten.

Dann setzte sie sich an ihren iMac und öffnete ihr Postfach. Elisa arbeitete als Genealogin. Sie half Menschen, ihre Familiengeschichte zu erforschen oder dabei, ihre Angehörigen zu finden. Über mangelnde Aufträge brauchte sie nicht zu klagen; Empfehlungen früherer Kunden brachten ihr mehr als genug Arbeit ein. Allein über Nacht hatten ihr fünf Leute geschrieben. Sie überflog rasch die Neuzugänge. Alles nur Routine. Gestern Abend allerdings war eine Anfrage eingegangen, die zunächst nach nichts Besonderem aussah, die sich aber bei genauerer Untersuchung als gar nicht so trivial entpuppte. Das hatte sich spätestens in dem Moment herausgestellt, als sie mit ein paar ihrer einfacheren Suchstrategien im Internet nicht weitergekommen war. Mit Allerweltsnamen verhielt es sich oft so, egal, ob sie einen Hans Müller oder einen John Smith, einen Hugo Alvez oder eine Anna Petrowna suchte. Doch der Absender hatte keinen geläufigen Namen. Diese neue Anfrage war eine Herausforderung. Schön. Elisa beschäftigte sich gern mit kniffligen Fällen.

Punkt neun meldete sich ihr Smartphone. Elisa lächelte. Paula hatte keine Minute länger gewartet, als es der Anstand gebot.

»Hallo. Ich weiß, dass du schon arbeitest«, wurde sie munter von ihrer Freundin begrüßt.

»Stimmt. Guten Morgen! Wie geht es dir?«

»Danke der Nachfrage. Ich denke, es wird ein netter Tag. Die Kleinen sind ruhig über die Nacht gekommen.«

Paula leitete als Erzieherin eine Einrichtung, die Kinder aus problematischen Familienverhältnissen betreute. Das große Haus, eine alte, umgebaute klassizistische Villa mit einem eigenen Park, hatte genügend Zimmer, um neben den im Moment nur vier Kindern und Emma, der Köchin und Haushälterin, noch Rainar, den Gärtner und Hausmeister, sowie Paula selbst zu beherbergen. Die drei Erwachsenen boten den kleinen Gästen quasi Ersatzeltern, bis sich eine dauerhafte Lösung in einer neuen Familie fand.

Elisa schaute aus dem Fenster neben ihrem Arbeitsplatz, als erblickte sie Paula beim Telefonieren. Sie wohnte in Sichtweite zur Villa. Das zum Anwesen gehörende frühere Torhaus im neugotischen Stil lag nur einen Kilometer entfernt. Durch Zukäufe war das Gelände in einem Maße ausgeweitet worden, dass ihr Häuschen jetzt statt am Rand inmitten der parkähnlichen Landschaft stand. Das gesamte Anwesen gehörte einer wohlhabenden Geschäftsfrau aus Hamburg, die ihren Reichtum gern in nützliche Projekte – wie eben das Kinderheim – steckte. Zumindest hatte sie das einmal Elisa gegenüber am Telefon beiläufig erwähnt. Vor zwei Jahren, während ihres Abschlussgespräches zu einem genealogischen Auftrag, hatte diese Wohltäterin ihr die Möglichkeit angeboten, in dem leer stehenden Torhaus zur Miete zu wohnen. Es sei jüngst fertig umgebaut und modernisiert worden. Und Elisa hatte sofort angenommen. Nun lebte sie endlich so, wie sie es sich immer erträumt hatte: allein und ruhig. Ohne unmittelbare Nachbarn und ohne unnötige Ablenkung von der Außenwelt. »Freut mich zu hören. Nun rück raus damit, du rufst doch nicht ohne Grund schon so früh an.«

»Sorry«, sagte Paula, klang allerdings nicht sonderlich reumütig. »Mit so einem Nebeltag kannst du sicher nicht viel anfangen, stimmt`s?«

Ein Lächeln huschte über Elisas Gesicht. »Absolut im Gegenteil! Ich schaue die ganze Zeit fasziniert aus dem Fenster. Mit jeder Nebelschwade sieht alles wieder anders aus. Als verrät die Welt ununterbrochen ein neues Geheimnis ... Außerdem war mein Postfach voll mit E-Mails. Die meisten Anfragen erledige ich mühelos von hier aus, doch für zwei werde ich wahrscheinlich in die Stadt fahren müssen, um im Archiv einiges nachzusehen.«

»Das ist ja prima! Ich hatte ebenfalls vor, in die Stadt zu laufen. Dort könnten wir uns doch treffen, oder? Wenn die Kinder beim Mittagsschlaf sind, übernimmt Emma die Aufsicht. Ich muss nur schnell was aus der Apotheke holen und danach könnten wir zusammen essen gehen. Was meinst du?«

Elisa überlegte. Ein Treffen? Mitten in ihrer Arbeit? Und wenn sie gerade an der ergiebigsten Stelle ihrer Recherchen angekommen war? Paula war eine ihrer ältesten und im Augenblick sogar ihre einzige Freundin, und schon diese Beziehung zu pflegen, strengte sie manchmal mehr an, als sie es sich eingestand. Weitere Freundschaften würde sie kaum verkraften. Doch Paula durfte sie nicht auch noch verlieren. Also tat Elisa so, als käme ihr der Vorschlag wie gerufen. »Abgemacht. Um Eins im Café an der Stadtmauer?« Da gab es genügend Platz, um abseits anderer Gäste sitzen zu können. Ungestörtheit war Elisa mittlerweile ein unverzichtbarer Bestandteil ihrer Lebensart geworden.

Paula stimmte zu. »Pass auf dich auf – bis dahin! Ich freu mich«, verabschiedete sie sich.

Elisa holte sich einen weiteren Becher Kaffee. Hmm, ausgesprochen kräftig. Er schmeckte so erstklassig, dass sie beschloss, gleich zwei Kilogramm von den Bohnen nachzubestellen. Die Rösterei versprach auf ihrer Webseite, innerhalb einer Woche zu liefern. So lange reichten ihre Vorräte.

Zurück an ihrem Arbeitsplatz las sie die vertrackte Anfrage vom vergangenen Abend erneut:

*Sehr geehrte Frau Miller, im nächsten Jahr werde ich fünfzig Jahre alt. Ich erzählte einem Schulfreund aus meinem Dorf von den Plänen, ein großes Familienfest auszurichten. Da meinte er, es wäre an der Zeit, dass ich mich mal mit dem Pfarrer unterhalte, da ich vermutlich einen Zwillingsbruder hätte. Über die Hintergründe möchte ich so über das Internet nichts schreiben, doch wäre ich froh, wenn wir beide uns treffen könnten. Unglücklicherweise hatte ich einen Unfall und liege in der Klinik, doch unter Umständen können sie es einrichten, mich hier zu besuchen? Ich möchte meinen Bruder finden und würde dabei gern ihre Hilfe in Anspruch*

*nehmen. Sie sind mir wärmstens empfohlen worden. Beste Grüße,
Johannes Piater.*

Das klang nicht unlösbar, dachte Elisa. Warum diese Geheimniskrämerei und wozu das Treffen? Mit einem fremden Mann? An seinem Krankenbett? Absurd! Ganz bestimmt nicht. Er würde ihr, wie die meisten anderen Auftraggeber, niemals persönlich begegnen. Da hatte sie ihre Prinzipien. Aber eine nett formulierte Absage des Krankenbesuchs, verbunden mit den besten Genesungswünschen und dem Versprechen, sich der Sache anzunehmen, würde sie schon verschicken.

## ◇ 3 ◇

Knurrig ging Thynor seine beiden Männer an: »Ich habe hier das Kommando, der Chef bin ich, auch wenn ihr das inzwischen vergessen zu haben scheint. Und als eben der muss und darf ich keine Aufträge mit solch niedriger Priorität mehr erledigen. Mein letztes Kidnapping liegt schon so viele Jahrhunderte zurück, dass ich mich nicht einmal mehr daran erinnere. Wieso glaubt ihr, dass ich ausgerechnet heute wieder damit anfange?«

Alvar dachte gar nicht daran, auf Thynors miserable Laune einzugehen. Wusste er doch genau, welches Datum sie heute hatten und was seinen Oberbefehlshaber am Jahrestag ihrer Landung in diese Stimmung versetzte: Thynor war felsenfest davon überzeugt, versagt zu haben; er nahm die Verantwortung für etwas auf sich, das er nicht hätte beeinflussen können. Das Scheitern ihrer Mission war nicht ihm anzulasten und dennoch drückte seinen Freund die existenzielle Not der Zhanyr zu Boden. Ob ihn ein paar wonnige Stunden mit einer Puppe in einem luxuriösen Klub von seinen trüben Gedanken ablenkten? Eher nicht, das hätte Thynor jeden Tag haben können. Da war ein handfester Einsatz, egal wie unspektakulär, die bessere Alternative. Alvar antwortete, ohne Thynors Einwand zu würdigen: »Du wirst es erledigen, weil du alle anderen auf die Jagd nach den Bralur geschickt hast und ich mich schnellstens um diesen menschlichen Abschaum in Kyrgyzstan kümmern muss. Wie du unschwer zu übersehen vermagst, ist Luys verletzt und scheidet als Kidnapper aus. Aber wenigstens hält er hier die Stellung. Unser Computergenie hat außerdem alle Hände voll zu tun. *Du* wirst dich ausnahmsweise den profanen Dingen widmen müssen und selbst die Drecksarbeit erledigen.« Alvar grinste augenzwinkernd. »Pass auf, unter Umständen gefällt es dir ja sogar, dich mal wieder auszutoben.«

»Ha, ha«, brachte Thynor gequält heraus.

Keinem der Männer im Kontrollraum war nach Scherzen zumute. Mit ihren beinahe neuntausend Jahren gehörten die drei zu den ältesten Zhanyr und hatten nahezu ihr gesamtes Leben miteinander verbracht. Die meisten anderen Männer der Einheit waren nicht halb so alt, was sie nicht davon abhielt, in Kampfkraft und Entschlossenheit mit den älteren befehlshabenden Jägern gleich zu ziehen; sie alle verfügten über exakt dieselben Erfahrungen im Umgang mit den Menschen. Jeder von ihnen war körperlich und mental in der Lage, härteste Ausnahmesituationen, gerade im Kampf gegen die Bralur, zu bewältigen.

»Da draußen sind unter zehn Mann schlicht und einfach zu wenig. Wir brauchen weitere Jäger«, bekräftigte Alvar seine schon mehrfach vorgebrachte Forderung.

Thynor blitzte ihn aus harten Augen an. Natürlich hatte sein Stellvertreter – und seit ihren Ausbildungstagen auf Draghant enger Freund – recht. Das Problem der Rekruten besprachen sie nicht zum ersten Mal, nur, woher die Verstärkung kommen sollte, dafür gab es keinen Plan. Die Zivilisten ihres Volkes lebten getarnt und über den gesamten Planeten verstreut; geeignete Männer zu finden und zu Kämpfern auszubilden, war alles andere als leicht. Aber Situationen wie heute, wo sie am Limit agierten, duften sich nicht zu oft wiederholen.

Thynor sah durch die Kristallwand an Alvar vorbei in einen der endlosen, leeren Gänge, als müsse er sich davon überzeugen, dass es niemanden außer ihm gab, der für diesen lästigen Einsatz in

Frage käme. Das diffuse Licht aus den Wänden erleuchtete jeden Winkel. Kein Jäger war zu sehen, sonst hätten schon Dutzende Kameras, die alle Bewegungen und sogar die kleinste Veränderung der Luftströmung dreidimensional aufzeichneten, etwas gemeldet. Inmitten des ausgedehnten unterirdischen Komplexes gelegen, ließen die transparenten Wände aus ultrahartem Glas es zu, dass man sich jederzeit schon von Weitem oder auch nur im Vorbeigehen davon überzeugen konnte, dass die Kommandozentrale besetzt und alles in Ordnung war. Unzählige Hologramme, Monitorfolien und Sensoren bildeten die Kommunikationsschnittstelle zum eigentlichen Datensystem, welches die Informationen aus zwei Jahrtausenden der Menschheitsgeschichte mittels zhanyrianischer Technologie miteinander verknüpfte. Dieses System, das der menschlichen Informationsverarbeitung um Millennien voraus war, hatte ihnen – davon waren die Zhanyr überzeugt – das Überleben auf Lanor erst ermöglicht.

Seit über siebzig Jahren lag ihr Hauptquartier – für menschliche Augen verborgen – unterirdisch in der Nähe von Ringstadt in Europa. Um kein Aufsehen zu erregen, hatten sie, wie stets, kriegerische Zeiten zur Umsetzung des Raumschiffs gewählt. Ihre Bordwaffen schalteten jedes menschliche Wesen über Kilometer hinweg für Stunden aus. Zufällige Augenzeugen – unmöglich! Die Waffen der Menschen waren keine Bedrohung. Es gab auf der Erde nichts, das ihrem Raumschiff hätte gefährlich werden können. Im Wesentlichen bestand die Zentrale aus ihrem Exilschiff, welches sie bei der Umsetzung tief in die weiche, sandige Oberfläche dieses Gebietes auf Lanor versenkt hatten. Darunter wurde ein riesiger Komplex errichtet, der ihnen das Leben unter der Erde angenehmer machte. Über dem Raumschiff pflanzten sie einen Wald aus Laubbäumen an, ein See und eine Sumpflandschaft entstanden und einige Holzhäuser wurden als Orientierungspunkte erbaut. Mittlerweile war alles verrottet. Nie gelang es einem Menschen, ihnen nahe zu kommen. Womöglich waren sie für ein paar Gespenstergeschichten aus dem Moor verantwortlich. Von hier aus agierte Thynor mit seinen Jägern im Zusammenspiel mit einigen wenigen zivilen Zhanyr; sie organisierten die Jagd auf die Bralur und den größten menschlichen Abschaum und kämpften damit für ein Überleben dieser Welt.

Und trotz all der errungenen Siege blickte Thynor jetzt missmutig auf sein verbliebenes Duo. Alvar trug die Kluft der Jäger: langärmeliges T-Shirt, strapazierfähige Hose, knöchelhohe Stiefel. Aktuell alles in Schwarz. Selbst die dezenten Aufnäher von *HUGO BOSS* fehlten nicht. In Sachen Bekleidung verfolgten sie stets die saisonale Mode ihrer Umgebung. Mittlerweile leiteten Zhanyr einige der führenden Modehäuser der Welt. Dies hatte ihnen gelegentlich den Ruf eingebracht, nichts für Menschen tragbares zu entwerfen. Aber nach zweitausend Jahren war wirklich alles schon einmal da gewesen. Lässig hatte Alvar einen Fuß auf einem der freien Stühle abgelegt. Man konnte den Eindruck gewinnen, er posierte für ein Modemagazin, aber er wartete nur geduldig auf Thynors Entscheidung. Wie alle Zhanyr hatte Alvar Gardemaße; straff definierte Muskeln und ideal proportionierte Gliedmaßen ergaben zweifelsohne eine stattliche Erscheinung. Mit einem Blick aus den dunkelgrünen Augen konnte er jedes Frauenherz zum Schmelzen bringen, aber auch einen Gegner das Fürchten lehren. Die Züge seines markanten Gesichts zeugten von Selbstbewusstsein und Durchsetzungswillen.

Luys dagegen sah vergleichsweise geschunden aus, was an den Narben in seinem Gesicht lag, die er zwar mühelos hätte entfernen lassen können, auf die er aber stolz war. Im Moment fehlten ihm zudem die Beine und er war gezwungen, noch mindestens zehn Monate zu warten, bis er wieder komplett modelliert war. Das genetische Verändern ihrer menschlichen Körper zur praktischen Unsterblichkeit war ein Klacks, aber die Rekonstruktion einzelner Organe dauerte selbst nach Jahrhunderten der Forschung zu lange. Die medizinische Abteilung der Zhanyr testete zwar ständig irgendwelche neuen Beschleuniger, hatte die Regenerationszeiten aber nicht befriedigend verkürzen können. Es gehörte zu den Merkmalen der Männer des Raumschiffs, dass sie sich die Spuren von Verwundungen, die sie sich im Kampf gegen die Bralur oder die Menschen zugezogen hatten, nicht vollständig nehmen ließen, sondern sie als Tapferkeitszeichen auf ihren Körpern trugen.

Selbst Thynor war da keine Ausnahme. Er hatte sich seine Verletzungen in den Auseinandersetzungen mit den Stärksten ihrer Feinde erworben, zum Teil in wahren Schlachten, und manchmal hatte es Jahrzehnte gedauert, bis sich sein irdischer Körper vollständig davon erholt hatte. Seine Gegner kannten ihn als unschlagbaren Kämpfer, und unter den zhanyrianischen Zivilisten wurde sein Name zumeist nur mit einem Beiklang von Distanz und Ängstlichkeit ausgesprochen. Nicht, dass Thynor das etwas ausmachte, zumal sein Ruf als unbarmherziger Jäger auf Tatsachen beruhte. Er war ein absolut kompromissloser Killer. Seine Männer hatten kein Problem damit. Und nichts anderes zählte.

»Zeigt mir endlich, was los ist!«, kapitulierte Thynor missmutig.

Luys drehte seinen Rollstuhl und modulierte ein paar Befehle. Vor ihnen erschien das Hologramm eines Alarmbildschirms, der blinkend zeigte, dass jemand versuchte, an Informationen ihres Datensystems zu gelangen. »Wir haben ein Problem. Wie du weißt, spiegeln wir die Internet-Suchmaschinen der Menschen. Und alle Datenbanken wurden von einer Stelle aus nach speziellen Namen durchsucht, was wiederum zu Interaktionen in unseren Daten führte. Nur die KI-Analysetools sind in der Lage, so etwas überhaupt zu registrieren. Vielleicht war alles ein Zufall. Glaub ich aber nicht! Ich verspüre akuten Gesprächsbedarf. So einen Alarm hatten wir noch nie und wir sollten ihn nicht auf die leichte Schulter nehmen. Das System selbst stuft den Vorgang als Angriff ein.« Ein strenges Protokoll schrieb die notwendigen Maßnahmen vor – und dazu gehörte, den Verursacher genauestens zu finden, zu überprüfen und gegebenenfalls zu eliminieren. Hinsichtlich dieser tödlichen Konsequenz gingen die Auffassungen von Thynor und Alvar mitunter auseinander. Während sein Mitstreiter prinzipiell die Tötung der Schuldigen bevorzugte, überlegte Thynor seit einigen Jahren, ob es nicht eine weniger endgültige Lösung gab, die der der menschlichen Gefängnisse entsprach und den Verbrecher, gleich welcher Spezies, für lange Zeit aus dem Verkehr ziehen würde. Man könnte die Schlafkammern im Raumschiff umrüsten und die Delinquenten für Jahrzehnte schlummern lassen. Und dann? Eine abschließende Einigung war Thynor und Alvar bisher nicht gelungen und so blieb das Eliminieren von Feinden im Grunde alternativlos.

Im aktuellen Fall schrieb ohnehin das System die weitere Vorgehensweise vor. Bisher war es nie jemandem gelungen, so tief bei ihnen einzudringen, und wenn es nach Thynor ginge, würde sich das nicht wiederholen. »Na, schön. Ich mach´s und kümmere mich um den Schweinehund.« Verdammt! Wieso griente Alvar? Selbst Luys Augen schienen belustigt zu funkeln. Thynor wurde stutzig. »Was ist?«, argwöhnte er.

Luys öffnete das nächste Hologramm. »Es ist eine Sie.«

»Eine Puppe!?« Thynor sprang auf und sah ungläubig auf das leicht flirrende, lebensgroße Abbild einer menschlichen Frau, die in Alltagskleidung vor ihm stand. Er registrierte im Augenwinkel das breiter werdende Grinsen, das sich über dem Gesicht seines Stellvertreters ausbreitete. Das wurde ja immer besser! »Wieso sollte gerade ich mich um eine Puppe kümmern?!«

»Weil sie heiß ist?«, bemerkte Alvar unbekümmert, schnipste mit den Fingern und entkleidete mit diesem Geräusch das Abbild der Frau.

Besser hätte Thynor es nicht ausdrücken können. Diese Puppe hatte einen perfekten Körper, wenn man dem Hologramm trauen durfte. Eine beliebige menschliche Bekleidung war zunächst Bestandteil eines solchen Abbildes, doch die ließ sich mühelos ausblenden und der unter der Oberfläche verborgene Körper wurde berechnet; seine Gestalt basierte auf einer Vielzahl von Verallgemeinerungen der menschlichen Anatomie und war damit überaus nahe an der Realität. Thynor lief um die Puppe herum und betrachtete ihre kurvige, ideal proportionierte Figur genau. Die Menschenfrau war für ihre Spezies recht groß, einen Meter dreiundsiebzig, nicht zu dünn, mit einem hellen Hauttyp. Ihre hoch angesetzten üppigen Brüste wirkten fest und zeigten kleine dunkelrosa Brustwarzen. Thynors Blick glitt zu ihren schlanken Schenkeln und verweilte einen Moment auf dem Dreieck blonder Seide, das darüber zu sehen war. Dann sah er wieder an ihr hinauf. Sie trug ihr glattes goldblondes Haar zu einem eleganten Knoten im Nacken gebunden. Das schmale Gesicht war gleichmäßig aufgebaut, mit einer geraden Nase, hohen Wangenknochen und einem weich wirkenden Mund. Ein vorzügliches Exemplar, das stellte Thynor, der in zweitausend Jahren der Erfahrung mit Puppen wahrlich genügend Möglichkeiten zum Vergleich gefunden hatte, uneingeschränkt fest. Als er dann ihre großen Augen betrachtete, war sofort klar, dass der Computer ein fehlerhaftes Detail errechnet haben musste. Solch eine Iris gab es nicht! So etwas hatte er nie gesehen. Diese Augen waren von einem so dunklen Blau, dass ihm unvermittelt der Himmel über Draghant in den Sinn kam, kurz nachdem es Nacht geworden war. Dann war dieses nahezu magische Blau zu sehen gewesen. Thynor vergaß, einen Moment zu atmen. Die junge Frau blickte ernst, mit einer Spur Abwehr und Traurigkeit. Was war ihr geschehen? Reflexartig hob Thynor die Hand, als wolle er sie berühren. In seinem Innern bewegte sich etwas und schmerzte, bevor er ihm Einhalt gebot. Es fühlte sich unangenehm lähmend an, obwohl sein Herz raste! Eine völlig neue Erfahrung. Irgendetwas stimmte hier nicht! »Woher hast du dieses Abbild?«, fragte er Luys.

»Das Gesicht stammt von ihrem Bibliotheksausweis. Der Körper wurde aus mehreren Fotos zusammengesetzt.«

»Und diese Puppe hat den Alarm ausgelöst!?« Thynor glaubte es kaum. Sie hatte überhaupt nichts von einem Computer-Nerd.

## ◊ 4 ◊

Elisa sah sich um. Zu ihrer Freude war das Café kaum besucht. Zwei betagte Damen mit Hut saßen gemütlich in einer Sofaecke und schwatzten, und ein älterer Herr las, in einem Ledersessel neben dem Elektro-Kamin sitzend, die Tageszeitung. Er wirkte, trotz seines nicht mehr ganz modernen Anzugs, als hätte er sich aus einem Londoner Herrenklub hierher verirrt. Ein Tisch in der äußersten Ecke, ohne unmittelbare Nachbarn, entsprach am ehesten Elisas Bedürfnis nach Ungestörtheit. Sie hatte von hier aus zudem einen ausgezeichneten Blick durch die raumhohen breiten Fenster hinaus, auf die im Nebel liegenden Anlagen des Stadtwalls, und würde Paula schon von Weitem erahnen können. Ihr Besuch im Archiv war nur teilweise erfolgreich gewesen. Einer Frau, welche eine Großtante suchte, die als Findelkind ausgesetzt worden war, würde sie vermutlich helfen können und hatte sogar schon konkrete Vorstellungen, wie sie an die alten Unterlagen von Polizeibehörden und Amtsgerichten herankäme. Doch im Falle dieses Johannes Piater war Elisa keinen Schritt weitergekommen. Nicht einmal ein paar Anhaltspunkte zu ihm ließen sich finden, um wenigstens Aufwand und Umfang der nötigen Recherchen abschätzen zu können. Wie sollte sie dem Mann im Krankenhaus mitteilen, was ihn die Suche nach seinem Zwillingsbruder kosten würde? Bedauerlicherweise standen genau die Datenbanken, die sie zu nutzen beabsichtigte, heute Vormittag wegen irgendwelcher Softwareupdates nicht zur Verfügung. Und da ihr niemand sagen konnte, wie lange diese Wartungsarbeiten andauerten, sah es so aus, als müsste sie zu Hause an der Stelle weitermachen, an der sie gestern Abend aufgehört hatte. Das würde zweifelsohne funktionieren, nur dass es ungleich zähflüssiger war, mit ihrer Datenleitung auf diese Informationen zuzugreifen.

Elisa bemerkte, wie eine Kellnerin auf sie zukam und eine Bestellung erwartete. Bis Paula käme, waren es noch ein paar Minuten. Sie bestellte schon mal eine heiße Schokolade für sich. Während sie wartete, sah sie aus dem Fenster und erfreute sich an der herbstlichen Kulisse. Ab und zu tauchte auf dem Weg durch die Wallanlagen jemand auf, der einen Hund ausführte, oder ein Radfahrer huschte vorbei. Urplötzlich verschwanden die Gestalten wieder im grauen Nichts. Auf der ein Stück weit entfernten, neu nach historischem Vorbild gepflasterten Landstraße, versuchten starke Nebelscheinwerfer, Lichtschneisen in den Dunst zu schlagen. Sie zitterten wie riesengroße Taschenlampen. Elisa kam der Gedanke, dass sich diese Bilder phänomenal als Beginn eines alten, amerikanischen schwarz-weißen Gangsterfilms aus den 1930er Jahren eignen würden, mit eleganten Frauen, leichten Mädchen, reichen Männern und cleveren Detektiven. Ein geheimnisvolles Treffen in Park, ein Schrei, ein Schuss ... Nanu! Das war ja mal ein

Anblick! Wo kam der denn auf einmal her? Elisa wurde jäh aus ihren Tagträumen gerissen. Ein großer, sich ungewöhnlich geschmeidig bewegender Mann, dessen sportliche, rotbraune Lederjacke perfekt zu den engen schwarzen Jeans passte, erschien aus einem Nebelschleier und spazierte über den Burgwall. Sie schluckte. Wie es aussah, steuerte er geradewegs auf das Café zu. Oh Gott, oh Gott! Hoffentlich kam Paula bald, denn Elisa wünschte ihrer schönen, aber oft einsamen Freundin bereits seit längerer Zeit einen Mr. Right und zweifelsohne passte der Typ zumindest äußerlich in diese Kategorie. Für sich selbst hatte Elisa das Thema Männer rigoros gestrichen, denn nach einigen unglücklich endenden Beziehungen, die sie immens Kraft gekostet hatten, war ihr klar geworden, dass ihre eigenen Bedürfnisse und die von Männern nicht zusammenpassten. Schmerzen, Demütigungen und mieser Sex. Wer braucht so etwas dauerhaft? Erst seitdem sie *allein* in ihrem Torhaus wohnte, ging es ihr besser und sie wollte, dass dies so blieb. Paula hingegen hatte ihr Singledasein nicht freiwillig gewählt; sie glaubte, nur mit einem Mann glücklich zu sein.

Der bemerkenswerte Typ betrat tatsächlich das Café, blieb in Türnähe stehen und sah sich aufmerksam um. Elisa fühlte sich einer Taxierung unterzogen, die ihr wegen ihrer Dauer und ihrer schamlosen Intensität unangenehm wurde. Einen kurzen Moment hatte sie den Eindruck, der Unbekannte bewege sich in ihre Richtung, doch da brachte die Kellnerin ihren heißen Kakao und er blieb auf Distanz.

Nach einem oberflächlichen Blick auf die anderen Gäste grüßte der Mann freundlich in den Raum und setzte sich in die Nähe des Kamins.

Mit leuchtenden Augen nahm die Kellnerin seine Bestellung entgegen.

Während Elisa sich bemühte, nach draußen zu sehen und so zu tun, als hielte sie nach jemandem Ausschau, was ja irgendwie auch stimmte, spürte sie fast körperlich, wie der Blick des Typen erneut auf ihr lastete. Kannten sie sich womöglich? Ausgeschlossen. Daran hätte sie sich erinnert! Nein, sie hatte Männer dieses Aussehens außer auf Titelseiten von einschlägigen Lifestyle- und Fitness-Magazinen nirgendwo gesehen. Auch war sie bis eben überzeugt gewesen, dass es sie ohne Photoshop gar nicht geben konnte. Mitten in ihre verwirrten Überlegungen hinein meldete sich ihr Smartphone.

Paula klang enttäuscht: »Es tut mir leid, meine Liebe, ich kann unsere Verabredung nicht einhalten. Vor ein paar Minuten habe ich einen Anruf erhalten. Wir bekommen einen neuen Schützling. Ein kleines Mädchen, das man letzte Woche völlig verwahrlost im Stall eines Bauernhauses in Süd-Portugal gefunden hat. Sie schlief dort mutterseelenallein.«

»Die Ärmste! Hoffentlich ist da nichts Schlimmes passiert.«

»Das hoffe ich ebenso, aber sie bringt keinen Laut heraus. Sie spricht kein einziges Wort, außer einem: *Ringstadt*. Glaubt man so etwas? Die Behörden haben dann entschieden, dass ich dieses Kind vorübergehend in Obhut nehmen soll, bis man Genaueres weiß.«

»Nicht ausgeschlossen, dass sie von hier stammt? Oder wenigstens jemanden aus Ringstadt kennt?«

»Wir werden sehen«, blieb Paula vorsichtig. »Ich hole sie jedenfalls so schnell wie möglich hierher. Allerdings sollte die Kleine erst Vertrauen zu mir fassen, bevor ich sie auf eine so lange Reise mitnehmen kann. Das wird schon ein paar Tage dauern.«

»Das sehe ich ein. Ich wünsche dir eine angenehme Fahrt«, wollte Elisa bereits beenden, dann stocke sie unversehens: »Paula?«

»Ja.«

»Du bist großartig! Das kleine Mädchen hat Glück, dass es Menschen wie dich gibt. Du wirst sie aus dieser misslichen Situation retten, da bin ich mir sicher. Und ich habe Glück, dass wir Freundinnen sind. Danke. Das wollte ich dir bloß noch sagen.« Solche Momente impulsiver Gefühlsäußerungen waren bei ihr äußerst selten und wie jedes Mal, wenn sie sie an sich beobachtete, war es Elisa ein wenig peinlich und sie erschrak, wie im Augenblick.

Paula lachte unbefangen. »Ich finde es ebenfalls großartig, dass wir uns begegnet sind. Jetzt aber Schluss mit den Sentimentalitäten. Ich geh doch nicht auf eine Weltreise. In ein paar Tagen bin ich wieder da und melde mich dann umgehend bei dir. Wenn du etwas brauchst, wende dich ohne Umstände an Rainar. Du weißt, dass er dir jederzeit und vor allem gerne hilft.«

»Ja, tschüss und nochmals viel Glück!« Elisa legte auf. Mit so einer Absage konnte sie umgehen, ja, meistens war sie sogar erleichtert, hatte sie dann doch wieder mehr Zeit für ihre Arbeit und kam mit ihren Nachforschungen voran. Doch dieses Mal bedauerte sie ein klein wenig, dass Paula nicht gekommen war. Gern hätte sie mit ihr über den fremden, attraktiven Mann geplaudert und seine Gegenwart dazu benutzt, ihr Mut zu machen, dass sich die Suche nach solchen Prachtexemplaren sogar in ihrer unmittelbaren Umgebung lohne. Sei es drum, dann würde sie ihrer Freundin eben bloß von ihm vorschwärmen. Obgleich er ihr unheimlich wurde. Während des Telefonats hatte Elisa das Gefühl beschlichen, ihr Beobachter hörte jedes Wort mit.

Über den Tassenrand hinweg sah er sie weiter unverwandt an. Ein leichtes Lächeln umschmeichelte seine Lippen und der Blick war alles andere als uninteressiert.

Elisa trank rasch aus, bezahlte am Tresen und zog ihren Mantel an. Als sie sich entfernte, blieb der Mann sitzen und sie stellte unterbewusst fest, dass sie erleichtert darüber war. Draußen, vor dem Café, holte sie tief Luft. Es roch nach Herbst, nach Pilzen, Holzfeuern und nassem Laub. Sie machte sich auf den Heimweg. Zu Fuß, über den Wall und dann durch die Wiesen. Keine halbe Stunde bei normalem Tempo. Der Ausflug in die Stadt war nicht umsonst, zumindest für zwei Anfragen von gestern Nacht war sie jetzt in der Lage, fundiertere Angaben liefern zu können. Im Geiste begann sie, die Antwortschreiben zu formulieren.

Sie war dermaßen vertieft, dass sie zu spät bemerkte, was eigentlich auch nicht hätte passieren können: Der faszinierende Mann aus dem Café kam ihr entgegen?! Direkt und schnell lief er auf sie zu. Wie hatte er sie überholt? Hierher gab es keinen anderen oder gar kürzeren Weg. Bevor sie den Gedanken zu Ende führen konnte, hatte er sie erreicht. Er umschlang sie mit langen, kräftigen Armen und presste sie wie in einen Schraubstock ein. Elisa verlor die Bodenhaftung und war plötzlich mitten im Nebel. Außer seinem gnadenlosen Blick sah sie nichts mehr. »He!«, schrie sie, doch dann verspürte sie einen grellen Schmerz im Nacken. Augenblicklich versank sie in ein traumloses Schwarz.

Als Henrik den Jäger entdeckte, war es zu spät. Mit schwerer Beute würde er ihm nicht entfliehen können. Doch selbst ohne gab es keine Chance mehr. Schon spürte er den Betäubungspfeil in seiner Schulter und konnte sich gerade noch wundern, wieso Thynor, der Kommandant der Jäger, höchstpersönlich erschienen war, um ihn zu eliminieren. Was war mit der Puppe? Dann setzte die volle Wirkung der Droge ein und Henrik wurde zu Stein.

## ◇ 5 ◇

Nicht einmal eine Stunde zuvor hatte Thynor das Haus der Puppe trotz des dichten Nebels identifiziert. Aus der Luft sah es winzig aus, obgleich er schon unmittelbar darüber schwebte. In der nahen Umgebung gab es keine weiteren Gebäude oder andere als Versteck nutzbare Aufbauten. Erst in größerer Entfernung erhoben sich wieder Häuser. Aber von denen erahnte man nicht einmal die Umrisse. Optimale Voraussetzungen für einen schnellen Zugriff. Wenn die Puppe versuchen würde zu fliehen, hätte er keine Probleme, sie zu schnappen. Thynor hatte die Landschaft schon oft überflogen, was sich nicht vermeiden ließ, lag sie doch in östlicher Richtung seines Hauptquartiers. Sonst überquerte er diese Gegend, ohne genauer hinzusehen; heute schenkte er den Dingen auf dem Boden größte Aufmerksamkeit. Er landete und registrierte sofort, dass Elisa Miller nicht anwesend war. Es fehlte jegliches menschliche Geräusch, es gab keinen intensiven Geruch nach einer Puppe. Ungesehen und ohne die geringsten Spuren zu hinterlassen, gelangte er in ihr Haus. Drinnen sah er sich gründlich um. Gleich rechts lag ihre kleine Küche. Ein alter Holzschrank mit gläsernen Türen beinhaltete das Geschirr. An einem stabilen Tischchen neben dem bodentiefen Fenster standen lediglich zwei Stühle; auf einem lag griffbereit eine bunte Decke über der Lehne. Ob die Puppe manchmal fror? Die Regulierung der Körpertemperatur war etwas, was den menschlichen Frauen erheblich schwerer fiel, als es bei den Zhanyra der Fall gewesen war. Über dem Tisch hing ein breites Wandregal, auf dessen Brettern eine Sammlung diverser Porzellantassen und Keramikbecher stand. Ein angenehmer Duft nach Kaffee hing in der Luft. Er bemerkte die chromblitzende italienische Kaffeemaschine. Im Gegensatz zu der übrigen Einrichtung eindeutig ein Luxusgegenstand. Er trat zurück in die verhältnismäßig große Diele und sah nur Frauenbekleidung an der Garderobe hängen. Eine kurze Inspektion ihres Bades und ein prüfender Blick in ihr Schlafzimmer mit einem breiten Bett, das nur auf einer Seite benutzt war, brachte dann die Sicherheit: Elisa Miller lebte allein. Er öffnete ihren Kleiderschrank und warf einen Blick auf seinen Inhalt. Sie besaß nicht viel, und die wenigen Stücke verrieten, außer einer Vorliebe für gedeckte Farben und einem verspielten femininen Stil, vor allem ein begrenztes Budget. Eine hohe Entlohnung erhielt diese Miller nicht von den Bralur, falls sie tatsächlich für Franco arbeitete. Dann zog Thynor das oberste Schubfach ihrer Kommode heraus und entdeckte, dass die Menschenfrau sich, außer mit gehobenen Kaffeegenuss, noch anderweitig verwöhnte: mit exquisiter Spitzenunterwäsche. Elisas sinnliches Geheimnis fand er in hohem Maße anziehend. Und trotzdem gab es keinen Mann in ihrem Leben, niemanden, der wenigstens ab und zu bei ihr war? Nein. Nirgendwo deutete ein Gegenstand auf einen Lebenspartner oder gelegentlich erscheinenden Liebhaber hin. Das war eigenartig, dachte er, in lebhafter Erinnerung an ihr Nackt-Hologramm. Und der im Haus herrschende Wohlgeruch verstärkte seine Fantasie. Es roch angenehm nach Blumen, Kerzen, Orangenseife, Kaffee, Zimt. Ob die Puppe genauso duftete? Er spürte, wie er wieder an ihre traurigen Augen dachte, und – das gestand er sich angesichts einer leichten Erektion ein – an ihren verlockenden Körper. Wieso legte sich schon wieder dieses Gewicht auf seine Brust? Höchste Zeit, sich abzulenken! Er durchstreife das Wohnzimmer und sog den Anblick in sich auf. Der größte Raum im Haus war weniger spartanisch eingerichtet, wirkte aber keinesfalls überladen. Drei verschiedene Polstersessel und ein breites Sofa luden zum Entspannen ein. Da die Puppe in diesem Raum offenbar arbeitete, lagen viele Bücher herum und die Regale enthielten nicht nur schöngeistige Literatur. An den Wänden hingen in schlichten Rahmen die reich illustrierten Abbilder historischer Stammbäume von adeligen Familien. Ein individueller, weiblicher Raum, stellte er beifällig fest. Aber: In der gesamten Wohnung gab es keinerlei Dinge, die Andenken an erfreuliche Erlebnisse sein könnten, irgendetwas, das auf ihre Familie oder ihren Freundeskreis hinwies. Es gab nicht einmal eine einzige Fotografie eines anderen Menschen. Auf einem Arbeitstisch stand ihr Computer. Thynor zollte Elisa Miller ungewollt Respekt, als er zugegebenermaßen mehrere Versuche benötigte, um ihr Passwort zu knacken. Er kontaktierte Luys: »Ich schicke dir eine komplette Kopie ihrer Daten. Sie ist nicht hier. Sieh nach, ob sie einen Termin hat, ob sie verreist ist, mit wem sie zuletzt telefoniert hat, und, ach, du weißt ja selber, was zu tun ist.«

Luys ließ ihn per Hologramm sein breites Grinsen sehen. »Ist dir in der Tat eingefallen, was ich seit Jahrtausenden treibe? Vielen Dank!«

»Sorry! Quatsch nicht so viel. Ich muss wissen, wo sie sich befindet. Und zwar pronto!«

»Was du nicht sagst«, zog ihn Luys weiter auf. »Ihre Kommunikation zu entschlüsseln, ist ein Kinderspiel. Sie benutzt nur die geräteeigene Sicherheitssoftware. Ihre Technik ist zwar auf dem neusten menschlichen Niveau, aber im Vergleich zu unserer Technologie ist sie über eine Schiefertafel nicht viel hinaus. Lass sehen.« Sekunden später setzte er fort: »Der ganze Computer und selbst ihr Anschlussrouter vermitteln einen völlig normalen Eindruck. Keinerlei Tarntechnologien. Sie benutzt nicht einmal einen Proxy im Ausland. Entweder ist diese Puppe der dämlichste Angreifer, den es auf dem Planeten gibt, oder es steckt irgendwas verdammt Raffiniertes dahinter, das selbst ich nicht auf Anhieb erkennen kann.«

Während Thynor zuhörte, arbeitete Luys weiter und schon bald teilte er mit: »Sie hat sich mit einer anderen Puppe verabredet. Genau dreizehn Uhr in einem Café in Ringstadt. Das ist nur einen Steinwurf von dir weg.«

»Ich starte sofort. Schick mir die Koordinaten auf meinen Ramsen.«

Luys bestätigte, tippte auf eine Monitorfolie und begab sich unverzüglich an ein spezielles Terminal, um Elisa Millers Computerdaten gründlicher zu durchforsten.

Thynor sah auf die Uhr. Wenn er sich beeilte, würde er die Puppe sogar auf dem Weg zu ihrer Verabredung abfangen. Dass sie nicht zu Hause war, gestaltete die Entführung ein wenig komplizierter, aber bei dem dichten Nebel war die Chance, sie unauffällig zu verschleppen ebenso groß, als würde er sie gleich im ersten Anlauf erwischt haben.

Thynor flog in Richtung Ringstadt und hätte die dünne Spur fast übersehen, die vom Flug eines anderen Zhanyr gerade noch in der Luft zu sehen war, als er neben dem Café an der Stadtmauer auf dem Boden aufsetzte. Der Leuchtfaden war am Verlöschen, was bedeutete, dass der andere schon eine kleine Weile vor ihm hier gelandet war. Und da keiner seiner Männer sich hier aufhalten konnte, hatte dies nur eines zu bedeuten: Zivilisten oder Bralur! Eingedenk der Gründe für den eigenen Einsatz war Thynor sich schnell sicher, wer in der Nähe war. Was hatte dieser Abschaum hier verloren? Arbeitete die Puppe doch mit den Bralur zusammen? Das wurde ja immer besser! Thynor glitt hinter einen der Stützpfeiler der hohen Stadtmauer, um die Situation aus einem Versteck heraus zu beobachten. Da! Elisa Miller kam aus dem Café, allein, und spazierte, ohne ihrer Umgebung irgendeine wachsame Aufmerksamkeit zu schenken, in Richtung ihres Zuhauses los. Seltsam. Benahm sich eine clevere Hackerin nicht von Natur aus etwas misstrauischer? Nur einen Moment später erschien, Thynor gelang es nicht, einen leisen Fluch zu unterdrücken, ein Bralur an der Hintertür, prüfte kurz die Lage und folgte der Puppe im Schutz einer Nebelbank durch die Luft. Der Lebensräuber war so damit beschäftigt, sie schnell einzuholen, dass er offenbar Thynors Flugspur nicht bemerkte und bei seinem Unterfangen nicht einen Moment zögerte: Er landete, schnappte sich die Puppe und hatte vor mit ihr abzuheben, als Thynors Pfeilgeschoss ihn erwischte.

Unversehens hatte er nun zwei Gefangene, die er in sein Hauptquartier bringen musste. Zum Glück war es nicht allzu weit entfernt. Die Puppe konnte er, betäubt wie sie war, im Park liegen lassen. Zunächst war es ratsam, den Bralur in eine Isolationskammer zu verfrachten. Die Dosis seines Betäubungspfeils wirkte nicht ewig und bald schon wäre er zu Widerstand fähig. Thynor hatte nicht vor, es auf einen Kampf ankommen zu lassen. Erst einmal festgesetzt, hätten sie dann alle Zeit der Welt, sich mit ihm zu beschäftigen.

Doch noch während Thynor diese Überlegungen anstellte, merkte er, dass es ihm missfiel, Elisa Miller zurückzulassen. Bewusstlos; jeder nur möglichen Gefahr schutzlos ausgeliefert. Diesmal fluchte er laut: »Mist! Immer wieder dasselbe. Nicht ein verdammter Jäger mehr da.« Unvermittelt fiel ihm ein, dass ihr System die Frau sogar zur Beseitigung freigegeben hatte, was wälzte er da solche Gedanken? Er verbarg die Puppe in einem Gebüsch und schnappte sich den Bralur.

## ◇ 6 ◇

Im Hauptquartier erledigte Thynor mit sicheren Handgriffen die Einquartierung seines Gefangenen. Er hatte ihn in eine der Isolationskammern gebracht und zusätzlich fixiert. Mit einem Stimmbefehl schaltete er den Scanner zur Überwachung der Mentalfunktionen ein. Bevor er losflog, um Elisa Miller zu holen, gab er Luys Bescheid: Er bat ihn, von der Zentrale aus stets ein waches Auge auf den Bralur zu haben.

Zu seiner großen Erleichterung lag die Puppe unverändert im weichen Bett aus Laub, das er für sie notdürftig zusammengescharrt hatte. Sie schien friedlich zu schlafen. Thynor drehte leicht ihren Kopf und erschrak. Sie hatte sich, als sie zusammen mit dem Bralur auf den Schotterweg fiel, den Kopf angeschlagen. Auf ihrer Wange zeigte sich eine tiefgehende Schürfwunde, die leicht blutete, was seltsam war. Inzwischen waren mindestens fünfzehn Minuten vergangen und die Blutgerinnung hätte längst einsetzen müssen. Lag es am Dreck, den er im Wundbereich sah? Oder gehörte die Puppe zu diesen Blutern? Wie extrem selten waren ihm solche Menschen bisher begegnet! Manchmal kam alles zusammen. Schließlich hatte er den Plan, sich so schnell wie möglich mit ihr zu befassen. Eine Verzögerung wegen der vorgeschriebenen medizinischen Behandlung passte ihm nicht in den Kram. Was soll's, würde er sie eben in die Krankenstation bringen, wo Layos, ihr medizinisches Genie und exzellenter Diagnostiker, sich um diese Frau kümmern konnte. Oder nicht? Thynor befiel ein leichtes Unwohlsein bei dem Gedanken. Und was veranlasste ihn, unvermittelt, sanft mit seinen Fingern über ihr Gesicht zu streifen, ihre weiche Haut zu spüren und über ihre Sommersprossen zu lächeln? Noch ehe er in der Lage war, sich über dieses zwanghafte Verhalten zu wundern, fühlte sich sein Körper urplötzlich an, als wöge er Tonnen und für einen kurzen Augenblick war er gänzlich bewegungsunfähig. Seine Hand verschmolz förmlich mit ihrer Wange, bis ein gewaltiger Hitzestoß ihn zurückschrecken ließ. Was war das denn! Vorsichtig tastete er erneut über ihr Gesicht. Nicht das Geringste war zu fühlen. Zumindest nichts Heißes. Im Gegenteil – warum war sie so kalt? Thynor nahm Elisa Miller in die Arme und flog mit ihr los, vom dichten Nebel verborgen. Das Gefühl ihres Körpers an seiner Brust, wie sie so völlig reglos verharrte, war gleichermaßen irritierend und erregend.

Die Krankenstation war zurzeit nicht belegt. Bis auf Luys waren alle Jäger gesund und unverletzt, und die Zivilisten suchten eher Betreuungsstationen in Wohnortnähe auf, falls sich die Notwendigkeit einer Behandlung ergab. Thynor hatte die freie Auswahl, in welcher der gläsernen Kabinen er Elisa Miller unterbrachte. Bewusst wählte er den Bereich, der dem Gang zu seinen privaten Wohnräumen am nächsten lag. Etwas war an dieser Menschenfrau, was ihn drängte, sie in unmittelbarer Umgebung zu wissen. Ohne jede Frage nur, um für eine bessere Überwachung zu sorgen, wie er sich selbst einredete.

Layos wartete auf ihn. »Zieh sie aus. Ich muss sie scannen.«

»Das funktioniert ebenso mit Kleidung!«, stellte Thynor barsch fest. Die Vorstellung, dass ein weiterer Zhanyr – und sei es nur der

Arzt – Elisa Miller nackt sah, war ihm extrem unangenehm, ohne dass er überhaupt fassen konnte, warum er so empfand.

»Oh, ich verstehe, sie ist schwer verletzt«, vermutete Layos den Grund, die Frau nicht unnötig zu bewegen.

Thynor murmelte etwas, das der Arzt als Zustimmung deutete. Ungeduldig wartete er ab, bis der Scanner seine Arbeit verrichtet hatte.

Das Hologramm der inneren Körperstrukturen erschien und Layos stellte fest: »Na, bestens. Bis auf diese oberflächlichen Wunden am Kopf ist konstruktionsmäßig alles in Ordnung mit ihr.«

»Warum blutet sie dann immer noch?«, fragte Thynor besorgt.

Layos zuckte mit den Schultern. »Lass uns weitermachen.«

Während Thynor dem Körper der Frau routiniert verschiedene Gewebe- und Flüssigkeitsproben entnahm, bereitete Layos eine kräftigende Infusion vor und schloss einige Geräte zur Überwachung der Körperfunktionen seiner Patientin an. Dann betrachtete der Arzt die Verletzungen genau. »Ich reinige erst einmal die Wunden, dann wird das schon wieder werden. Und bald wird sie aufwachen und du kannst mit ihr reden. Weißt du zufällig, wie viel der Bralur ihr verpasst hat?«

Thynor überlegte. »Die übliche Dosis für Puppen, hoffe ich mal.«

»Dann müsste sie in spätestens einer halben Stunde wieder zu sich kommen. Du solltest gehen und dich um den Gefangenen kümmern. Für diese Patientin sorge ich schon alleine«, und mit strengem Arztblick schickte Layos den Kommandanten vor die Tür.

Thynor verschwand rasch in seine Wohnung, duschte und war dabei, sich frische Kleidung zusammenzudenken, als Alvar sich bei ihm meldete. Er tippte auf den Ramsen, den breiten metallenen Reifen, der seinen Unterarm umschloss.

Die Zhanyr verwendeten diese Armreifen als Kommunikationsgeräte, nachdem sie auf Lanor gelandet waren. Die menschlichen Krieger trugen damals breite Metallbänder an ihren Handgelenken als Schutz vor Axt- oder Schwerthieben; in manchen Kulturen kennzeichneten derartige Armreifen den Adel oder symbolisierten eine Machtposition. Die Zhanyr fertigten sich ihre Reifen aus den mitgebrachten Materialien ihres Heimatplaneten und aus dem auf Lanor reichlich vorkommenden Eisen an, welches sie mit Silber oder Bronze ummantelten. Die Ziselierungen, mit denen der Besitzer seinen Ramsen dann verzierte, waren individuell, nur für Zhanyr deutbar, und künstlerisch unterschiedlich ausgeprägt. In den Schließen und Verbindungsgliedern befand sich ein Tagesvorrat an Druum und neben diversen anderen nützlichen Funktionen beinhaltete der Ramsen die Kommunikationstechnik. Ein individuelles Vibrationsmuster, das über genetische Informationen des Besitzers gesteuert wurde und jeden Zhanyr eindeutig identifizierte, diente als Code. Nur wer diesen Schlüssel ausgetauscht hatte, war in der Lage, miteinander zu kommunizieren. Es lag in der Natur ihrer Aufgabe, dass die Jäger versuchten, eine Datenbank mit allen Codes zusammenzubekommen. Mehrere Dutzend Schlüssel von Bralur, aber ebenso von Zivilisten, waren ihnen inzwischen bekannt. Selbst die an sich unbrauchbaren IDs von verstorbenen Zhanyr blieben darin gespeichert. Man benutzte sie als Köder, denn die geheimen Informationen waren häufig das Ziel von Netzangriffen der Bralur. Zum Glück war es denen bisher nicht gelungen, den echten Daten nahe zu kommen. Für die Menschen war die Funktionalität der Ramsen nicht erkennbar. Nach Unfällen, in Kriegen oder gelegentlich bei archäologischen Ausgrabungen waren immer wieder zhanyrianische Artefakte in menschliche Hände gelangt. Fast ein Dutzend Armreifen lagen inzwischen weltweit in den Vitrinen diverser Museen. Welchen unvergleichlichen Schatz diese Ausstellungsstücke darstellten, ahnte keiner der Museologen – und natürlicherweise niemand der Millionen Besucher.

Gerade rechtzeitig schaffte es Thynor, die Hose hochzuziehen, als das Hologramm seines Freundes mitten im Schlafzimmer erschien. Alvar stand vor einer dunklen Felswand; im Hintergrund war ein Höhleneingang zu sehen. Er sah etwas derangiert aus und Thynor glaubte, einen Bluterguss in seinem Gesicht auszumachen, doch behielt er diese Erkenntnis für sich. »Was gibt's, alter Freund?«

»Ich bin hier in Kyrgyzstan fertig und mache mich gleich auf dem Rückweg; in weniger als zwei Stunden bin ich wieder zu Hause. Wie lief es bei dir? Hast du unsere sexy Puppe einkassiert?«

Thynor fiel auf die Schnelle keine passende Antwort ein. Einen der üblichen Machosprüche zu klopfen, fand er unpassend, und weil ihn Alvars Art zu reden etwas verärgerte, gedachte er nicht den Freund per Holobotschaft über die Ereignisse im Park aufzuklären. Er nickte nur kurz.

Alvar genügte das vollkommen. »Ich hatte nur vor, dich zu bitten, einen Drink kaltzustellen. Es war ein elender Job und ich brauche etwas, das mich auf andere Gedanken bringt.«

Thynors Gesicht hellte sich auf. »Wird erledigt. Ich habe hier ein paar Überraschungen, die dich hundertprozentig ablenken. Beeil dich.« Er beendete das Gespräch und zog sich weiter an. Als er sein schwarzes T-Shirt über den Kopf zog, überfiel ihn blitzartig eine Erkenntnis. Er rannte barfuß los. »Luys«, rief er, kaum dass er in die Kommandozentrale gestürmt war, »dieser Bralur war nicht zufällig in Ringstadt. Die Puppe war kein willkürliches Entführungsopfer!«

»Der Typ heißt Henrik und ist einer von Francos Leuten. Er ist auf wundersame Weise von den Toten auferstanden. Laut unseren Aufzeichnungen ist er vor über fünfhundert Jahren verbrannt. Nichtsdestotrotz ist er es. Das haben mir sein Ramsen und die DNA verraten. Dem Reifen konnte ich ebenfalls entnehmen, dass er seinen Unterschlupf irgendwo in Norwegen haben muss, wo genau, kriege ich später raus. Der Abgleich mit der Datenbank unserer Exil-Crew hat alles bestätigt. Und du sagst, er hatte es gezielt auf-«, plötzlich wurde Luys blass, soweit das einem Zhanyr überhaupt möglich war. Gequält presste er heraus: »Scheiße!«

»Du sagst es. Das Gleiche habe ich gedacht«, gab Thynor, der Luys wegen seiner Schwafeleien über Henrik schon unterbrechen wollte, recht. Beim Anziehen war ihm klar geworden, was die Ereignisse an der Stadtmauer nur bedeuten konnten: »Die Lebensräuber hatten es gezielt auf Elisa Miller abgesehen und dies nur aus einem Grund – sie wussten von den Recherchen der Puppe und dem daraus resultierenden Alarm. Und das sagt mir vor allem eins: Franco hat unser System geknackt!«

»Scheiße! Scheiße! Scheiße!«, bekräftigte Luys wütend. »Seit wann? Und wieso haben wir das nicht bemerkt?« Umgehend modulierte er ganze Befehlsketten für den Host und schob damit umfangreiche Sicherheitsüberprüfungen an.

»Wer kümmert sich zurzeit bei Franco um die Technik?«, fragte der Kommandeur.

»Brandon. Der Typ ist ein verdammtes Computergenie!«

»Hervorragend. Dann zeig ihm, dass du besser bist, Luys.« Thynor blieb erstaunlich gelassen. »Finde raus, wie das passieren konnte, und dann lässt du die Bralur in der Gewissheit, dass wir nichts von ihrem Systemeinbruch mitbekommen haben. Damit sind wir in der Lage das Ganze zu unseren Gunsten zu nutzen. Alvar ist bald hier und Jari und Nyman müssten heute Nacht ebenfalls wieder eintreffen. Dann beschließen wir gemeinsam, wie wir weiter vorgehen.«

Luys nickte zum Zeichen, dass er zugehört und Thynors Anweisungen verstanden hatte. Das Datenleck zu finden und zu isolieren hatte oberste Priorität. Um Henrik würden sie sich später kümmern.

Ein Blick in die Krankenstation zeigte Thynor, dass sich Elisa Miller erstaunlicherweise nicht von Henriks Betäubungsspritze erholt hatte. Immer noch lag sie reglos wie eine Statue auf der Liege. Hatte der Bralur eine zu hohe Dosis benutzt? Oder hatte er sie mit einer anderen Substanz vergiftet? Thynor schüttelte den Kopf. Er war in Sorge! Diese Puppe hatte nicht nur *versucht*, in ihr hochgeheimes, supergesichertes Datensystem zu gelangen. Nein, es war ihr gelungen! Zwang ihn dies, augenblicklich mit aller Härte gegen sie vorzugehen? Und war die klassische Ohrfeige oder eine chemische Substanz der bessere Weg, sie aus ihren Träumen zu reißen? Ein Problem sah er nicht darin, Frauen scharf zu verhören – dafür waren ihm zu oft äußerst unangenehme Exemplare begegnet –, und wenn diese Frau nicht die Absicht zur Kooperation zeigte, befanden sich ein paar probate Mittel an Bord des Schiffes, sie zur Aussage zu zwingen. Aber insgeheim wünschte er, nichts von alledem anwenden zu müssen. Was verbarg die unschuldige Hülle? Ihre Mediziner hatten es nach zweitausendjährigem Forschen nicht vollbracht, menschliche Gehirne ohne Weiteres auszulesen. Die elektrischen und biochemischen Vorgänge waren wesentlich komplexer, als sie angenommen hatten. Thynor starrte sie an, beobachtete, wie sich unter der dünnen Wärmefolie ihr Brustkorb regelmäßig beim Atmen hob und senkte. Wie es sich anfühlen würde, wenn er seine Hand zwischen die sanften Wölbungen ihrer Brüste legte und spürte, wie ihr Herz schlug? In dem gedämpften Licht des Raumes glänzte ihre blasse Haut wie Marmor und ihr Haar schimmerte golden. Thynor hoffte, dass sie bald erwachte, um mit ihr reden zu können. Reden!? Verflucht! Sie sollte die Lider aufschlagen, sodass er endlich dieses faszinierende Blau sah! Es war wie ein Zwang. Nur einmal in ihre Augen zu schauen.

»Was soll ich eigentlich mit *deinen* Proben anfangen?«, maulte ihn Layos, der mit dem unhörbaren Schritt eines Arztes in die Krankenkabine getreten war, unvermittelt an. »Wolltest du nicht, dass ich das Blut dieser Puppe untersuche?«

»Ja, sicher. Warum bist du nicht fertig damit?«, antwortete Thynor mürrisch, nachdem er so abrupt aus seinen Träumen gerissen wurde.

»Haha, was glaubst du, warum ich hier stehe?« Layos hielt in der linken Hand ein Formular mit den Laboranalysen und in der rechten die Röhrchen, in denen sich angeblich Elisa Millers Blutproben befunden hatten. »Willst du mich auf den Arm nehmen?«

Thynor merkte, wie sein Geduldsfaden kürzer wurde. »Ich weiß nicht, wovon du redest.«

»Ich rede davon, dass ich hier die falschen Proben bekommen habe und ich liebe keine Verzögerungen in meiner Arbeit. Ich bin, selbst wenn dir das nicht so vorkommen mag, auch ohne diese Mätzchen hinreichend beschäftigt.«

Mittlerweile klang Thynor deutlich gereizt: »Ich habe keine Ahnung, was du da andeuten willst. Hast du ihre Ergebnisse oder nicht?«

Layos knurrte zurück: »Was ich hier habe, sind exakt *deine* Werte, und zwar *nur* deine Werte, bei sämtlichen Proben. In diesen Röhrchen befindet sich nichts als dein verdammtes Blut!«

»Das kann nicht sein. Ich habe ihr das Blut entnommen, ohne mich dabei zu verletzen. Die Gefäße habe ich ordnungsgemäß gekennzeichnet und versiegelt. Ich habe das ja wohl nicht zum ersten Mal erledigt. Also - das da entstammt eindeutig ihrem Körper.«

Layos schüttelte, empfindlich in seiner Berufsehre gekränkt, den Kopf. »Das, Kommandant, ist völlig unmöglich. Es würde bedeuten, dass ihre und deine Werte vollkommen identisch sind. Und das—«

»Was!? Was sagst du da?« Thynor riss die Folie von Elisas Körper und registrierte ärgerlich, dass sie darunter inzwischen nackt war. Natürlich war ihre Kleidung zur weiteren Untersuchung ins Labor gebracht worden. Er prüfte ihre Vitalfunktionen mit dem Handscanner. »Bring mir Druum, die doppelte Dosis. Sofort!«, brüllte er Layos an, doch der war schon längst losgelaufen, da ihm ebenso schlagartig bewusst geworden war, was die Testergebnisse aus dem Labor Sensationelles bedeuteten: Sollte der absolut unwahrscheinliche Fall eingetreten sein, dass das Blut dieser Puppe dieselbe Struktur wie das eines Zhanyrs aufwies, war sie mit den üblichen Gegenmitteln für betäubte Menschen nicht zu behandeln, sie benötigte zhanyrianische Medizin. Und mehr noch: Es bedeutete, was zwei Jahrtausende lang kein Mann von Draghant zu hoffen gewagt hatte: Sie war die Spiegelfrau dieses Zhanyr!

## ◊ 7 ◊

Layos sah dem davoneilenden Kommandanten nur sprachlos hinterher. Ohne zu zögern und ohne von ihm daran gehindert worden zu sein, nahm Thynor die Frau mitsamt der schützenden Folie auf die Arme und trug sie in seine Privaträume. Layos wusste, dass er seine Patientin so bald nicht wiedersehen würde. Kein Zhanyr, und erst recht nicht ein Mann mit dem dominanten Wesen eines Anführers, duldete auch nur die Nähe eines anderen Mannes bei seiner Spiegelfrau, bis er sich mit ihr gepaart hatte, bis es zum ersten Mal zum intensiven Austausch von Körperflüssigkeiten gekommen war. Das war wichtig für beide Körper, denn damit passten sie sich vollkommen aneinander an und ermöglichten eine fortwährend wirkende Regenerierung, sodass das Paar über die übliche Lebenserwartung von zwölftausend Jahren hinaus nahezu unsterblich wurde. Ab diesem Moment waren sie für immer aneinandergebunden und zur Erhaltung ihrer Unvergänglichkeit brauchte es kein weiteres Element. Wenn dann im Laufe ihres ewigen Lebens eine Situation eintrat, in der es notwendig war, den Körper des einen zu heilen, stand der andere mit allen Informationen dafür zur Verfügung. Selbst das Alter regulierten sie gemeinsam. Was jedoch von immenser Bedeutung für die Zhanyrianer war: Diese beiden konnten sich vermehren. Das gelang nur in einer Spiegelpartnerschaft. In ihrer Sprache gab es nicht einmal ein Wort für Verhütung. Mit anderen Sexualpartnern würde es keinen Nachwuchs geben. Deswegen legte die Gesellschaft der Zhanyrianer großen Wert auf den Schutz von Spiegelpartnerschaften. Wer vorsätzlich so eine Verbindung zerstörte, wurde hart bestraft; bis hin zur Exekution. Der Sex zwischen Spiegelpartnern war erfüllend, aufregend und leidenschaftlich. Eine Spiegelfrau zu finden, war für jeden Zhanyr ein großes Glück. Deswegen ließen sie es ungern zu, dass sich ihre Frauen ohne ihren Schutz in Gesellschaft anderer Männer aufhielten oder gar von diesen berührt wurden. Die getrennte Lebensweise der Geschlechter auf Draghant hatte sich dahingehend als effektiv bewährt. Im Grunde war diese Kontrollsucht der Zhanyr schwer zu verstehen und nur mit der Seltenheit der Vereinigungen zu erklären, denn eine Zhanyra fühlte sich, sobald die beiden sich begegnet waren und berührt hatten, ausschließlich zu ihrem jeweiligen Spiegelmann hingezogen. Sie spürte ein ebenso drängendes Begehren, sich nur mit diesem einen Mann zu paaren. Die beiden blieben ewig miteinander verbunden. Zumindest auf Draghant war das so gewesen und Layos ging der Einfachheit halber davon aus, dass es sich hier auf Lanor nicht anders verhielt. Thynor hatte sein genetisches Abbild gefunden. Er würde diese Puppe niemals wieder hergeben. Oh ja, Elisa Miller standen einige Überraschungen bevor!

Thynor spürte kaum ihr Gewicht, als er Elisa in sein Schlafzimmer trug. Er legte sie vorsichtig auf dem großen, breiten Bett ab, um nachzusehen, ob Layos nicht irgendeine Verletzung übersehen hatte, denn er würde keinerlei Risiko eingehen. Er wusste, dass er sich unlogisch verhielt, denn der Mann war der beste Mediziner auf Lanor und zudem leitete er die Forschungsabteilung. Doch Thynor konnte nichts dagegen tun. Ein Zwang trieb ihn, sich mit eigenen Augen davon zu überzeugen, dass Elisa überall unversehrt war. Er kniete sich über sie und ohne einen Gedanken an ihre Intimsphäre oder ihr Schamgefühl zu verschwenden, entfernte er die Wärmefolie und fuhr mit seinen Händen prüfend über ihren nackten Körper. Sie war immer noch ohne Bewusstsein. Wie lange würde das anhalten? Er fühlte ihren schwachen Puls, kontrollierte die Beweglichkeit ihrer Gelenke, sorgte sich wegen der Kälte ihrer Haut. Besonders intensiv sah er nach ihren Kopfwunden und während er all das tat, überfiel ihn ein solches Verlangen, über ihr seidiges Haar zu streichen und überall auf ihre samtweiche Haut Küsse zu pressen, dass es ihn fast umbrachte, sich zu beherrschen. Für den Moment unpassend bekam er eine gewaltige Erektion. Er versuchte, sich abzulenken – und scheiterte. Seine Lust auf Elisa war überwältigend. So intensiv hatte es ihn niemals nach einer Frau verlangt. Sie gehörte ihm – und dennoch war er ahnungslos, wie er mit diesem Schatz umgehen sollte. Selbstredend hatte er in den zweitausend Jahren auf Lanor Sex gehabt, er hatte unzählige Stunden mit den attraktivsten Puppen des Planeten verbracht. Das war entspannend und lustvoll zugleich gewesen; Thynor war ausgesprochen gern in der Gesellschaft von menschlichen Frauen. Zumindest für kurze Zeit. Doch in diesem Fall handelte es sich um seine Spiegelfrau und das gemeinsame ewige Leben. Wie sollte er sich da verhalten? Der Sex bereitete ihm keine Sorgen. Damit war er bestens vertraut und er würde Elisa sehr viel Freude bereiten. Er kannte all die Techniken, wie ein Mann eine Frau mit Sex an sich band. Doch er wusste, die Menschen suchten nach etwas, das sie Liebe nannten. Ob das bei seiner Spiegelfrau ebenso war?

Sein Blick wurde von einer feinen Strähne ihres Haares auf den bezaubernden Hals geleitet. Weiter unten umspielten die Haarspitzen ihre nackte – er holte tief Luft – unglaublich zarte Brust, und da fiel es ihm auf. Er stutzte. »Was ist das denn?!« Ein Stückchen unterhalb des linken Schlüsselbeins war eine münzgroße Abbildung von Vaja-61, war Draghant zu sehen, wie er seine Sonne umkreiste, daneben die anderen fünf Planeten ihres Systems. Was hatte das zu bedeuten? Schon als er Elisa das erste Mal angesehen hatte, waren ihm in ihrem Gesicht einige Sommersprossen aufgefallen, die sich, wie er es von anderen Menschenfrauen kannte, auf ihrem Dekolleté und auf ihren Schultern fortsetzten. Doch diese spezielle Pigmentanordnung war sichtbar dunkler und sie stellte in exakten Proportionen unzweifelhaft ein Abbild seines heimatlichen Sonnensystems dar! Von der Erdoberfläche aus, war dieses Sternbild nicht zu sehen. Draghant! Jedes Mal, wenn er daran dachte, ließ ihn die Sehnsucht trostloser zurück. Thynor atmete unbewusst flacher und setzte sich schräg auf die Kante des Bettes. Den rechten Arm eng neben Elisas Taille abgestützt, beugte er sich ganz dicht über die Stelle ihrer Haut, um seine Entdeckung von Nahem zu betrachten. Es war nicht zu vermeiden, dass er dabei Elisas Duft wahrnahm, ja ihn förmlich inhalierte. Orangen und Zimt. Verflucht! Er war gezwungen, mit seinen Lippen diese spezielle Stelle ihrer weichen Haut zu berühren, nichts würde das verhindern können.

Im selben Moment schlug Elisa die Augen auf. Klare, riesige Pupillen umrandet vom magischen Blau, als schaue er in den Nachthimmel von Draghant. Thynor beobachtete, wie sie versuchte, sich zu orientieren und die Situation einzuordnen, dass sie vollkommen nackt in einem unvertrauten Bett lag und sich ein fremder Mann dicht über sie beugte. Er sah den Schreck und die aufkommende Panik. »Keine Angst, Elisa«, flüsterte er ihr beruhigend zu. Mit seiner Stimme erreichte er normalerweise alles, was er wollte. Dieses Mal nicht. Elisas Herz schlug, als wolle es aus ihrer Brust springen und sie versank wieder ins schützende Dunkel. Doch etwas war anders: Sie zitterte heftig.

Thynor warf seine Bettdecke über sie und rannte ins Badezimmer. Er füllte die Wanne mit heißem Wasser. Dank mehrerer Spender gelang das in rasantem Tempo. Er gab ein paar Tropfen aromatisch duftendes Öl dazu, von dem er wusste, dass es eine beruhigende Wirkung hatte, und lief zu Elisa zurück. Sie war immer noch bewusstlos und kalt, auch wenn das Zittern etwas nachgelassen hatte. Er deckte sie wieder auf, nahm sie hoch, trug sie zur Wanne und ließ sie vorsichtig in das wärmende Nass gleiten. Er hielt ihren Kopf mit einer Hand hoch und drückte, mit der anderen auf ihren Bauch, bis der Körper vollständig unter Wasser lag. Die Temperatur erhöhte er so lange, bis Elisa ruhig wurde und sich entspannte. Minutenlang hielt er sie so, bis sie gleichmäßig atmete. Als er sicher war, dass das warme Wasser gewirkt hatte, hob er sie aus der Wanne heraus, dachte sie trocken und trug sie in sein Schlafzimmer zurück. Um ein erneutes Auskühlen zu verhindern, erhöhte er die Raumtemperatur und verdoppelte die Dauneneinlage seiner Bettdecke. Unter Umständen half es, wenn er sie in den Arm nehmen und dicht an sich pressen würde. So wäre er in der Lage, genauestens zu registrieren, ob ihr weicher, verlockender Körper die Temperatur hielt. Thynor spürte, dass er glühte und genügend Hitze für sie beide bot. Seine Erektion war fast schon schmerzhaft geworden. Na bestens! Er würde durchdrehen, wenn er sich nicht bald an sie schmiegen und Haut an Haut spüren könnte ... Rechtzeitig, bevor er seine Selbstbeherrschung endgültig verlor, erinnerte er sich an ihren angstvollen Blick beim Erwachen. Ohne Frage wäre sie noch mehr geschockt, wenn sie *nackt* in den Armen eines Fremden zu sich käme. Also dachte sich Thynor schnell einen langärmeligen Seidenpyjama für sie zusammen und zog ihr die Hose und das Oberteil an. Dabei nicht erneut die Beherrschung zu verlieren, kostete ihn fast den Verstand. Sanft zugedeckt, stopfte er umsichtig die Decke um sie herum fest und legte sich neben sie, ohne sie zu berühren, vollständig bekleidet und extrem hart. Von Dutzenden neuen Gefühlen übermannt, sah Thynor ihr beim Schlafen zu und begann – das erste Mal seit tausenden von Jahren – von der Zukunft zu träumen. Hoffentlich würde nicht allzu viel Zeit vergehen, bis er sich mit ihr paaren konnte!

◇ 8 ◇

In einem Zustand, den Thynor niemals in seinem langen Leben erfahren hatte und den er deswegen nicht hätte beschreiben können, begab er sich, nicht ohne sein Quartier für jeglichen Zutritt verschlossen zu haben, zurück zu seinen Männern. Er fühlte sich niedergeschlagen, unkonzentriert und gleichzeitig voller Empfindungen, die genau das Gegenteil besagten. Und er wusste nicht, wie er die Prioritäten setzen sollte, hin- und hergerissen zwischen der Frau, *seiner* äußerst begehrenswerten Spiegelfrau, und den Pflichten als Kommandant der Spezialeinheit.

Schon vom Gang aus hörte er Alvar lachen und war froh, die Stimme des – offenbar heil zurückgekehrten – Freundes zu hören. Wieder ein erfolgreicher Einsatz. Thynor konnte sich blind auf seinen besten Mann verlassen. Alvar würde an seiner Seite stehen, bei all dem, was ihnen jetzt bevorstand.

In der Kommandozentrale ging es hoch her. Gerade war Jari, einer der jüngeren Mitglieder der Einheit, von einem Einsatz aus Alaska zurückgekehrt. Die Kämpfer begrüßten sich mit ihrer traditionellen Geste, indem sie Hände und Unterarme einander kreuzten und sich mit der Stirn berührten. Dann sahen sie sich tief in die Augen, denn diese mutigen und streiterprobten Zhanyr wussten, dass es nach ihren stets risikovollen Einsätzen nicht selbstverständlich war, dass alle unversehrt zurückkehrten.

»Luys hatte schon begonnen, uns auf den neuesten Stand zu bringen«, rief Alvar seinem eintretenden Kommandanten entgegen.

Damit übertrieb er etwas, denn in Wirklichkeit saß das Computergenie maulend vor einer Monitorfolie und beschwerte sich: »Wie schön, dass du dich endlich blicken lässt! Wir haben nämlich das nächste Sicherheitsproblem. Unser Eingangsscanner spinnt. Bei deiner ersten Rückkehr hat er dich und diesen Bralur exakt erfasst, aber dann hat er dich doppelt registriert. Und das Püppchen muss er glatt übersehen haben. Laut seinem Logbuch ist sie gar nicht hier.« Er reckte den Hals und deutete mit dem Kopf auf den Monitor der inzwischen unbesetzten Krankenkabine, in der vor gut zwei Stunden Elisa Miller gelegen hatte.

Alvars Stimme drückte echte Besorgnis aus: »Was ist nur auf einmal los? Erst sind die Datenbanken in Gefahr, und nun versagt unser Sicherheitssystem oben am Eingang.«

Thynor wusste genau, warum der Scanner einen Fehler gemacht hatte.

Layos, der etwas abseits der Jäger auf der Kante eines Tisches hockte, nickte ihm unauffällig zu. Es war an der Zeit, die Männer zu informieren.

»Beruhigt euch, der Scanner hat nicht versagt«, teilte Thynor mit.

»Blödsinn, unmöglich!«, fauchte Luys, »ich habe das drei Mal gecheckt. Immer derselbe Fehler!«

Alvar stimmte ihm mit Blick auf die Monitorfolie zu: »Ich sehe das wie Luys. In jedem anderen Fall würde eine doppelte Erfassung bedeuten, dass unsere heiße Puppe dieselben Werte hätte wie du. Und das ist ausgeschlossen, oder? Denn das hieße ja, sie wäre–« Er brach ab. Die unerschütterliche Gewissheit in Thynors Stimme, mit der der Kommandant die Funktionsfähigkeit des Scanners bestätigt hatte, gab ihm zu denken. Als Alvar sich dann umdrehte und in das angestrengt beherrschte Gesicht seines Freundes sah, wusste er, dass etwas Unvorstellbares geschehen sein musste. Angesichts der einzig denkbaren Erklärung für dieses Phänomen brauchte er seine gesamte Kraft, bis er mit flüsternder Stimme hervorbrachte: »Es ist doch möglich?!«

»Nicht nur möglich, sondern hundertprozentig zutreffend. Layos kann es euch bestätigen.« Mehr sagte Thynor nicht. Ihm war die Situation unangenehm, denn er war selbst nicht in der Lage, es zu erklären.

Alvar schien es gänzlich die Sprache verschlagen zu haben. Zur Salzsäule erstarrt stand er da.

Luys hatte den Mund zwar offen, aber er brachte keinen Ton hervor.

Nur Jari krächzte ein »Mann!«, heraus.

Layos riss sie aus der Starre; immerhin war er mit der Tatsache schon etwas länger vertraut. »Eine Spiegelfrau auf Lanor.« Er schlug Thynor, merkwürdigerweise eher mitfühlend als jubilierend, auf die Schulter. »Das wird auf jeden Fall hochinteressant.«

»Dann wirst du dich also mit unserer sexy Puppe paaren«, war Jari begeistert. »Mann, deine Probleme möchte ich haben!«

»Aufgepasst, sie ist eine Spiegelfrau, was die Dinge nun mal ein klein wenig komplizierter macht«, gab Thynor mit kühlem Unterton zurück.

»Wenn du möchtest, springe ich gern für dich ein«, bot Alvar sich augenzwinkernd an, ohne es im mindesten ernst zu meinen.

»Du rührst sie nicht an! Nicht mal mit dem kleinen Finger«, kam eine deutliche Warnung von Thynor, die er mit einem kompromisslosen Blick verstärkte. Dann fügte er an alle gewandt hinzu: »Nur damit wir uns bezüglich Elisas sofort verstehen: Sie ist weder ›unsere‹ Puppe, noch ›heiß‹ oder ›sexy‹, noch überhaupt eine ›Puppe‹. Niemand fasst sie an und wird das überleben.«

Alvar hob sofort beschwichtigend die Hände und grinste Thynor an. »Gut zu wissen, dass du ganz normal tickst.« Er wusste, wie besitzergreifend Zhanyr bezüglich ihrer Spiegelfrauen waren und wie aggressiv sie ihre Zhanyra verteidigten. Und es gab tausend leicht nachvollziehbare Gründe dafür. Er selbst würde nicht anders handeln, sollte er je das Glück haben, auf die Richtige zu treffen. Nach all der Zeit verzweifelter Einsamkeit, an deren Leere selbst die regelmäßigen erotischen Ablenkungen nichts hatten ändern können, zeigte sich die Chance, die Eine zu finden! Alvars Gesicht wurde ernst. »Ich hasse es, das zu tun, doch muss ich der Vollständigkeit halber darauf hinweisen, dass wir *deine* Frau verdächtigen, sich illegal Zugang zu unserem Datensystem verschafft zu haben und wir wissen immer noch nicht, wie und warum.« Die Möglichkeit, dass sie sogar mit den Bralur zusammenarbeitete, erwähnte Alvar vorsichtshalber nicht.

Luys teilte beiläufig mit: »Nyman kommt. Der Scanner funktioniert.«

Wenig später erschien der avisierte Jäger in der Kommandozentrale. Verdreckt und mit zerrissenem Jackenärmel, unmittelbar aus seinem Einsatz in Marokko kommend, fragte er, als er die ungewohnte Stimmung spürte: »Was ist denn passiert? Ihr seht ja alle so aus, als würde die neue Welt untergehen.«

Thynor begrüßte ihn und hielt ihn dabei einen Moment länger an den Unterarmen fest, als nötig. »Da liegst du gar nicht mal so falsch, mein Freund«, begann er. »Zumindest hat sich die Welt der Zhanyr auf Lanor grundlegend geändert.« Mit wenigen Worten klärte er den Jäger auf.

Während seiner Ausführungen starrte Nyman ihn unausgesetzt an. Ihre ernsten Sicherheitsprobleme mit dem Datenleck völlig beiseitelassend, brachte er staunend hervor: »Du nimmst mich doch auf den Arm oder? Eine Spiegelfrau? Auf Lanor? Nach all dieser Zeit? Das würde ja bedeuten, unsere Spezies hätte wieder eine Chance zu überleben!«, sprach er dann die Hoffnung aller Männer aus.

»Nichts Geringeres bedeutet es«, sagte Thynor, ergriffen von der Macht dieser Erkenntnis, wenn man sie laut aussprach. Und die Schlussfolgerung, dass es mehr als eine der begehrten Frauen auf Lanor zu finden gab, schwebte unausgesprochen im Raum. »Bis wir die Konsequenzen für unser Leben abschätzen können, bleibt das Wissen um die Existenz einer Spiegelfrau unter uns. Zu niemandem ein Wort! Das ist ein Befehl.« Mit einem Blick in die Runde vergewisserte er sich, dass auch der letzte seiner Männer begriffen hatten, wie ernst er es damit meinte.

Der Arzt bemerkte nickend: »Dir ist schon klar, dass dieser Bralur, den du in der Isolationskammer hast, sie unter Umständen genau deswegen haben wollte? Weil sie *dein* Äquivalent ist! Und dass es Franco gar nicht um den Datenklau der Puppe – Pardon Frau – ging, sondern um die Person selber?« Layos tat sich schwer damit, den Kommandanten auf diese unerfreuliche Möglichkeit hinzuweisen. »Sie hätten mit deiner Spiegelfrau ein unschätzbar wertvolles Pfand gegen uns in der Hand.«

»Zugegeben. Aber um all das herauszubekommen, müssten sie sowohl ihre als auch meine DNA-Sequenz kennen«, wandte Thynor ein, bevor er unbehaglich schlussfolgerte: »Und: Sie hätten zwangsweise vor uns von der Existenz von Spiegelfrauen gewusst.« Das war eine bestürzende Erkenntnis. Was wäre, wenn? Unvorstellbar!

»Andererseits würde es aber darauf hindeuten, dass Elisa Miller mit diesem Abschaum nichts zu tun hatte, sondern, dass sie ein Opfer der Banditen war«, bemerkte Layos, um ihren Überlegungen gewissermaßen einen positiven Aspekt abzugewinnen. »Und – denkt daran, sie wurde betäubt, was nicht für eine Zusammenarbeit mit den Bralur spricht.«

Luys mischte sich in das Gespräch und kam noch mal auf die Spekulation ihres Anführers zu sprechen: »Aber was ist, wenn exakt die Suche nach der Erbsignatur der Grund für ihr Eindringen in unser Informationssystem war? Noch wissen wir nicht genau, was sie gesucht haben.«

»Gut möglich«, gestand Thynor zögernd ein. »Aber ihre DNA? Die haben wir doch gar nicht in unserer Datenbank und woher sollten die Bralur von ihrer Existenz wissen?«

Das war das Stichwort für Luys, um seinem Kommandanten diskret eine kleine Datenfolie mit den Informationen zu Elisa Miller in die Hand zu drücken. »Man findet fast nichts über sie. Das hier habe ich bisher rausbekommen können. Nun, ich denke, unter den neuesten Umständen ... also ich meine, da sie nun deine Spiegelfrau ist, willst du das erst mal alleine lesen.« Üblicherweise hätte Luys derartige Informationen über einen verdächtigen Angreifer kommentarlos, für alle Jäger sichtbar, auf den großen Datenschirm projiziert.

»Hm. Danke.« Thynor trat etwas beiseite und begann zu lesen. Elisa war dreiundzwanzig Jahre alt. Da sie eine Waise war, wuchs sie in einem Kinderheim auf. Sie schien ein Talent für Sprachen zu haben, denn nach der Schulzeit hatte sie mehrere Abendkurse belegt und verschiedene Abschlüsse gemacht. Ein Studium zur Sprachwissenschaftlerin brach sie dagegen nach einem Semester ab. Sie arbeitete dann freiberuflich als Genealogin und hatte vor zwei Jahren ihr jetziges Haus, auf einem Anwesen eines ehemals kleinen Landadligen in Ringstadt, bezogen. Die Miete bezahlte sie stets pünktlich. Luys hatte ihre sämtlichen Kontakte aufgeführt, alle Adressen und Telefonnummern, die er finden konnte. Demnach gab es zu einigen Männern weitergehende Verbindungen und zu mindestens bei drei von ihnen schien es ein sexuelles Verhältnis gegeben zu haben. Luys hatte taktvoll vermerkt, dass entsprechend eindeutige E-Mails dieser Männer zwar von Elisa gelöscht worden waren, es ihm aber problemlos gelungen war, sie wieder herzustellen. Bei Bedarf könne Thynor sie ohne Weiteres lesen, eine gesicherte Datei befände sich in seinem Zugriff. Thynor gefielen diese Informationen über Elisas intime Beziehungen zwar nicht, aber sie waren keinesfalls unwichtig. Mit einem dankbaren Blick für seine Diskretion sah er kurz zu Luys auf und las dann weiter. Über allzu viel Geld verfügte Elisa offenbar nicht; ihr Kontostand war nicht der Rede wert und in ihrem Aktiendepot tummelten sich ein paar Penny Stocks. Seine Spiegelfrau war weit davon entfernt, vermögend zu sein. Sie kam bestimmt gerade so zurecht. Thynor staunte, wie sie sich mit diesen geringen Mitteln so ein ansprechendes Zuhause hatte schaffen können. Ihm war ihr Haus behaglich und auf anziehende Weise feminin vorgekommen. Etwas Ungekanntes regte sich schon wieder in seiner Brust. »Danke. Mach weiter so, Luys und sieh zu, was du obendrein über sie herausfinden kannst«, nickte er dem Datenexperten zu. Er entfernte sich ein paar Schritte und ließ mittels seines Ramsen ein kleines Hologramm seines Schlafzimmers erscheinen. »Ich muss nur mal nachschauen, ob sie ruhig schläft«, teilte er den anderen erklärend mit, als wäre es das Normalste auf der Welt, dass der gefürchtetste aller Jäger, der stets vollkommen beherrschte Anführer und mächtige Kommandant der Sondereinheit der Zhanyr, sich für den gesunden Schlaf einer Frau interessierte.

Keiner stellte sein Ansinnen infrage oder kam ihm zu nahe; obwohl jeder einzelne von ihnen gerne einen Blick auf die Schlafende geworfen hätte.

»Und wenn sie plötzlich aufwacht?«, fragte Jari.

»Das merke ich rechtzeitig; ich habe Elisa einen Ramsen umgelegt und so eingestellt, dass mir ihre Werte ständig übertragen werden. Ich bin in jedem Falle beim Aufwachen bei ihr.«

»Elisa? Ein richtig schöner Name«, kommentierte Nyman ohne einen Hintergedanken.

Es trug ihm trotzdem ein lautes, aggressives Knurren von Thynor ein, als der sich wieder der Gruppe näherte.

Kameradschaftlich legte Alvar seinem Freund eine Hand auf die Schulter. »Entspann dich mal, Mann. Hast du zukünftig vor, dich immer wie ein eifersüchtiger Gockel zu benehmen, wenn wir von ihr sprechen, Thynor? Das war eine völlig harmlose und außerdem zutreffende Bemerkung von Nyman.«

Layos wiederholte, leise im Hintergrund feixend, seine Vorahnung: »Das wird garantiert hochinteressant.«

»Harmlos!? Habt ihr nicht gehört, wie er ihren Namen ausgesprochen hat?« Im selben Moment wusste Thynor, dass er sich zweifelsohne wie ein Idiot benahm. Was war nur in ihn gefahren? Diese Frau hatte noch kein Wort mit ihm gewechselt und brachte ihn jetzt schon um den Verstand. Er kämmte mit beiden Händen heftig durch sein Haar und stöhnte unterdrückt. »Entschuldige, Nyman. Ich wollte dich nicht anfahren. Ich kriege das in den Griff, versprochen.«

Nyman boxte ihn kumpelhaft an den Oberarm. »Kein Problem, Kommandant. Du wirst in nächster Zeit reichlich Gelegenheit zum Üben bekommen, vermute ich mal.«

Die anderen johlten.

Thynor verschränkte die Arme vor der Brust und lenkte ungeschickt von seiner übertriebenen Eifersucht ab: »Könntet ihr euch bitte – statt auf meine Frau – gegebenenfalls mal darauf konzentrieren, dass wir ein paar massive Probleme haben und diese bald lösen sollten!«

◇ 9 ◇

Sie entschieden sich für eine Aufteilung der Arbeit. Während Thynor und Alvar sich mit dem Bralur in der Isolationskammer unterhalten würden, sollten Nyman und Jari Luys helfen das Datenleck zu schließen und die Informationsfalle für die Bralur einrichten.

Layos versicherte Thynor, bevor der die Zentrale verließ, dass sein Gefangener aus ärztlicher Sicht soweit in Ordnung war. Alle Laborergebnisse hatten stets wieder die Identität von Henrik bestätigt; die aktuellen Scans des Körpers untersuchten ihn auf versteckte Kommunikationsmittel, Minikameras und ähnlich unwillkommene Mitbringsel. Ein paar psychologische Tests würden noch folgen. Doch das Verhör besaß Vorrang. Der Arzt hatte in weiser Voraussicht die strenge Fixierung Henriks gelöst. »Ich habe sie durch einen perforierenden Halsring ersetzt, der schmerzhaft lähmendes Gift binnen einer Millisekunde freisetzt, falls der Kerl sich nicht benehmen kann. Ihr braucht dazu nur so über euren Ramsen streichen.« Layos deutete die erforderliche Dreifingergeste an. »Er gehört ganz euch. Und für den Fall, dass er nicht kooperiert, müsst ihr die Antworten auf eure Fragen mit Hovan einfordern.« Die Jäger waren nicht zimperlich, wenn es um den Schutz der Gemeinschaft vor Schwerverbrechern wie den Lebensräubern ging. Thynor und Alvar hatten nicht vor zu zögern. Notfalls würden sie mit Gewalt an die benötigten Informationen gelangen. Das flüssige Serum, Hovan, einmal injiziert, ließ dem befragten Zhanyir keine Wahl mehr – er beantwortete alle Fragen. Allerdings gab es extreme Nebenwirkungen, die zur qualvollen Abschaltung aller Sinne, zu Missbildungen an den designten Menschenkörpern und damit zu langwierigem Siechtum führten. Schon eine minimale Überdosis war oftmals tödlich. Die Jäger wandten Hovan deswegen nie zu Beginn eines Verhörs an, außer, die benötigte Information war Voraussetzung für die Rettung von Leben Unschuldiger. Ansonsten hatten sie es zur Regel erhoben, zunächst ohne dieses Serum auszukommen. Körperliche Gewalt, Stromstöße oder andere Methoden, so wie es Folterknechte der Menschen oft anwendeten, halfen bei Zhanyrianern wenig, da sie die menschliche Form des Schmerzes nicht kannten. Blieb also abzuwarten, wie der Bralur sich verhielt.

»Du wirst dich an Henrik erinnern«, bereitete Thynor auf dem Weg zum Isolationstrakt seinen Stellvertreter auf die kommende Begegnung vor. Bevor die Spezialeinheit gegründet werden musste, hatten Alvar und der Gefangene eine gemeinsame Vergangenheit, von der Thynor wusste.

Alvar nickte automatisch. »Henrik? Ja, sicher ...« Dann gefror sein gesamter Körper von einem Moment zum anderen zu Eis. Abrupt blieb er stehen. »Das ist unmöglich! Er ist es, den du erwischt hast?!«

Thynor nickte. »Die Laborwerte haben es bestätigt. Luys hat sein Ramsen in der Analyse. Henrik gehört zu Francos Männern und haust an irgendeinem Ort in Norwegen. Tja. Er lebt. Tut mir leid, Mann.«

Alvar sah zutiefst verzweifelt aus. »Und du bist dir absolut sicher, dass er es ist?«

»Sowohl Luys als auch Layos haben es mir bestätigt. Es ist Henrik, glaub mir«, bekräftigte Thynor.

Kopfschüttelnd reagierte Alvar: »Verdammt! Jahrhunderte lang war ich überzeugt, er sei tot. Und jetzt taucht er als Bralur wieder auf! Was für eine Scheiße!« Halt suchend lehnte er sich an die Wand.

»Das passiert eben«, wandte Thynor sachlich ein. »Wir wissen beide, dass viele es nicht geschafft haben, auf der ehrbaren Seite zu bleiben.«

Alvar rieb sich mit der rechten Hand unbehaglich über die Brust. »So kann's kommen. Aber Henrik war mir ein Freund, wie du weißt. Und nun höre ich, er ist gar nicht tot!«

Bei der Wiederholung des offenkundigen Irrtums klang Alvar dermaßen betroffen, dass der Kommandant sofort bemerkte, dass mehr hinter dieser Geschichte stecken musste als eine Jahrhunderte zurückliegende Freundschaft. Er schwieg.

»Heute hätte ich es vorgezogen, ihn tot zu wissen, statt ihm als Bralur wiederzubegegnen«, keuchte Alvar unterdrückt.

»Verstehe.« Thynor hatte keine Zweifel, dass er mit der Situation zurechtkam. Sein Stellvertreter war ein großartiger Zhanyr. Bei passender Gelegenheit könnte er ihm einmal erzählen, was genau mit Henrik und seiner Beziehung zu ihm geschehen war. Jetzt standen drängendere Probleme vor ihnen. Die Befragung des Bralur duldete keinen weiteren Aufschub. »Ihr kanntet euch gut? Ist das ein Vorteil oder ein Nachteil für unser Verhör?«

Alvars dunkelgrüne Augen waren hart wie Kieselsteine geworden, als er Thynor antwortete: »So genau kann ich dir das beim besten Willen nicht sagen ... Ich war die ersten zehn, fünfzehn Jahrhunderte oft mit ihm gemeinsam unterwegs. Wir haben in Gallien und später während der Kreuzzüge versucht, als Heilkundler Menschenleben zu retten. Das ist uns im Laufe der Zeit tausendfach gelungen. Ganze Dörfer haben wir vor den marodierenden Truppen versteckt, Munitionsvorräte zerstört oder eben Krankheiten geheilt. Wenn wir auf Bralur stießen, haben wir sie ausgeschaltet. Henrik war ein exzellenter Kämpfer, ein anständiger Mann. Damals.«

Thynor stimmte ihm zu. »Ich weiß. Ich habe von seinen Taten einiges mitbekommen.« Mitfühlend sah er Alvar an. »Was ist bei ihm schiefgelaufen?«

Alvar hob die Schultern. »Keine Ahnung. Während einer dieser letzten großen Pestepidemien in Europa, irgendwann Anfang oder Mitte des sechzehnten Jahrhunderts, waren wir beide in England. Er leitete ein Pesthaus. Es wurde überfallen und gebrandschatzt; dort ist er auch umgekommen, wurde mir damals versichert. Ich habe bis zum heutigen Tag nie wieder etwas von ihm gehört – für mich war er ehrenhaft im Kampf gestorben.«

Für einige Augenblicke schwiegen die beiden Männer; sie spürten den Verlust eines Freundes, als wäre er heute eingetreten. Alvar stieß sich energisch von der Wand ab. »Na los, fangen wir an und reden mit ihm.«

»Lass mich das lieber machen; du beobachtest ihn nur«, schlug Thynor vor, und sein Stellvertreter bedeutete kurz nickend sein Einverständnis.

Sie näherten sich dem Komplex mit den Isolationszellen. Alles war totenstill. Als Alvar die Beleuchtung mittels eines Lautbefehls heller schaltete, hörten sie, wie jemand nach Menschenart laut Beifall klatschte.

»Layos hat recht. Es geht diesem Kerl offenbar ausgezeichnet«, bemerkte Thynor bissig, »einem munteren Wiedersehen steht nichts mehr im Wege.«

Der Gefangene lehnte mit der Schulter gelassen an einer Fixierungssäule. Die Daumen jetzt lässig in den Gürtelschlaufen seiner

Jeans eingehakt, wartete er auf die Besucher. »Aha! Habe ich mich also nicht getäuscht. Das warst du, der mich erwischt hat«, grinste er Thynor an. »Der Kommandant der Jäger höchstpersönlich.« Henrik verbeugte sich höhnisch. »Das macht es für mich ein klein wenig erträglicher, geschnappt worden zu sein. Dann hatte ich kaum eine Chance, denn man erzählt sich schließlich, du seist einfach der Beste.« Henriks Stimme troff vor Sarkasmus. Sein Blick glitt zu Alvar. »Und sein getreues Schoßhündchen eilt auch gleich mit herbei. Da muss es doch etwas wirklich Wichtiges geben, wenn ihr beide auftaucht, um mit mir zu plauschen. Mille Grazie!«

»Henrik, hör sofort mit dem Gelaber auf. Alvar und ich haben sicher Besseres zu tun! Mit dir wollen wir keine unnötige Zeit verplempern. Erzähl uns umgehend, was du in Ringstadt zu suchen hattest. Der Ort befindet sich schließlich ziemlich weit weg von deinem verschneiten Unterschlupf.«

»Oh! Es läuft ohne gepflegte Konversation über alte Zeiten ab. Wir kommen gleich zu den harten Fakten. Wie schade! Ich liebe lange, genüssliche Vorspiele. Kommt schon, zweifelsohne haben wir uns ein paar Jahrhunderte lang nicht gesehen! Da gibt es doch einiges zu erzählen.«

Thynor sah ihn mit unbewegtem Blick an und wiederholte: »Sag, was du in Ringstadt zu suchen hattest.«

Henrik schnaubte: »Na gut, wenn du es unbedingt wissen willst. Ich war auf Kurzurlaub.«

Das war zu erwarten gewesen. Welchen Anreiz hatte der Bralur, es ihnen leicht zu machen? »Gewiss. Und deswegen hast du zur intensiveren Entspannung was Nettes entführen wollen.«

»Thynor.« Jetzt schwang in Henriks Stimme fast ein wenig Mitleid. »Es war nur eine Puppe! Ich bitte dich. Der Sex mit ihnen ist angenehm, das weißt du am allerbesten, und ich mag es ebenso, mich im Urlaub etwas zu vergnügen.«

»Das ist nachvollziehbar... Doch die Sache hat einen Haken, ich glaube nicht, dass du eine Puppe gewaltsam dazu bringen musst, mit dir ins Bett zu gehen. Das kaufe ich dir nicht ab. Kein Zhanyr hat das je nötig gehabt. Also – was wolltest du mit ihr?«

»Schon mal daran gedacht, dass einige es spannungsvoller brauchen? Den Kick zu spüren, wenn sie sich wehren; Sex mit einem scheuen Reh, verängstigte Schreie, ein bisschen Geflenne und sanfte Gegenwehr? Diese Puppe gefiel mir eben. Und ich nehme mir, was ich sehe. Das habe ich schon immer so gehalten.«

Obwohl er auf einer rationalen Ebene wusste, dass Henrik ihn bewusst provozierte, fühlte Thynor unbändige Wut. Dieser Widerling redete von seiner Spiegelfrau! Und darüber, was er geplant hatte, ihr anzutun!

Alvar spürte, dass sein Kommandant um Selbstbeherrschung rang und griff ein, bevor Thynor sich zu etwas Unüberlegtem hinreißen ließ. Er übernahm das Verhör. »Ok. Fangen wir noch einmal von vorne an. Was hattest du in diesem Café zu suchen? Halten Bralur sich neuerdings an öffentlichen Orten auf, um Puppen zu finden? Meines Wissens nicht.«

»Das war reiner Zufall, das sagte ich doch. Ich war im Urlaub und hatte Lust auf einen Kaffee–«

»Oder du hast gewusst, dass die Puppe in diesem Café war?« Sie mussten langsam auf das Ziel der Entführung zu sprechen kommen. Waren die Bralur in ihr Datensystem eingedrungen oder nicht? Gab es eine Verbindung Elisas zu den Lebensräubern?

Der Gefangene antwortete ausweichend: »Ich habe sie gesehen und hätte sie gern mitgenommen.«

»Hör auf, uns diesen Bockmist zu erzählen, Henrik«, warnte Alvar. »Um der alten Zeiten willen war ich bereit, es auf zivilisierte Weise zu versuchen. Du weißt, dass wir auch anders können. Gib uns endlich eine ehrliche Antwort auf die Fragen.«

»Um der alten Zeiten willen? Ausgerechnet du wagst es, mich daran zu erinnern? Pah!«

Die Abscheu in Henriks Stimme erschreckte selbst einen so abgebrühten Mann wie Alvar.

»Einem ehrloseren Mann als dir bin ich nie begegnet, und ich kenne eine Menge Abschaum. Sag mir, Alvar, wie ist es dir gelungen, unseren Superkommandanten dermaßen zu täuschen? Thynor galt zu meiner Zeit als unschlagbar, was das Erkennen von Verrat und Hinterhältigkeit angeht.«

Während dieser heftigen Anklage legte sich ein deutlicher Schatten über Henriks Augen, der eher nach tiefer, unsäglicher

Trauer und Enttäuschung aussah, als dass er die Provokation widerspiegelte.

»Das reicht«, sagte der Kommandant hart. Er hatte vorausgesehen, dass Henrik versuchen würde, sie zu verunsichern und zu entzweien. Und obwohl Alvar sich nach außen hin nichts anmerken ließ, kannte Thynor ihn lange genug, um zu merken, dass die Anschuldigungen ihn tief getroffen hatten. Hier stimmte etwas nicht. Im Moment kamen sie mit dem Verhör nicht weiter. Alvar war zu bestürzt und Henrik vermittelte nicht den Eindruck, als würde er freiwillig kooperieren. Sie wussten zu wenig über diesen Bralur und seine Mission, um ihm wirksamer zuzusetzen. Aber sie hatten einen Trumpf: Elisa Miller. Thynor musste endlich mit ihr reden, um an Informationen zu gelangen. Und wenn ihm das nicht schnellstens gelingen würde, gab es keine andere Wahl als bei Henrik Havor einzusetzen.

Wortlos wandten sich die Jäger zum Gehen und hüllten den Isolationstrakt in undurchdringliche Dunkelheit. Bei ihrem Abgang klatschte Henrik erneut höhnischen Beifall.

Thynor war verunsichert. Hatten die Ramsen ein Kommunikationsproblem, da ihm bisher nichts über Elisa gemeldet wurde. Es war ohne Frage besser, er würde direkt nach ihr sehen. »Wälz mal in deinen Erinnerungen, ob dir etwas einfällt, das wir ausnutzen können, bevor wir ihn uns wieder vorknöpfen. Irgendeine Schwäche ... Ich schau mal kurz in meinen Wohnbereich. Kannst ruhig mitkommen. Den Bericht über deinen Kyrgyzstaneinsatz höre ich mir auch dort an und alles, was du mir sonst noch so zu erzählen hast. Aber benimm dich!«, mahnte er locker. »Ich habe Damenbesuch.«

Alvar tat, als wäre diese Einladung ein großes Opfer für ihn. »Aber nur, wenn ich wenigstens den versprochenen Drink bekomme.«

## ◇ 10 ◇

Kaum hatten sie seine Wohnung betreten, potenzierte sich Thynors ohnehin nicht geringe Anspannung um ein Vielfaches. Er war gestresst und ballte die Fäuste. Verdammt! Alle Sinne standen auf Kampfbereitschaft! Die kleinste Verärgerung hätte ihn zur Explosion gebracht. Einen anderen Zhanyr so dicht an seine Spiegelfrau heranzubringen war weitaus schwieriger, als er gedacht hatte, sogar, wenn dieser sein bester und ältester Freund war. Sie alle hatten in den letzten zweitausend Jahren keine echte Partnerschaft gehabt. Bei einigen zivilen Zhanyr soll es angeblich mehrjährige Beziehungen mit Puppen gegeben haben, doch für Jäger und ihr gefährliches und gelegentlich sogar tödliches Metier war das keine Option. Ihnen hatten kurze Stunden für das Bedürfnis nach Zerstreuung und Entspannung zu genügen. Immerwährende Beziehungen mit menschlichen Spiegelfrauen zu führen, lag seit Langem außerhalb ihrer Überlegungen – sie hatten es irgendwann schlichtweg aufgegeben, daran zu glauben. Und erst seit wenigen Stunden hatte sich das geändert. Es gab sie doch! Und ihre Existenz würde, das stand völlig außer Frage, zu neuen Problemen für die Zhanyr führen.

Alvar konnte die unangenehme Spannung fast mit den Händen greifen. Er spürte, dass Thynor ihn dermaßen lauernd anstarrte, als überlegte er ernsthaft, ihn anzugreifen. Er benahm sich wie ein Raubtier, das einen Nebenbuhler in sein Revier eindringen sah. Oh, oh. Sein Freund hatte ein echtes Problem mit seiner Anwesenheit. »Soll ich besser wieder verschwinden?«, bot er an und bewegte sich langsam rückwärts zur Tür.

Einen Moment lang war Thynor versucht, Alvar wegzuschicken, doch dann kehrte sein Verstand zurück und er grinste verlegen. »Bleib. Bitte. Irgendwie muss es ja gehen. Lass mich herausfinden, wie ... Ich werde Elisa nicht bis in alle Ewigkeit vor euch verstecken können. Sie wird von nun an bei mir sein, auch wenn ich es selbst noch nicht fassen kann, Alvar! Ich habe meine Frau gefunden. Hier auf Lanor! Nach zweitausend Jahren! Ich könnte laut schreien, obwohl ich unfähig bin zu sagen, ob vor Glück oder Schmerz.«

Dieses ehrliche Eingeständnis des unerschrockensten Kämpfers, dem er je begegnet war, berührte Alvar tief. So extrem im Zwiespalt hatte er Thynor nie erlebt. Und das tangierte nicht nur dessen persönliches Glück, sondern es hatte mit der vollkommen neuen, existenziell bedeutsamen Situation für alle Zhanyr zu tun. Neben der riesigen Verantwortung, die Thynor als Kommandant der Spezialeinheit ohnehin für ihre Sicherheit auf diesem Planeten trug, könnte nach all der Zeit ihre ursprüngliche Mission, die Besiedlung von Lanor, Wirklichkeit werden! Mit Spiegelfrauen würde es Kinder geben und damit die Zukunft, die sie sich auf Draghant erträumt hatten. Kein Wunder, dass ihr Anführer angesichts dieser Entwicklung etwas neben sich stand. Alvar legte seine Stirn an Thynors und sah im fest in die Augen. »Das mit deiner Frau ist großartig. Unbeschreiblich. Für *dich*, aber womöglich ist es bedeutsamer für *uns* alle. Sie gehört dir, mein Freund, dir allein. Aber alle werden sie beschützen. Niemand wird ihr ein Haar krümmen. Dafür ist sie viel zu wertvoll. Wir passen gemeinsam auf sie auf, aber sie gehört nur dir«, betonte Alvar sicherheitshalber noch einmal. »Und jetzt geh schon nach ihr sehen«, schob er seinen Freund augenzwinkernd in Richtung Schlafzimmer.

Thynor räusperte sich verlegen. »Hm. Gut. Bediene dich schon mal«, versuchte er, die emotionale Situation mit dem Hinweis auf die exquisit gefüllte Bar zu überspielen. »Wie versprochen, steht was kalt.« Er bot Alvar einen Platz auf einem der Sofas in seinem großzügigen Wohnraum an und begab sich auf den Weg zu Elisa. »Bin gleich wieder da.«

Thynor trat geräuschlos an das Bett und betrachtete die Schlafende. Allein ihre Nähe machte ihm zu schaffen, von der Fantasie ihres kurvigen, weichen Körpers ganz zu schweigen. Seine menschliche Hülle reagierte auf eine Weise, die ihm in seinem Leben bis zum heutigen Tag nie passiert war. Es schmerzte in der Brust, sein Magen war kalt, sein Nacken kribbelte. Und er hatte seit Stunden eine Erektion, die ihn offenbar sein weiteres Leben begleiten würde, denn sie verschwand schlichtweg nicht wieder. Verdammt! Er konnte nicht aufhören, das engelgleiche Gesicht seiner Spiegelfrau anzusehen. In ihrem tiefen Schlaf wirkte sie so jung, fast kindlich, gemessen an seinen Lebensjahren ohnehin. Was konnte er nur für sie tun? Er hockte sich in Höhe ihres Kopfes vor sein Bett und sah ihr beim Atmen zu. Sie roch so anziehend! Zärtlich streichelte er ihre Wange, es verlangte ihn, sie zu küssen – mit letzter Kraft riss er sich los.

Zurück im Wohnraum setzte er sich so, dass er von seinem Platz aus durch die offenstehende Tür ungehindert ins Schlafzimmer und auf sein Bett sehen konnte. Er ließ Elisa nicht aus den Augen.

Alvar war klug genug gewesen, es sich ein Stück entfernt von dieser Sichtachse bequem gemacht zu haben. Er hatte ihnen die Drinks eingegossen, reichte Thynor ein Glas und sagte: »Ich freue mich für dich! Mehr als jeder andere von uns hast du es verdient, eine Frau zu finden.«

Für diesen Trinkspruch war Thynor zutiefst dankbar und er sah seinen Freund offen an. »Es wird noch andere Spiegelfrauen geben, da bin ich mir ziemlich sicher. Wir finden sie. Und eine davon wird dir gehören, Alvar. Denn auch du hast dieses Glück verdient.«

Sie stießen mit den schweren, geschliffenen Kristallgläsern an und tranken.

Thynor wandte sich unversehens wieder ihren Tagesaufgaben zu: »Sei versichert, ich nehme nicht ernst, was dieser Bralur da eben gesagt hat. Die kippen gern mal Dreck über anderen aus. Erst recht, wenn sie ihre eigene Haut retten wollen.«

»Es hat mich schon überrascht«, gestand Alvar. »Sowohl sein Tonfall und mehr noch die Vorwürfe selbst. Verrat. Ehrlosigkeit. Ich habe keine Ahnung, worauf Henrik da anspielte. Aber es wirkte absolut überzeugend.«

»Das ist genau das, was ich meine. Du denkst darüber nach. Hör auf damit! Die Bralur manipulieren jeden, darin sind sie Meister. Lass dich bloß nicht von ihm irremachen.«

»Bestimmt hast du recht«, lenkte Alvar ein, klang aber andererseits leicht skeptisch. War Henrik so ein ausgebuffter Schauspieler? Seine Augen hatten echt enttäuscht ausgesehen.

»Komm, berichte endlich von deinem Einsatz«, forderte Thynor.

Alvar schwenkte nachdenklich seinen Drink und folgte geistesabwesend den Lichtpunkten, die sich in den Facetten des Glases brachen. Erst nach einer kleinen Weile redete er: »Die Reise war kein Problem. Ich bin über Berlin raus und in Bischkek angekommen. Dort habe ich auf die Nacht gewartet und bin dann losgeflogen. Dabei haben meine Sensoren übrigens zwei Flugspuren registriert; eine in der Nähe eines großen Sees und eine über der Steppe. Ich habe Luys schon Bescheid gegeben; er pflegt es ein. Nun, ich habe bei seiner Mutter in einem Bergdorf angefangen. Dort wurde Dschuma zum letzten Mal gesehen. Die alte Frau war verzweifelt; ihr Sohn war ihr seit Langem schon nicht mehr geheuer; sie hatte mehrfach versucht, ihn im Haus einzuschließen und so von der Umwelt zu isolieren, aber er ist ihr immer wieder entkommen. Den Behörden log sie vor, dass er bei einem der letzten Erdbeben umgekommen sei. Selbst eine zerschmetterte Leiche mit seiner Kleidung wies sie denen vor. Mit dieser Geschichte hatte sie mir anfangs ebenso kommen wollen, aber ich weiß, wie eine trauernde – oder von mir aus erleichterte – Mutter aussieht; diese dort hatte nur Angst, zuckte bei jedem unerwarteten Geräusch zusammen. Er war zweifelsohne am Leben und mehr noch, er hatte ihr eines seiner letzten Opfer zum Bestatten vorbeigebracht. Kein erbaulicher Anblick, wie sie mir versicherte. Nach weiterem Palaver hat sie mir dann erzählt, dass er schon als Kind unzählige Male in den nahe gelegenen Bergen umhergestrolcht sei und sich in den dortigen Höhlen bestens auskannte. Der Rest war ein Kinderspiel. Um es kurz zu machen – Dschuma ist von einem steilen Abhang gestürzt und hat sich jetzt mit Sicherheit das Genick gebrochen. Die ortsansässige Polizei hat keinerlei Arbeit mehr. Ich habe nur umgesetzt, was sie schon vor Jahren in ihren Akten vermerkt hatten.«

Thynor überlegte. Das Tian-Schan war ein geologisch recht junges Gebirge, tektonisch überaus aktiv, mit schroffen Bergen und tiefen Tälern. Wer nicht gefunden werden wollte, hatte dort eine vorzügliche Gelegenheit, sich zurückzuziehen. Die örtlichen Behörden hatten Dschuma fünfzehn Jahre im Visier, ohne seinem tödlichen Treiben wirksam ein Ende zu bereiten. Gäbe es da nicht die Jäger. »Vortrefflich gemacht, mein Freund. Damit wäre die Menschheit wieder von einem Monster befreit. Hast du schon mit Jari reden können, wie es bei ihm in Alaska lief?«

Alvar nickte. »Er war ebenso erfolgreich. Sicher hast du seinen und Nymans Bericht bald vorliegen. Ich werde auch noch ein paar Einzelheiten an die zentrale Datenbank übergeben, solange meine Erinnerungen frisch sind. Am besten ich mache mich gleich an die Arbeit. Du möchtest sicher mit deiner Frau allein sein.« Er stand auf, drückte im Gehen mit der Hand freundschaftlich auf Thynors Schulter und sagte: »Viel Glück!«

»Das kann ich gebrauchen!«, bedankte sich der Kommandant mit tiefer Stimme. »Ich rede mit ihr. Danach sind wir schlauer, was dieses merkwürdige Treffen im Café anbelangt.«

»Sicher. Aber das hatte ich gar nicht gemeint ... Hast du dir schon überlegt, wie du *es* ihr sagen willst?«, wurde Alvar deutlicher. Selbst für eine Zhanyra war es nicht immer leicht, sich der ewigen Partnerschaft mit einem besitzergreifenden Zhanyr hinzugeben. Auf Draghant hatte es allerhand Märchen und Geschichten gegeben, die sich dem unerschöpflichen Thema von Missverständnissen und Widerständen auf humoristische, gruselige oder didaktische Weise widmeten. Aber wie würde eine Menschenfrau auf diese Umstände reagieren?

Thynor sah nicht auf und stützte seinen Kopf schwer seufzend in die Hände.

»Das bedeutet, wenn ich es recht sehe: nein. Du weißt schon, dass du offen mit ihr reden solltest. Und zwar unverzüglich«, mahnte Alvar vorsichtig.

»Danke. Ja! Das ist mir durchaus klar«, gab Thynor eine Spur zu laut zurück und sprang auf. Er gestikulierte in Richtung seines Schlafzimmers. »Ich kann mich unmöglich zu ihr auf die Bettkante setzten und sagen, dass ich vor zweitausend Jahren durchs All geflogen kam, sie jetzt allein mir gehört und wir beide unsterblich werden, wenn wir regelmäßig Körperflüssigkeiten austauschen.«

»Nein, nicht mit solchen Worten und schon gar nicht in dieser Lautstärke. Das wäre sicher nicht angemessen.« Alvar spürte Thynors Zerrissenheit zwischen Verlangen und Verantwortung. »Aber erzähl mir nicht, dass du nicht wüsstest, wie man eine Frau zum

Sex überredet. Als Spiegelfrau wird sie genauso scharf auf dich sein, wie du auf sie. Und der Rest wird sich wie von Zauberhand fügen.« Zumindest hoffte Alvar das für seinen Kommandanten. Und für sie alle.

»Zauberhand, ha, ha ... Das mit dem Sex bekomme ich schon hin, mach dir da mal keine Sorgen. Aber weißt du, wovor ich Angst habe, Alvar?« Thynor wendete sich verzweifelt ab. »Ich möchte, dass sich diese Frau mir nicht wegen irgendwelcher identischen Gene hingibt. Ich würde mir wünschen, dass sie mich begehrt, mich mag und mich mit ihren wunderschönen, blauen Augen ansieht, wie die Menschen einander ansehen, wenn sie von der wahren Liebe schwärmen ... Diesen Blick will ich. Und ich habe absolut keine Ahnung, wie ich das anstellen soll.«

## ◇ 11 ◇

Elisa spürte, wie sie langsam erwachte. Zugedeckt. Warm. Schwach. Ihre Augenlider zitterten. Es war dunkel und sie hörte kein einziges Geräusch. War es noch Nacht? Eine Traumgestalt war ihr in Erinnerung geblieben: Sie hatte von einem Mann mit dunklen, wissenden Augen und seidigem schwarzen Haar, das wie nasse Tinte glänzte, geträumt. Er hatte zu ihr gesprochen, sie müsse keine Angst haben. Aber wovor hatte sie sich zu fürchten? Eine Weile kämpfte sie mit der Erinnerung, bis die Rückkehr in die reale Welt die Bilder verblassen ließ. Ein angenehmer Traum! Wie spät mochte es wohl sein? Mit Mühe zwang sie ihre Augen, sich etwas zu öffnen, doch als sie in alter Gewohnheit den Kopf zu ihrem Wecker auf dem Nachttisch drehen wollte, stachen Millionen Nadeln zu und ihr wurde furchtbar übel. Ihr Klagelaut musste wie der Schrei eines kleinen Kätzchens geklungen haben. Mit fest zusammengepressten Lidern überlegte sie, ob sie solche Kopfschmerzen jemals zuvor erlitten hatte. Sie wollte sich von der

Decke befreien, damit sie einen Arm über ihr Gesicht legen konnte, und merkte, dass sie selbst dazu zu geschwächt war. Was war geschehen? War sie krank? Ihre Augen schlossen sich von ganz allein.

»Elisa? Kannst du mich hören?«

Da war sie. Die Stimme aus dem Traum, die sie als unbeschreiblich sinnlich empfand. Sie musste wieder eingeschlafen sein. Die Worte sprach ein Mann, der sie in ihrer Traumwelt versucht hatte zu trösten und – durfte sie es glauben – zu küssen. Es war sicher nicht die schlechteste Idee, einfach weiterzuschlafen und sich dieser Fantasie hinzugeben. Wer weiß, was alles passieren konnte?

»Elisa? Mach bitte die Augen auf. Ich werde dir etwas injizieren; das müsste schnell gegen die Kopfschmerzen helfen.«

Die lockende Stimme war so real. Sie war unmittelbar über ihrem Gesicht. Dann spürte Elisa einen leichten Pieks in ihrem Nacken. Das war kein Traum! Schlagartig kehrte die Erinnerung zurück: Die Situation im Park, da hatte sie genauso einen Stich gespürt. Oh Schreck! Sie war überfallen worden! Kamen daher die Schmerzen? Hatte man sie verprügelt? Wie war sie nach Hause gekommen? Elisa öffnete tapfer die Augen und erstarrte. Er war da! Dieser Mann saß neben ihr auf dem Bett. Dicht neben ihr. Sie bemerkte selbst durch die Bettdecke die Wärme seines Körpers an ihrer Hüfte. Darüber hinaus spürte sie eine Hand, die fest auf ihrem Hals lag, als wollte er dort den Puls fühlen. Ihr Herz begann wieder zu rasen, doch dieses Mal blieb sie bei Bewusstsein.

Mit dem Daumen streichelte Thynor behutsam Elisas Kinn, einfach, weil er ihre zarte Haut berühren musste. »Hab keine Angst. Du bist hier in Sicherheit. Es wird dir nichts Böses widerfahren.« Er hoffte, dass seine Worte sich bewahrheiteten, denn in dem Moment versank er chancenlos in Elisas dunkelblauen Augen, tief, leidenschaftlich und mit einer betörenden Intensität, die keinerlei Zweifel zuließ: Sie war die eine Frau. Er musste sofort mit ihr schlafen, sonst würde er sterben. Es gab keine Rettung für ihn. Und für Elisa erst recht nicht.

»Wo bin ich? Wer sind Sie? Was ist passiert?« Oh je – sie hörte sich an, wie eine dieser hilflosen Film-Heldinnen in netten Schnulzen, die in unmögliche Situationen gerieten und sich dann von einem galanten Halunken retten ließen! Elisa versuchte, ihre Stimme kräftiger klingen zu lassen. »Wie bin ich hierhergekommen?« Inzwischen war ihr durchaus klar geworden, dass sie nicht in ihrem eigenen Schlafzimmer lag. Sie wollte sich aufsetzen und fiel mit einem Schmerzenslaut auf die Matratze zurück.

»Ich helfe dir. Warte. Vorsichtig.« Thynor packte beherzt ihre Schulter und stützte sie dann mit einer Hand im Nacken. Mit der anderen Hand griff er über sie hinweg, erdachte ein paar pralle Kissen und zog sie dann näher heran. Er erschauerte am ganzen Körper, als er dabei mit dem Arm die weichen Unterseiten ihrer Brüste streifte. Thynor stopfte die Kissen in Elisas Rücken und ließ sie behutsam zurückgleiten. Seine Hand fuhr an ihrem Arm hinab und verharrte dann am Ellbogen.

Der Schwindel ließ nach und Elisas Atmung wurde gleichmäßiger. Ihr Verstand meldete sich zurück. Die Berührungen des Fremden registrierte sie nur zu deutlich. Eigenartigerweise waren sie ihr nicht unangenehm. Jetzt bemerkte sie überrascht, dass nur ein paar Kerzen den Raum erleuchteten. So blieb der Kopfschmerz aushaltbar. Elisa sah sich etwas um. Sie lag in einem riesigen Bett, zwischen seidenen Decken und Kissen. Das war kein Krankenhaus. So viel stand fest. Dieses Zimmer war groß, fensterlos und die hohen Wände schimmerten aus sich heraus in einem dunklen Rostrot. Es war sparsam mit einem wuchtigen Sofa, einem Paar schwerer Ledersessel, sowie mit Beistelltischen und diversen Lampen möbliert. Diese Dinge wirkten edel und geschmackvoll. Sie waren sicher exorbitant teuer gewesen. Ein maskuliner Raum, der mit dem geschulten Blick eines Innenarchitekten eingerichtet worden war. Ist das sein Zuhause? Dieses luxuriöse Gefängnis hatte man nicht für sie geschaffen, schlussfolgerte sie umgehend. Und nach dem Leben trachtete man ihr offenbar auch nicht mehr. Der geheimnisvolle Mann sah sie unverwandt an. Er war, wie sie unversehens feststellte, vollständig angezogen. Erschrocken sah Elisa unter ihre Decke. Als sie den eleganten Pyjama, den sie anhatte, sah, war sie verwirrt. Einerseits froh darüber, nicht nackt zu sein; aber andererseits erschrocken über die Gewissheit, sich dieses Ding nicht selbst angezogen zu haben. »Was ist so lustig?«, fragte sie empört, als sie sein unterdrücktes Lachen hörte.

»Hast du geglaubt, wir wären beide nackt?«

Konnte er Gedanken lesen? Und wieso klang die Frage eher wie eine sinnliche Verheißung? Auf unerklärliche Weise kamen Elisa die Bilder, die seine Stimme in ihrer Fantasie entstehen ließ, gar nicht so abwegig vor. Du liebe Güte! Sie sollte verängstigt sein, oder anstandshalber wütend. Immerhin hatte dieser Kerl sie hierher entführt! Sie blitzte ihn, zumindest hoffte sie das, entrüstet an. Doch einen Moment später begriff Elisa ihren Irrtum. Trotz des Schummerlichts der Kerzen erkannte sie, dass es nicht der Typ aus dem Café war, der neben ihr saß und sie, – wie drückte sie es am besten aus –, bewachte. Sie sah genauer hin und war sich absolut sicher, nie in ihrem Leben einen schöneren Mann gesehen zu haben. Zwei solche Supermänner? Fand in Ringstadt etwa ein Fotoshooting für eines dieser Hochglanzmagazine statt oder drehte gar Hollywood in der Nähe ein Fantasy-Film mit heldenhaften Kriegern aus dem Olymp? Ihr ganzes Leben war Elisa Männern dieses Formats nicht begegnet. Und nun sollte sie gleich zwei Exemplare an einem Tag zu Gesicht bekommen? Was hatte das zu bedeuten? Fest stand: Man hatte sie überfallen, betäubt und entführt. Und doch fühlte sie sich im Moment nicht bedroht, sondern eher beschützt und geborgen. Es überraschte Elisa, in welch unbekanntem Terrain sich ihre Gedanken bewegten: Sie spürte eine sinnliche Neugier auf diesen Mann. Egal, ob sie ihn Entführer, Beschützer oder was auch immer nennen musste! Das war verrückt. Elisa schloss erschöpft die Augen und lächelte in sich hinein.

Thynor knurrte leise. Wie schaffte es diese Frau, so auszusehen? Einerseits golden schimmernd, aber nicht metallisch kalt, sondern schwach und zerbrechlich – und wie konnte sie so versonnen lächeln? Das hielt kein Mann aus! Er zog behutsam seinen Arm zurück, nicht ohne mit den Fingerknöcheln, rein zufällig, wieder über die seidige Stelle unter ihren Brüsten zu fahren. Er nahm ihre Hand und zog mit dem Daumen zärtliche Kreise über die Handinnenseite. Er musste den Körperkontakt zu ihr halten. Als Elisa sich ihm erschrocken entziehen wollte, verstärkte er seinen Griff gerade deutlich genug, um sie spüren zu lassen, dass er das nicht zulassen würde. Wie erhofft, öffnete sie wieder die Augen. Er sah Furcht darin, Verwirrung. »Ich muss dich berühren«, erklärte er ruhig mit seidenweicher Stimme, bevor sie etwas sagen konnte. »Ich bitte dich, mir das zu gestatten, denn ich kann nicht anders.«

Elisa erwog kurz eine patzige Antwort, fühlte sich für eine Auseinandersetzung jedoch zu geschwächt, und außerdem gefiel ihr, was der Mann da trieb. Ein wohliges Gefühl breitete sich in ihr aus. Sie entspannte sich und ließ ihn gewähren.

»Danke, Elisa.«

Tja, er kannte ihren Namen. Aber wer war er?

»Fühlst du dich schon etwas besser?«

Sie nickte. Die Kopfschmerzen waren in der Tat fast verschwunden und die Wunde auf ihrer Wange brannte nicht mehr.

»Das freut mich.« Thynor war erleichtert. »Hier. Du musst etwas trinken.« Er langte hinter sich und ergriff ein Glas mit Wasser. Wieder stützte er ihr den Nacken und führte das Getränk bis an ihre Lippen. Er achtete genau darauf, dass sie es austrank, denn er hatte vorsichtshalber eines von Layos' Stärkungsmitteln hineingegeben. Es war an der Zeit, sie aufzuklären, selbst über Dinge, die sie nicht so ohne Weiteres würde verarbeiten können. Ihm war wichtig, dass sie dabei bei vollem Bewusstsein war und trotzdem nicht über Gebühr litt. Am besten fing er gleich mit seinen Geständnissen an. Thynor nahm ihr das leere Glas wieder ab und stand auf.

Elisa ließ ihn nicht aus den Augen. Er war groß, sie hätte nicht übertrieben, wenn sie sagen würde riesig. Unter seinem schwarzen T-Shirt erkannte sie kräftige Muskeln, ohne dass er bullig wirkte. Sein breiter Brustkorb ließ an eine Wand aus Stahlbeton denken. Schmale Hüften und lange Beine steckten in einer Jeans. Er trug ein breites Metallarmband, das dem ähnlich sah, welches sie an ihrem rechten Unterarm entdeckt hatte. Seine dichten schwarzen Haare waren etwas länger, als es die derzeitige Mode diktierte, was ihr durchaus gefiel. Kantige Gesichtszüge zeugten von unbeugsamem Willen und angeborener Macht. Doch dies erfreute sie eher nicht, denn Elisa befürchtete immer noch, ein Opfer dieses Willens und dieser Macht zu sein. Die Augen des Mannes, dunkel und mit einem funkelnden Glanz, die sie auf eine lauernde und zugleich dominierende Art ansahen, trugen zu ihrem Unbehagen bei. Dieser Mann war gefährlich. Sein Alter war schwer einzuschätzen. Er war kein junger Mann mehr, andererseits suchte man jegliche Altersspuren, wie tiefe Falten oder graue Haare, vergebens. Jede Bewegung vollführte er mit einer eigenartigen Eleganz, so als bräuchte er überhaupt keine Kraftanstrengung.

Thynor stellte das leere Wasserglas auf einem kleinen Tisch ab, kam zum Bett zurück und setzte sich in Höhe ihrer Taille auf die Matratze. Behutsam streichelte er ihr eine Haarsträhne hinter das Ohr, griff wieder nach ihrer Hand und fuhr mit seinen eindringlichen Berührungen ihres Handgelenkes fort. »Es tut mir leid, dass ich nicht rechtzeitig da war, um zu verhindern, dass du überfallen und betäubt wurdest. Aber, falls dir das ein Trost ist, du hast dich bei deinem Sturz auf den Boden nicht schwer verletzt. Und den Angreifer habe ich festgenommen und eingesperrt.«

»Sie sind von der Polizei! Was für ein Glück!«

Sie klang dermaßen erleichtert, dass es Thynor widerstrebte, sie so schonungslos aufzuklären, wie er es sich ursprünglich vorgenommen hatte. Stattdessen sagte er: »Nun, so etwas in der Art.« Gleichzeitig konstatierte er für sich, dass Elisa, falls sie tatsächlich mit den Bralur zusammenarbeitete, wohl kaum so erfreut auf seine Informationen reagiert hätte. Ein hoffnungsvolles Gefühl ließ sein Herz schneller schlagen.

»Wer war der Kerl? Was wollte er von mir?«

»Du hast ihn nicht erkannt?«

Elisa schüttelte vorsichtig den Kopf. »An so einen Mann würde ich mich erinnern, hundertprozentig. Solch einen Hünen habe ich mit absoluter Gewissheit nie gesehen. Dass es den überhaupt in echt gibt, ist kaum zu glauben!« In ihrer Begeisterung fiel ihr etwas zu spät ein, dass ein weiteres tolles Exemplar von Mann in ihrem Bett saß. Sie warf ihm einen verstohlenen Blick zu und spürte, wie eine leichte Röte über ihre Wangen lief.

Thynor führte ihre Hand vergnügt an seinen Mund und drückte sanfte Küsse auf die Stelle, die er vorher nur gestreichelt hatte. Er ahnte genau, was sie dachte.

Wieder wollte sie sich ihm entziehen.

»Lass das!«, forderte er und hielt sie fest. »Hast du mir nicht zugehört? Ich bin gezwungen dich zu berühren. Und zu küssen.« Dich an mich zu binden, dachte er, und in dich einzudringen. Am besten sofort. Er sah ihr fest in die Augen. »Erzähl mir bloß nicht, dass dir nicht gefällt, wie sich das anfühlt.«

Ertappt keuchte Elisa auf. Woher wusste er das? Sie spürte, wie Hitze in ihr aufstieg. Sie erkannte sein unzweideutiges Grinsen. Sein Blick bannte sie, feurig, voller Begehren und Leidenschaft, wie die Ankündigung von unglaublich gutem Sex.

Ohne jede Zurückhaltung beugte er sich vor und drückte ihr einen zärtlichen Kuss auf die Lippen. Und verharrte nur einen Zentimeter vor ihrem Mund. Es gelang ihm nicht, sich nur ein Stückchen weiter von ihr zu entfernen. Ihre Lippen waren weicher, wärmer und vor allem nachgiebiger, als er sie sich ausgemalt hatte. Er hätte wissen müssen, dass dieser Kuss ein Fehler war, denn unversehens steckte er in einer echten Zwickmühle. Wie zum Teufel sollte er die Frau verhören und eines möglichen Angriffs überführen, wenn sie fast nackt im Bett lag und er sie nur noch nehmen wollte. Thynor war hart wie noch nie in seinem Leben; er musste sich schnellstens etwas einfallen lassen. Sonst würde er bald keinen Schritt mehr gehen können. Jede Sehne und jeder Muskel schrien nach Erlösung. Ein gehauchter Kuss?! Zu wenig! Er wollte mehr, nein, er brauchte mehr.

Elisa zwang sich zu logischen Schlüssen. So dreist benahm sich kein Polizist; fremde Frauen so mir nichts dir nichts zu küssen? Da gab es bestimmt eine Dienstvorschrift, die dies verbot. Wahrscheinlich war er ein Geheimagent, für den es keine Regeln gab. War James Bond nicht umgehend in jeden Rock verliebt? Das musste es sein! In den einschlägigen Filmen bewohnten solche Typen genau diese Art von Schlafzimmer! Oder war das ein Appartement in einem luxuriösen Hotel? Egal! Es wurde höchste Zeit, zu verschwinden. Der Mann machte sie völlig verrückt. Er ließ sie Dinge empfinden, die in ihrer Situation absolut unangemessen waren: Prickeln, Erregung und, Elisa gestand es sich offen ein, sexuelle Lust. Sie wollte aufstehen und versuchte, ihn mit ihrer freien Hand wegzustoßen, was keinerlei Wirkung hatte. Genauso gut hätte sie versuchen können, einen Elefanten zu bewegen. Das einzige was passierte, war, dass sie ein warnendes Brummen hörte. So konnte es nicht weitergehen, das musste sie diesem Mann auf schonungslose Art und Weise verständlich machen. Sie sagte laut: »Jetzt hören Sie mir mal zu. Ich kenne Sie nicht. Ich liege hier in Ihrem Bett herum, mit nichts an, als diesem«, sie zupfte am Stoff ihres Pyjamas, »nahezu durchsichtigen Teil. Das im Übrigen nicht mir gehört. Zugegeben, Sie haben mich unter Umständen vor einem brutalen Serienkiller oder jemanden in dieser Art gerettet, vielen Dank dafür. Ich sage ebenfalls Danke für das Schmerzmittel. Es wirkt ausgezeichnet.« Elisa meinte das aufrichtig. »Aber das gibt Ihnen lange nicht das Recht, mich hier festzuhalten, unsittlich zu berühren oder gar zu küssen! Machen Sie bitte Platz, ich möchte jetzt gehen.«

Das musste Thynor ihr lassen: Elisa war kein Angsthase. Ihre Reaktion faszinierte ihn. Es rührte an sein Herz, dass sie versuchte, die Kontrolle über die Situation zu erlangen. Er wich reflexartig einige Zentimeter von ihr zurück, hob spöttisch eine Braue und liebkoste sie ungerührt weiter. Er zog ihre Finger an seinen Mund und begann, sie mit der Zunge leicht zu berühren. »Du möchtest gehen? In diesem durchsichtigen Teil? Das noch nicht einmal dir gehört?«, zitierte er sie amüsiert.

Elisa spürte geschockt, wie ein leises Ziehen in ihrem Unterleib einsetzte. Ihre Brüste spannten sich und ihre Haut prickelte. »Es gehört nicht zu meinen Angewohnheiten, mich bei erstbester Gelegenheit von Unbekannten küssen zu lassen. Das Ganze ist gewiss ein Missverständnis«, fuhr sie mit leichten Schluckgeräuschen in der Stimme fort, ohne seine Fragen zu beachten.

»Bestimmt ist es das nicht, Elisa. Du gehörst genau hierher, in dieses Bett, und ich habe durchaus das Recht, dich zu berühren und zu küssen.« Sie war seine Spiegelfrau, also! Er beugte sich vor und eroberte ihren weichen Mund erneut. Dieses Mal beließ er es nicht bei einer schlichten Berührung, sondern verharrte, leckte ihre Lippen leicht und wartete auf eine Reaktion. Sie entzog sich ihm nicht, hielt still, wagte nicht, zu atmen. »Mach den Mund auf«, flüsterte Thynor fordernd. Er benutzte seine erfahrene Zunge, um ihr zu zeigen, was er vorhatte und biss sie dann unbeschreiblich zart in ihre Unterlippe. Sie keuchte überrascht auf und er nutzte die Gelegenheit sofort, um einzudringen. Er legte eine Hand in ihren Nacken, zog sie fest an sich und vertiefte den Kuss. Er war gezwungen für Elisa mit zu atmen, denn sie war immer noch wie erstarrt. Thynors andere Hand streichelte verführerisch ihren Rücken, drückte sie dabei fest an seine Brust und ließ sie die Hitze seines Körpers fühlen. Plötzlich spürte er es deutlich: Sacht, fast etwas schüchtern, erwiderte sie den Kuss. Ihre warme Zunge suchte seine, sie stupste sie voller Entdeckerfreude an und ihre Lippen wurden willig. Ihr weicher Körper gab nach und ihre nur von etwas Seide verhüllten Brüste schmiegten sich warm und voll an ihn. Verdammt! Wie weit durfte er gehen, ohne sie erneut zu verschrecken? Er genoss ihre zaghafte Zärtlichkeit und wollte auf keinen Fall, dass sie sich zurückzog. Dieser Kuss war ein großer Fortschritt. »Na siehst du«, flüsterte er, bevor er sie wieder sanft in die Unterlippe biss, um dann mit der Zunge lindernd darüberzufahren, »das war doch gar nicht so schlimm.« Thynor sah sie lächelnd an und war bestimmt nicht in der Lage zu verhindern, dass seine Augen voller Stolz auf seine männlichen Verführungskünste blitzten. »Es hat dir gefallen, stimmt's?« Er hielt Elisas Gesicht mit beiden Händen umfangen, wobei er darauf achtete, ihre Wunde nicht zu berühren.

Sie nickte schüchtern und wollte den Blick abwenden.

Doch Thynor hielt sie weiter fest. »Sieh mich an Elisa. Bitte. Ich muss in deine Augen sehen. Schäme dich nicht für das, was du empfindest. Das sind positive Gefühle. Wunderbare Gefühle. Auch wenn sie dir im Moment unmöglich scheinen. Es gibt eine Erklärung dafür. Bitte, lass zu, dass es dir gefällt, wenn ich dich küsse und berühre.« Er wartete. Elisas Blick wurde weich, dann öffnete sie ihre Lippen und legte den Kopf leicht zur Seite, bereit für die kommende Eroberung. Thynors nächster Kuss war fordernder, leidenschaftlicher; er spielte seinen ganzen Erfahrungsschatz aus. Von dem Augenblick an, da er wusste, dass ihr die Zärtlichkeiten nicht unangenehm waren, wollte er sehen, wie weit Elisa bereit war, ihm zu folgen. Dieser Kuss würde ein Vorspiel werden, dass keinerlei Zweifel daran ließ, dass er mehr vorhatte. Seine Zunge drang erneut in ihren Mund ein. Heiß und zielstrebig.

Elisa spürte genau, was er da andeutete. Sex. Wollust. Eine tiefe Vereinigung. Es war im wahrsten Sinne des Wortes atemberaubend, wie sicher und anmaßend er sie küsste. Noch unglaublicher war jedoch, dass es ihr gefiel und sie bereitwillig mitmachte! Sie saß mit einem fremden Mann im Bett und ließ ihn nicht nur gewähren, sondern küsste ihn mit Leidenschaft zurück. Als wäre das nicht Katastrophe genug, spürte sie, wie sich ihre Brustspitzen sehnsüchtig aufstellten und sich zwischen ihren Schenkeln heiße, feuchte Spuren ihres Verlangens sammelten. Seine Hand glitt unter ihre Pyjamajacke und lag besitzergreifend auf ihrer Hüfte. Sie würde ihre unerklärliche Lust nicht mehr lange vor ihm verbergen können, dabei kannte sie ihn gar nicht! »Halt. Stopp!« Ihr rationales Denken kehrte zurück und sie entwand sich der Umarmung. Ihre Hände griffen nach seinem Handgelenk und hielten es fest. »Wir sollten damit aufhören. Sofort. Irgendetwas stimmt hier nicht! Mein Kopf hat offensichtlich bei dem Überfall mehr abbekommen, als zu sehen ist. Denn das«, Elisa legte die Finger auf ihre vom Küssen geschwollenen Lippen, »ist nicht meine typische Verhaltensweise!«

Thynor tat ihr den Gefallen und zog seine Hand langsam zurück, dabei nahm er ihre Hände mit. Er bemerkte trocken: »Es freut mich sehr, das zu hören.« Wieder benutzte er exakt ihr Vokabular: »Diese Verhaltensweise darf schließlich nur mir vorbehalten bleiben. Dennoch finde ich, wir sollten auf keinen Fall damit aufhören. Wir sind doch gut dabei.« Doch dann sah er, dass Elisas Körpersprache augenblicklich etwas anderes ausdrückte: Die anfängliche Furcht stahl sich wieder in ihre Augen. »Unser bester Arzt hat dich untersucht. Glaub mir, du bist nicht schwer am Kopf verletzt. Und deine körperliche Schwäche liegt am Betäubungsmittel, das dir im Park injiziert wurde. Das geht wieder vorbei. Vertrau mir. Ich bin für dich da. Was ist los? Am besten du sagst mir, was dich bedrückt«, bat er sie leise. War er zu forsch gewesen? Seine zukünftige Siegelfrau wirkte auf einmal verzagt und zog sich die Bettdecke bis zum Hals hoch, ein rührendes und wenig erfolgversprechendes Schutzmanöver, das Thynors Herz zum Schmelzen brachte.

Leise fragte Elisa: »Wieso lasse ich mir das überhaupt gefallen? Hier, in Ihrem Bett?« Sie sah sich verschüchtert um. Wie hatte sie nur in diese Situation geraten können? Und warum reagierte sie so völlig ungewöhnlich? Dann wusste sie auf einmal Bescheid. Ihr Körper versteifte sich und wütend fuhr sie Thynor an: »Sie Mistkerl! Sie haben mir beim Aufwachen gar kein Schmerzmittel injiziert! Das war eine Droge, stimmt's? Irgend so ein Zeug, um die Frau gefügig zu machen! Das vergessen Sie mal schnell wieder! So eine Sache funktioniert bei mir nicht. Sie haben keine Vorstellung, mit wem sie es zu tun haben! Aber das versichere ich Ihnen: Ich tue nur äußerst selten etwas, was ich nicht tun will. Und Sex mit unbekannten Schönlingen gehört mit absoluter Sicherheit nicht dazu!« Elisa bemerkte in ihrem Zorn gar nicht, wie verletzend ihr letzter Satz war, und hoffte, mit ihrer leidenschaftlichen Rede auch ihren Körper davon überzeugen zu können, dass sie nur von hier verschwinden müsste und alles wäre wieder in Ordnung mit ihrem Leben. »Ich werde jetzt aufstehen und nach Hause gehen.« Sie versuchte, sich schwungvoll zu erheben und an Thynor vorbeizuschieben, aber sofort wurde ihr schwindelig und sie fiel stöhnend zurück. Eine große Männerhand legte sich auf ihre Schulter und hielt sie mit zärtlicher Gewalt in die Kissen gedrückt. Eine überflüssige Absicherung, denn sie wäre gar nicht in der Lage gewesen, sich zu rühren.

»Was sollte das werden, Elisa?« Thynors Stimme klang nicht mehr sanft. Eher schon verärgert. Wie eine Warnung. Ihr absurder Vorwurf hatte ihn getroffen. Traute sie ihm in der Tat zu, ihr Drogen gegeben zu haben? In welcher Welt lebte sie, wenn sie solch ein verabscheuungswürdiges Verhalten für möglich hielt? Ihr Zuhause ließ nicht auf einen Kontakt zu einem derart asozialen Milieu schließen. Hm. Das würde er ein andermal klären müssen. Andererseits versagte er ihr im Stillen nicht seine Anerkennung für ihren Widerstand, aber zweifelsohne würde er nicht zulassen, dass sie ihn verließ. Elisa gehörte ihm. Sie sollte nur ihn lieben und begehren, so wie er sie begehrte. Er musste nur etwas mehr Zeit aufwenden, damit sie das von allein spürte. Diese Einsicht kostete ihn unendliche Kraft. Sein Verlangen nach ihr wurde immer drängender; lange durfte es nicht mehr dauern, bis die natürlichen Bedürfnisse seines Körpers seine guten Vorsätze bezwingen würden. Immer noch hatte er keinen Schimmer, wie er es anstellen sollte, Elisa das zhanyrianische Prinzip der ewigen Bindung durch regelmäßigen Austausch von Körperflüssigkeiten, sprich Sex, behutsam zu vermitteln. Vielleicht so: »Sieh mich an und pass genau auf, was ich dir jetzt sage. Es ist wichtig.«

Elisa hatte keine Wahl und gehorchte; den unerbittlichen Klang in seiner Stimme wagte sie nicht zu ignorieren.

»Du kannst hier nicht weg. Das wäre zu gefährlich. Wir müssen erst herauszufinden, warum du entführt werden solltest. Und deine Gesundheit muss wieder völlig hergestellt sein. Das kann ein paar Tage dauern. Solange bleibst du hier. Und ich will nicht erleben, dass du erneut versuchst, aus diesem Bett zu klettern, bevor ich es dir erlaube. Sonst habe ich die Mittel, dich festzubinden und glaub mir, das würde uns beiden nicht gefallen.« Zumindest nicht in diesem Zusammenhang. Thynors Ton ließ keinen Zweifel an der Ernsthaftigkeit seiner Drohung. »Hast du mich verstanden?«

Elisa schluckte schwer, obwohl sie wusste, dass der Mann ihren Schmerz erahnen konnte. Unglücklicherweise sah er sie aus kalten, drohenden Augen an und zudem erzwang er mit leicht verstärktem Druck seiner Hand ihre Zustimmung. Ehe Elisa es verhindern konnte, kullerten Tränen über ihre Wangen. Die Angst ließ ihren Körper gefrieren.

»Nein! Hör sofort auf damit!« Thynor fühlte sich schlagartig wie der größte Schweinehund, weil er Elisa zum Weinen gebracht hatte. Das konnte er nicht ertragen. »Lass die Tränen, bitte. Ich werde dir nichts antun! Glaub mir doch endlich! Du bist hier in Sicherheit! Ich habe dir keine Drogen gegeben. So etwas würde ich nie machen«, beteuerte er und hoffte, dass er zu Elisa durchdrang. Dann spürte er, wie sie erneut unkontrolliert zitterte. Ohne Zögern riss er die Bettdecke beiseite und legte sich auf sie, hüllte sie mit seinem großen männlichen Körper ein und versuchte, so viel wie möglich von seiner Hitze auf sie zu übertragen, um sie zu wärmen. Dann zerrte er die Decke über sie beide und bedeckte sie vollständig. Er nahm Elisas Beine zwischen seine Schenkel, zog ihre Arme unter sich und stützte sich auf die Ellbogen, um wieder etwas Gewicht von ihr zu nehmen. Das hilflose Schluchzen erschütterte ihren ganzen Körper. Mit den Händen umfasste er ihr Gesicht und redete ihr flüsternd weiter zu: »Elisa, hab keine Angst vor mir. Ich möchte dich nicht überrumpeln und mit Gewalt nehmen. Mein einziger Wunsch ist es, dich zu wärmen. Spür es. Mein Körper glüht.

Es tut mir leid, wenn ich mich benommen habe wie ein Mistkerl, doch ich wollte keine Zweifel aufkommen lassen, dass ich meine, was ich sage. Elisa, Liebes, es wird alles wieder gut. Du musst nur hier bei mir bleiben. Lass bitte zu, dass ich mich von jetzt an um dich kümmere.« Sanft strich er ihr mit den Daumen die Tränen von der Haut und wiederholte in der intimen Dunkelheit unter der Bettdecke: »Ich werde dir nicht wehtun. Hab keine Angst. Alles wird gut.« Irgendwann hatte er es geschafft. Sie hörte auf zu weinen und lag still unter ihm. »Ich werde jetzt die Decke von unseren Köpfen ziehen, damit wir wieder Luft bekommen, in Ordnung?« Er wollte, dass Elisa seine Bewegungen nicht missverstand. Denn naturgemäß hatte er immer noch einen riesigen Ständer und das konnte ihr nicht entgangen sein.

Elisa nickte.

Obwohl Thynor ein wenig abwärts rutschte, blieb er weiter auf ihr liegen und streichelte sie unverdrossen im Gesicht. Er dachte gar nicht daran, sie loszulassen. Er konnte es nicht. Ihr weicher Körper, ihr wild pochendes Herz unter ihren bebenden Brüsten, ihr seidiges Haar in seinen Händen. Warum sollte er darauf verzichten? Die Tränen in ihren Wimpern glänzten im Kerzenlicht und das einmalige Blau ihrer Augen war nahezu schwarz geworden. Sie roch unwiderstehlich, war wehrlos und hatte keinerlei Vorstellungen, was es ihn gerade kostete, nicht wie ein Stier über sie herzufallen und sich zu nehmen, was ihm gehörte. Eisern kämpfte er für seinen Vorsatz: Erst wenn sie es wollte, würde er sich mit ihr vereinigen. »Ich mach dir einen Vorschlag, ja? Ich werde dir immer erst sagen, was ich zu tun gedenke, damit du Gelegenheit bekommst, dich darauf einzustellen. Und wenn dir irgendetwas davon Unbehagen bereitet, sagst du es mir bitte sofort.« Thynor sprach absichtlich mit seiner eindringlichen Verführerstimme, die nie ihre Wirkung verfehlt hatte. Er wünschte sich, dass endlich die verfluchte Angst aus Elisas Augen verschwand. »Wie hört sich das an?«

Elisa war in Wahrnehmung dessen, was sie durch die dünne Seide an ihrem Körper fühlte, mehr als skeptisch. Der Mann lag – zugegebenermaßen bekleidet – erregt auf ihr und hielt sie unter seiner Last gefangen. Andererseits war er fürsorglich, zärtlich und auf eine ehrliche Art überzeugend, die sie wahrhaft daran glauben ließ, dass er ihr nichts antun würde. Elisa wog ihre Chancen ab. Niemand wusste, wo sie war. Sie war verletzt und stark geschwächt. Unter Umständen brauchte sie sogar einen Arzt. Und dann war da der Mann, der immer wieder beteuerte, sie beschützen zu wollen. Was sollte sie tun?

Thynor ließ nicht locker. »Und ich darf mich von jetzt an um dich kümmern? Das gehört mit dazu. Sind wir uns da einig?«

Es musste an seiner überzeugenden Stimme liegen oder am ehrlichen Blick. Vielleicht auch am Geruch. Zu guter Letzt gab Elisa seiner Überlegenheit nach. »Ja«, hauchte sie unglücklich, ohne eine wirkliche Alternative zu sehen. Eine allerletzte Träne lief über ihr Gesicht.

Thynor küsste sie ihr weg. »Du musst aufhören zu weinen, Elisa. Bitte. Das halte ich nicht aus. Völlig unnötig, solche Angst zu haben. Lass uns lieber überlegen, wie es weitergeht. Für den Moment bist du in diesem Bett vortrefflich aufgehoben. Ich werde jetzt wohl aufstehen müssen, obwohl ich es nicht für die beste Option halte. Vorher küsse ich dich aber noch einmal.« Ohne ihr Zeit für einen Einspruch, zu lassen, berührten seine Lippen ihren Mund. Er neckte sie mit der Zunge, bis sie schwach wurde und ihren weichen Mund öffnete. Er lockte sie, zeigte ihr mit allem, was er hatte, was möglich sein würde, wenn sie weitergingen. Thynor vernahm ein kaum hörbares Stöhnen und spürte, wie ihr sinnlicher Körper nachgiebig wurde. Die Versuchung war groß. Aber er war kein Mann, der leichtfertig ein Versprechen brach. Er hatte von einem Kuss gesprochen und nicht mehr. Es wäre ein Leichtes, jetzt weiter zu gehen, und möglicherweise hätte er im Interesse des Volkes der Zhanyrianer sogar so handeln müssen, aber seine Ehre und die unbeschreiblichen Gefühle für Elisa verboten ihm, sie weiter zu bedrängen. Sie muss erst von Liebe sprechen. Mit einem rauen Knurren riss Thynor sich los und sprang auf. »Deck dich zu!«, wies er sie an.

Elisa hatte die harsche Aufforderung gar nicht nötig. Nur allzu gern bedeckte sie ihren verräterischen Körper. Warum ließen sich ihre Hormone auf einmal nicht mehr von ihrem Verstand steuern? Es war seltsam – in der Vergangenheit hatte das immer geklappt.

Und jetzt – sobald sie diesen Mann in ihrer Nähe spürte, ihn roch und seinen Körperkontakt fühlte, verabschiedete sich ihr Gehirn in ein irres Nirwana. Sie wollte ihn genauso berühren, ihn küssen, ihn schmecken. Allein sein Anblick ließen ihr die Knie zittern, obwohl sie im Bett lag. Seine Stimme war hypnotisch und sie fürchtete, ihre – ha! – Gegenwehr gesellte sich über kurz oder lang zu ihrem verschwundenen Verstand und sie würde sich diesem Mann bedenkenlos hingeben. Das alles war eine neue Erfahrung für sie, aber brachte es ihr darüber hinaus etwas Gutes?

Thynor durchquerte den Raum und holte einen Stuhl, stellte ihn rücklings an Elisas Bett und setzte sich mit gespreizten Beinen hin. Das verschaffte ihm zumindest etwas Erleichterung, wenn die Verbesserung auch kaum der Rede wert war. Er legte die Arme locker auf die Lehne des Stuhls und sah sie an. »Ich möchte mich vorstellen. Es ist höchste Zeit«, begann er äußerlich ruhig. Im Innern malte er sich bereits seit Stunden aus, wie sie atemlos seinen Namen schrie, wenn er sie wieder und wieder zum Höhepunkt ihrer Lust führte. Da schien es nur angeraten, ihr seinen Namen zu verraten.

Der Fremde sah sie an, wie nie ein Mann sie angesehen hatte. Eindringlich und ohne zu blinzeln. Schon nach ein paar Sekunden wurde Elisa nervös, denn sie spürte, dass sie deutlich auf diesen Blick reagierte. Welche Frau würde dem Verlangen, dem dunklen Hunger und dieser Leidenschaft widerstehen können? »Tut man nicht gut daran sich vorzustellen, bevor man eine Frau so« – Elisa wedelte unbestimmt mit der Hand – »küsst?« Sie wollte sich nicht wieder einschüchtern lassen.

»Ganz bestimmt«, räumte er nüchtern ein. »Doch diese Reihenfolge passt zu uns. Sie ist nicht ungewöhnlich. Mein Name ist Thynor. Ich bin ein Krieger–«

Kein Mensch hieß Thynor! Mit Namen kannte Elisa sich aus. War er also doch ein Geheimagent und sein Vorgesetzter hatte ihm einen ziemlich fantasievollen Decknamen verpasst? Und die Berufsbezeichnung ›Krieger‹ war einfach nur lächerlich. Seit Jahrhunderten gab es keine Söldner mehr in ihrer Gegend. Was dachte sich dieser Mann?

»–und ich bin ein Außerirdischer.«

Elisa riss die Augen vor Überraschung weit auf. Dann prustete sie los, ein helles, klares Lachen. Sie sank bebend seitlich in die Kissen. Sie konnte nicht anders. Mühsam brachte sie glucksend hervor: »Da bin ich jetzt aber erleichtert! Und ich dachte schon, ich hätte den Verstand verloren oder zu viel Fantasie, als ich annahm, Sie sind ein Geheimagent. Sogar der Gedanke, Sie sind mein Zimmernachbar in einer psychiatrischen Klinik, ist mir kurz gekommen. Aber ein Außerirdischer – das ist ja die beste Erklärung für Ihr eigenartiges Benehmen.« Der Humor des Mannes schien zwar gewöhnungsbedürftig, aber ihre Angst war auf einmal wie weggeblasen.

Elisas spontanes, unschuldiges Lachen war das Ende ihrer Ungebundenheit, sie wusste es nur noch nicht. Thynor spürte, dass er es sein ganzes ewiges Leben lang immer wieder würde hören wollen. Sein Herz war mit diesem Lachen endgültig verloren. Er konnte diese Frau nicht mehr aufgeben, das war schlicht unmöglich. Am liebsten würde er sie ergreifen, sie in die Arme schließen und mit in ihr Gelächter einstimmen. Er würde das Beben ihres Körpers an seinem spüren, sie küssen, berühren und erregen, bis sie ihn anflehte, in sie einzudringen und nie wieder damit aufzuhören. Doch er musste auf diesem Stuhl sitzen und beim Thema bleiben, verdammt – um ihrer beider willen.

Thynor verzog keine Miene. Im Gegenteil, sein Gesicht schien versteinert. Seine schwarzen, glutvollen Augen jedoch warfen ihr einen Blick zu, der irgendwo zwischen einer Herausforderung und unbändigem Siegeswillen lag. Elisa lächelte wissend. »Kommen Sie, sehen Sie mich nicht so an. Sie können doch unmöglich erwartet haben, dass ich Ihnen so einen Quatsch abkaufe!« Doch dieser Thynor schien zu glauben, dass das, was er sagte, irgendeinen Sinn ergab. Oh nein! Wenn er wirklich ein geistesgestörter Psychopath war, schwebte sie ernstlich in Gefahr. Sie hatte die Lage wohl unterschätzt. Elisas Herz schlug wieder heftiger. Die Angst kehrte zurück. Was hatte er bloß vor mit ihr?

Thynor, der ihr unschuldiges Lachen im Ohr hatte, sah, wie die Panik in ihre Augen zurückkehrte. Er hasste das. Aber er redete weiter: »Wir mussten uns eine neue Heimat suchen, denn unsere, der Planet Draghant, drohte von seiner eigenen Sonne verzehrt zu werden. Die Wahl fiel auf dieses Sonnensystem hier und die Erde. Wir nannten sie Lanor. Sie war der nächstgelegene geeignete Himmelskörper, und wir hatten nicht mehr ausreichend Zeit, um nach Alternativen zu suchen. Inzwischen leben wir auf eurem Planeten schon über zweitausend Jahre. Unerkannt. Wir sind nur Männer und stammen aus dem Volk der Zhanyrianer. Unsere eigenen Frauen sind alle umgekommen. Die Menschenfrauen gefallen uns und sind äußerst angenehm, bleiben uns aber fremd und können unser Bedürfnis nach Vermehrung nicht erfüllen ... Wie sich nun unerwartet herausstellte, bist du allerdings eine Spiegelfrau – meine Spiegelfrau, um es genau zu sagen. Ich kann dich aus diesem Grund nicht gehen lassen. Und noch weniger kann ich zulassen, dass dir etwas geschieht. Du bist die Hoffnung für alle Zhanyr.«

Während er sprach, war Elisa erstarrt. Sie hörte, was er sagte, konnte aber nichts damit anfangen. Er klang absolut überzeugt von der Geschichte. Ruhig und mit einem Unterton, der sie nahezu beschwor, ihm zu glauben, hatte er die Sätze gesagt. Spiegelfrau. Vermehrung. Hoffnung. Seine Stimme hatte weder geschwankt noch sonst irgendeinen Beiklang gehabt. Es war ihm ernst. Todernst, wenn sie den energischen Zug um Thynors Mund richtig deutete. Diesem Mund, der so unglaublich sinnlich und anziehend war und mit dem er so perfekt küssen konnte.

Er klärte sie weiter auf: »Die männlichen Wesen meiner Spezies benötigen eine genetisch gleichartige Spiegelfrau, um sich paaren und vermehren zu können. So lange wir regelmäßig Körperflüssigkeiten austauschen, altern wir nicht; der Akt regeneriert unsere Körper. Spiegelpaare erkennen einander, wenn sie sich das erste Mal berühren, die nackte Haut des anderen spüren. In diesem Moment deckt sich die identische Zusammensetzung unserer Körper auf. Und dann haben wir gar keine Wahl mehr, Elisa. Wir gehören zusammen. Und es gibt nie wieder jemand anderen für uns. Unsere Zellen registrieren das sofort und wollen mit unbändigem Verlagen zueinanderfinden, oft und leidenschaftlich ... Das ist ohne Übertreibung etwas Einmaliges, so ein Geschenk! Du gehörst zu mir. Und ich kann nie wieder von dir lassen.«

Diese Sache klang absurd, fast wie eine Liebeserklärung. Eine äußerst seltsame zwar, zumal sie von einem irren Fremden kam, aber Elisa bemerkte überrascht, dass sich bei Thynors Worten eine samtene Wärme in ihr ausbreitete, und sie spürte, dass sie ihn schon wieder gern berühren würde. Zurück zur Vernunft!, wies sie sich selbst zurecht. »Sie denken darüber nach, ob Sie mich verführen wollen. Geht es Ihnen darum?«

»Nein, das ist keine meiner Überlegungen. Das steht bereits fest. Ich werde dich besitzen. Schon bald. Ich habe die Aufgabe, uns aneinanderzubinden, Elisa.«

Das sagte er mit einer solchen überzeugenden Gelassenheit, als bestünde daran nicht der geringste Zweifel. Als sei sein Entschluss etwas, das auf jeden Fall Realität werden würde. Mit so viel Entrüstung, wie es ihr Zustand zuließ, forderte Elisa: »Hör auf damit! Sofort! Dies ist ein absurdes Gespräch! Wer bist du? Ich werde alles der Polizei erzählen. Mit so etwas kommst du niemals durch!«

Thynors Herzschlag setzte kurz aus. Endlich! In ihrer Empörung war Elisa unwillkürlich zum Du übergegangen, ein weiterer Fortschritt. Das wollte er unbedingt ausnutzen. Trotz seiner momentanen Anspannung schmunzelte er. Sie war zu schwach, um alleine aufzustehen, besaß jedoch genug Courage, um ihm mit ernsten Konsequenzen zu drohen. Das konnte ja lustig werden! Ob ein sanfter Kuss sie beschwichtigen würde? Thynor sprach ihr zu und benutzte absichtlich wieder seine sinnlich tiefe Verführerstimme: »Wehr dich nicht dagegen, Elisa. Das bringt nichts. Wir werden es beide wollen. Und es wird uns gefallen. Vertrau mir. Du wirst mit mir glücklich sein.«

»Du hörst dich an, als denkst du, du wärst unbesiegbar.«

»Das bin ich in der Tat.« Thynor schmunzelte erneut, aber die Worte sprach er mit absoluter Überzeugung.

»Kein Mensch ist unbesiegbar.« Sie versuchte verzweifelt, ihn wieder an die Wirklichkeit heranzuführen.

»Ich bin auch kein Mensch.«

Bei diesem großspurigen Satz stahl sich ein resigniertes Lächeln in Elisas Gesicht. »Schön. Das Thema hatten wir bereits. Wir drehen uns irgendwie im Kreis. So kommen wir nicht weiter.« Sie musste etwas anderes versuchen. Warum sah Thynor nur so überwältigend attraktiv aus? Was hatte er nur an sich, dass sie so auf ihn reagierte? Er war ein gefährlicher Mann, so viel stand fest. Er war stark und höchstwahrscheinlich in einer Führungsposition. Er agierte mit einer Aura, die davon zeugte, dass er gewohnt war zu bekommen, was er wollte, dass er Widerspruch nicht kannte und seinen Willen stets durchzusetzen wusste. Na dann. Ihr war es lieber, zu wissen, was auf sie zukam. Deswegen fragte sie mit fester Stimme: »Was hast du wirklich mit mir vor, Thynor?«

Mit dir schlafen, bis die Erde bebt, mich wieder und wieder in dir vergraben, heute und morgen und mein ganzes Leben lang, dich riechen, dich halten, mit dir reden. Dieses Lachen hören. Mit dir zu lachen. All das und mehr. Ich will wissen, wie die Liebe ist. Doch laut sagte Thynor: »Das habe ich dir schon gesagt, Elisa. Ich verführe dich. Wir verbinden uns. Du bist meine Spiegelfrau. Wir paaren uns und werden dadurch ewig leben. Aber ich kann durchaus verstehen, dass es nicht leicht für dich ist, all diese neuen Umstände zu begreifen.« Er stand auf, stellte den Stuhl beiseite und setzte sich wieder neben sie auf die Bettkante. Sein Lächeln wirkte auffallend selbstbewusst. »Wir müssen noch über den Anschlag auf dich reden. Das ist leider notwendig, denn wir sollten schnell herausfinden, wie groß die Gefahr für dich ist ... Doch vorher darfst du mir noch den leidenschaftlichen Kuss geben, den du schon die ganze Zeit vorgehabt hattest.«

In ihrer Entrüstung öffnete Elisa den Mund, um Thynor zurechtzuweisen, und spürte sofort seine warmen Lippen; die Zunge, die fordernd die ihre suchte und zielstrebig begann, sie zu locken. Es war nicht zum Aushalten! Wo hatte er nur so küssen gelernt? Sie nahm überdeutlich seinen Geruch nach wilden Hölzern und heißen Steinen wahr, spürte, wie ihre Lust anstieg, und da ihr kein Grund zur Zurückhaltung einfiel, gab sie sich dem berauschenden Kuss hin und erwiderte ihn selig. Ihre Hände glitten auf Thynors Schultern und begannen, die Konturen seines Körpers zu erkunden. Er fühlte sich so fantastisch an, so stark und beschützend. Er würde ihr nichts antun, das hätte er inzwischen längst tun können. Dieser Mann wollte, dass sie sich wohlfühlte und erholte. Er umarmte und küsste sie mit einer Selbstverständlichkeit, die keine Missverständnisse zuließ: Er begehrte sie. Heftig und unnachgiebig. Wäre er wirklich ein Außerirdischer gewesen, hätte er mit so viel Erotik die Luft zum Knistern bringen können. Oder tat er es gerade? Elisa seufzte und begann, das Unvermeidliche mit dem Angenehmen zu verbinden, und schenkte ihren vermaledeiten Gefühlen ein wenig mehr Vertrauen.

## ◇ 12 ◇

Im Hauptquartier der Bralur herrschte wieder völlige Ruhe. Franco saß träge in seinem Privatgemach hinter dem Schreibtisch und sah auf mehrere Monitorfolien. Bis Henrik mit der Auftragsbeute zurückkehrte, konnte es einige Zeit dauern. Seine äußere Gelassenheit trog. Im Innern brodelte es. Selbst ohne Drogen fühlte er sich berauscht – einzig durch die Spannung, was der Dateneinbruch bei den Jägern ihnen noch alles an Informationen bringen würde; siegesgewiss, dass sie durch diesen Vorteil ihre lästigen Feinde endlich niederzwingen könnten. Seit Jahrhunderten hatte er auf so eine Chance gewartet. Franco spürte am ganzen Körper, wie sich sein Tatendrang von Stunde zu Stunde potenzierte. Gleichzeitig machte es ihn fertig zu wissen, dass er sich gedulden musste, bis er Henriks Gefangenen verhören konnte. Sollte er die Villa am Meer aufsuchen, seinen privaten Rückzugsort, der ihm jeglichen Luxus bot? Ein wenig im Pool schwimmen und sich dann ein Menü aus dem Gourmet-Restaurant des Feriendorfs bringen lassen? Konnte der Blick auf ein Stück seiner einzigartigen Schmucksammlung ihn ablenken? Oder sollte er hierbleiben, ein wenig umherfliegen, den atemberaubenden Anblick der Wüste bei Nacht genießen? Als er sich vor Zeiten entschied, sein Hauptquartier hier in den einsamen Bergen des Tibesti einzurichten, war ein Grund gewesen, dass ihn die höher gelegenen vulkanischen Landschaften, die niedrige Luftfeuchtigkeit und die zeitweise Heftigkeit des Windes an seine Heimat auf Draghant erinnerten. Hinzu kam der geringe Grad an

Besiedlung mit lokaler Bevölkerung, denn das Klima bot nur äußerst wenigen Ureinwohnern eine Ernährungsgrundlage. Mit geringem technischen Aufwand für die Observierung ließen sich deren Bewegungen überwachen und bisher war es nur selten zu Begegnungen gekommen, die die Menschen selbstredend nie überlebten. Zu dieser Jahreszeit waren die wenigen Bewohner der Gegend verstärkt nachts unterwegs, fiel ihm gerade noch rechtzeitig ein. Irgendein heidnischer Unsinn veranlasste sie, sagenumwobene heilkräftige Orte aufzusuchen, und Franco wollte eine zufällige Sichtung möglichst vermeiden. Daraus folgte: kein Ausflug in die Wüste. Hm. Sex. Das war die naheliegendste Lösung um den Druck abzubauen und die Wartezeit zu überbrücken. Welcher der weiblichen Gefangenen würde er sich bedienen können, um seine Gelüste auszuleben? Er vergrößerte die Bilder auf den Folien, die die vier eingekerkerten Frauen in ihren Zellen zeigten. Oder sollte er auf das Angebot der üppig gebauten, neuen Puppe eingehen, die Stanko vor zwei Wochen mitgebracht hatte und die seitdem ungezwungen bei ihnen in den Höhlen lebte? Es gab immer wieder Menschenfrauen, die das lockere Zusammenleben mit seinen Männern anzog, denen es nichts ausmachte, mit Banditen und Killern zusammenzuleben, und die freiwillig alles gaben, was man von ihnen verlangte, besonders in sexueller Hinsicht. Sie machten sogar mit, wenn es um Schmerz und Erniedrigung ging. Aber Franco bevorzugte alles Echte und blickte wieder auf die Monitorbilder. Diese Frauen litten wirklich und spielten keine zugewiesene, verabredete Rolle; ihre Tränen waren salzig und ihr Fleisch dafür doppelt so süß. Er grinste diabolisch. Das war sein Moment, wenn er am Ende, nachdem er durch die Qualen der Opfer zu einem berauschenden Orgasmus gekommen war, ein winziges Häppchen Fleisch aus dem Frauenkörper herausschnitt und roh verspeiste. Stets sorgte er dafür, dass die Betroffenen dem Verzehr seines Genusshäppchens zusahen. Eine Gefangene war durch ihren häufigen Einsatz etwas unappetitlich geworden und völlig vernarbt; er würde sie bald ersetzen müssen. Ach richtig! Rastor war im Quartier. Vielleicht machte er auch gemeinsam was mit ihm? Dieser Mann schwebte auf seiner Wellenlänge. Bestimmt ergäben sich neue Spielarten, wenn sie zu zweit mit den Puppen agierten. Hm. Das würde er, da er nicht genau wusste, wie viel Zeit er hatte, auf einen anderen Tag verschieben müssen. Doch jetzt? Zwei der Gefangenen waren zu schwach von seiner letzten Benutzung. Wenn sie gleich wieder ohnmächtig werden würden, brächte das nichts; nach der Mageren stand ihm heute nicht der Sinn. Und die Schwangere? Schon besser.

Franco stellte die Verbindung zu Brandon her. »Wo bleibt Henrik? Er hätte sich längst melden müssen.« Wenn sein Gruppenführer tatsächlich mit einer Puppe zurückkäme, könnte er gleich zwei Fliegen mit einer Klappe schlagen: Zügellosen Sex und den gehörigen Spaß beim Foltern hätte er ohnehin. Nur allein sein musste er dafür. Der gemeinsame Spaß mit Rastor war folglich unmöglich. Sollte der sich doch mit der neuen Puppe von Stanko vergnügen.

Brandon antwortete: »Ich versuche ständig, ihn zu orten. Ohne Erfolg. Im Polizeifunk war nichts zu hören, weder von einem Überfall noch von einer Entführung. Selbst in den internen Lagemeldungen der Polizei gab es keinen Hinweis. Das Haus, in dem wir den Standort des Computers ausgemacht hatten, sieht auf den Satellitenfotos völlig unversehrt aus, allerdings wirkt es im Moment unbewohnt. Unter Umständen musste Henrik noch irgendwohin, um den Kerl dort besser einsammeln zu können.«

Franco überlegte. Ihm waren solche Ungewissheiten ein Graus. »Such weiter. Wenn er sich in zwei Stunden nicht gemeldet hat, übernimmt ein anderer. Und dieses Mal nicht allein: Zwei Männer suchen Henrik und unsere Beute, zwei weitere überwachen den Luftraum vor Ort.«

◊ 13 ◊

Thynors Mund wanderte an Elisas Wange entlang zu ihrem Ohr; er biss sie zart in das Ohrläppchen und freute sich, als sie leise aufschrie. Er küsste ihren Hals und saugte sanft an der Haut über ihrem Schlüsselbein. Er leckte die Stelle, an der ihre Sommersprossen die verlorene Welt von Draghant zeigten. Wie von selbst fanden seine Lippen den Weg hinab zum Ansatz ihrer Brüste und Elisa hob sich ihm vor Wonne entgegen. Ihre Hände suchten Halt in seinem Haar und sie schien völlig in seiner Umarmung gefangen. Thynor warf tausende Jahre Übung in absoluter Selbstbeherrschung in die Waagschale, um jetzt aufzuhören. Wenn er Elisa weiter küsste und sie dermaßen leidenschaftlich antwortete, würde er sie über kurz oder lang nehmen und damit tagelang nicht aufhören können. Seine Männer erwarteten von ihm nicht nur das – was die Paarung anbetraf, hatte er sowieso keine Bedenken –, sondern sie benötigten endlich Hintergrundinformationen zu Henriks Entführungsversuch.

Unter Einsatz aller Zellen seines Hirns gelang es ihm, sich sanft von Elisa zu lösen. »Erst reden wir. Das ist wichtig«, hauchte er ihr ins Ohr. Die ebenfalls unübersehbare Anstrengung, die es sie kostete, sich aus der Verzückung seiner Umarmung zu lösen, machte es Thynor etwas leichter, die Enge in seiner Hose zu ertragen. Er schloss die beiden oberen offenen Knöpfe von Elisas Pyjamajacke und fuhr mit seinen Fingerknöcheln leicht über die Seide, unter der sich ihre erregt aufgerichteten Brustwarzen deutlich abzeichneten.

»Oh, du brauchst gar nicht so zufrieden zu grinsen. Das muss an irgendetwas in der Luft liegen … Hilf mir lieber, mich ordentlich aufzusetzen«, schalt Elisa ihn kurzatmig, verwirrt von ihrem heftigen erotischen Verlangen.

Bereitwillig stützte Thynor sie und schüttelte ein paar Kissen in ihrem Rücken auf. Das dunkle Kerzenlicht schien ihm zu intim für seine Aufgabe. Er stand auf und näherte sich einer der modernen Stehlampen im Raum, berührte sie leicht und sofort durchzog goldenes Licht das Zimmer. Das Einschalten hätte er ebenso mit einem speziellen Laut bewirken können, doch er wollte Elisa nicht unnötig verwirren. Dann schob er den Stuhl wieder neben das Bett und setzte sich. Er brauchte wenigstens diese minimale Distanz, um dem Drängen seiner Lenden entgegenwirken zu können. Ernsthaft sprach er sie an: »Das Gespräch wird nicht einfach, Elisa. Aber wir müssen es führen.«

»Verständlich. Das ist mir klar. Ich bin selbst stark daran interessiert herauszufinden, was da im Park passiert ist. Na los, was willst du wissen?«

Elisa klang so aufrichtig und vertrauensvoll, dass Thynor sich wie ein gemeiner Schuft vorkam, weil er sie quasi verhören müsste. Aber er hatte keine Wahl, zu viel stand auf dem Spiel. Das Scheitern der Mission, das uneingelöste Versprechen, das er seiner Crew bei ihrer Ankunft gegeben hatte, lag ihm schwer auf der Seele. Sollte sich jetzt zeigen, dass es doch eine Chance zur Kolonisierung von Lanor gab, trügen er und seine Spiegelfrau die größte Verantwortung. Sie wären das erste Paar ihrer Art, sie könnten für Thynors Volk der Beginn einer verloren geglaubten Zukunft sein. Doch ihre Paarung und ihre Vermehrung blieben nicht lange ihre Privatsache; alle Zhanyr würden wissen wollen, ob es weitere menschliche Spiegelfrauen gab. Seine Männer warteten auf entsprechende Informationen und sobald auch nur das Geringste nach außen drang, würden sich sämtliche Zhanyr auf die Suche nach ihrer Spiegelfrau begeben, einschließlich der Bralur. Wie kamen die Paare dann zusammen? Friedlich? Romantisch? Distanziert? Gewaltsam? Dies war unmöglich vorherzusagen, schließlich hatte sich noch nie ein Zhanyr mit einer menschlichen Spiegelfrau gepaart. Und nicht nur Thynors Männer würden wissen wollen, wie es war und was es zu beachten gab. Sicher, nahezu alle Zhanyr, die er kannte, hatten regelmäßig Sex mit Menschen, einige lebten zeitweise mit ihnen zusammen. Doch allzu bald gingen diese Partner dem Tode entgegen und die langlebigen Zhanyr lösten die Verbindung zumeist nach einem Jahrzehnt und suchten sich ohne Schwierigkeiten jemand neues. Aber eine Spiegelfrau? Thynor rief sich zur Ordnung. Verflucht! Warum dachte er immer nur an das eine? Er hatte auch noch andere Pflichten zu erfüllen! Der Einbruch in ihr Datensystem war ganz gewiss keine Lappalie. Er würde schonend mit Elisa umgehen, doch sollte sich herausstellen, dass sie etwas mit den Bralur zu tun hätte, musste er auch dafür eine Lösung finden. Sie war ihm gegenüber nach wie vor auf der Hut, da gab er sich keinerlei Illusionen hin. Die Angst war gewichen, aber mehr hatte er nicht erreicht.

»Erzähl mir am besten, was du beruflich machst. Das wäre schon mal ein Anfang.« Thynor nickte ihr auffordernd zu.

»Meine Arbeit? Wurde ich etwa deswegen überfallen?«

»Elisa, bitte.«

Sie begann: »Nun, ich suche nach Menschen.«

»Du bist ein Detektiv?« Thynor stellte sich absichtlich unwissend, denn er wollte nicht erkennen lassen, dass er bereits einiges über sie wusste. Er hatte den Eindruck, dass Elisa es keinesfalls schätzen würde, wenn sie erfuhr, dass sie ungefragt überprüft und ihre gesamte Kommunikation ausgewertet worden war.

»Nein, nein! Ich suche Menschen, die verstorben sind, oft schon vor Jahrhunderten.«

»Du recherchierst nach toten Individuen?« Das klang in Thynors Ohren gefährlich. Erst recht mit dem Hinweis auf die Jahrhunderte. Seine Crew hatte sich nach ihrer Landung auf Lanor in alle Richtungen verstreut und im Laufe der Zeit war es nur bedingt gelungen, den Verbleib oder das Schicksal jedes einzelner der Auserwählten festzuhalten. Nicht alle wollten gefunden werden. Stießen seine Jäger bei ihrer Arbeit auf die Spuren eines Zhanyr, ergänzte Luys ihre Datenbank um die entsprechenden Informationen. Manchmal stammten die Meldungen von Ereignissen, die Jahrhunderte zurücklagen, und allzu oft waren es Nachrichten über Todesfälle. Suchte Elisa etwa nach solchen Informationen für die Bralur und tarnte das mit ihrer Suche nach verstorbenen Menschen nur recht geschickt? Denn diese Verbrecher wollten Jäger und Zivilisten aufspüren, um sie zu rekrutieren, zu erpressen oder anderweitig an sich zu binden. Manchmal auch, um sie zu töten. In Thynors Magen begann es zu rumoren. »Geht es etwas genauer?«

Offenbar war es ihm nicht gelungen, die Anspannung aus seinem Tonfall herauszuhalten. »Das klingt jetzt schlimmer, als es ist, Thynor. Beruhige dich.« Elisa lächelte ihn an.

Sofort bekam er Schwierigkeiten mit seiner Konzentration auf das Thema.

»Ich bin eine total unspektakuläre Forscherin. Ich helfe lediglich Leuten, ihre Familiengeschichte zu vervollständigen; die Spuren ihrer Ahnen aufzunehmen. Viele Menschen wollen einfach nur wissen, woher sie kommen und welche Traditionen ihre Familie hat, was für Berufe von ihren Vorfahren ausgeübt wurden oder wo sie lebten. Ob sie einen berühmten Ahnen hatten oder sogar einen von Adel. Solche Dinge finde ich heraus. Das ist völlig harmlos.«

Offensichtlich nicht. Was hätte der Bralur sonst von ihr gewollt? Und es erklärte mitnichten, wie sie in ihr Datensystem gelangt war. Thynor war mit Elisas Antworten unzufrieden. Er ergriff ihr Handgelenk und zog leicht daran. »Weiter! Das kann ja wohl nicht alles sein. Du wurdest schließlich überfallen und was man dir sonst noch antun wollte, wage ich gar nicht mir auszumalen!«

»Ist mir bewusst! Aber was willst du denn hören … Die Leute schreiben mir, wen sie suchen, ich schätze ab, ob ich ihnen überhaupt helfen kann. Dann teile ich mit, welchen Preis sie dafür zu zahlen hätten, ungefähr zumindest, und wenn sie meinen Vertrag unterschreiben, mache ich mich für sie auf die Suche. Ich biete keine Erfolgsgarantie an, aber meistens finde ich schon was heraus.«

Thynor überlegte. Er sah reinweg kein Motiv, weder für Henriks Entführungsversuch noch für den Einbruch in ihr Datensystem. »Du suchst also diese Verstorbenen. Das ist alles? Sonst recherchierst du nichts?«, hakte er nach.

Elisa schüttelte zögerlich den Kopf. »Nein.« Er hatte auf irgendeine Art unbarmherzig geklungen. Was erhoffte er sich nur, zu hören? Ihr wurde wieder einmal bewusst, dass sie in der Falle saß, allein und an einem unbekannten Ort.

Thynor verstärkte den Griff um ihr Handgelenk, achtete aber wohl darauf, Elisa nicht wehzutun. Dann sah er sie, wie er hoffte, drohend genug an, um eine befriedigendere Antwort zu erhalten. Gleichsam musste er sich mächtig zusammenreißen, um nicht in ihren ängstlich aufgerissenen Augen zu ertrinken. »Versuch's noch mal!«, forderte er mit gepresster Stimme.

Elisa spürte, wie sie ärgerlich wurde. Was bildete dieser Kerl sich ein! Wieso glaubte er, sie über ihre Arbeit aushorchen zu können? Nur, weil er atemberaubend aussah und ohne Zweifel genau mitbekommen hatte, wie aufgeschlossen ihr Körper auf ihn reagierte? Das sollte er vergessen! »Lass mich los, du Grobian. Ich werde dazu nichts mehr sagen.«

»Natürlich wirst du mir mehr erzählen, Elisa. Du hast selbst gesagt, dass du herausfinden möchtest, was passiert ist.« Thynors Stimme war halb mahnend, halb drohend.

»Ja, genau. Doch wieso horchst du mich hier aus? Ich bin das Opfer! Frag doch meinen Entführer, was er mit mir anfangen wollte!«

»Das werde ich tun, verlass dich drauf ... Doch jetzt frage ich dich. Denk bitte nach. Ich will dich nicht zu einer Antwort zwingen müssen, Elisa. Wirklich nicht.« Thynor würde ihr nie Gewalt antun; Hovan kam überhaupt nicht infrage. Aber mithilfe anderer Drogen oder bestimmter Hypnoseverfahren könnte er mit Sicherheit auf ihr Wissen zugreifen. Doch dafür würde er sich selbst verabscheuen und wahrscheinlich den Weg zu ihrer Liebe für immer verbauen.

»Zwingen? Was meinst du?« Panik trat in ihre Gesichtszüge und sie versuchte instinktiv, sich ganz klein zu machen. Thynor hielt sie immer noch fest. »Wirst du mich schlagen? Oder vergewaltigen? Bitte nicht«, flehte sie.

Thynor beugte sich vor und donnerte los: »Jetzt reicht es aber! Was denkst du denn von mir!« Ihr Wimmern brach ihm das Herz und sofort schaltete er mehrere Gänge runter. Seine Stimme nahm einen flehenden Ton an: »Elisa, hör mir endlich zu! Ich habe geschworen, dir nicht wehzutun. Wann wirst du das nur begreifen!« Er konnte seinen Ärger und die Enttäuschung über ihr mangelndes Vertrauen nicht mehr zurückhalten. Wieso unterstellte sie ihm andauernd solche Absichten? Stimmt, er hatte ihr gedroht. Mehrmals. Ihr gesagt, dass sie hierbleiben müsse. Und sicher hatte er dabei nicht immer freundlich geklungen. Außerdem war seine extreme sexuelle Anspannung omnipräsent. Durch den festen Griff um ihr Handgelenk musste sie sich gefesselt vorkommen. Verdammt! Thynor war, das gestand er sich zähneknirschend ein, ratlos. Er machte alles falsch. Als Kommandant der Jäger hätte er viel härter mit ihr umgehen müssen, doch als ihr Spiegelmann war er verpflichtet, dafür zu sorgen, dass ihr kein Härchen gekrümmt wurde. Es gab keinerlei Erfahrungen, auf die er hätte zurückgreifen können. Sicher, im Laufe der Zeit hatte er schon einige Puppen verhört, auf die sie bei ihrer Arbeit als Kämpfer gegen den Abschaum gestoßen waren: Mörderinnen, Verräterinnen, aber ebenso verängstigte Zeuginnen von Verbrechen. Bei den meisten hatten sein Aussehen, seine Stimme und sein Blick genügt, um Antworten zu bekommen. Ohne Frage hatte ihm sein Sex-Appeal dabei geholfen. Den hartnäckigeren Puppen wurden beim Verhör schnellwirkende Drogen verabreicht; mehr Gewalt hatte er nie angewendet. Doch hier und jetzt funktionierten weder sein Charme noch die vage Drohung, ihr irgendetwas anzutun. Dass Elisas Entführer ihm eine Abfuhr erteilt hatte, hielt er für normal, aber dass Elisa ihm keinerlei Ansatzpunkte für die Aufklärung geben wollte, brachte ihn beinahe um den Verstand. In seiner Verzweiflung tat er etwas, was er noch nie in einer Verhörsituation getan hatte – er gab nach. Diese Frau ließ ihn spüren, dass sie sich von ihm zurückziehen wollte, also ließ er sie los.

Sofort rutschte Elisa soweit von ihm weg, wie es das Bett zuließ, zog die Knie hoch und umschlang ihre Beine eng mit dem Armen.

Obwohl alles in Thynor drängte, sie zu berühren und zu trösten, beherrschte er sich und lehnte sich wieder in den Stuhl zurück. »Was soll ich bloß mit dir machen, Elisa?«

Sie beobachtete ihn scheu und antwortete nicht. Was hatte er jetzt vor? Dass er sie nicht gehen lassen würde, hatte er mehrmals deutlich gemacht. Und dass er sich verzog und sie in Ruhe ließ, war ebenfalls unwahrscheinlich. Thynors Frage hatte auch mehr nach einem Seufzer geklungen, als nach einer Überlegung.

Er konnte das Gespräch nicht beenden; vom Ergebnis hing zu viel ab. Er musste Elisas Rückzugswunsch ignorieren und erreichen, dass sie weiter mit ihm redete. »Die Situation ist folgende: Ich muss herausbekommen, warum du entführt werden solltest. Sonst weiß ich nicht, wie ich dich beschützen kann. Hilf mir bitte und sei aufrichtig, Elisa. Du bist meine Spiegelfrau und wir müssen ehrlich zueinander sein.« Er staunte, wie leicht ihm das über die Lippen gekommen war, fühlte er sich doch, als wäre er der größte Heuchler auf diesem Planeten! Er ließ sie völlig im Dunkeln tappen und nutzte ihre Schwäche und Unerfahrenheit schamlos aus. Mit samtweicher Stimme hatte er an ihre Aufrichtigkeit und an ihr Mitgefühl appelliert, eine Methode, die sich bei Puppen oftmals bewährt hatte, um zu bekommen, was er wollte – und dieses Mal wirkte sie auch bei Elisa. Sie sah ihn wieder an.

Sie räusperte sich und es gelang ihr, mit fester Stimme zu sagen: »Versuch mal, mir nicht zu drohen, Thynor. Und fahr mich nicht so an. Das bin ich nicht gewöhnt und ich will mich auch gar nicht erst daran gewöhnen. Und außerdem: Ich bin ehrlich zu dir.«

Thynor wusste instinktiv, dass sie die Wahrheit sagte. »Ich weiß, Liebes. Es tut mir leid, dass ich laut geworden bin. Aber ich bin extrem angespannt. Es geht um dich! Es muss einen Grund geben für diesen ... Vorfall.« Das schloss sowohl die Entführung als auch das Datenleck ein. »Komm wieder her und leg dich unter die Decke. Sonst wirst du frieren.«

Elisa blieb, wo sie war. Sie hatte durchaus mitbekommen, dass er sie wieder mit *Liebes* angeredet hatte. Und wie schon beim ersten Mal wurde ihr warm dabei und ihr Herz pochte plötzlich schneller. Das Kosewort kam ihm so selbstverständlich über die Lippen, als würden sie sich bereits ewig kennen und wären ein glückliches Paar. Nun gut – er schien ja davon auch auszugehen. Höchstwahrscheinlich war das seine spezielle Masche, um von Frauen zu bekommen, was er wollte. Bei dem vorzüglichen Aussehen und dem unbestreitbaren Charme dieses Mannes war das ohne Zweifel ein Erfolgsrezept. Schließlich war sie selbst seinen Verführungskünsten bis zu einem gewissen Grad erlegen. Jede Frau würde ihn begehren. Doch jetzt und hier ging es um Ernsteres, ermahnte sich Elisa, es betraf ihr Leben. Sie musste sich gegen Thynors Anziehungskraft wappnen. Nur, wie konnte ihr das gelingen, wenn er sie weiter so ansah? Mit dieser Sehnsucht in den Augen, die inzwischen eine Spur von Verzweiflung und Kummer zeigten? Sie musste ihm wieder etwas entgegenkommen, denn immerhin wollte er ihr helfen, daran glaubte Elisa fest. Nur wie? Dann kam ihr ein Gedanke. »Ab und zu bekomme ich Anfragen, die wenig mit alten Stammbäumen zu tun haben. Da möchte jemand eine ehemalige Schulfreundin treffen, einen Armeekameraden. Manch einer sucht sein altes Kindermädchen oder will wissen, ob es Verwandte gibt, von denen er bisher alleinig wusste. Halbbrüder oder Halbschwestern. So etwas bedeutet meist, dass die Gesuchten am Leben sind! In Folge dessen suche ich manchmal nach lebendigen und überaus realen Menschen. Du hattest schon recht mit deiner Vermutung: Von solchen Recherchen lebt ebenso ein klassischer Detektiv.«

War es das, dachte Thynor. Hatte Elisa einen Auftrag angenommen, der sie quasi auf die Spur der Zhanyr oder gar der Bralur gebracht hatte?

»Ach so«, ergänzte Elisa ihre bisherigen Ausführungen, »und bei diesen, sagen wir mal, lebendigen Fällen gibt es beim Honorar eine Ausnahme.«

»Ich höre.« Er hoffte, sie würde endlich ihren Auftraggeber preisgeben.

»Kinder. Wenn jemand nach seinen Kindern sucht, die verloren gingen – in Kriegswirren, durch eine Entführung, nach einer Zwangsadoption – mache ich das umsonst. Dafür muss mir niemand etwas bezahlen, egal wie alt diese Kinder inzwischen sind.«

Was sollte Thynor denn damit anfangen? Kinder? Das konnte nichts mit den Daten von Zhanyr zu tun haben! Es musste etwas anderes geben. »Du sagtest, du prüfst die Anfragen der Leute auf Machbarkeit und erst dann fängst du an zu suchen.«

Elisa nickte.

»Aber genau dafür musst du doch schon Recherchen betreiben. Oder? Also, wie suchst du nach all diesen Menschen?«

Unwillkürlich legte sich ein leichtes Lächeln über Elisas Gesichtszüge und ihre Augen leuchteten. Sie wandte sich ihm wieder völlig zu und sah mit einem Mal erholter aus. Bei allen Göttern, war diese Frau schön! Thynor musste sich eine andere Sitzhaltung suchen, und verfluchte seine zhanyrianischen Körperdesigner. Oder war es ein Problem der Neuzeit, denn als sie vor zweitausend Jahren nach Lanor kamen, trug kein Mann ein enges Beinkleid.

Elisa geriet ins Schwärmen: »Ganz von vorne. Ich arbeite zu Hause. Meistens bekomme ich eine E-Mail, in der jemand sein Problem beschreibt und eine oder mehrere Fragen stellt. Ich fange dann an zu überlegen, ob und wo dazu Informationen gespeichert sein könnten. Auf Papier, auf Mikrofilmen, oder in Datenbanken, als Digitalisat – es gibt da viele Möglichkeiten. Ich habe einen recht brauchbaren Computer zu Hause und mittlerweile weiß ich fast immer, wie und wo ich was finden könnte. Entscheidend ist eher, wie ich an die Informationen rankomme. Muss ich mich in einem Amt anmelden, wann haben die Behörden geöffnet, muss ich verreisen – was ich übrigens nur äußerst ungern und deswegen sehr selten tue –, braucht man eine Beglaubigung oder ein Auftragsschreiben? So was eben. Und es kann manchmal ein paar Wochen dauern, bis ich alle erforderlichen Genehmigungen zur Dokumenteneinsicht habe.«

»Du wartest auf Genehmigungen?« Das sprach zweifelsohne für Elisa und gegen die Vermutung eines illegalen Datenzugriffs durch sie.

Sein leicht spöttischer Tonfall ärgerte Elisa. »Ja. Was dachtest du denn? Mein Fachgebiet benötigt keine illegalen Methoden. Bei dir mag das ja was anders sein. Ich nutze nur legale Informationsquellen. Nachschlagewerke und selbstverständlich das Internet mit seinen Suchmaschinen und einigen speziellen Datenbanksystemen. Ich bin Stammgast in Bibliotheken oder Archiven. Ich frage bei den Meldebehörden und den Friedhofsregistraturen an. Bisher hat das stets genügt. Ich komme nicht an geheime Unterlagen ran. Das muss ich auch nicht. Meine Arbeit ist absolut harmlos.«

»Jemand schätzte das anders ein«, lautete Thynors lakonische Kommentar.

»Sicher wurde da von diesem Jemand etwas verwechselt.« Elisa hoffte, dass ihre Stimme zuversichtlicher klang, als sie sich fühlte.

Thynor würde diese Möglichkeit nicht außer Acht lassen. Sie passte aber nicht ins Bild. Zunächst, dass das Attentat auf Elisa genau in dem Moment, als Luys ihr auf die Spur gekommen war, passierte. Und darüber hinaus bedeutete das Wissen um ihren exakten Aufenthaltsort in dem Café, dass es für ihre Feinde, die Bralur, einen konkreten Grund gegeben haben musste, ihr nachzuspüren, sie in die Hände zu bekommen und sogar die Risiken einer Entführung in aller Öffentlichkeit einzugehen. Das sah nicht nach Verwechslung aus. Eher nach Problemen. Großen Problemen.

»Aber was könnte dann nur der Grund für diesen Anschlag gewesen sein? Ich habe nichts anderes gemacht, als sonst auch.« Elisa überlegte fieberhaft, ohne dass sie einen neuen Ansatz sah. »Thynor, auch wenn du mich gleich wieder böse ansiehst, ich muss nach Hause. Der Schlüssel zu allem könnte in meinen letzten Aufträgen liegen. Unter Umständen bekomme ich so ein Hinweis.«

»Nein!«, wehrte er sofort ab, hob aber beschwichtigend die Hand, als er bemerkte, wie enttäuscht sie ihn ansah. »Du musst deswegen nicht den Schutz dieses Raumes verlassen. Ich habe einen mehr als üppigen Anschluss nach draußen. Du kannst von hier auf deine Daten zugreifen und die Arbeit sogar vom Bett aus erledigen. Ich helfe dir dabei … Bitte, Elisa. Du bist viel zu schwach, um aufzustehen.« Mit einer liebevollen Geste deutete er an, dass sie sich wieder hinlegen sollte. Thynor stand auf. Er musste mit seinen Männern reden, die bereits ungeduldig auf ihn warteten. Er hatte mehrfach den Versuch einer Kontaktaufnahme an seinem Ramsen registriert. »Morgen früh probieren wir, ob du schon wieder aufstehen kannst, versprochen.« Er wollte ihr etwas Zuversicht vermitteln. »Und jetzt ruh dich weiter aus. Tu es für mich, damit ich mich wenigstens der Illusion hingeben kann, dass du meine Fürsorge annimmst.« Schamlos machte er Elisa ein schlechtes Gewissen. »Ich habe gleich eine Besprechung und komme danach sofort zurück. Wenn du etwas brauchst, musst du nur deinen Armreifen berühren. Ich bin dann augenblicklich bei dir.« Thynor hob ihr die Bettdecke an, damit sie wieder darunter krabbeln konnte. Sein Blick ließ keinen Widerstand zu; Elisa rutschte zurück. Ihre weiblichen Rundungen strahlten eine derart große Anziehungskraft aus, dass ihm gar nichts anderes übrig blieb, als an mehreren unbedeckten Stellen über ihre weiche Haut zu gleiten. Er redete sich ein, dass das allein dazu diente, ihr Befinden zu überprüfen. »Elisa! Du bist ganz kalt. Ich hätte nicht zulassen dürfen, dass du dich ohne eine wärmende Jacke aufsetzt.« Thynor erdachte eine dünne Kaschmirjacke, half Elisa hineinzuschlüpfen, und deckte sie dann bis zum Kinn zu. Besser. Viel besser. Er strich ihr sanft übers Haar und drückte ihr einen Kuss auf den Mundwinkel.

Wie hatte er das gemacht? Lag die Jacke eben schon am Fußende des Bettes? Elisa hatte sie dort nicht bemerkt. Egal. Sie fühlte sich herrlich kuschelig an! Thynor war überaus aufmerksam. »Was ist das für ein Armband? Ich habe so etwas noch nie gesehen.« Sie strich sanft mit dem Finger über die Ziselierungen. »Es ist total ungewöhnlich. Ich entdecke gar keinen Verschluss.«

Thynor spürte sofort das Vibrieren seines Armreifens. »Es misst Vitalfunktionen und hilft bei der Kommunikation. Unsere Ärzte sind damit in der Lage auf ihre Patienten aufzupassen und umgehend zu reagieren, wenn es erforderlich wird.« Das stimmte zwar, aber im Falle Elisas gab es einige Besonderheiten. Nur er allein konnte sie kontrollieren und außerdem weit mehr überprüfen, als nur ihre Vitalfunktionen. Er überwachte sie zu einhundert Prozent. Jeden Herzschlag, jeden Atemzug, einfach jede ihrer Bewegungen. Schließlich war sie seine Spiegelfrau. »Die Armbänder sind sehr zuverlässig. Um zu verhindern, dass sie versehentlich abfallen, haben sie einen verborgenen Verschluss. Ich helfe dir, es abzunehmen, wenn die Zeit gekommen ist. Aber vorerst bist du gezwungen es zu tragen.«

Die Entschlossenheit, mit der Thynor sie darauf hinwies, dass sie hierbleiben musste, machte es Elisa nicht leicht, ihm zu sagen: »Ich muss trotzdem bald nach Hause. Ich bekomme nicht alle Aufträge per E-Mail. Manche Leute schreiben einfach einen Brief. Manchmal legen sie Kopien von Dokumenten oder ein paar Fotografien dazu. Solche Papiere hefte ich dann nur ab; ich scanne nicht alles ein.«

Thynor blies die Kerze in seiner Nähe aus und sah sich nachdenklich um. »Schlaf. Wir reden nachher darüber.« Als er den Raum verließ, erloschen alle Kerzen.

## ◇ 14 ◇

»Wie geht es ihr?«, fragte Layos nicht nur als Arzt. Er brannte, genau wie die anderen vier Jäger in der Kommandozentrale, auf sämtliche Neuigkeiten über Thynors Spiegelfrau.

»Sie ist wach, ziemlich entkräftet und etwas durcheinander. Mein Verhör hat bestimmt nicht dazu beigetragen, sie zu beruhigen oder ihr Befinden zu verbessern. Deshalb habe ich alles abgebrochen. Ich hielt es für besser, sie ruht sich erst einmal aus.« Damit stellte er sogleich klar, dass es keine Paarung gegeben hatte. Seine Mimik zeigte deutlich, jegliche Nachfragen waren unerwünscht. »Wie weit seid ihr mit der Datenfalle?«, wechselte er prompt das Thema.

»Fast fertig«, antwortete Luys. »Nyman programmiert rasch die letzten Routinen und Jari probiert aus, ob er sie findet; wenn nicht, ist alles bestens und wir sind in der Lage die Bralur nach Belieben zu manipulieren.«

Nyman, der seine Arbeit fortsetzte und dem Gespräch nur teilweise hatte folgen können, fragte: »Was hat Elisa Miller denn zu dem Thema gesagt?«

Plötzlich herrschte angespannte Ruhe in der Kommandozentrale; nur die leisen Geräusche der technischen Anlagen waren zu hören.

Thynor reagierte einsichtig. Auf diese Art von Information hatten die Männer ein Anrecht. »Zum Zeitpunkt des Angriffs hat sie Vorrecherchen für einige Anfragen, die sie gestern per E-Mail reinbekam, gemacht. Sie erzählte mir, dass sie, bevor sie einen Antrag annimmt, auf diese Weise abcheckt, wie die Erfolgsaussichten stehen. Sieht es machbar aus, schreibt sie den Klienten ein Angebot. Im Grunde genommen hat sie gestern nichts Außergewöhnliches angestellt: Ein paar Namen in diverse Suchmaschinen eingegeben, Häufigkeiten überprüft, Ortsnamen übersetzt und nachgesehen, ob und wo überhaupt entsprechende Quellen zu finden sein könnten. Bei einer dieser Suchwortkombinationen wurde dann unser Alarmsystem ausgelöst. Bestimmt benutzte sie die der Allgemeinheit kaum bekannten Steuerzeichen, um bessere Ergebnisse aus den Datenbanken herauszukitzeln. Ich bin jedenfalls überzeugt, dass sie keine Ahnung hatte, welch gefährliche Kettenreaktion sie damit ausgelöst hat – bis hin zu der Möglichkeit, dass die Bralur durch ihren gelungenen Einbruch in unser System genau das mitbekommen haben und sie deshalb entführen wollten.«

Luys bestätigte: »Fünf neue E-Mails kamen gestern Abend bei ihr rein; ich habe das überprüft. Wenn wir ihren Browserverlauf analysieren, kriegen wir gewiss raus, an welcher Stelle unser Alarm angesprungen ist. Dazu bin ich nicht einmal gezwungen, mit ihr zu reden.«

Thynor nickte zufrieden und ergänzte: »Sie holt sich immer erst Genehmigungen ein, wenn sie nach lebenden Personen sucht – das müsste sich doch überprüfen lassen und könnte uns zusätzliche Hinweise geben.«

Luys ließ sich in seiner Arbeit nicht stören und nickte nur kurz.

Für Thynor stand bereits fest: »Ich habe lange mit ihr geredet. Sie kannte weder Henrik, noch glaubt sie bis jetzt an die Existenz unserer Spezies; sie ist unschuldig. Dafür lege ich meine Hand ins Feuer.«

Mit dieser Bekundung ihres Kommandanten waren die Verdachtsmomente gegen Elisa vom Tisch. Niemand zweifelte seine Erfahrungen an. Luys würde pro forma ein paar Dinge checken müssen, doch im Prinzip war sie damit entlastet.

Alvar, der sich weiter im Hintergrund hielt, warf Thynor einen amüsiert erleichterten Blick zu. Kein Sex, aber dennoch gute Neuigkeiten, sollte das wohl bedeuten.

Thynor zwinkerte verhalten zurück. Er stellte in allen Gesichtern fest, dass nicht nur er über Elisas Unschuld eine unsägliche Erleichterung verspürte. Seinen Männern ging es nicht anders. Selbst wenn das System härteste Abwehrmaßnahmen forderte, auf welche Weise hätten sie eine Spiegelfrau bestrafen sollen? Die erste Spiegelfrau auf diesem Planeten! Und außerdem die Frau des Kommandanten? Es gab für die auf Lanor lebenden Zhanyr kein funktionierendes Rechtssystem oder gar einen gültigen Kodex mit irgendwelchen Paragrafen oder Strafmaßen, wie die Menschen ihn besaßen. Die Zhanyr lebten nicht in einer durch Verträge organisierten Gesellschaft. Die Gesetze von Draghant waren unbrauchbar geworden. Die meisten Probleme lösten sich mit der Zeit von allein.

»Was wollte Elisa Miller überhaupt in diesem Café?«, fragte Nyman nach.

»Sich mit einer Freundin treffen. Sie waren zum Mittagessen verabredet«, klärte Luys ihn auf. Und da er inzwischen sämtliche Telefongespräche, die sie in den letzten Tagen geführt hatte, abhören konnte, wusste er weiter zu ergänzen: »Daraus wurde aber nichts. Diese Freundin, eine Paula Straub – sie leitet ein Heim –, musste unvorhergesehen nach Portugal aufbrechen, um dort ein Kind abzuholen, und sie hat ihr Treffen deswegen kurzfristig abgesagt.«

»Elisa wurde also versetzt«, warf Jari nachdenklich ein. »Wäre es möglich, dass der Bralur etwas damit zu tun hatte?«

»Du meinst, er hat die Freundin unter einem Vorwand weggelockt, um besser an sie herankommen zu können. Hm, möglich.«, gab Thynor zu. »Wenn sich bis morgen ihre Geschichte nicht bestätigt, suchen wir nach dieser Frau.« In der Angelegenheit überließ er nichts mehr dem Zufall.

Alvar bedeutete ihm, dass er sich darum kümmern würde.

»Elisa bekommt Aufträge auch ganz traditionell mit der Post. Diese Briefe digitalisiert sie in der Regel nicht. Ich werde morgen Vormittag, wenn sie wieder kräftiger ist, mit ihr zu ihrem Haus fahren. Wir bringen einfach alles hierher, was sich dort angesammelt hat. Du wirst ihr etwas helfen müssen, Luys, um es schnell in unser System zu bringen. Jari wird dich weiter unterstützen. Ihr müsst diese verdammte Information finden, die den Alarm ausgelöst hat. Ich muss wissen, was dahintersteckt.«

»Sicher.«

»Nyman, du passt auf, dass wir in Ringstadt keine ungebetenen Gäste bekommen. Fliege Schleifen über dem Gelände. Die Bralur werden früher oder später anfangen, Henrik zu vermissen, und nach ihm suchen.«

»Ok.«

»Alvar, du hast hier das Kommando. Morgen müssten Boris und Filip von ihren Einsätzen zurückkommen. Ich will, dass du ihnen die Situation erklärst. Mach die Einsatzplanung für die kommenden Tage nicht zu eng, die Vorgänge um Elisa haben oberste Priorität. Womöglich müssen wir dafür sogar weit mehr Männer einsetzen. Überleg doch mal, wen von den Zivilisten wir einspannen könnten.«

»Wird erledigt.«

Layos, der kurz aus der Kommandozentrale verschwunden war, übergab Thynor eine Flasche mit einer milchigen Flüssigkeit. »Das müsste helfen, damit es deiner Frau schnell besser geht. Ich habe es genauso zusammengestellt, wie ich es für eine Zhanyra getan hätte. Schaden kann es ihr keinesfalls – aber, wenn du bemerken solltest, dass außer einer spürbaren Besserung ihres Befindens ebenfalls eine schnellere Wundheilung eintritt, dürfen wir annehmen, dass ihr Körper wie der einer Zhanyra funktioniert.«

Thynor verstand sofort, was Layos meinte: kein Altern, Reproduktionsfähigkeit, Unsterblichkeit. Sein Herz vollführte einen Freudensprung.

## ◊ 15 ◊

Elisa war nicht in der Lage zu schlafen. Der mit Abstand seltsamste Tag in ihrem Leben lag hinter ihr. Sie war überfallen und entführt worden. Doch statt in einem finsteren Loch festgehalten zu werden, war sie in einem luxuriösen Umfeld erwacht. Und: Sie dachte andauernd an Sex. Sex mit diesem überwältigenden Mann. Thynor. Leise flüsterte sie den Namen vor sich hin. Er strahlte jede Menge Erfahrung aus und sie, na ja, eher nicht. Die wenigen Beziehungen, die sie gehabt hatte, waren bestenfalls durchschnittlich. Aber abgesehen von dieser emotionalen Verwirrung durchlebte sie den Tag wieder und wieder, versuchte, sich jede Einzelheit vor Augen zu halten. Unerklärlicherweise hatte Thynor sie nicht nach dem Ablauf gefragt, sondern nur nach einem Grund für die Entführung gesucht. Hatte der Angreifer sie schon länger ausspioniert und Thynor bereits alles verraten? Je intensiver sie über das Gespräch mit Thynor nachdachte, desto mehr wurde ihr bewusst, worüber sie nicht geredet hatten: Ihren Besuch im Café, warum sich überhaupt Supermänner in Ringstadt aufhielten, jegliche

Fragen nach ihrem Entführer, ihr jetziger Aufenthaltsort ... Elisa beschlich ein unguter Verdacht, den sie nicht klar zu fassen bekam, denn schon wieder spukten Thynors Körper, sein erregender Geruch und seine unglaubliche Stimme in ihrem Kopf herum! Sie versuchte, sich irgendwie abzulenken. Thynor hatte von einem Computer gesprochen, doch vom Bett aus war Elisa nicht in der Lage, ihn zu entdecken. Ein paar Bücher lagen auf einem kleinen Tischchen hinten im Zimmer – eventuell würde eines davon sie interessieren. Sie sah sich weiter um und ihr Blick fiel auf eine breite, natürlich gemaserte Ebenholztür. Ob die in ein Badezimmer führte? Umgehend hatte sie das Bedürfnis, eine Toilette aufzusuchen. Auf dem Rückweg könnte sie mal nachsehen, welche Titel die Bücher hatten. Vorsichtig, ihre Kräfte nach und nach abschätzend, erhob sich Elisa aus dem Bett. Es ging besser als gedacht. Sie stand, ihr war nur mäßig schwindelig und ihre Füße schienen noch zu wissen, wie man lief. Barfuß tappte sie los.

Plötzlich stand Thynor im Zimmer. Er war losgerannt, als er durch sein Armband signalisiert bekam, dass Elisa, nicht nur nicht schlief, sondern sogar umherwanderte. »Was machst du da?«, fragte er streng. »Du bist nicht im Bett!«

»Brillant beobachtet. Ich suche das Badezimmer.«

Natürlich. Wortlos ging Thynor zu ihr und hob sie auf seine Arme. »Ich helfe dir.«

Elisa wurde furchtbar verlegen. »Das geht nicht. Du kannst mir dabei nicht helfen.«

Er trug sie durch den Raum, ließ die dunkle Holztür aufgleiten und setzte sie behutsam auf einer vorgewärmten Marmorbank ab. Auch der Fußboden fühlte sich mollig warm an. »Und ob. Du bist verletzt und dir wird schwindelig. Wenn du umfällst, kannst du dir noch mehr wehtun. Ich werde dich stützen, da gibt es keine Diskussion.«

»Thynor, bitte«, flehte sie. »Das geht nicht. Du bist ein Fremder. Du musst meine Privatsphäre respektieren. Ich fühle mich ohnehin dir schon restlos ausgeliefert. Demütige mich nicht unnötig.«

Wieso nur ließ er sich wieder erweichen, bloß weil sie ihn mit diesen betörenden Augen ansah? Er wusste, dass er besser bei ihr blieb, so wackelig wie sie auf den Beinen war. »Ich warte vor der

Tür. Du rufst mich, wenn du Hilfe brauchst«, wies er sie dann an und schloss die Tür, jedoch nur so weit, dass ein schmaler Spalt offenblieb.

Elisa war erleichtert. Thynor hatte Rücksicht auf ihr Schamgefühl genommen. Das war ihr wichtig. Sie war ein zurückhaltender, schüchterner Mensch und betrachtete Körperhygiene als etwas sehr Persönliches. Beim Baden und Eincremen konnte sie herrlich entspannen. Nun, für ein Bad ging es ihr momentan zweifelsohne nicht gut genug. Da spielte ihr Kreislauf bestimmt nicht mit. Als Elisa sich dann im Spiegel sah, bekam sie einen gewaltigen Schreck. Sie war nicht nur blass, sondern kreidebleich und die Schürfwunde auf ihrer Wange sah tief und angeschwollen aus. Kein Wunder, dass ihr Gesicht brannte und schmerzte. Sie berührte vorsichtig ihre Beule an der Stirn. Offenbar war ihr ein leiser Zischlaut entschlüpft, denn Thynor fragte: »Kommst du zurecht?« Elisa klammerte sich am Waschbecken fest. »Alles in Ordnung«, schwindelte sie, zog die Strickjacke aus und erledigte das Nötigste.

Fünf Minuten später trat sie leicht schwankend aus der Tür. Sofort war Thynor bei ihr, hob sie hoch und trug sie zum Bett. »Du hast vergessen, dir dein Haar zu bürsten«, bemerkte er tadelnd und tat so, als wäre das eine schwere Unterlassungssünde. In Wirklichkeit kämpfte er darum, nicht vor Sorge um ihren geschwächten Zustand den Verstand zu verlieren. »Das werde ich erledigen müssen. Und deine Nase könnte zudem einen Klecks Creme vertragen.«

Elisa wusste nicht, was sie von diesen Vorwürfen halten sollte, war jedoch zu lethargisch, um darüber ernsthaft nachzudenken. Sie war froh, als sie warm zugedeckt wieder mitten im Bett saß und Thynor ihr ein Glas mit einer hellgelben Flüssigkeit brachte.

»Komm, trink das. Es nimmt dir die Schmerzen und es enthält ein Stärkungsmittel. Möchtest du etwas essen? Ich besorge dir alles, worauf du Appetit hast.«

»Danke. Nein. Ich habe keinen Hunger. Das hier genügt.« Sie roch an dem Getränk – frisch und fruchtig – und trank es zügig aus.

Hochzufrieden seufzte Thynor innerlich, als er ihr das Glas abnahm. Er vertraute völlig auf Layos' fachmännische Kompetenz. Bald wäre Elisa wieder gesund, und was die übrigen Wirkungen anbetraf – nun, da war er genauso gespannt wie alle anderen Jäger. Ha! Das war eher untertrieben. Mit nie vorher gekannter Inbrunst wünschte er sich, dass Elisas Körper, wie der einer Zhanyra reagierte! Thynor ging ins Bad zurück, um eine Bürste und eine Gesichtscreme zu holen, setzte sich dann hinter Elisa auf die Matratze und begann, ihr Haar Strähne für Strähne vorsichtig zu kämmen. Um sie von dieser zärtlichen und durchaus intimen Szene abzulenken, berichtete er ihr von der Besprechung in der Kommandozentrale. »Ich habe mit meinen Männern geredet. Wir sind überzeugt, dass du kein zufälliges Opfer wurdest und bei deiner Arbeit wohl auf etwas gestoßen sein musst, das so bedeutsam war, dass dich jemand aus diesem Grund entführen wollte … Wir müssen nur herausfinden, womit genau du dich befasst hast. Möglicherweise schon vor Wochen oder Monaten.« Elisa sagte dazu nichts und schien sein Handeln entspannt zu genießen. Aber er war ebenfalls so vertieft in das Kämmen ihres weichen, seidigen Haares, dass ihm fast entgangen wäre, wie sich ihr Körper wieder anspannte.

»Thynor? Wieso warst *du* eigentlich dort beim Café?«

Das war eine gute Frage. Er hatte gehofft, sie nicht so bald zu hören. Elisa war zwar auf den Kopf gefallen, hatte aber keinen bleibenden Schaden davongetragen. Was ihm zweifelsohne gefiel, doch im Moment hätte er es vorgezogen, wenn sie ihm nicht so schnell auf die Schliche gekommen wäre.

Elisa sah ihn über die Schulter an. »Hast du nach mir gesucht? Oder nach meinem Entführer?«

Ihre blauen Augen, die ihn ansahen, als hinge von seiner Antwort ihre ganze Welt ab, ließen ihm keine Wahl. Er hatte ihr kürzlich einen Vortrag über Ehrlichkeit unter Spiegelpaaren gehalten, und schon wurde es ernst – auch für ihn. »Ich war deinetwegen dort.«

Sie glaubte ihm. »Und warum?«

Wenn jemand Aufrichtigkeit verdiente, dann diese einzigartige Frau. Thynor hoffte, dass sie mit den Folgen seiner Enthüllungen umgehen würde können. Sanft zog er an ihrem Haar, sodass sie wieder nach vorn sehen musste, als er begann: »Ich bin der Kommandant einer Spezialeinheit. Wir suchen und eliminieren

Verbrecher auf der ganzen Welt. Sowohl menschliche Monster als auch Angehörige meiner Spezies. Gestern am Abend schlug unser Informationssystem Alarm, als jemand versuchte, auf streng gesicherte Daten zuzugreifen. Zum Glück haben wir das schnell bemerkt und konnten geeignete Gegenmaßnahmen einleiten. Und als wir dann überprüften, wer uns angegriffen hat, sind wir auf dich gestoßen. Also–«

»Was!?« Elisa hopste nach vorn auf die Knie und drehte sich dann empört zu ihm um. »Bist du verrückt!«

Das traf zu. Thynor war sogar vollkommen verrückt – nach ihr.

Durch die heftige Bewegung war der oberste Knopf aufgegangen und Elisas Oberteil so verrutscht, dass die linke Schulter und der Ansatz ihrer Brust mit dem Sternenbild von Vaja-61 frei lag. Die helle Haut schimmerte und wetteiferte mit dem seidigen Glanz ihrer Haare. Die Brüste hoben und senkten sich bei ihrem aufgewühlten Atmen, die Wangen färbten sich leicht rosa. Ihre Augen glühten vor Entrüstung. Offenbar hatte die Medizin von Layos einiges bewirken können, denn Elisa griff sich eines der kleineren Kissen und warf es mit unerwarteter Kraft nach ihm. »Ich soll in dein Computersystem eingedrungen sein?! Deswegen warst du hinter mir her? Du hast mich überwacht! Und nun spielst du dich als mein Retter auf? Das ist unvorstellbar! Ich hätte auf meinen Verstand hören sollen anstatt auf meine Hormone!«

Thynor genoss den Anblick und es gelang ihm nicht, das zu verbergen. Wie auch? Sie war so entzückend! Er zwinkerte ihr verführerisch zu: »Deine Hormone tun genau das richtige.«

»Lenk bloß nicht vom Thema ab! Das gelingt dir nicht.«

»Darauf würde ich nicht wetten, Liebes. Deine Hormone und meine Wenigkeit kommen nämlich bestens miteinander zurecht.«

Mehr männliche Arroganz war in einem Satz nicht unterzubringen. Elisa geriet außer sich.

Das nächste Kissen kam geflogen. Thynor wehrte es spielerisch ab und lachte sie liebevoll aus. »Du musst dich gar nicht mehr so aufregen. Wir sind inzwischen überzeugt, dass du uns nicht angegriffen hast. Deine Recherchen müssen durch einen unglücklichen Zufall unseren Datenalarm ausgelöst haben. Du bist von jedem Verdacht befreit, obwohl wir gerne wüssten, wie dir das Kunststück gelungen ist.«

Damit hatte er Elisas volle Aufmerksamkeit. »Da bin ich aber froh«, gab sie streitlustig zurück. »Ich ahnte gar nicht, dass ich unter einem Verdacht stehe!« Ihre Augen blitzten Thynor an. »Da fühle ich mich gleich viel besser.«

»Das kannst du auch, Elisa, denn so einen Angriff nimmt unser System bitterernst. Es hat immer Konsequenzen für den Schuldigen. Bis hin zur Eliminierung!« Thynor beugte sich vor und zupfte sie sanft strafend an den Haaren.

»Auch, wenn die Schuldige, wie sagtest du, eine supereinmalige Spiegelfrau ist?« Sie warf ratlos schnaubend die Hände in die Luft.

»Das wäre zugegebenermaßen ein Präzedenzfall«, räumte Thynor feixend ein und freute sich über ihr Temperament. »Nach Lage der Dinge hätte es lebenslange Haft, nicht in einer unserer Isolationszellen, sondern hier bei mir, unter meiner persönlichen Aufsicht, bedeutet. Und da dir dieses Schicksal so oder so bevorsteht, macht es gar keinen Unterschied, ob du schuldig bist oder nicht.« Mit seiner flapsigen Bemerkung wollte er das Thema eher abschließen und sich wesentlich angenehmeren Dingen zuwenden, doch er erreichte genau das Gegenteil.

Elisa ging innerlich auf Abstand. Lebenslang? Hier bei ihm? »Wo bin ich eigentlich?«, fragte sie argwöhnisch und setzte sich nach hinten auf ihre Fersen. »Das hast du mir bis jetzt nicht gesagt.«

Er umfasste eine seidige Strähne ihrer Haare und drehte sie spielerisch um seine Finger. Ein weiteres Zurückweichen war damit vorsorglich verhindert. »Richtig ... Du bist in einer meiner Wohnungen.«

»Wohnungen? Plural?«

»Ich will nicht angeberisch klingen, aber ja, ich habe mehrere. Diese hier lag am nächsten, als ich dich nach dem Überfall in Sicherheit bringen musste. Du warst verletzt und hast Hilfe benötigt.« Thynor erinnerte Elisa bewusst nur an ihre Rettung und ließ ihre geplante Festnahme aus. Diesen Aspekt wollte er nie mehr erwähnen, das Thema war ein für alle Mal erledigt. Wichtig war allein, dass sie einsah, dass sie ihn brauchte und dass sie am richtigen Ort war, um Schutz zu suchen. »Hier findet dich niemand. Du bist vor jeglicher Entführung sicher. Ich sorge für dich, und ein Arzt ist immer in der Nähe ... So, das mit deinen Haaren hätten wir erledigt. Nun creme ich dich etwas ein«, kündigte er an und ließ seine Stimme entschlossen klingen. Inzwischen bekam Elisa das sicher alleine hin, doch darauf würde er sie nicht zwingend hinweisen, selbstsüchtig wie er war. Nicht ohne Absicht langte er bei der Creme besonders zu. Er schonte die Stelle mit der Verletzung, doch im Rest des Gesichts sollte sie die Massage durch seine Finger als äußerst angenehm empfinden. Zudem bedachte er ihren zarten Hals und die seidenweiche Haut ihres Dekolletés mit seiner Aufmerksamkeit und musste dafür eine Handbreit unter den Stoff ihrer Pyjamajacke gleiten. Während dieses wenig subtilen Vorgehens sah er Elisa unverwandt in die Augen und gestattete ihr keinen Moment lang, seinem Blickkontakt auszuweichen, auch nicht, als er ihre linke Brust für den Bruchteil einer Sekunde voll mit der ganzen Hand umfasste und zärtlich drückte. Und da war sie, die erhoffte Reaktion: Ihr Blick wurde weich und Thynor erkannte für einen kurzen Augenblick dieselbe Sehnsucht, die er selbst kaum beherrschen konnte. Dieser Ausdruck war ihm Versprechen genug, dass sein eigenes Leiden bald ein Ende haben würde.

Elisas Herz begann heftig zu klopfen und das spürte Thynor sicherlich, denn seine wunderbar warme Hand lag nur wenige Zentimeter davon entfernt auf ihrer nackten Haut. Und, oh Gott, er ließ sie dort liegen und tat weiter nichts, als sie mit seinen bannenden Augen anzusehen. Er ließ sie spüren, was er mit einer Berührung bei ihr ausrichtete. Hitze. Schwere. Verlangen. Was sollte sie nur tun? Was würde Thynor jetzt tun? Genaugenommen hatte er recht. Sie benötigte Schutz und er sorgte dafür. Er konnte herausfinden, wer hinter dem Überfall steckte und warum sie überhaupt in diese Gefahr geraten war. Elisa musste sich eingestehen, dass sie sich in Thynors Obhut mehr als nur beschützt fühlte, er vermittelte ihr ein allumfassendes Geborgensein. Seine ganze Erscheinung garantierte es. So einem Befehlshaber konnte sie vollkommen vertrauen; von ihm als Mann ging dennoch eine unbestimmbare Gefahr aus. Elisa musste sich nur ihr unglaubliches

Benehmen und ihre bisher ungekannte Lust vor Augen halten. Allein die kurze Berührung seiner Hand auf ihrer Brust ließ sie feucht werden. Und wie! Vor diesem Mann war keine Frau sicher und schon gar nicht sie, die mit solch geballter, zielbewusster Männlichkeit keinerlei Erfahrungen hatte. Zurückhaltung, rief ihr Unterbewusstsein. Ja, ein wenig Abstand sollte helfen. Sie holte tief Luft und sah ihn fest an. »Und in welchem Ort liegt diese Wohnung?«

Thynor beugte sich leise lachend an ihr Ohr und flüsterte, während er mit einer streichelnden, sanften Bewegung seine Hand zurücknahm: »Du entfliehst mir nicht ... Es ist kein Ort, sondern eine etwas abgelegene Gegend, in der wir uns befinden. Aber wir haben hier alles, was wir zum Leben brauchen.«

Genau das hatte Elisa befürchtet. Doch tapfer stellte sie die nächste Frage: »Wie komme ich nach Hause, wenn es mir besser geht und wir alles besprochen haben?«

Thynor nagelte sie mit einem hintergründigen Blick fest. »Nur mit meinem Einverständnis und nur mit meiner Unterstützung.« Seine Stimme ließ keinen Raum für irrtümliche Interpretation.

Sie war im Endeffekt doch eine Gefangene! »Scher dich aus meinem Bett! Du bist abscheulich!«, fuhr sie ihn an.

Thynor verzog ob ihres Zorns lässig die Mundwinkel. »Das hier ist mein Bett, deswegen bleibe ich. Und wenn ich in nächster Zeit mal in deinem Bett lande, bin ich dir auch dort stets zu Diensten.«

»Untersteh dich! Hör auf, mich zu verspotten, und vor allem hör auf, mich so anzusehen. Ich bin wütend auf dich! Verstehst du?« Elisa verschränkte aufgebracht die Arme vor ihrem Körper.

Sie bemerkte nicht, dass durch diese heftige Bewegung ihre rosige Brust unter dem verrutschten Oberteil hervorquoll und beinahe vollständig zu sehen war. Thynor konnte nicht anders. Er sah voller Begehren und Vorfreude hin.

Elisa folgte dem starren Blick und wusste, dass ihr ein Missgeschick unterlaufen war. Unsägliches Verlangen und eine wilde Entschlossenheit drückten Thynors Miene und seine gesamte Körperspannung aus. Sie wusste nicht, ob sie ihn hätte stoppen wollen, denn ausgerechnet jetzt mangelte es ihr mal wieder an der nötigen Entschlusskraft, um ihn aufzuhalten. Sie löste, so gelassen, wie es eben ging, ihre Arme und zog verschämt den Stoff wieder zusammen.

Diese Schüchternheit gab Thynor den Rest. »Ich kann nicht anders«, erklärte er und setzte sich dicht vor Elisa. Behutsam schob er mit seinem Mittelfinger die Seide über ihrer Brust wieder beiseite. Mit der anderen Hand umfasste er ihre unverletzte Wange und hob sich ihr Gesicht entgegen. Er wollte genau sehen, ob sich Unbehagen oder gar Angst in ihren Augen zeigte, denn dann wäre er gezwungen, aufzuhören. Doch in Elisas Blick las er zu seiner unendlichen Erleichterung nur eine kleine Brise Unsicherheit, überdeckt von einem Orkan des Verlangens und einer unbezähmbaren Neugier.

Als seine Fingerkuppen leicht über ihre nackte Haut streichelten, zuckte sie wie vom Blitz getroffen zusammen. »Sch, sch. Halt still und lasse deiner Fantasie freien Lauf, Elisa«, flüsterte er und beobachtete genau ihre Reaktionen. Er legte eine Hand an ihren Rücken und stützte sie, mit der anderen umkreiste er langsam ihre Brustwarze und stöhnte unterdrückt, als er merkte, wie sie sich zusammenzog. Thynors Hand legte sich unter die weiche Wölbung und genoss das warme Gewicht. Sein Daumen streichelte über Elisas Brustspitze, bis sie sich hart aufrichtete. Gleiches hätte sich von seiner Männlichkeit berichten lassen, wenn da nur nicht die Jeans gewesen wäre.

Elisa vergaß zu atmen. Ihr Herz hämmerte gegen die Rippen. Sie verbrannte. Alles in ihr schmerzte, auf eine nie gekannte Art. Waren dies Lust und Begierde? So hatte sie noch nie empfunden. Sie wollte weglaufen und gleichzeitig dableiben. Zurückweichen und genießen. Weniger und mehr.

Thynor spürte Elisas Schwanken. Er ließ ihr keine Wahl. Ohne Vorwarnung hob er die Brust aus dem Pyjama, beugte er sich vor und leckte über ihre erregte Spitze. Elisa wäre fast vom Bett gesprungen, hätte er sie nicht im Rücken festgehalten. »Halt still, Liebes«, forderte er sie nochmals auf. Seine Stimme klang inzwischen rau und abgehackt. Ihre sensible Reaktion freute ihn; offenbar gehörte Elisa zu den Frauen, die allein mit Zärtlichkeiten an diesen Körperteilen in höchste Erregung zu versetzen waren. Die in Thynors Kopf entstehende Fantasie verband eine seiner sexuellen

Vorlieben mit Elisas Brüsten aufs Angenehmste miteinander. Seine Spiegelfrau schien von ihrer beglückenden Empfindsamkeit nichts zu ahnen – wieso eigentlich nicht? – denn sie reagierte immer wieder schockiert auf die physischen Reaktionen ihres Körpers. Ihre bisherigen Männer mussten lieblose Stümper gewesen sein. Dankbar für die Erkenntnis freute es Thynor ungemein, dass er es nun war, der sie in dieses wunderbare Geheimnis ihres Körpers einweihte; der ihr Wege zu höchster Lust zeigen würde, die sie noch nie gegangen war. »Das ist schön, nicht wahr.« Er nahm ihre Brustwarze fest zwischen seine Lippen und leckte mit der Zungenspitze mehrfach darüber.

Elisas Maunzen war die erhoffte Belohnung.

»Es gefällt dir.« Er wiederholte die Liebkosung, blies seinen heißen Atem über ihre feuchte Spitze und leckte sie dann erneut.

Elisa drückte sich lustvoll an ihn. Zu nichts mehr in der Lage, als tief nach Luft zu ringen.

Er flüsterte: »Das freut mich, denn es fühlt sich vollkommen richtig an, dich auf diese Art zu verwöhnen.« Während er fortfuhr, sie sanft zu lecken und im Rücken zu streicheln, öffnete er sämtliche Knöpfe ihrer Pyjamajacke und begann mit der Hand, die andere Brust zu liebkosen. Mit den Fingerknöcheln fuhr er an der harten Knospe aufreizend langsam auf und ab und wurde erneut mit einem leisen, lustvollen Stöhnlaut belohnt.

Elisa ertrug den Reiz dieser Berührungen nur unter Aufbietung aller Kräfte. Das musste aufhören, wenn sie nicht in tausend Stücke zerspringen wollte. Sie bekam keine Luft mehr und hatte jeglichen eigenen Willen verloren. Warum sie sich dennoch mit ihren Brüsten ungehemmt Thynors warmem Mund und seiner beharrlichen Hand entgegenschob, vermochte sie nicht sagen. Sie fühlte ihren Puls zwischen den Beinen, ein heftiges Pochen, und eine Sehnsucht, die sich in heißer Flüssigkeit sammelte. Lustvolle Gefühle gewannen an unbändiger Macht, denn Thynor hatte recht: Er war nicht nur ein verführerischer Anblick, sondern viel überwältigender war es, was er mit ihrem Körper anstellte. Sie hatte nur die Angst, dass sie nie wieder dieselbe sein würde, wenn sie sich auf das hier einließ. Ein erlösender Seufzer entwand sich ihrer Brust.

»Liebste, halt dich an mir fest, wenn du möchtest. Und sag Bescheid, wenn es dich überfordert.« Ohne ihr eine Pause zu gönnen, küsste Thynor sie, als tränke er Nektar von ihrer Haut.

Er hatte gut reden! Als wäre sie in der Lage, auch nur ein einziges Wort herauszubringen! Elisas Hände fanden sein Haar und suchten verzweifelt Halt. Ihr gesamter Körper stand kurz vor der Explosion und Thynor setzte den sinnlichen Angriff unbeirrt fort.

Er nahm ihre Brust tief in den Mund und saugte heftig an ihr. Seine Hände massierten jetzt ihr wohl proportioniertes Hinterteil und er drückte ihren erregten Unterleib an sich und ließ sie das ungeheure Ausmaß seiner Begierde fühlen.

Elisa spürte, wie sie dem Liebesspiel verfiel, es so sehr genoss, dass sie sich ein Leben lang danach verzehren würde. Oh nein! Sie hatte sich fest vorgenommen, nie wieder Sex mit jemandem zu haben, dem nicht wirklich etwas an ihr lag. Sie geriet in Panik. Kerle wie Thynor – unwiderstehliche, erfahrene und machtbewusste Männer – hatten für Frauen, wie sie eine war, selten längere Verwendung. Sie gingen schlicht zur nächsten, wenn die sexuellen Bedürfnisse oder ihre männlichen Eitelkeiten befriedigt waren, mehr brauchten sie nicht von ihr. Thynor wollte sie verführen, sie nehmen und dann augenblicklich wieder vergessen. Und sie löste sich in nichts auf, obwohl sie spürte, dass sie ihm auf immer verfallen sein würde. Doch dazu durfte sie es nicht kommen lassen! Sie wurde sich ihrer Situation bewusst und übernahm die Verantwortung. »Thynor, bitte hör auf. Ich will das nicht.«

Er dachte gar nicht daran, sein Vorspiel zu unterbrechen. Sie wollte sehr wohl. Er sog ihren Duft in sich auf, die unglaubliche Zartheit ihrer Haut, ihre leisen Lustlaute und ihre tastenden Berührungen. »Vertrau mir, Liebste. Du bist in Sicherheit. Ich bringe dich an einen Ort, wo du noch nie warst«, lockte er sie.

»Bitte, lass mich los«, flehte Elisa und versuchte, sich von ihm zu lösen.

Ihre Worte flossen langsam in sein Gehirn. Sie klang nach echter Verweigerung. Er gab nach und nahm ihr Gesicht in die Hände. Prüfend blickte er sie an. »Verzeih. War ich zu grob? Geht es zu schnell?« Zum Teufel, er hatte genau gemerkt, dass sie ab einem bestimmten Punkt nicht wusste, wie ihr geschah und sich trotzdem genommen, wonach es ihn gelüstete; ihre eigene erotische Überraschung hatte ihn mehr erregt, als er es ohnehin schon war und offensichtlich hatte er sie mit seinem fordernden Vorspiel verschreckt. Was war er nur für ein Idiot! »Wir können das auch viel langsamer angehen.« Doch jede Faser seines Körpers strafte ihn Lügen.

Elisa legte die Hände an seine Brust und versuchte, ihn auf Abstand zu halten. Sie spürte, wie er vor unterdrückter Lust leicht zitterte. »Es tut mir leid, Thynor. Ich kann nicht erfüllen, was du dir wünschst. Das hier ... will ich nicht. Bitte. Such dir eine Frau, die besser zu dir passt.« Sie versuchte, von ihm wegzurutschen.

Thynor griff sofort zu und hielt sie mit einer stahlharten Umklammerung am linken Oberarm fest. Die einzige Konzession, die er angesichts des klaren Bedauerns in ihrer Stimme bereit war einzugehen, war, dass er sie nicht gleich wieder an sich presste. »Und ob du das hier willst, Elisa. Sieh dich doch nur an! Du bebst vor Lust.« Schamlos berührte er mit seinem Daumennagel ihre Brustwarze und sah sie triumphierend an, als sie hilflos aufkeuchte. »Ich kann deine Erregung sogar riechen, Elisa. Du willst genau das und ... Sieh mich an, verdammt, und gib es zu!«, flüsterte er und wartete, bis sie es geschafft hatte, ihm ihr verlegenes Gesicht wieder zuzuwenden. Währenddessen drohte seine Jeans zu platzen. Thynors Körper befahl ihm, diese Frau weiter zu verführen und ihr jeglichen Rückzug zu verwehren. Er hatte letzten Endes hier die Macht. Gegen seine erfahrene Sexualität kannte keine Frau ein Gegenmittel. In Elisas Augen konnte Thynor allerdings erkennen, dass sie keinerlei Spielchen mit ihm trieb, sondern in der Tat meinte, was sie angedeutet hatte. Was hatte sie so verschreckt? »Erklär mir, was du mit einer anderen Frau meinst.« Seine Stimme klang angestrengt beherrscht.

Am liebsten wäre Elisa unsichtbar geworden. Ihr Verhalten war ihr peinlich, nicht nur bezüglich dieser speziellen Situation, sondern ebenso in Hinsicht auf ihren gesamten Aufenthalt in Thynors Wohnung. Sie zweifelte nicht an seinem Beschützerinstinkt und erst recht nicht am sexuellen Interesse für sie, auch wenn sie sein Begehren nicht nachvollziehen konnte. »Thynor, weißt du, ich bin nicht so eine Frau. Ich schlafe nicht nach ein paar Stunden mit einem Mann, der mich ... mitnimmt. Du bekommst einen völlig falschen Eindruck von mir. Ich erkenne mich selber nicht mehr. Ich verbrenne, wenn du mich auch nur berührst, als könnte ich überhaupt nichts dagegen tun. Ich ertrage das nicht ... Es wird mir zu viel!« Hatte er das verstanden? Irgendwie sah es nicht so aus. Thynor sah sie eher an, als würde ihm durchaus gefallen, was er da zu hören bekam. Wie sollte sie sich nur verständlich machen? Sie versuchte es noch einmal. »Du brauchst eine sexuell viel gewandtere und erfahrenere Frau. Eine, die weiß, wie sie dir Lust bereitet, und der es nichts ausmacht, wenn du dir morgen eine andere für deine Bedürfnisse suchst. Aber ich bin nicht so. Sex ohne Liebe hat mir nie gefallen. Lass mich gehen, bevor ... Thynor, ich weiß nicht, was du von mir willst, aber ich bin mir sicher, du bekommst es eher von einer Frau mit mehr Erfahrung.«

Für den Hauch eines Augenblicks sah Thynor wieder diesen traurigen, leicht distanzierten Blick, den er schon beim Betrachten ihres Hologramms bemerkt hatte, bevor es Elisa gelang, ihre Wimpern zu senken. Woher kam nur dieser Kummer? Wie kam sie darauf, dass er sexuelle Erfahrungen erwartete? Wer oder was hatte sie dermaßen verunsichert? Er kannte sie kaum einen Tag und hatte schon jede Menge über sie herausbekommen: Nicht nur, dass sie bildschön, sinnlich und sexy war, darüber hinaus hatte sie Courage und einen wachen Verstand, war zuverlässig und gründlich in ihrem Job, besaß Mitgefühl und hatte einen frechen Humor. Sie schien ihr Leben bestens im Griff zu haben. Sie war schlicht und einfach zum Anbeten. Wäre da nicht ein klitzekleines Problem: Seine Spiegelfrau fürchtete sich davor, mit ihm zu schlafen! Am Sex an sich lag es nicht, denn den kannte sie, es war wohl eher die Spontanität, der sie nicht vertraute und die Angst vor emotionalen Folgen. Seine Elisa. Schon wieder verschob sich in der Herzgegend ein Felsen. Intuitiv hatte sie erfasst, dass nach ihrer Paarung, nachdem sie das erste Mal miteinander geschlafen hatten, nichts mehr so sein konnte, wie zuvor. Nie wieder. Sie würde in ewigem Verlangen aufeinander leben. Sie war eindeutig seine Spiegelfrau, wenn sie so empfand! Thynor jubilierte. Obwohl Elisas Verstand offenbar versuchte, hohe Schutzmauern um ihre Gefühle zu errichten, würde er selbstredend damit weitermachen, diese Sperren vollständig niederzureißen. Aber wie? Sie fühlte sich im Moment von seiner Sexualität sogar bedroht. Wieso nur hatte sie solche sexuellen Minderwertigkeitsgefühle? Sie – die unwiderstehlichste Frau, die er in zwei Welten kennengelernt hatte. Er und eine andere Frau? Ob sie überhaupt wusste, was sie da für einen Unsinn redete? »Bist du fertig?«, fragte Thynor bewusst ruppig.

Sie nickte und sah unglücklich aus.

»Dann bin ich jetzt dran. Also: Es gibt keinen Grund mir zu erzählen, was ich brauche, Elisa. Das habe ich in ein paar tausend Jahren selber mitbekommen. Ja, ich habe einiges an Erfahrung und ja, ich mag es, sexuell verwöhnt zu werden. Aber hier und jetzt, an diesem Tag meines Lebens, stehe ich ganz genau wie du vor einer absolut verzwickten Situation: Es ist ebenso neu für mich. Auch ich hatte noch nie Sex mit einem Spiegelwesen. Bis vor ein paar Stunden habe ich nicht einmal etwas von deiner Existenz gewusst. Jetzt liegst du in meinem Bett. Und glaub mir, allein was sich seitdem zwischen uns an Emotionen abgespielt hat, bringt mich jetzt schon völlig um den Verstand. Du denkst, du reagierst ungewöhnlich? Dann habe ich Neuigkeiten für dich: Mir geht es genauso. Ich kann mich nicht erinnern, jemals eine Frau so begehrt zu haben, wie dich. Nie. Und sei dir sicher, ich habe meinem Verlangen, einer Frau mehr zu geben, auch noch nie so lange widerstanden. Ich verbrenne, genau wie du. Ich platze vor Lust. Gib mir deine Hand. Leg sie auf meine Hose, na los.« Als sie ihn perplex ansah, nahm Thynor ihre Fingerspitzen und zog sie auf seinen eingepferchten Ständer. Elisa ließ ihre Hand dort liegen, selbst als er sie freigab und ihr besänftigend über den Arm strich. »Das ist allein deine Schuld. Und mir ist völlig egal, wie viel Erfahrungen du hast. Und eines kannst du mir glauben – so, wie in diesem Moment, hier mit dir, habe ich noch nie empfunden.« Das war die ganze verdammte Wahrheit. »Du kannst nicht wissen, was du für mich bedeutest ... Ich werde es genießen, dich und deinen Körper kennenzulernen. Dich dabei zu beobachten, wie du meinen erforschst und dich an ihm erfreust. Wir werden als erstes Paar auf Lanor ausprobieren, wie es ist, auf ewig zusammenzuleben.« Das zumindest hatte für ihn seit dem Moment festgestanden, als er Elisa in seinem Bett beim Schlafen zugesehen hatte. Nie, zu keinem Zeitpunkt, käme für ihn ein getrenntes Leben wie auf Draghant infrage. Er wollte jeden Tag mit dieser Frau verbringen. »Ich habe keinerlei Erfahrungen mit einer Spiegelfrau und werde einiges falsch machen. Aber ich versichere dir, dass ich alles unternehme, damit du glücklich mit mir sein wirst, Liebste. Vertrau mir, bitte.« Hatte er sie erreicht? Thynor wartete auf eine Reaktion. Elisa schien müde, völlig erledigt, denn dieser Tag hatte sie an ihre Grenzen geführt. Sie hatte Angst, dass ihr Leben aus sämtlichen Fugen geriet und sie hatte absolut jeden Grund dazu.

Elisa ließ erschöpft die Schultern hängen und atmete tief durch. Da waren sie wieder, diese seltsamen Worte: Ewigkeit. Spiegelfrau. Erstes Paar ... Und dabei klang Thynor vollkommen aufrichtig. Er sah sie an, als wäre sie die einzig wichtige Frau für ihn. Wie gern würde sie ihm glauben! Wie von selbst hob sich ihre Hand aus seinem Schoß und streichelte ihm zärtlich über die Wange. »Du bist so ein außergewöhnlicher Mann, Thynor, darum begreife ich nicht, was du von *mir* willst.«

Seine Haut glühte unter ihrer Berührung. Ihre erste Liebkosung! Etwas, das er nicht eingefordert hatte, sondern das sie ihm freiwillig gab. Er hatte ein Du, einen gestohlenen Kuss, dieses Streicheln. Thynor hielt es für besser, heute nicht weiterzugehen, obwohl er den Eindruck hatte, dass sein Körper ihm das nie verzeihen würde. Doch für ihre Paarung war Elisa eindeutig nicht in der richtigen Verfassung. Er wollte, dass sie ihre Vereinigung aktiv und wach erlebte, sie als das markerschütternde Ereignis empfinden konnte, welches es war. Sie musste dringend wieder zu Kräften kommen und brauchte erholsamen Schlaf. Er sah sie mit regungsloser Miene an, nahm die Hand von seiner Wange und drückte einen innigen Kuss in ihre Handfläche. Dann biss er sanft auf ihre Finger, und ein klein wenig fester, als Elisa es erwartete. Sie sah in überrascht an. Wunderbar. Er brauchte ihre Aufmerksamkeit, wollte, dass sie seine Antwort ganz genau verstand und nicht nur hörte: »Ich will alles von dir, Elisa. Wirklich alles. Und ich werde es bekommen.«

## ◊ 16 ◊

Der heraufziehende Tag würde Elisa einiges abverlangen; nicht zuletzt die Tatsache, dass sie die Frau eines Außerirdischen werden sollte und alles vorherbestimmt war. Thynor hatte sich vorgenommen, ihr seine Herkunft zu beweisen, ihr das Schiff mit all den Technologien zu zeigen und ihr erneut zu verdeutlichen, dass sie emotional und physisch aneinandergebunden waren. Gestern Nacht hatte er etwas getrieben, was er zuletzt aus experimentellen Gründen – am Anfang seiner sexuellen Erfahrungen mit dem neuen Körper – praktiziert hatte: Er hatte unter der Dusche heftig masturbiert. Das zu wiederholen, zumal es nicht half, hatte er nicht im Sinn. Er lag, nur mit einer Jeans bekleidet neben ihr ausgestreckt, den Kopf auf den Ellbogen gestützt und horchte auf ihr gleichmäßiges Ein- und Ausatmen. Voller prickelnder Empfindungen wagte er kaum, sein Glück zu fassen. Elisa schlief nahezu reglos und so tief, dass ihr Urvertrauen in ihn grenzenlos sein musste. Obwohl sie das sicher vehement abstreiten würde, wäre sie wach. Er lächelte wehmütig beim Gedanken an ihre temperamentvolle Schelte, ihre absurden Selbstzweifel und ihre offenkundige Lust. Die geflogenen Kissen kamen ihm wieder in den Sinn. Oh ja, Elisa würde es ihm nicht leicht machen. Sie lag auf der Seite, den Kopf auf ihr Kissen geschmiegt und einen Arm zu ihm ausgestreckt. Ihre zarten Finger berührten seine Brust und leiteten sengende Hitze in den Körper. Thynors Blick wanderte über ihre Silhouette und er verfluchte sein Begehren immer heftiger. Konnte er diesen Tag überstehen? Wie von selbst schwebte seine Hand über ihrer Wange. Sie hier zu berühren, wagte er nicht. Ihre Wunde war fast schon verheilt! Wie bei einer Zhanyra. Was für eine Zauberei!? Thynor bewegte die Finger sacht über ihren Hals. Ein wenig sorgte ihn ihr Erwachen. Würde sie noch unglücklich sein und wieder weinen?

Gewann ihre Angst die Oberhand? Kämen die albernen Vorwürfe zurück?

Elisa spürte eine federleichte Berührung, die ihre Sinne anspringen ließ. Es roch frisch nach verdunstendem Wasser, einem Hauch betörend würziger Seife und wieder nach diesen heißen Steinen. Ihre Hand lag an einem unverkennbar männlichen Körper, sie fühlte die warme Haut und die leicht gekräuselten Haare. Elisa öffnete die Augen und sah erneut dem attraktivsten Mann auf Erden ins Gesicht. Ihr Herz vollführte einen Satz. »Es war kein Traum«, wisperte sie leise und es freute sie auf unerklärliche Art und Weise, dass er neben ihr lag und zurücklächelte. »Du bist real.« Von nicht fassbarer Lust getrieben streichelten ihre Fingerspitzen seine Brust; durchquerten die dunklen Haare, als müsse sie sich ihrer Existenz versichern. »Wie schön!«

Thynor war verloren. Diese leisen Worte und ihre zutrauliche Reaktion erfreuten ihn mehr als alles, was er in seinem bisherigen langen Leben erlebt hatte. Kein Morgen durfte wieder anders beginnen. Er wusste gar nicht wohin mit all der L... Was!? Hatte er eben an *Liebe* gedacht? »Ich habe gesehen, dass du von mir geträumt hast«, neckte er sie frech, sich von seinem unbegreiflichen Gedanken ablenkend, und gab ihr einen Kuss ins Haar.

Ohne dass Elisa erkannte, dass sich seine Lippen bewegten, ließ er einen kurzen Pfiff ertönen. Augenblicklich durchflutete seidiges Sonnenlicht den Raum.

Jetzt erkannte er, dass die gestrige Blässe ihrem Gesicht entschwunden war und ihre Augen einen gesunden Glanz hatten. Sie wirkte erholt. Durfte er sich auf diese Äußerlichkeiten verlassen? »Du siehst besser aus. Setz dich bitte mal vorsichtig auf, damit wir sehen können, ob es dir wirklich wieder gut geht.« Er streckte ihr helfend die Hände entgegen.

Elisa lugte vorsichtig an sich herunter. Sie trug immer noch den eleganten Pyjama. Zugeknöpft! Dadurch fühlte sie sich ausreichend gewappnet, sodass sie bedenkenlos die Bettdecke zurückschlug und Thynors Ansinnen nachkam. Nichts drehte sich, sie erkannte alles klar und sie hatte keinerlei Schmerzen.

Thynor hatte ihren abwägenden Blick bemerkt und gratulierte sich in Gedanken zur standhaften Zurückhaltung. Elisas warmer

Frauenduft stieg ihm in die Nase und quälte seine Libido. Er erhob sich rasch, stellte sich vor das Bett und nahm ihre Hände. »Nun steh mal auf. Langsam. Na, wie fühlst du dich?«

Sie klammerte sich erst bang an seine Arme, merkte aber augenblicklich, dass sie sicher stand, wackelte probehalber ein bisschen mit den Hüften umher und löste sich dann, glücklich lächelnd, aus dem stützenden Griff. »Großartig!«

»Fall bloß nicht um.« Thynor hielt seine Hände in Höhe ihrer Schultern, um sie notfalls auffangen zu können, denn er fürchtete ein wenig, dass Elisa ihren Wunsch nach Wohlbefinden für die Wirklichkeit nahm. »Mach mal die Augen zu ... gut ... und wieder auf.«

Gehorsam tat sie, worum Thynor bat. Ihr war nicht einmal mehr schwindelig. Hurra! Sie würde nach Hause können. »Hör auf, mich wie eine Invalide zu behandeln. Es könnte mir nicht besser gehen«, lachte Elisa Thynor fröhlich aus, drehte sich zur Bestätigung um ihre eigene Achse und tanzte rückwärts munter von ihm weg. »Siehst du?«

Alles was Thynor sah, waren hüpfende Brüste mit kleinen Perlen unter dünner Seide, schimmernde Haut und zerzauste Haare. Und er hörte wieder dieses helle, reine Lachen. Er hatte gar keine Wahl. Dunkles Begehren, das zur Paarung aufforderte, brach sich Bahn. Jetzt. Elisa würde es irgendwann verstehen. Thynor griff rasch ihre Arme, drängte sie blitzschnell mit seinem Körper an die Wand und hielt sie dort festgeklemmt. Weich, warm, zart. Unwiderstehlich duftend. Er nahm ihr Gesicht in beide Hände, hob es zu sich und ohne ihr die Chance auf einen Einwand zu lassen, küsste er sie gierig - und im Nu war es um seine Selbstbeherrschung geschehen. Sie schmeckte so köstlich, nach Sonne, nach Lust, nach Leben.

Elisa riss erschrocken die Augen auf und versuchte die Hände gegen seine harte Brust zu stemmen, um Luft zu bekommen, doch er rührte sich keinen Millimeter von der Stelle. Nicht dass der Kuss sie störte, nicht im mindesten. Sein offenkundiges Begehren schmeichelte ihr im ersten Moment sogar und erregte sie, doch dann stahl sich ein unangenehmes Gefühl in die Berührung ihrer Lippen. Er küsste sie eindeutig anders als gestern. Härter. Und irgendwie beliebig, wie aus alter Gewohnheit. Sie fühlte sich so brutal an die Wand gepresst, dass sie nur abwarten konnte, was geschehen würde. Er presste weiter seinen Mund an ihren und küsste sie noch stürmischer, biss in ihre Lippen und saugte an ihrer Zunge – es war, als ob Thynors Verlangen nicht ihr galt, als hätte er etwas anderes im Sinn, ein unmissverständliches Ziel. Es schien, als wickle er eine präzise Routine ab, die schon Hunderte Mal zum Ziel geführt hatte. Stand er unter irgendeinem Zeitdruck? Oder würde er sie erst gehen lassen, wenn sie mit ihm geschlafen hätte? Sie schämte sich für diesen Gedanken, denn solch eine Unterstellung hatte Thynor nicht verdient. Er war auf keinen Fall ein Mann, der Sex als Druckmittel nötig hätte, das hoffte sie zumindest. Was war nur in ihn gefahren?

Thynors Kuss wurde fordernder, sein Körper war mehr als bereit und die Vereinigung längst überfällig. Nun, das Vorspiel müsste knapper ausfallen. Er bedrängte Elisa mit seinen Händen, seinen Lippen und der Erektion in seiner Hose, um ihr zu zeigen, wohin diese Attacke führen würde. Auf einmal erkannte er an der völligen Lähmung ihres Körpers, dass sie sich erneut innerlich zurückgezogen hatte. War etwa mehr als ein Kuss nicht drin? Da täuschte Elisa sich aber gewaltig! Es reichte ihm mit ihrem ständigen Ausweichen. Sie musste sich doch ebenfalls paaren wollen. Schließlich war sie seine Spiegelfrau! Thynor schob eine Hand unter den Bund ihrer Pyjamahose, spürte, wie ihre Bauchmuskeln zurückzuckten, was ihn einigermaßen verärgerte. Er ließ seine Hand gespreizt über ihrem Schritt liegen, während er mit der anderen ihren Hals umfasste und mit dem Daumen leicht über ihre Haut streichelte. »Du gehörst mir, vergiss das nicht.« Fordernder hatte seine Stimme noch nie geklungen.

Wie könnte sie das nicht behalten? Er wiederholte es schließlich gebetsmühlenartig. Doch er hatte gestern Abend mehr gesagt. Deshalb hatte sie einen erholsamen Schlaf gefunden und war heute Morgen nicht mehr in einer hilflosen Verfassung; jetzt würde sie anfangen, zu kämpfen. Physisch war sie ihm weit unterlegen, und auch mental lag ihr nichts an einem Sieg. Sie wollte, dass sie beide gewannen. »Und du vergiss nicht, dass du versprochen hast, mir nicht mehr zu drohen, mir stattdessen zu erklären, was du zu tun beabsichtigst, damit ich sagen kann, wenn mir etwas nicht gefällt«, erinnerte sie ihn mit heftig pochendem Herzen und appellierte an sein Ehrgefühl, von dem sie wusste, dass er es hatte: »Ich bin davon ausgegangen, dass du ein Mann bist, der sein Wort hält.« Augenblicklich lockerte sich der Griff um ihren Hals und seine Hand glitt auf ihre Schulter.

In der nächsten Sekunde zog Thynor die andere Hand aus ihrer Hose, als hätte er sich verbrannt, und starrte auf ihren Bauch.

»Hör mir zu: Das hier gefällt mir nicht, Thynor. Eben noch warst du der Mann, neben dem ich glücklich aufwachte, den ich gern berührte und dessen Blick allein mich hätte verführen können. Und dann beschließt du ... was?! Mir deine Macht zu zeigen? Deine Überlegenheit? Mich zu bestrafen? Was soll das?«

Thynor selektierte »glücklich« und »gern berühren« aus ihrer Ansprache. Dann sah er sie überrascht an und wusste, dass er es grandios vermasselt hatte, denn während ihre Worte ihn erreichten, sah er unendliche Distanz und große Enttäuschung in Elisas Augen. Es traf ihn wie ein gewaltiger Hieb. »Nein. Nein!« War das die spontane Antwort auf ihre Fragen oder seine erschrockene Reaktion auf ihren resignierten Blick? Thynor hatte keine Ahnung, was er sagen sollte. Was konnte er tun? »Liebste, glaub mir, das wollte ich nicht, bestimmt nicht.« Er stammelte weiter: »Es war ... Du darfst nicht ... Ich habe die Kontrolle verloren. Es wird nicht wieder vorkommen. Es tut mir unendlich leid, bitte vertrau mir, bitte.«

Elisa sah das Bedauern in Thynors Augen und die verzweifelte Hoffnung, dass sie ihm glaubte. »Ich möchte nach Hause«, bekannte sie tapfer, immer noch eng zwischen der Wand und seinem Körper eingeklemmt. Würde er das akzeptieren? »Darf ich?«

Es versetzte ihm einen weiteren heftigen Schlag, dass es Elisa so unbeirrbar von hier wegzog. Aber irgendwie war das zu erwarten gewesen, sie hatte es bereits gestern Abend angesprochen, und nach seiner dominanten Nummer von eben durfte er es ihr nicht einmal verübeln. Ihre bange Formulierung zeigte, dass sie nicht sicher war, was er entscheiden würde. Glaubte sie, ohne Sex nicht von hier wegzukommen? Soweit lag sie mit ihrer Annahme gar nicht daneben. Aber abgesehen von seiner sexuellen Ungeduld und seinem verletzten Ego gab es keinen Grund, Elisa ihren Wunsch nicht zu erfüllen. Außerdem hatte er es ohnehin vorgehabt; sie mussten ihre Unterlagen prüfen und sicherstellen. Also, verdammt. Ja. Sie durfte nach Hause. Allerdings würde er sie samt ihrem Papierkram umgehend wieder in diese Wohnung zurückbringen, sobald alles eingepackt wäre. Aber dies verschwieg er erst einmal. »Natürlich darfst du. In meiner Begleitung. Du bist immer noch in großer Gefahr.« Er trat etwas beiseite, um sie vorbeizulassen und um ihr zu zeigen, dass damit nicht seine außer Kontrolle geratenen Triebe gemeint waren.

Thynor hörte sich bei diesem Zugeständnis so gequält an, dass Elisa ihm seinen Übergriff schon fast verziehen hatte. »Danke.« Verlegen und jede Berührung mit ihm vermeidend löste sie sich von der Wand und sah sich um. »Ich werde etwas zum Anziehen brauchen. Wo ist meine Kleidung?«

»Im Bad findest du alles. Deine eigenen Sachen sind bei dem Überfall arg zerrissen oder beschmutzt worden; ich habe dir etwas Neues zum Anziehen hingelegt, es müsste einigermaßen passen. Wenn du noch was anderes benötigst, brauchst du es nur zu sagen.« Das stimmte zwar nicht ganz, denn Layos hatte Elisas Kleidung für Laboruntersuchungen hinsichtlich von Spuren, die der Bralur vielleicht hinterlassen hatte, weitergegeben. Aber das war nebensächlich. »Wenn etwas fehlt, sag mir bitte Bescheid. Kommst du da drin allein zurecht?«

»Bestimmt.« Er hatte so inständig gefragt, als brauche er es, ihr helfen zu dürfen. »Wenn nicht, rufe ich dich, versprochen.« Im Gegensatz zum gestrigen Abend konnte Elisa heute die Eleganz und Exklusivität dieses Badezimmers wahrnehmen. Sie bemerkte die angenehme Wärme und das goldene Licht im Raum, flauschige weiße Handtücher und elegante Behälter mit diversen Kosmetikprodukten auf einem irisierend leuchtenden Bord neben dem marmornen Waschtisch. Neugierig griff sie zu einer hübsch geschwungenen Flasche und entdeckte eine teure Luxusmarke aus Paris. Sie öffnete den Verschluss und schnupperte an der Lotion. So etwas hatte sie nie benutzt! Bis auf gestern Abend, erinnerte sie sich, da hatte Thynor sie mit einer Creme eingerieben, die genauso edel duftete. Wieso hatte dieser Mann derart noble Kosmetik in seinem Badezimmer? Plötzlich kapierte sie es. Natürlich. Thynor war selbstverständlich auf gelegentlichen weiblichen Besuch eingerichtet. Auf sehr anspruchsvolle Damen. Elisa fühlte, wie Niedergeschlagenheit sie befiehl, als sie an seine Beteuerungen vom Vorabend dachte. Ha! Er wollte nur sie allein. War sie die einzige Frau für ihn? Aber ja! Wie einfältig war sie eigentlich? Es war beschämend sich eingestehen zu müssen, für einen Mann wieder einmal nur eine von vielen zu sein. Elisa sah sich nach einem Hocker um, auf den sie sich kurz setzen konnte, um nach der erneuten Erkenntnis ihrer Unzulänglichkeit die Fassung zurückzugewinnen, als sie den Stapel Kleidung sah, der auf der kleinen Marmorbank neben der Dusche lag. Elisa war perplex. Sie hätte sich nie eine Seidenbluse von dieser Qualität und mit dem außergewöhnlichen Design leisten können und auch die Spitzenunterwäsche war exquisit. Selbst die Söckchen bestanden aus feinster Seide. Und die Jeans sahen aus, als wären sie nach ihren Träumen geschneidert worden. Mit den Sachen hätte sie sich auf einen Laufsteg wagen können. Elisa sah auf den Boden. Schuhe fehlten. Thynor dachte offenbar an alles. Barfuß wäre das Davonlaufen auf jeden Fall schwieriger.

Sie entschied, dass sie diese Sachen tragen würde, schließlich konnte sie schlecht nackt nach Hause gehen. Auch das cremige Duschbad und das duftende Shampoo benutzte sie unter der Dusche, etwas anderes stand nicht zur Verfügung, doch das kalte Gefühl in ihrem Innern blieb. Was stimmte nur nicht mit ihr? Kein Mann war an ihrem Charakter interessiert, sondern alle stürzten sich nur auf ihren Körper. Auch Thynor! Egal, das hier war definitiv das letzte Mal, dass sie sich erlaubt hatte, ein wenig zu träumen.

»Hast du alles gefunden, was du benötigst, Liebstes?« Thynor hatte, inzwischen vollständig angezogen, unmittelbar vor der Tür zu seinem Badezimmer gewartet und betrachtete Elisa gründlich. Die Kleidung passte wie angegossen und stand ihr fantastisch. Sie hatte ihre feuchten Haare im Nacken zu einem Zopf geflochten und sich sogar im Gesicht eingecremt, als wolle sie verhindern, ihm einen erneuten Vorwand für entsprechende intime Zuwendungen zu geben. Sie sah so wunderschön aus, dass es schmerzte.

Elisa lehnte sich an die Wand und sah ihn bedrückt an: »Lass das bitte! Das alles ist schon demütigend genug für mich. Ich bin ganz sicher nicht dein Liebstes! Heb dir so was für deine ... deine gelegentlichen Gespielinnen auf!«

Sie sah so einsam aus! Was war im Badezimmer geschehen? Thynor konnte dem emotionalen Hin und Her dieses Morgens kaum noch folgen. Er hatte im Verlauf seiner zweitausend Jahre auf Lanor zwar einiges vom irrationalen Wesen der Frauen erlebt – doch Elisa legte nochmals eine gewaltige Schippe oben drauf.

»Ich komme mir so dumm vor! Mann, deine Masche ist phänomenal. Und ich bin ohne Weiteres darauf hereingefallen! Der Seidenpyjama hätte mich bereits stutzig machen müssen. Welcher Mann hat so was Schönes denn vorrätig? Was für eine Frau hat den hier vergessen, hm? Jedenfalls muss sie ja ungefähr meine Figur haben, denn sonst würden diese Sachen« – sie deutete an ihrem Körper herunter – »nicht wie angegossen passen. Oder hast du alle Damengrößen vorrätig?« Verletzt funkelte sie ihn an, bemüht, nicht zu weinen. Das würde sie sich erst erlauben, wenn sie allein wäre.

Thynor schwankte zwischen leiser Heiterkeit und gewaltiger Erleichterung, als er Elisas Vermutungen hinsichtlich seines Lebenswandels endlich durchschaute, denn diese ließen sich leicht entkräften. »Elisa, da liegt ein Missverständnis vor«, wollte er anfangen, sie zu beruhigen.

Doch Elisa war noch nicht fertig: »Die exquisite Auswahl an Damenkosmetik in deinem Badezimmer spricht dafür, dass du vermögende Frauen mit erlesenen Ansprüchen zu dir nimmst. Bestens. Denn da passe ich nämlich nicht dazu.«

Sie rutschte an der Wand hinunter in die Hocke und schlug die Hände vor ihr Gesicht. Nur mit äußerster Mühe konnte sie ein Schluchzen unterdrücken. »Ich will nur schnell weg von hier. Diese Sachen gebe ich dir umgehend zurück, sobald ich mich zuhause umgezogen habe.« Mehr als einen höflichen Abschied erwartete Elisa nicht mehr. Umso erschrockener war sie, als sie umstandslos hochgezogen wurde und Thynor sie leicht an ihrem Zopf zupfte, sodass sie gezwungen war ihn anzusehen. Er sah ein wenig verärgert aus, wenn auch eine Spur Übermut in seinen Augenwinkeln lag. Und allein die festen, männlichen Hände an ihren Oberarmen bereiteten ihren Gefühlen schon wieder Probleme.

»Du hast vergessen, einen Zopfhalter zu benutzen«, bemerkte Thynor in demselben liebevoll tadelnden Ton, den er schon am Abend zuvor nach ihrem Badezimmerbesuch benutzt hatte. Er knüpfte bewusst an diese vergleichsweise entspannte Situation an. »Nun löst sich dein Zopf wieder und ich muss mich kümmern.« Er flocht die feuchten Strähnen ineinander, dachte einen Haargummi mit kleinen schwarzen Perlen und wand ihn geschickt um die Enden.

»Tu das nicht. Ich halte das nicht–«

»Außerdem redest du schon wieder Unsinn, Elisa.« Thynor überhörte ihre Bitte. »Ich habe hier keine Vorräte an Damenbekleidung. Das brauche ich nicht. Diese Sachen habe ich für dich *gemacht*, weil ich hoffte, sie gefallen dir und du dich wohl in ihnen fühlst. Du siehst übrigens bezaubernd aus.« Thynor dachte gar nicht daran, Elisa weitere Zeit für Selbstmitleid zu geben. Sollte sie ruhig etwas wütend auf ihn sein oder auch entrüstet, aber diesen traurigen Blick wollte er nicht mehr ertragen. Es funktionierte. Elisas blaue Augen blitzten ihn aufgebracht an und Thynor entspannte sich erwartungsfroh, was er wohl noch zu hören bekommen würde.

»*Du* hast diese Sachen gemacht? Für wie dumm hältst du mich? Solch eine feine Handarbeit hätte ich dir gar nicht zugetraut. Hast du die ganze Nacht genäht und gestickt?«

»Nein, so lange dauert das nicht. Aber vielleicht zeige ich dir einfach, wie es geht, sonst glaubst du mir ja doch kein Wort.«

»Da bin ich aber gespannt«, war Elisa nicht zu besänftigen.

Thynor griff lässig neben sich in die Luft und hatte plötzlich einen Schal in der Hand. »Es ist kühl draußen. Den wirst du brauchen.«

Elisa sah den Schal klar und deutlich. Auch Thynor stand einfach so da. Soweit war alles in Ordnung. Nur, wie hatte er das fertig bekommen? War es eine geschickte Projektion? Ein Zaubertrick? Sie lugte neugierig um ihn herum und stellte sich dann hinter ihn.

Thynor lachte laut. »Da ist nichts.«

Ohne Scheu streifte sie mit beiden Händen suchend über sein Hemd, doch außer den kräftigen Muskeln seiner Schultern und des Rückens und der wunderbaren Wärme seiner Haut spürte sie nicht das Geringste. Keine versteckt eingenähten Beutel oder Falten. Selbst in den hinteren Taschen seiner Jeans entdeckte sie nichts.

Für ihre gründliche Leibesvisitation hatte sie sich eine Belohnung verdient, sagte sich Thynor spitzbübisch und dachte an ein zweites Tuch, dass er einen Sekundenbruchteil später in der anderen Hand hielt. Sofort stand Elisa vor ihm und staunte. Er wedelte mit ausgestreckten Armen beide Tücher und schlug anzüglich vor: »Such ruhig weiter.« Leider ging sie nicht darauf ein.

»Wie hast du das angestellt?« Elisas Frage klang beinahe ehrfurchtsvoll. Sämtliche Sorgen waren mit einem Schlag verdrängt.

»Ich denke daran.«

»Das ist alles? Du denkst so mir nichts dir nichts an einen zauberhaft gemusterten Schal und peng – da ist er?!«

»Du hast es doch gesehen.«

»Ich stehe unter Drogen. Was hast du mir da gestern bloß gegeben?«

Thynor lachte leise.

»Die Strickjacke!«, fiel ihr ein. »Oh. Ich komme mir gerade vor, als wäre ich in einen Kaninchenbau gefallen.« Hatte er ihre Kleidung tatsächlich gemacht? »Ich gebe zu, dass deine Tricks beeindruckend sind«, hauchte sie.

Er küsste sie auf die Braue. »Danke für das Kompliment ... Aber es ist nicht schwierig. Wir formen lediglich die existierenden stofflichen Strukturen um. Deswegen hast du jetzt trockenes Haar. Ich denke das Wasser zurück in die Luft.«

Ungläubig umgriff Elisa ihrem Zopf. Und entdeckte staunend den Zopfhalter mit – oh Gott! – schwarzen Perlen. Waren die echt? Die würden ein Vermögen kosten!

»Ich erkläre es dir gern ausführlicher, nach dem Frühstück.« Eine Mahlzeit diente ihrer beider Beruhigung.

»Keine Chance! Denkst du, ich kann jetzt etwas essen? Ich will wissen, wie das geht!« Elisa griff nach einem der Tücher und ließ es durch ihre Hände gleiten. Dann drückte sie es wohlig an ihre Wange. »Das ist weich wie Kaschmir«, sagte sie.

»Das liegt wohl daran, dass es Kaschmir ist.« Er zog sie behutsam zu einem Sofa und setzte sich mit ihr auf dem Schoß hin. »Siehst du diese warme Decke? Sie wurde aus feinster Kaschmirwolle gewebt, nur ist sie jetzt ein wenig dünner, weil ich ihr das Material für die Schals entzogen habe.«

»Nur mit Gedanken?« Elisa strich über die Decke.

Thynor nickte. »Das funktioniert aber nur hier. In den Räumen, die wir selbst erschaffen haben, beziehungsweise in einer Umgebung, die ihren Ursprung in zhanyrianischer Technologie hat. In einem von Menschen geschaffenen Umfeld gelingt das nicht.« Er wartete, was Elisa dazu sagen würde. Wieder überraschte sie ihn.

»Du hast also jetzt ein Paar Jeans weniger im Schrank«, deutete sie auf ihre Hosen. »Und ein, zwei Seidenkrawatten hast du ebenfalls geopfert.« Dann wurde Elisa still.

»Das kann ich verschmerzen, glaub mir«, versicherte er.

»Thynor, ich muss mich bei dir entschuldigen. Ich habe nicht gerade schmeichelhafte Dinge von dir gedacht, dass du mich nur benutzen willst und dass du dein Wort nicht–«

Er ergriff ihre Hände. »Nicht. Bitte. Wenn sich hier einer entschuldigen sollte, bin ich das. Elisa, glaub mir, jedes Wort ist wahr, das ich gestern zu dir gesagt habe. Ich habe kein Interesse an anderen Frauen. Ich will nur dich. Und ich werde dich auch bekommen. Aber ich habe verstanden, dass das nicht so schnell passiert, wie ich dachte ... Weißt du, ich bin schlichtweg davon ausgegangen, du funktionierst wie eine Spiegelfrau auf Draghant. Was in gewisser Weise zutrifft, denn du begehrst mich heftig und willst bestimmt keinen anderen Mann, aber wiederum auch nicht, denn du brauchst mehr als bloße gezielte Stimulation, um dich mit mir zu vereinen. Ich wollte dich nicht so küssen. Doch, wollte ich schon, aber ...« Verdammt, wie sollte er ihr die Paarung der Zhanyrianer erklären?

Elisa verstand zwar nur die Hälfte von Thynors Abbitte, fand aber, für den Moment hatten sie einander genug Missverständnisse gestanden. Machten andere Frauen sich auch so viele Gedanken, wenn sie einen faszinierenden Mann kennenlernten? Es half sowieso nichts. Wenn sie in Thynors Armen lag und seine Berührungen spürte, war sie ohnehin nicht mehr zu vernünftigen Entscheidungen in der Lage. Sie konnte genausogut genießen, was er ihr anbot. Und er tat wirklich alles, um herauszufinden, was ihr gefiel und wie er sie glücklich machen konnte. Elisa fühlte sich plötzlich unbeschwert und zuversichtlich. Entschlossen beugte sie sich vor, bis sie mit den Lippen Thynors Ohr erreichte, und hauchte verheißungsvoll: »Wir üben das noch einmal.«

Diese Frau überraschte ihn immer wieder. In seiner Hose zuckte es rebellisch und er drückte Elisa fester in den Schoß. »Ich nehme an, wir könnten nicht noch einmal an der Stelle beginnen, wo du vorhin aufgewacht bist?«

Nun musste Elisa laut lachen und warf ihm, während sie erfolglos versuchte aufzustehen, vor: »Thynor! Du bist unverbesserlich! Wir müssen diesen Überfall aufklären!«

Er hielt sie an den Hüften und sah sie lächelnd an. »Richtig, Liebes ... Du entkommst mir trotzdem nicht.«

»Du hast mir keine Schuhe gemacht«, stellte Elisa grienend fest. »Ich könnte gar nicht weg.«

»Weil deine vollkommen in Ordnung sind. Sie stehen im Schrank. Oder möchtest du neue?«

»Nein, nein! Ich dachte nur, du hast sie vergessen.«

»Du schwindelst ein klein wenig. Du hast bestimmt gedacht, ich will dich am Weglaufen hindern. Womit du prinzipiell richtig liegst, aber ob du nun Schuhe anhast oder nicht, spielt dabei keine Rolle.« Thynor ließ Elisa auf die Polster rutschen. Er ging zu einer Wand und stellte sich davor. Dann hob er die rechte Hand in die Höhe seiner Schulter und plötzlich erschien eine breite Öffnung.

Elisa sah vom Sofa aus, dass sich dahinter ein begehbarer Kleiderschrank von der Größe ihres Wohnzimmers befand. »Oh.« Sie war mehr als beeindruckt. »Dein Materiallager?«, fragte sie Thynor neckend.

»Man weiß nie genau, was gebraucht wird.« Er bückte sich und hielt Elisas Schuhe in der Hand. Kaum war er wieder im Schlafzimmer, schloss sich die Wand hinter ihm und nichts deutete mehr auf die Tür hin. Thynor ging vor ihr auf die Knie und zog ihr ihre Schuhe an.

Obwohl ihr diese ritterliche Geste gefiel, wurde sie verlegen. »Das ist mir ein bisschen peinlich. Ich bin doch nicht Aschenputtel.«

»Das sehe ich anders«, gab Thynor mit seltsamem Ernst zurück und stand auf. »So, wir können los. Bist du bereit?«

Elisa war so froh, dass sie aufsprang und Thynor spontan fest auf den Mund küsste. Dann nahm sie seine Hand und zog ihn aufgeregt mit sich, bevor sie abrupt stehen blieb. »Wo geht es hier hinaus?« Suchend sah sie sich nach einer Tür um. »Müssen wir etwa durch die Wand?«

»Elisa.« Er versuchte, ihren Blick einzufangen, und wartete. Dann nahm er ihre Hände, legte sie an seine Brust und hielt sie dort fest. »Ehe wir aus diesem Zimmer gehen, solltest du eines wissen: In dem Bett dort hat noch nie eine Frau gelegen. In diesem Bett hat nie eine Frau eine Nacht verbracht und ist am Morgen neben mir aufgewacht. Als du vorhin die Augen, deine magischen blauen Augen, aufgeschlagen und mich angesehen hast, ist in mir was zersprungen, etwas Kaltes, Hartes ... Und es wurde durch etwas ersetzt, das ich noch nie gefühlt habe. Du hast keinerlei Vorstellung, was es bedeutet, wenn man nach tausenden Jahren so etwas vollkommen Unerwartetes durchlebt. Das weiß ja nicht einmal ich genau.« Dieses Eingeständnis fiel ihm schwer. »Aber eines ist gewiss: Es wird keinen Morgen mehr geben, an dem du nicht neben mir im Bett erwachst.«

Elisa wusste nicht, was sie sagen sollte. Schon wieder so eine seltsam nach Liebeserklärung klingende Behauptung! Offenbar sah man ihr ihre Gedanken an, denn Thynor nickte verständnisvoll, legte ihr einen der neuen Schals um und küsste sie dann auf die Stirn.

Er hob wieder die Hand und ein Durchgang erschien. »Na, geh schon. Dir kann überhaupt nichts passieren. Wenn ich absolut ungestört sein will, verschließe ich so meine Wohnung. Das hilft gegen unerwünschte Überraschungsgäste.«

»Und wie sich herausstellt, ist das Abriegeln auch nützlich, wenn man einen Gast zum Bleiben überreden möchte«, gab Elisa ironisch zurück.

Thynor verzog grinsend einen Mundwinkel. »Und wie sich momentan herausstellt, nützt es gar nichts, wenn der Besucher auf seiner Freiheit besteht. Aber der Wohnungsinhaber ist vorsichtig optimistisch, den Gast auch so zum Bleiben überreden zu können … Ich kann gerne die Türen zwischen den Zimmern offenlassen, wenn dir das lieber ist.«

Elisa nickte. Sie wusste genau, dass sie in diese Räume zurückkehren würde.

## ◇ 17 ◇

Thynor betrat mit Elisa einen breiten gewölbten Gang, der nach etlichen Metern in einer großen, hohen Halle endete, die von einer Konstruktion aus Räumen, Wegen und Licht umschlossen wurde.

»Hier wohnst du?! So ein Haus habe ich nie gesehen!«, bekannte Elisa, als sie sich mit staunenden Augen umsah. Baumaterial, dass nicht von der Erde stammen konnte, glitzerndes Glas, schwebende Wände, geschwungene Linien und Lichtinstallationen voller Farben und Bewegungen. Das Wegesystem war vollkommen anders – wie breite Bänder wanden sich die Böden; es gab jähe Steigungen oder Abgänge in riesigen schimmernden Röhren, weder waren Treppen noch Aufzüge zu sehen. Thynor trat dicht hinter sie, umfasste ihre Taille mit beiden Armen und flüsterte ihr ins Ohr: »Das ist kein Haus, das ist mein Schiff.« Er spürte, wie ihr Körper durch ein leises Lachen zu beben anfing und ihre Brüste leicht an seine Arme drückten. Elisa bedachte ihn wieder mit diesem Blick, nach dem er süchtig zu werden schien. »Richtig. Das Raumschiff. Wie konnte ich das nur vergessen.«

Sie glaubte ihm kein Wort. Oder doch? Er erschuf Kleidung aus dem Nichts, konnte quasi durch Wände gehen, heilte sie mehr oder weniger über Nacht … Und er stand plötzlich vor ihr und trug einen monströsen Kampfanzug, der keinen Raum für Spekulationen mehr ließ: Rüstung, Waffen, Helm, blinkende Lichter - all das schimmerte in unterschiedlichen Lichtbrechungen um Thynors Körper herum und es sah aus, als wechselte es fortwährend die Beschaffenheit. Wurde unsichtbar und war wieder zu sehen. Elisas Herz hämmerte schmerzhaft in ihrer Brust, bevor es fast aufhörte zu schlagen. »Du bist ein Sternenkrieger!«, brachte sie keuchend hervor. Sie musste sich irgendwo festhalten, um nicht vor totalem Entsetzen umzufallen, und sah sich suchend nach einem Halt um.

Thynor fluchte. Sie hatten natürlich weder Geländer oder Brüstungen, nichts Treppenähnliches; sie flogen einfach, wenn es sein musste. Er war sofort bei ihr und stützte sie mit seinem gepanzerten Arm. »Verzeih mir meine Demonstration, doch sonst hätten wir weiter Zeit verschwendet, bis du mir endlich glaubst, Liebes. Und ich wollte das erledigen, bevor wir beide jetzt das Schiff verlassen.«

Keine Zaubertricks. Elisa war schwindlig vor Schreck. Sie schimpfte los: »Hätte es nicht etwas weniger Martialisches sein können? Ein außerirdischer Riesensoldat?! Du bist ein unverschämter Angeber.«

»Bestimmt«, gab er schamlos zu. »Und es macht Spaß!« Er ließ seinen Kampfanzug verschwinden und trug nun wieder die Standardkleidung der Jäger für den Außeneinsatz, die er bereits in der Wohnung angelegt hatte.

»Du hast mir einen Todesschrecken eingejagt!« Elisa schimpfte weiter und zitterte am ganzen Körper. Sie japste immer noch nach Luft.

Vorsichtig hob Thynor sie auf seine Arme und trug sie zu einem riesigen Bodenloch, das zu einer Tiefgarage führte. Langsam schwebten sie herunter. Sie war eindeutig zu geschockt, um sich anders fortzubewegen. »Atme, Elisa. Es wird gleich besser.«

»Es wird nie wieder besser«, brachte sie kleinlaut hervor. »Wie denn? Du bist ein Außerirdischer!«

Thynor trug sie, ohne auf ihre Bemerkungen einzugehen, zu einem der SUV, welche sie nutzten, wenn sie an der Oberfläche von Lanor agierten und nicht fliegen konnten. Er setzte Elisa auf den Beifahrersitz und schnallte sie an. Dann küsste er sie kurz auf die Schläfe und ging auf seine Seite.

»Ich bin überrascht. Ein ganz normales Fahrzeug. Kein Beamen?« Elisa versuchte, ihre Panik mit spitzen Bemerkungen zu bekämpfen.

»Das wäre zu auffällig«, bemerkte er sachlich und fuhr los. Ein endloser Fahrweg führte stetig ansteigend bis vor eine Betonwand. Thynor hielt an und prüfte mittels zhanyrianischer Ortungs-und Videosysteme kurz die Umgebung hinter der Mauer. Sie waren allein; vor Beobachtern sicher. Er öffnete die Durchfahrt mir einer simplen Handgeste und sie fuhren in eine üblich aussehende irdische Tiefgarage.

Elisa beobachtete das Vorgehen mit klopfendem Herzen. Die Mühe sich umzudrehen und nachzusehen, ob die Wand sich hinter ihnen wieder geschlossen hatte, sparte sie sich. »Ist alles in Ordnung?«

»Bestens. Wir werden nicht länger als zwanzig Minuten bis zu dir nach Hause benötigen.«

»So nah sind wir? Wo genau?« Elisa fand die Antwort nur Augenblicke später auf der Schranke zur Ausfahrt aus der Tiefgarage: *Weyler Resort am See*. Das Logo glänzte golden, als die Scheinwerfer des Wagens die Schranke anleuchteten. »Hier sind wir? Das ist in der Tat nicht weit weg!«

»Du kennst dieses Hotel?« Damit hatte Thynor nicht gerechnet. Die Preise hier lagen weit außerhalb ihrer finanziellen Möglichkeiten. Welcher Typ mochte sie hierher eingeladen haben?

»Von innen? Oh nein. Solche Häuser warten nicht auf Leute wie mich.«, war sich Elisa sicher.

Der Wagen fuhr langsam an dem mondänen Gebäudekomplex mit den edlen Fassaden aus Glas und Steinen vorbei. Es herrschte immer noch dichter Nebel, wie gestern, doch das Haupthaus mit dem glamourösen Eingangsbereich durchbrach das helle Grau mit warmgelben, aber künstlichem Sonnenlicht. Prächtige Villen und elegante Bungalows waren in dem ausgedehnten Gelände hier und da zu erahnen und wirkten trotz der herbstlichen Stimmung einladend. »Ich bin erst einmal hier oben gewesen. Kurz, nachdem ich in mein Haus eingezogen war«, erzählte Elisa. »Ich wollte die Umgebung meines neuen Zuhauses kennenlernen und habe einen Fahrradausflug hierher gemacht. Es gibt einen Weg um den See, und vom anderen Ufer aus hat man einen fantastischen Blick auf die Hotelanlage. Es hat mir damals schon gefallen und von Nahem finde ich es noch imposanter ... Dein Schiff liegt unter diesem Hotel?«

»Ja. Das Resort ist zurzeit unsere Tarnung. Eine weitläufige Anlage, tiefe, separate Kellergeschosse, viele Menschen, ein ständiges Kommen und Gehen.«

»Und das fällt niemandem vom Personal auf?«

»Es gibt einige Zivilisten unter uns Zhanyr. Die leiten das Ganze.«

Elisa war beeindruckt. »Und niemand hat euch bisher entdeckt? Ihr müsst wirklich gut sein!«

»Selbst auf die Gefahr hin, dass du mich wieder einen Angeber nennst - ja, das sind wir.«

Sie lächelte ihn an. »Stell dir doch mal vor, wir wären uns zufällig schon damals begegnet! Ich habe stundenlang auf einer Wiese gesessen und über den See rüber zum Hotel geschaut. Und du hättest mit deiner Supertechnik die Umgebung gescannt und mich verdächtigt, euch auszuspionieren. Genau wie jetzt.«

Höchstwahrscheinlich würde Luys die entsprechenden Aufzeichnungen sogar finden, überlegte Thynor. Da in den letzten Jahren allerdings kein einziges Alarmformular für die Schiffsumgebung ausgelöst wurde, ist Elisas Ausflug damals wohl nicht als bedrohlich eingestuft worden. »Du setzt dich stundenlang allein auf eine Grasfläche? Wieso?«

Elisa sah aus ihrem Seitenfenster, während sie sich erinnerte. »Ich bin gern allein. Mein zurückgezogenes Leben gefällt mir. Und an diesem speziellen Tag, nun, es war Hochsommer und ein Teil der Wiese war bereits gemäht worden. Ich rieche gern frisches Heu, also habe ich mir ein bequemes Heupolster zusammengeschoben und mich reingelegt. Es war himmlisch! Dieser Duft, mit all den Wildblumen! Gegen Abend fingen dann die Vögel wieder an zu zwitschern, und außer einem entfernten Muhen von irgendeiner Weide war nichts zu hören. Ich musste mich richtig losreißen, um mich rechtzeitig auf den Heimweg zu machen, denn mit dem Rad dauert es selbst auf dem direkten Waldweg wenigstens zwei Stunden und ich fahre lieber nicht im Dunkeln umher.«

Ihre Stimme verriet ihm, wie gern sie an diesen Nachmittag zurückdachte. »Wenn wieder Sommer ist, Elisa, möchte ich, dass du mir zeigst, wie das geht, stundenlang im Heu zu liegen und den Vögeln beim Singen zuzuhören. Darf ich mir das von dir wünschen?«

Überrascht wandte sie sich Thynor wieder zu. »Im Sommer?« Sie konnte nicht verhindern, dass sich ihre Gefühle überschlugen. Überraschung. Herzklopfen. Freude. Deswegen brauchte sie einige Sekunden, bis sie antwortete: »Ja. Am besten Ende Juni.« Sie klang bestimmt total aufgeregt.

Thynor nahm ihre linke Hand und küsste sie auf die Knöchel, bevor er mit seiner Zunge kurz zwischen ihren Zeige- und ihren Mittelfinger glitt. »Schön, dann haben wir also eine Verabredung.«

Sein Wunsch, der wie selbstverständlich von einem kommenden gemeinsamen Sommer ausging, hatte Elisa die Sprache verschlagen. Diese Perspektive, so anziehend der Gedanke auch war, glich zu sehr einem Märchen, als dass sie sich erlaubte, fest daran zu glauben. Doch im selben Moment wusste sie, dass sie bereits jetzt diesen Sommertag herbeisehnte. »Das wird wunderschön«, flüsterte sie, während sie einen weiteren Kuss von Thynor auf ihrer Hand spürte.

## ◇ 18 ◇

Thynor ließ Elisa ein paar Minuten Ruhe. Im Augenwinkel bestaunte er das leise Lächeln, das nicht aus ihren Gesichtszügen wich. Er spürte ihre ungläubige Freude, als sie zu ihm sagte: »Ich zeige dir gern unseren Sommer, Thynor. Und die anderen Jahreszeiten. Jede ist schön. Sieh nur diesen nebeligen Herbsttag heute. Wie die Gebäude im Dunst verschwinden und wieder auftauchen, wie die bunten Blätter an den Büschen davor vor Feuchtigkeit glänzen. Es ist nie dasselbe Bild, das man sieht … Hattet ihr ähnliche Jahreszeiten, da wo du herkommst?«

»Jahreszeiten?« Über diese Frage hatte Thynor zugegebenermaßen nie nachgedacht. »Nein. Zumindest nicht solche, wie sie sich hier in Mitteleuropa zeigen. Unsere Kontinente sind anders verteilt gewesen, mehr um den Äquator herum. Und mein Planet war um einiges gebirgiger als die Erde. Auf Draghant wehten meistens stärkere Winde–«

»War?«

»Unser Planet ist während unserer Reise von der Sonne gefressen worden. Sie wurde zum roten Riesen. Wir können nicht zurück.« Thynor war sich sicher, dass er das Elisa gegenüber gestern Abend erwähnt hatte.

»Ihr habt wirklich keine Heimat mehr?« Sie klang rührend betroffen. »Ich war überzeugt, du hast dir das nur ausgedacht.«

»Nein, Liebes, jedes Wort entsprach den Tatsachen. Unsere Sonne hatte unerwartet heftig zu pulsieren begonnen und als feststand, dass Draghant in wenigen zehntausend Jahren von ihrer Glut erreicht werden würde, suchten wir intensiv nach Planeten, die für eine Aussiedlung geeignet sein könnten. Hier auf Lanor nennen eure Wissenschaftler sie Exoplaneten. Diese Himmelskörper dürfen nicht zu nah an ihrem jeweiligen Stern sein, aber auch nicht zu weit weg, damit die Temperaturen gemäßigt sind. Eine Atmosphäre und Wasser sollte es geben. Zudem brauchten wir einen Gesteinsplaneten mit hohem Eisenvorkommen. Davon gab es einige. Nun, wir wählten diesen hier, eure Erde, und begannen Zhanyrianer auszubilden, um eine Besiedlungsmission zu starten. Ich war der Kapitän eines der Exilschiffe. Meine Crew und ich – die Auserwählten Tausend. Da wir eisenabhängige Wesen sind, benötigen wir eine stabile Eisenkonzentration in unseren Körpern; und eure Erde hat genügend Vorräte von diesem Element. Selbst ihr Kern besteht aus Eisen und dadurch entstanden das Magnetfeld und die Atmosphäre. Die topologischen Bedingungen bei uns waren denen auf Lanor vergleichbar, und deswegen kommen wir hier zurecht.«

»Wie lebt ihr hier? Ich stelle mir das trotz aller Ähnlichkeiten problematisch vor.«

»Am Anfang nutzten wir einige Jahre die Ressourcen unseres Schiffes. Die Auserwählten Tausend bestanden zu großer Zahl aus Wissenschaftlern – Mediziner, Physiker, Mathematiker, Soziologen, Anthropologen, Spezialisten für gesellschaftliche Ordnung; wir hatten aus fast jeder Wissenschaftsdisziplin jemanden an Bord. Unsere Forschungsabteilungen fanden bald heraus, wie wir die Dinge, die wir zum Überleben benötigten, auf Lanor finden oder herstellen konnten. Inzwischen ist das meiste zur Routine geworden, wenn wir nur eines beachten: Spätestens alle vierzig Stunden – das ist ungefähr die Länge von zwei Tagen auf Draghant – benötigen wir eine Infusion, die unseren Eisenvorrat auffüllt. Die Flüssigkeit enthält auch noch weitere Ergänzungsstoffe, vor allem aber den Energiespeicher zur Aufhebung der Schwerkraft, damit kommen wir dann bestens hin.«

»Ihr injiziert es euch einfach?«

»Im Prinzip schon. Überall im Schiff oder in anderen Gebäuden, die wir nutzen, gibt es in den Wänden Speicher, auf die wir mittels Handauflegen zurückgreifen können. Und falls wir unterwegs sind, gibt es Sichere Orte auf ganz Lanor verteilt, die unsere Labore regelmäßig auffüllen und die jeder Zhanyr kennt. Meistens nutzen wir Kirchen; ob große Kathedralen oder kleine Gebetshäuser, ist für uns egal, doch solche religiösen Gebäude gibt es nahezu überall, sie sind weitgehend sicher, stehen jedermann offen und niemand stellt viele Fragen, wenn Fremde sie betreten. Und für den Notfall haben wir einen flachen Tank mit diesem Mittel in unseren Armreifen. Außerdem führen wir Jäger immer noch eine Ersatzpatrone bei uns. Sieh her!«

Thynor zog ein kleines röhrenförmiges Etui aus seinem breiten Gürtel, das in Elisas Augen nach purem Gold aussah. Er entnahm ihm einen dünnen Stift, der aus Kristall zu bestehen schien. Darin befand sich eine rotbraune Flüssigkeit, einem kräftigen Portwein nicht unähnlich. Eine gläserne Hülse schützte eine fünf Millimeter lange leicht gebogene, hauchdünne Kanüle. Elisa war sich dennoch sicher, dass sie nicht sehen wollte, wie diese Spitze in irgendeine Haut eindrang.

Thynor sah Elisa ihr Unbehagen an. »Keine Sorge, wir haben entsprechende Methoden, um uns das Druum problemlos zuzuführen.«

»Druum?«

»So haben wir es genannt. Es ist ein Wort aus unserer alten Sprache. Auf Draghant nutzten wir etwas Vergleichbares in der Medizin, um verletzte Zhanyrianer zu heilen. Auch die neuen Körper reagieren positiv auf dieses Mittel.«

Elisa überlegte, ob die Frage, die ihr schon länger im Kopf herumgeisterte, vielleicht ein wenig zudringlich wirkte, wagte es aber dennoch, sie zu stellen: »Wie seht ihr eigentlich aus?«

Thynor sah kurz zu ihr, bevor er seine Aufmerksamkeit wieder auf die Straße und die Umgebung richtete. »Unsere Gestalt war auf Draghant eine andere. Runder. Gedrungener, und ohne feste Gliedmaßen. Der alte Körper bildete genau den Körperteil aus, den er in einer bestimmten Situation benötigte. Als wir hier landeten, hatten wir alle eine Gestaltwandlung durchlaufen. Diese leiteten die Wissenschaftler bereits auf Draghant ein und als wir dann auf Lanor ankamen, waren die neuen Hüllen fertig. Um nicht entdeckt zu werden, ist ein menschlicher Körper nun mal besser. Bei unserer Landung gab es unendliche Landstriche, in denen damals kein einziger Mensch lebte. Wir konnten uns unbemerkt niederlassen und in aller Ruhe immer perfekter anpassen. Niemand hat uns je für etwas anderes gehalten als gewöhnliche Ureinwohner. Unsere Designer hatten eine unauffällige äußere Form gefunden.«

Elisa keuchte unterdrückt. »Unauffällig!? Thynor, wenn du etwas nicht bist, dann unauffällig!« Er war ohne Übertreibung der schönste Mann, den sie je gesehen hatte. In Erinnerung an ihren Entführer überlegte sie kurz, ob diese Außerirdischen etwa alle so aussahen. Prangten auf den Titelseiten der entsprechenden Mode- und Erotikmagazine etwa keine menschlichen Models, sondern alles Zhanyr? Elisa lächelte versonnen.

»Was hast du?«, fragte Thynor argwöhnisch, als er ihren Gesichtsausdruck bemerkte.

Elisa hob die Schultern. »Mich überrascht nur, dass tausend Supermänner niemandem aufgefallen sein sollen.«

Er zuckte mit den Schultern. »Wir haben uns gleichmäßig verteilt auf eurem Planeten. Du kennst sicher ein paar Geschichten über uns. Wir werden Hünen genannt, Recken, Titanen. Such dir was aus. In jeder Kultur gibt es Erzählungen, wie wir Menschen retten.«

»Mag sein«, räumte Elisa ein, »doch es gibt genauso viele üble Geschichten über starke und riesige Männer, die als Schlächter, Monster oder Banditen über die Lande ziehen.«

Thynors Miene wurde hart. »Nicht alle Zhanyr halten sich an unsere Regeln. Deshalb gibt es mich und meine Spezialeinheit.«

»Ihr habt tatsächlich Verbrecher unter euch?«

»Wie ich bereits sagte. Ja. Ich suche sie ... Leider haben sich die Dinge nach der Landung nicht so entwickelt, wie wir es erhofft hatten. Das Schiff mit unseren Frauen war im All verloren gegangen. Wir hofften, uns mit den Menschenfrauen paaren zu können, aber mit den Jahren wurde klar, dass es nicht klappte. Der Sex funktionierte schon, aber es gab keine Schwangerschaften. Und einige Zhanyr, nun ... Es fing damit an, dass die vergebliche Suche nach einer zur Vermehrung geeigneten Frau ein paar der Männer in die Verzweiflung trieb. Immer und immer wieder versuchten sie, die passende Frau zu finden, ohne Erfolg, und irgendwann überstieg ihre Enttäuschung jedes vernünftige Maß – und sie verloren ihren Verstand. Manche brachten sich um, andere wurden zu Verbrechern. Sie nehmen Frauen mit Gewalt, entführen sie und experimentieren an ihnen herum. Das sind die Bralur, die Lebensräuber. Sie verhalten sich nicht wie ihr Menschen. Sie haben keine Gefühle wie Mitleid oder gar Erbarmen.«

»Willst du mir erzählen, dass unsere Serienmörder im Grunde genommen Aliens sind?«

»Einige bestimmt.«

Elisa dachte nach. Immer mal wieder war zu lesen, wie viele unerkannte Serienkiller es auf der ganzen Welt gab. »Ihr findet auch nicht alle, stimmt's?«

»Ja. Wir sind viel zu wenige Männer. Und oftmals haben wir mehr als genug damit zu tun, unsere eigenen Leute zu finden und zu bekämpfen. Das hat stets Priorität. Ehe wir einen Menschen verfolgen, jagen wir einen Zhanyr. Der ist gefährlicher.«

»Wieso?«

»Er arbeitet mit anderen Methoden. Ich habe dir bereits ein wenig davon gezeigt, was unsere Technologie alles vermag.«

Elisa nickte. »Ein wenig?« Allein der Gedanke an das Laufen durch massive Wände oder das Waffenarsenal der Rüstungen genügten, dass ihr ein kalter Schauer über den Rücken lief.

»Die Lebensräuber sind für menschliche Ermittler unauffindbar, sie sind viel zu gerissen und selbst wir Jäger brauchen oft länger, als uns recht ist, um sie aufzuspüren.«

»Und wenn ihr sie gefunden habt? Was dann?«

»Wir eliminieren die Bralur. Sie sind unsere Feinde, Elisa, schlimmer Abschaum.«

»Und wie ... tötet ihr?«

»Wir haben Waffen entwickelt, die aussehen wie menschliche Pistolen oder Gewehre. Sie enthalten Geschosse mit einer Substanz, die sämtliches Eisen im Organismus umgehend neutralisiert. Das ist simpel. An zu wenigen Metallverbindungen im Körper sterben wir. Fast sofort. Unser Stoffwechsel bricht im Nu zusammen. Dieser Prozess verläuft äußerst rasant.«

Elisa fragte weiter: »Ihr tötet auch die menschlichen Verbrecher, wenn ihr sie findet?«

»Natürlich. Wenn sie sonst nicht bestraft werden können und schwere Gewalttaten begangen haben.«

»Wie meinst du das?«

»Wir beobachten die polizeilichen Ermittlungen und unterstützen sie zuweilen mit anonymen Hinweisen. Wenn sicher feststeht, dass der Verbrecher hingerichtet oder lebenslang eingesperrt wird, ziehen wir uns zurück. Anderenfalls handeln wir.«

Eine Zeit lang schwieg Elisa und versuchte, die ungeheuren Informationen zu verarbeiten. Meine Güte! Wo war sie hier nur hineingeraten? Es wurde Zeit, langsam wieder in die Realität zurückzukehren. »Kann es sein, dass ich bei meinen Recherchen unbeabsichtigt auf so jemanden gestoßen bin, einen dieser Lebensräuber – Serienkiller, und deswegen entführt werden sollte?«

»Das ist *eine* mögliche Erklärung. Wir müssen das schnellstens herausfinden. Erwartest du heute jemanden? Einen Kunden?«, fragte Thynor. »Oder werden wir deine Unterlagen ungestört zusammenpacken können?«

Elisa überlegte nur einen Augenblick, dann neigte sie leicht den Kopf. »Ich lade niemals Leute zu mir ein, also bekomme ich keinen Besuch, und sein Kommen hat niemand angekündigt. Ich wohne in einem Haus, das zu einem riesengroßen Anwesen gehört. Im Haupthaus, einer alten Villa, nein eher einem Schlösschen, leben ein paar Kinder, da kann es schon passieren, dass jemand durch den Park flitzt und ich ihn sehen kann. Aber näher ran? Das trauen sich die Kleinen gar nicht. Sie kommen alle aus schwierigen Verhältnissen – Drogen, Kriminalität, Alkohol – und sind ziemlich scheu. Meine Freundin Paula betreut sie, als Erzieherin. Sie wohnt mit ihnen in der Villa. Paula ist der einzige Mensch, der ab und zu bei mir vorbeikommt, aber sie ist für ein paar Tage verreist. Inzwischen passen eine Köchin und ein Hausmeister auf die Kinder auf.« Dann fiel ihr etwas ein. »Was ist, wenn ich gestern beobachtet wurde? Dann weiß vielleicht jemand von den Entführern, wo ich wohne, und wartet irgendwo im Gelände schon auf mich.«

Thynor antwortete: »Keine Angst, das wüsste ich bereits. Ich habe einen Jäger zu unserem Schutz dabei. Und du brauchst es gar nicht zu versuchen, du wirst ihn nicht entdecken.« Sie näherten sich Elisas Haus und Thynor fuhr den SUV nach hinten und stoppte. »Warte, bleib im Wagen sitzen. Ich sehe sicherheitshalber erst nach, ob sich nicht doch noch einer in deiner Wohnung versteckt hat. Es gibt drinnen ein paar Stellen, die sich für einen Attentäter bestens eignen.«

»Woher weißt du das?«, fragte Elisa impulsiv, wusste aber, noch bevor sie die Frage zu Ende ausgesprochen hatte, die Antwort. Bestürzt sah sie zu ihm auf. »Du warst bereits in meinem Haus?! Wann? Wie konntest du!«

Für überflüssige Diskussionen hatte Thynor jetzt keine Zeit. »Elisa, denk nach. Wir dachten, dass du uns ausspionierst. Dass du ein Feind bist. Ich war gezwungen alles hier zu überprüfen. Und zwar gestern schon, bevor ich dich im Park gerettet habe.«

Richtig. Ihr behagte das überhaupt nicht, aber sie konnte Thynors Argumente nachvollziehen. Außerdem nützte es nichts, sich im Nachhinein darüber aufzuregen. Sie seufzte und sah ihn an:

»Ich werde wohl damit leben müssen, dass ich ins Fadenkreuz einer Ermittlung geraten bin.«

Thynor war erleichtert, dass sie den Vorfall so sachlich einschätzte und nicht weiter insistierte. Elisa ließ sich nicht leicht unterkriegen. »Wird nicht erneut vorkommen, versprochen«, neckte er sie und drückte ihr einen flüchtigen Kuss auf den Mundwinkel. »Bleib im Wagen. Ich bin gleich wieder da.«

## ◇ 19 ◇

Tatsächlich erschien er nach ein paar Minuten und holte Elisa. Sie betraten gemeinsam das Haus. Kaum waren sie im Wohnzimmer angekommen, sagte Thynor: »Liebste, wir haben nicht viel Zeit. Unsere Feinde sind mit Sicherheit schon auf der Suche nach dir und deinem Entführer. Wir tun gut daran, drei Dinge zu überprüfen: Welche Personen du gesucht hast, wen du tatsächlich gefunden hast und welche Information du nicht finden solltest.«

»Huh, ist das jetzt die Ich-bin-der-Chef-Stimme, wenn du mit deinen Leuten redest?« Elisa feixte über das ganze Gesicht.

»Nimm das ernst!«

»Das tue ich«, beruhigte sie ihn, obwohl in ihren Augen alberne Fünkchen blitzten. »Meine Auftraggeber sollten wir ebenfalls berücksichtigen. Wer weiß, vielleicht ist der Schurke ja unter ihnen zu finden.«

»Das wollte ich gerade ergänzen«, flunkerte Thynor und war froh, dass sie an diesen wichtigen Aspekt gedacht hatte.

Elisa durchschaute ihn sofort. »Bestimmt«, zwinkerte sie ihm zu und sah sich dann wehmütig in ihrem Wohnraum um. Ihr Zuhause. Sie liebte es, fühlte sich hier wohl und schätzte ihre Routinen. Und nun brachte wer auch immer es in Gefahr. »Am besten ist, wir packen einfach alles ein. Mehr als vier, fünf große Kartons werden da nicht zusammenkommen und die passen problemlos in dein Auto.«

Thynor nickte. »Wo hast du die Kartons?«

»Zusammengefaltet hinter dem kleinen Küchenschrank und auch noch welche im Schlafzimmer... Es geht gleich los. Aber ich brauche erst einen Koffeinschub, ja? Glaub mir, wenn du möchtest, dass ich weiter so lieb und freundlich bleibe, muss ich einen Kaffee haben.«

»*Lieb* und freundlich? Was genau meinst du damit?«, zog er sie mit absichtlich tiefer Stimme auf. Das ganze Haus roch betörend nach Elisa und wer weiß, wo die Suche nach den Kartons im Schlafzimmer enden würde? Thynor beschloss, dass es auf jeden Fall einen Versuch wert wäre, sie dort zu küssen. Sie reagierte auf seine Frage, wie er es erwartet hatte - mit leichter Scheu und verschwand in der Küche. Sein Glied zuckte.

»Möchtest du auch einen Kaffee?«, fragte sie beflissen und füllte Bohnen in das Mahlwerk.

»Sicher. Ich muss alle deine Vorlieben kennenlernen«, gab er anzüglich zurück.

Elisa reckte sich über den Küchentisch, um von dem oberen Regal zwei der großen Tassen zu nehmen. »Mit Milch und Zucker?«, versuchte sie, beim Thema zu bleiben.

Erfolglos. Thynor stand plötzlich hinter ihr, griff ebenfalls nach oben und hielt ihre Hände leicht an dem Bord fest. Gleichzeitig drückte er sich an ihre Rückseite und klemmte sie auf diese Weise an der Tischkante ein. Sein eisenhartes Begehren konnte ihr nicht entgehen. »Vorlieben mit Milch und Zucker? Wie lecker.«

Thynors Stimme dicht an ihrem Ohr triefte nur so vor sinnlicher Verlockung. Elisa wurde siedend heiß. Wie stellte er das nur an? Und so schnell?

Seine Zähne zupften leicht an der zarten Haut ihres Nackens. »Davon habe ich noch nie gehört, doch ich bin gern bereit, es auszuprobieren. Mit dir, Liebes.«

»Kaffee. Ich rede von Kaffee«, mühte sich Elisa um Beherrschung und wollte ihre Hände runternehmen.

»Wehe«, drohte ihr Thynor flüsternd, biss sie leicht in den Nacken und rieb mit seinen Hüften eindeutig fordernd gegen ihren

Po. »Lass sie schön da oben. Im Moment brauchen wir die Tassen nicht.« Er nahm seine Hände langsam von ihren und strich zart an den nur von dünner Seide geschützten Innenseiten ihrer Arme entlang.

Elisas Haut prickelte überall und sie verging vor Lust, allein durch ihre Position und diese Berührungen. Als sich dann auch noch Thynors Arme vor ihrem Bauch kreuzten und seine Hände ihre Brüste umschlossen, konnte sie es nicht mehr aushalten, wimmerte leise vor Erregung und drückte ihren pulsierenden Unterleib in der Hoffnung auf ein wenig Erleichterung fest an die Tischkante.

»Hilft das etwa?«, fragte Thynor frivol. »Kann ich mir irgendwie gar nicht vorstellen.« Ungeniert presste er sie an sich und drückte seine Härte wieder an ihr Hinterteil. Mit offenen Handflächen rieb er ihre Brüste und sein warmer Atem erhitzte ihren Nacken. »Schön die Hände oben lassen«, erinnerte er Elisa, als er ihre steifen Brustwarzen durch den dünnen Stoff ihrer Bluse zwischen Zeigefinger und Daumen nahm und sacht rollte.

Elisas Körper schien zu zerspringen. Sie zitterte und spürte, wie sich immer mehr Nässe zwischen ihren Beinen sammelte.

Thynors Liebesspiel wurde fordernder. Mit einer Hand glitt er unter die Bluse und streichelte durch ihren seidenen BH mit dem Daumen über ihre empfindliche harte Spitze. Langsam und erfahren. Seine andere Hand legte er auf ihren nackten Bauch und spreizte sacht die Finger. So verharrte er reglos und ließ sie warten.

Elisa leistete keine Gegenwehr mehr. Sie konnte gar nicht anders, als flehend zu stöhnen. Es fühlte sich überwältigend an, so von ihm berührt zu werden. Zwischen ihren Brüsten, ihrem Bauch und der feuchten Stelle zwischen ihren Beinen schien es eine Art Leitung zu geben, die nur eine Nachricht transportierte: Mehr, ich will mehr davon. »Hör nicht auf«, bat sie sanft.

Ja! Thynor wusste, er hatte gewonnen. Unbändiger Triumph trat in seine Augen, nackter männlicher Stolz und eine gefährliche Dominanz. Seine Erektion wuchs zu einem gewaltigen Ständer an. Ja! Ja! Elisa hatte ihn um mehr angefleht! Endlich durfte er sich nehmen, was einem Spiegelmann zustand. Er griff nach oben zu ihren Händen, nahm sie vom Regal und drehte Elisa zu sich herum. »Wie viel sexuelle Erfahrung hast du eigentlich?«

Er stellte diese Frage dermaßen unbeteiligt, als hätten sie bis eben über das Wetter geredet oder das Problem, ob er den Kaffee mit Zucker oder Milch trank, ernsthaft erörtert. »Wie bitte?«, fragte Elisa tonlos. Das lag nur zum Teil an dem, was er mit den Händen und Hüften mit ihr angestellt hatte. Sie war völlig von seinem Verhörton konsterniert. »Du verstehst es famos, die Stimmung zu ruinieren!«

Oh, oh, die kleine Menschenfrau war frustriert. Wie schön! Genau dort wollte er sie nämlich haben, voller Verlangen nach ihm, angefüllt mit der Sehnsucht nach seinen Berührungen. Sie sollte sich genauso nach ihm verzehren, wie er nach ihr.

Doch Elisa war verärgert und wollte sich aus seinem Griff befreien. »Nun gut, du hattest deinen Spaß. Genießt du es? Lass mich gefälligst los.«

Thynor hielt sie mühelos fest. »Antworte!«

»Nein.«

Er dachte gar nicht daran, ihre Weigerung zur Kenntnis zu nehmen. »Mit wie vielen Männern hattest du Sex und was für welchen?«

Elisa schnappte nach Luft. »Du bist unverschämt! Ich werde nicht antworten.«

»Doch, wirst du«, sprach er überzeugt und blickte sie starr an.

Das konnte nicht sein Ernst sein! Er selbst benahm sich wie ein Playboy und tat dann so, als wäre sie ihm Rechenschaft über ihr Liebesleben schuldig! Sie fragte aufgebracht: »Warum willst du das überhaupt wissen?«

»Weil ich dir nicht wehtun möchte«, lautete seine simple Begründung.

Sofort versteifte sich Elisas ganzer Körper und in ihre Augen stahl sich erneut ein deutlicher Schatten von Furcht. »Dann tu es einfach nicht! Bitte nicht.«

Thynor schüttelte sie leicht. »Das werde ich nicht, wie oft muss ich das denn noch wiederholen, Elisa? Hör endlich auf, dir selber Angst zu machen ... Ich begehre dich, wie ich noch nie eine Frau begehrt habe. Ich brauche dich auf so viele Arten, dass ich wissen muss, womit ich anfangen kann, ohne dich zu überfordern. Es soll dir gefallen. Wenn wir Sex haben, wird das bestimmt nicht jedes

Mal sanft sein, aber immer befriedigend. Für uns beide. Ich habe das Gefühl, dass ich dir noch so viel zeigen kann. Eine neue Welt!«

Das klang nicht nach dem Sex, mit dem Elisa glaubte, umgehen zu können. Thynor war kein sanfter Mann, so viel stand fest. Was sollte seine Bemerkung bedeuten? Harter Sex? Gestern Abend hatte er sich zurückgehalten, auf sie Rücksicht genommen und versucht, mit ihr zu reden. Er hatte ihre Grenzen akzeptiert. Was wollte er jetzt? Verzweifelt sah sie zur Tür und wog kurz ihre Chancen ab, nach draußen zu entkommen.

»Denk nicht mal dran«, knurrte Thynor. »Du glaubst doch nicht im Ernst, dass du hier raus kommst.« Elisa hatte nicht die geringste Vorstellung von dem, was sie bei ihm ausgelöst hatte, als sie ihn vor Lust bebend um mehr gebeten hatte. Er wäre der dümmste Mann auf diesem Planeten, wenn er sie jetzt gehen lassen würde! Mal abgesehen von der Tatsache, dass ein Zhanyr und seine Spiegelfrau sich gar nicht trennen konnten. »Du solltest aufhören, dich gegen deine Gefühle zu wehren ... Du fürchtest dich wieder vor mir. Egal. Dann bekomme ich jetzt endlich mal die Antwort.«

Diese Arroganz war unerträglich! Was wagte Thynor sich? Elisa wurde deutlich: »Ich bin nun endgültig überzeugt, dass du ein Außerirdischer bist! Denn schneller als in Lichtgeschwindigkeit bekommst du es hin, dich von einem Mann zum Verlieben in einen Mann zum Vergessen zu verwandeln. Respekt!«

»Wie bitte?« Diese Äußerung brachte Thynor etwas aus dem Konzept. »Was meinst du?«

Das war nicht zu fassen! Elisa fauchte ihn an: »Die ständigen Drohungen? Du wolltest mich festbinden! Dein unpersönlicher Kuss und deine mechanischen Manipulationen an der Wand heute Morgen, diese ewigen Machtspielchen eben?«

»Ich glaube, ich möchte lieber den Teil mit dem Verlieben hören«, gab Thynor ungeniert zurück.

Elisa schnaubte uncharmant und nahm ihren ganzen Mut zusammen. »Du musst dich gar nicht so aufspielen! Ich habe genug davon. Hau einfach ab und lass mich in Ruhe.«

Thynor ignorierte den Rausschmiss, als hätte sie nichts gesagt, und hielt sie weiter fest. Wann würde Elisa erkennen, dass es für all ihre Rückzüge bereits zu spät war?

Sie atmete tief durch. Wieso schaffte sie es wieder nicht, den Ärger auf ihn längere Zeit durchzuhalten? Etwas mehr als ein paar Minuten wenigstens. Nun, vielleicht würde er ja verschwinden, wenn sie irgendetwas Passendes auf seine Frage antwortete: »Diese Männer, mit denen ich ... Nun, sie waren nicht schlecht. Sie konnten nur nicht immer etwas mit mir anfangen.« Das müsste als Antwort genügen.

»Männer? Es gab also einige?« Luys hatte aufgrund ihrer E-Mail-Inhalte drei von Elisas Kontakten als intim eingestuft. Gab es etwa mehr? Das gefiel ihm nicht, ganz und gar nicht. Und dass sie diese Kerle verteidigte! Welcher Mann konnte denn nichts mit Elisa anfangen? Unsinn! »Ich will alles hören«, beharrte er. »Wann hattest du den ersten Sex?«

»Thynor!«

Doch er schob sie nur an die Wand, stemmte die Arme links und rechts von ihrem Kopf auf, rückte noch näher an sie heran, bohrte seinen Blick in ihre Augen und wartete.

Elisa gab sich geschlagen.

Als sie den Blick senkte, um von ihrem ersten Mal zu erzählen, knurrte Thynor sie an. »Sieh mich bitte an. Ich möchte deine Augen sehen; was du empfindest, wenn du davon redest.« Er war sich nicht sicher, wie er es aufnehmen würde, was er zu hören bekam, doch es musste sein. Er benötigte das Wissen, denn er wollte sie in jeglicher Beziehung kennenlernen. Wie sollte er ihr sonst Vergnügen bereiten, ihr geben, was sie brauchte? Was er brauchte!

»Darf ich mich wenigstens hinsetzen?«, fragte Elisa trotzig.

Thynor nahm ihre Hand und zog sie zielgerichtet zu dem breiten Sofa in ihrem Wohnzimmer.

Sie kroch sofort in die äußerste Ecke, zog die Beine unter sich und langte zu einem großen Kissen, um ihren Körper zu bedecken.

Dieses typisch weibliche Manöver brachte Thynor innerlich zum Schmunzeln, ohne das er es nach außen zeigte. Für sich untypisch gestattete er ihr, sich in die Sofaecke zurückzuziehen und setzte sich, ohne sie zu berühren, neben sie.

Elisa atmete tief durch und begann. »Ich war bereits neunzehn, und alle anderen Mädchen in meinem Alter hatten schon eher mit

Sex angefangen. Es war so, dass mich bis dahin kein Mann lange genug interessiert hatte, um an diesen Punkt zu kommen.« Zaghaft sah sie zu Thynor, wie er ihre Worte aufnahm.

Doch sein Blick blieb unbewegt.

»Er war ein Sportler, ein Athlet, Mehrkämpfer. Er hatte vor, Kinderpsychologie zu studieren, und wäre mir sicher ein guter Mann gewesen. Aber–«

»Wie hat er sich angestellt?«

»Was meinst du?« Elisa hoffte, Thynor meinte nicht den Sex. Vergebens.

»Seine Technik. Wie hat er dich zum Höhepunkt gebracht.«

Sie war so perplex, dass sie zugab: »Gar nicht.«

Jetzt war Thynor an der Reihe, sich zu wundern. Wie konnte das denn sein? Ein Mann schlief mit dieser Schönheit, einer Jungfrau, und brachte sie nicht zum Höhepunkt? Warum sollte sich ein Mann das Vergnügen versagen, zu erfahren, wie sich Elisas Orgasmus anfühlte und anhörte? »Was stimmte nicht mit diesem Athleten?« Thynor gelang es, das letzte Wort mehr als abschätzig klingen zu lassen.

»Mit ihm stimmte möglicherweise alles«, war Elisa überzeugt. »Er war zärtlich, hatte an Kondome gedacht, und sorgte sich um meine Bequemlichkeit.«

»Wie?«, beharrte er.

Sie wollte die Augen schließen, erinnerte sich jedoch an Thynors Aufforderung und sah ihn an. Röte legte sich über ihr Gesicht. »Ich lag auf dem Rücken und er auf mir drauf.« Als sie sah, dass er wartete, ergänzte sie: »Man nennt es Missionarsstellung. Mehr gibt es da nicht zu berichten.«

»Wie oft?«

»Jedes Mal, wenn wir uns gesehen haben. Ein-, zweimal in der Woche.«

Das hatte Thynor nicht gemeint. »Ich muss wissen, wie oft du von diesem Mann hintereinander genommen worden bist.« Für ihn war es das Wichtigste am Vergnügen, die Frau so oft und so lange zum Orgasmus zu bringen, bis sie ermattet und restlos befriedigt in seinen Armen lag. Wie weit musste er dazu bei Elisa gehen?

Peinlich berührt gestand sie: »Einmal. Wenn er zum Höhepunkt gekommen war, stand er auf, rannte ins Bad und wenn er zurückkam, schlief er sofort ein.«

Irgendwann würde er dieser Niete seine Meinung dazu sagen, beschloss Thynor, bevor er unnachgiebig forderte: »Der Nächste.«

Über Elisas Gesicht huschte ein Schatten und die Röte wich plötzlicher Blässe. Ihre Hände krallten sich in das Kissen.

Thynor entging das nicht. Er war sofort auf der Hut. Was war los? Elisa sah aus, als wäre eine schreckliche Erinnerung wieder zur Realität geworden. Hatte dieser Mann ihr wehgetan? War er verantwortlich für ihren Schmerz? Ein Blick auf ihre zusammengesunkene Gestalt genügte, um sämtliche Beschützerinstinkte wachzurufen. Thynor war augenblicklich bereit, Mordpläne zu schmieden und Alvar mit ihrer Umsetzung zu beauftragen. Nein. Das würde er selber erledigen. Sein Herz presste sich zusammen, als in Elisas Augen plötzlich Tränen schimmerten. Als sie ihren leeren Blick starr auf das Kissen nach unten richtete, ließ er sie gewähren. Sie litt. Oder irrte er sich? »Komm, das ist kein Grund, schüchtern zu sein. Ich habe schon allerhand erlebt. Spuck es einfach aus«, versuchte er salopp, sie aus ihren Erinnerungen zu holen.

»Du verdammter Mistkerl! Macht es dir Freude, mich zu quälen?« Elisa erinnerte sich wieder an den stechenden Schmerz, das Brennen, das Reißen, als wäre es gestern gewesen »Es tat weh«, schluchzte sie auf. Sie hatte noch mit keinem Menschen darüber geredet. Sie schämte sich zu sehr. »Er wollte es nie normal. Es hat fast immer wehgetan. Oft habe ich geblutet. Ich war froh, wenn er endlich fertig war.« Sie schlug die Hände vor das Gesicht und weinte leise.

Thynor war wie erstarrt, doch sein Inneres bebte. Er wollte auf etwas einschlagen. Wie konnte ein Mensch so rücksichtslos sein? Und das sogar mehrmals? Elisa verletzen und sie unglücklich machen? Und er selbst war keinen Deut besser, er tat genau dasselbe, in diesem Moment! Er hatte sie zum Weinen gebracht. Verflucht! ... Er gestattete ihr einen Augenblick, sich wieder zu fassen. Doch er würde jetzt nicht aufhören. Das Gespräch war für ihn zu wichtig und er erledigte lieber alles auf einmal, um nicht ein andermal darauf zurückkommen zu müssen. Elisa musste auf der Stelle von ihm überzeugt werden, dass sie das hinter sich brachte. Ihm zuliebe. Ihr zuliebe. Wie sollte er sonst vermeiden, ihr unbeabsichtigt ebenfalls Schmerz zuzufügen? Er zog ein weiches, duftendes Taschentuch aus seiner Hosentasche und legte es ihr auf das Kissen. »Liebstes, schaffst du es, mir etwas mehr zu erzählen?«, fragte er zurückhaltend und hoffte, nicht von Sadismus oder Vergewaltigung zu hören. Nackte männliche Feindseligkeit brach sich in ihm Bahn. Dieser rücksichtslose Typ hatte gewiss kein langes Leben mehr vor sich.

Elisa sah ihn immer noch nicht an, so groß waren ihre Scham und ihr Kummer. Dankbar drückte sie sich das Tuch ins Gesicht und sog einen angenehmen Duft ein. Immerhin war Thynor ein aufmerksamer Mistkerl, gestattete sie sich einen positiven Gedanken. »Er experimentierte gern. Das hatte er mir gleich gesagt. Ich wusste nur nicht, was genau er damit meinte. Ich dachte vielleicht ... Nein, ich hatte keine Vorstellung. Und ich weiß nicht, ob das abartige Praktiken waren. Mir hat es nur nicht gefallen.«

Das genügte Thynor nicht. »Was genau hat dir nicht gefallen?«

Elisa schüttelte nur abwehrend den Kopf. Sie würde nie darüber reden, auf keinen Fall. Da könnte er drängen und drohen, so viel wie er wollte. Sie hatte vor, ihn von diesem belastenden Abschnitt in ihrem Leben abzulenken, und hoffte das zu erreichen, indem sie unverwandt begann, von ihrem dritten Mann zu erzählen. Sie hob den Kopf, trocknete ihre Tränen und berichtete mit einigermaßen klarer Stimme: »Nun, vor gut drei Jahren lernte ich dann jemanden kennen, von dem ich dachte, er liebt mich wirklich. Er war charmant, klug und einfühlsam. Aber er war nicht treu. Schon nach wenigen Monaten brach er mir das Herz.«

Thynor, der genau registriert hatte, was sie da versuchte und sich auf der Stelle vornahm, den schwierigen Teil des Gespräches ein andermal fortzusetzen, blieb bei ›einfühlsam‹ hängen. Er war froh, dass dieser Schürzenjäger nicht mehr an Elisas Seite war. So musste er ihn wenigstens nicht beseitigen. Und ihr gebrochenes Herz würde er reparieren, da gab es für ihn keinerlei Zweifel. Doch einfühlsam! Verdammt, hatte es dieser Charmeur etwa geschafft, sie zum Höhepunkt zu bringen? Mehrfach? Hatte sie sich an ihn

geklammert, um Erlösung gefleht? Zu seiner eigenen Bestürzung musste er konstatieren, dass er den Gedanken daran nicht ertrug.
»Diese drei Männer, mehr nicht?«, vergewisserte er sich. Die E-Mail-Kontakte also. Ausgezeichnet. Luys würde die Namen und Adressen mühelos herausfinden. In Geiste begann er, Ideen für verschiedene schmerzhafte und lebenslang wirksame Belehrungsmaßnahmen zu entwickeln.

»Also weißt du!«, brauste Elisa auf und ihre Entrüstung klang nach dem herzzerreißenden Schluchzen von eben wie Musik in Thynors Ohren. »Ich bin dreiundzwanzig. Was denkst du denn, mit wie vielen ich schon im Bett war! Ich gehöre nicht zu den Frauen, die querbeet umherschlafen!«

»Gut zu wissen«, bemerkte Thynor, und überschlug rasch, dass Elisa ihre enttäuschenden Erfahrungen mit neunzehn, zwanzig Jahren gemacht hatte und danach verständlicherweise nicht wild auf neue sexuelle Beziehungen war. Aber nicht nur das war geschehen – sie hatte sich so ziemlich von allen Menschen zurückgezogen. Oh, er wusste genau, was diese Männer getan hatten. Keiner hatte es fertiggebracht, Elisa zu sagen, wie außergewöhnlich schön sie war, wie gut es sich anfühlte, sie zu berühren und mit ihr zu schlafen, wie unschuldig ihr Lachen und wie groß ihr Herz war. Alle drei befürchteten, wenn sie ihr diese Worte sagten, würde sie erkennen, was für einen Mann sie wirklich verdiente. Jeder dieser unwürdigen Loser wollte sie für seine ureigensten Zwecke ausnutzen und behalten. Sie hatten ihr absichtlich das Gefühl vermittelt, dass sie nicht gut genug war. Keiner hatte sich getraut, ihr die Wahrheit zu sagen, aus Angst, sie zu verlieren. Es war dennoch geschehen, denn Elisa hatte – das war Thynor bei ihren Aussagen klar geworden – bei keinem der Männer Leidenschaft oder gar Liebe empfunden. Der männliche Stolz hatte es diesen Typen verboten, das zu akzeptieren, also haben sie Elisa verletzt, gedemütigt und verlassen und in ihrer grenzenlosen Dummheit gar nicht kapiert, welchen Schatz sie da verloren hatten. Thynor würde jedem Einzelnen seine Meinung darüber persönlich verdeutlichen. Tief in sich drinnen fühlte er jedoch eine abgrundtiefe Erleichterung, dass er der erste – und zweifelsohne der letzte – Mann sein würde, für den Elisa Leidenschaft und Liebe empfand. Thynor verspürte eine Woge so intensiver Zärtlichkeit für sie, dass er die Augen schließen musste, um seine Gefühle unter Kontrolle zu bekommen. Sie war jetzt gewiss nicht in der Stimmung für Sex. Ein Kuss? Mal sehen.

»Ist dieses Verhör nun endlich beendet?«, hörte er sie fauchen und musste lächeln. Mindestens ein Kuss. Thynor gab die Zurückhaltung auf und zog Elisa, ihren Widerstand ignorierend, auf den Schoß und in die Wärme seines Körpers. Er drückte sie eng an sich und wiegte sie sanft. Zärtlich bewegte er die Lippen an ihr Ohr, knabberte ein wenig daran und fuhr mit der Zunge über die weiche Stelle vor ihrem Ohrläppchen. »Hör mir gut zu, Liebstes. Das ist sehr wichtig. Kein Mann auf diesem Planeten hat dich verdient, ich auch nicht. Aber ich bekomme dich trotzdem, werde dich behalten und für immer lieben. Und ich verlasse dich bestimmt nicht, weil du was nicht magst oder dir etwas nicht gefällt. Bleib bitte, wie du bist. Sag mir, was dich bedrückt und auch, was dich freut. Sag mir, was du dir wünschst und wovon du träumst. Ich werde alles für dich tun.«

Während dieser Worte war Elisa ganz still geworden und rührte keinen Muskel. Ihr Herz drohte allerdings, ihren Brustkorb zu sprengen.

Thynor spürte, wie sie sich langsam entspannte. »Liebstes, diese Männer waren dumm. Sehr dumm. Hohl und herzlos. Erbärmliche Feiglinge. Vergiss sie, sie spielen keine Rolle mehr für dein Leben. Ich werde dir zeigen, dass es wunderschön sein kann, wenn du auf dem Rücken liegst und ich auf dir drauf und dann ganz tief in dir drin bin. Ich bin ein guter Liebhaber, ich kann dir unendlich viele Wonnen bereiten. Du wirst mich anflehen um einen und noch einen Orgasmus, oder dir einen nehmen, wann immer du Lust dazu hast, und ich verspreche dir, dazu wird es viele Gelegenheiten geben. Ich experimentiere auch gelegentlich, musst du wiss-«, Elisa erstarrte sofort wieder, doch Thynor fuhr mit dem beruhigenden Wiegen fort und benutzte seine samtige, warme Stimme: »Sch, sch. Pass auf: Es wird dir gefallen, versprochen. Und solltest du je den Eindruck haben, ich gehe zu weit, bring bitte den Mut auf, dich dem zu verweigern. Ich kann damit umgehen, versprochen. Ich tue nichts, was du nicht auch genießen kannst. Wenn wir miteinander schlafen, egal in welcher Stellung und an welchem Ort, wirst du es wollen, darauf gebe ich dir mein Wort. Keinerlei Unbehagen wird sich dabei einschleichen können. Du bestimmst alles ... Bei mir bist du in Sicherheit. Ich passe auf dich auf.«

Bei Thynors geflüsterten Worten, eingehüllt in die Wärme seines Körpers, war Elisa immer aufmerksamer geworden. Das klang nicht mehr nach Drohung, eher nach belastbarer Absicht und nach unglaublicher Lust. Nach Verlockung. Dieser Schuft! Er wusste genau, dass seine Eingeständnisse ihre festen Vorsätze, sich von ihm fernzuhalten, in Luft auflösen würden. Meinte er alles ernst? Sie hob den Kopf, um ihm in die Augen zu sehen, und hielt die Luft an, denn da war weit mehr auszumachen als bloße Begierde und tröstliche Wärme. War das seine Seele? So verloren? So einsam? Wie sollte sie diesem Mann jemals widerstehen können? Sie wollte gern sein, was er sich wünschte. Entgegen den Warnungen ihres Verstandes begann ihr Körper erneut, sich mit dem Gedanken an leidenschaftliche Stunden in Thynors Armen anzufreunden. Nein, das stimmte so nicht. Auch ihre Fantasie entwickelte ein Eigenleben. Was er wohl für Stellungen mochte? Unter ihrem Hintern spürte sie deutlich seine Erregung. Hart. Groß. Sie wollte sich unwillkürlich anders hinsetzen, doch er hielt sie fest.

»Hör auf zu zappeln. Spüre, wie sehr ich dich will.« Thynors Stimme war voller Samt. Er drehte sie, wobei er ihre Beine spreizte. Als ihre Knie seine Oberschenkel umfassten, zog er sie weiter heran. Ihm war wichtig, dass sie sich gegenüber saßen, damit Elisa sah, was er mit ihr, mit ihrem Körper machen würde, wo er sie berührte und womit. Sie sollte jederzeit das Gefühl haben, vor unliebsamen Überraschungen sicher zu sein.

Elisa saß über seiner prall gefüllten Hose. Ihre Mitte begann zu pochen. Die Hitze kribbelte im ganzen Körper. Sicherheitshalber wollte sie ein wenig abrücken, doch sie hatte keine Chance. Im Gegenteil, Thynor drückte ihren Oberkörper an seine harte Brust und hielt sie im Nacken sanft mit einer Hand fest, währen die andere sich den Rundungen ihres Hinterns widmete. Sein unvermittelter Kuss verhieß sofort mehr. Er biss sie in die Unterlippe und strich dann mit der heißen Zungenspitze besänftigend darüber.

Seine Lippen benetzten darauf jeden Punkt ihres Gesichtes, bevor er erneut in ihren Mund eindrang und an ihrer Zunge saugte. »Wirst du schon feucht, Liebste?« Thynor wippte, die Hände fest an ihre Hüften gelegt, mit den Beinen. »Sag es mir«, forderte er und verstärkte den Rhythmus der Oberschenkel. Sie kippte dabei immer wieder an ihn und rutschte in dem von seinem Schaukeln vorgegebenen Takt über sein noch härter gewordenes Geschlecht. Auf und Ab. Auf und Ab.

Elisa war außer sich, wie schnell dieser Mann sie an den Rand ihrer Beherrschung bringen konnte. Alles in ihr verlangte, von ihm berührt zu werden, schon drängte es sie, ihn in sich zu spüren. »Das kann nicht sein!«, brachte sie lautlos hervor, ohne zu wissen, was sie damit meinte. War es besser, aufzuhören, oder sollte sie sich der Lust ergeben? »Sobald du mich berührst, bin ich verloren! Ich löse mich auf.«

»Elisa, das ist doch nichts Schlimmes. Ganz im Gegenteil! Genau so soll es sein«, redete Thynor ihr zu und presste sie fester in seinen Schoß.

»Ich schmelze! Das darf nicht sein! Ich empfinde einfach zu viel!« Sie keuchte hilflos auf und bog lustvoll ihren Rücken durch, um ihm ihre Brüste entgegenzustrecken.

Ihre süße Reaktion hatte er erwartet und dennoch traf ihr Anblick ihn in der Seele. »Du wirst nicht verschwinden, Elisa. Ich passe auf dich auf. Du bist immer bei mir, auch in der absoluten Ekstase.« Thynor hatte nicht vor, ihr den Beweis länger schuldig zu bleiben. »Du wirst es genießen, vertrau mir. Knöpf deine Bluse auf«, befahl er mit rauer Stimme, ohne mit seinem Schaukeln aufzuhören.

Elisa gehorchte.

Er fuhr mit den Fingerknöcheln über die Seide ihres BHs und sah entzückt, wie sich ihre Brustwarzen sogleich zu kleinen harten Perlen aufrichteten. Als seine Finger unter den Satin glitten, entfuhr auch ihm ein Stöhnen. Ihre Haut fühlte sich wahrhaft seidiger an als dieser Stoff. »Lass mich dich befreien.« Er hatte mit gerissener Vorfreude einen BH mit Verschluss zwischen den Körbchen erdacht, als er heute Morgen Elisas Unterwäsche im Badezimmer vorbereitete. Thynor legte mit geschicktem Handgriff ihren Oberkörper frei. Ohne eine Vorwarnung griff er zu, drückte die Brüste zusammen und leckte beide Brustwarzen zugleich, hin und her, schnell und fest. Elisa war nicht im mindesten darauf gefasst, was er mit seinem Mund anrichten konnte. Thynor spürte ihre Überraschung, sah die Lust in ihren wunderschönen dunklen Augen und die unmittelbare Reaktion ihres Körpers, als sie sich hüpfend in seinem Schoß wand.

Sie wich nicht zurück, kein Stückchen, auch nicht, als er begann, die Lippen und Zähne zu benutzen, um leicht an ihren Brustwarzen zu ziehen. Sie ließ fasziniert zu, was Thynor tat und hörte in sich hinein. Sie schwamm in erstmaligen Gefühlsregungen, heftigen, erstaunlichen und lusterregenden Empfindungen. Blitze durchfuhren ihren Körper, ihre Sinne waren aufs Äußerste gespannt. Und das Bild von Thynors Lippen an ihrer geröteten Brust war unbeschreiblich erotisch. Sie seufzte auf.

»Alles in Ordnung, Liebes?«

»Sicher«, gab sie mühsam wieder. Thynor brachte erneut seine raue Zunge zum Einsatz.

»Jetzt nimm du sie. Halte sie hoch«, forderte er und sah sie mit feurigen Augen an.

Oh. Elisa überlegte einen Moment, ob sie wirklich … Was hatte er vor?

»Bitte.«

Ohne einen weiteren Gedanken nahm sie ihre Brüste von unten und hob sie ihm entgegen. Eine Sekunde später wusste sie, warum er seine Hände frei haben wollte. Thynor öffnete den Knopf an ihrem Hosenbund und zog den Reißverschluss auf. Er sog leicht erst an der einen und dann an der anderen Brust und verlangte leise: »Heb deinen Hintern an.« Geschickt zog er ihr die Jeans ein Stück herunter. Sekundenspäter stand sie wieder mit den Knien auf dem Sofa, gespreizt über Thynors Schoß. Sie berührten sich nur an der kleinen Stelle, wo Elisas Knie außen an seinen Oberschenkeln lagen. Durch den Stoff ihres Unterhöschens hindurch fühlten sie brennende Nähe. Er küsste sanft die Haut über ihren unteren Rippen, wobei sein Haar ihre Brüste streifte, und fragte: »Gefällt es dir?« Als Elisa ein Ja hauchte, nickte er zufrieden und kündigte an: »Dann machen wir weiter«, und es klang, als freute er sich unbändig. Er lehnte sich lässig an die Rückenlehne des Sofas zurück, wodurch ihre Brüste ein wenig außerhalb der Reichweite seines Mundes gelangten. Sie sah so enttäuscht aus, dass Thynor nur mühsam ein albernes Grinsen unterdrücken konnte. »Stütz deine Hände neben meinem Kopf auf dem Rückenpolster ab, dann kann ich dich wieder verwöhnen. Und lass die Beine so schön breit über mir stehen.«

Allein Thynors erotische Anweisungen brachten Elisas Mitte zum Brodeln. Hitze sammelte sich, verwandelte ihr Begehren in glitschige Nässe und ließ ihren Unterleib brennen. Ihr gefiel es, so von ihm dirigiert zu werden, und es bereitete ihr unglaubliche Lust, seiner sinnlichen Stimme zu gehorchen. Ihre Brüste waren nun wieder in der Nähe seines Mundes und er sog eine Brustwarze tief ein und presste sie mit der Zunge gegen den Gaumen. Thynor schien genau zu wissen, was er wollte, und ihr Vergnügen war ein wichtiger Teil dieser Wünsche, das spürte sie. Er hatte in der Tat die Wahrheit gesagt, als er ihr vorhin sein Verhalten erklärte. Und es fühlte sich so gut an, was er mit ihrem Körper anstellte! Elisa musste weitergehen, wollte probieren, wie es sich anfühlte, sich in diesen starken Armen zu verlieren. Deshalb schnappte sie lediglich nach Luft, als sein Mund sie losließ und sie im selben Moment seine Hand zwischen ihren Beinen auf ihrem Höschen fühlte. Sie schloss die Augen, um das neue, kribbelnde Gefühl voll auszukosten.

»Liebste, du musst mich jetzt ansehen, bitte.« Thynor wartete, dass sie die Kraft dazu fand, denn sie war völlig in ihrer neuen Sinneslust gefangen. Er würde ihr das Vergnügen so gerne lassen, doch in ihren tiefblauen Augen musste er zugleich erkennen, ob sie wahrlich bereit war, ihm weiter zu folgen. Als sie die Lider hob, waren ihre Pupillen riesengroß und ihre Augen dadurch dunkel wie eine Nacht auf Draghant. Er sah Erwartung, Verlangen und – Vertrauen. Endlich! »Bleib mit deinem Blick bei mir«, erinnerte er sie, als er mit beiden Händen ihren Seidenslip griff und von ihren Hüften zog. Sie hockte so verführerisch über ihm, dass er selber kaum noch in der Lage war, sich zu beherrschen. Ohne Äußerung legte er seine Hand auf das seidige Dreieck zwischen ihren Schenkeln und glitt gezielt tiefer. »Genau das habe ich mir gewünscht«, keuchte er unterdrückt, ohne den Blickkontakt abreißen zu lassen, »du bist herrlich feucht, Liebste. Für mich!« Elisas Schenkel zitterten vor Erregung. Er tauchte einen Finger tief in ihre Nässe und verstrich den Saft mit kreisenden Bewegungen zwischen ihren Schamlippen, wobei er wieder und wieder ihre sensibelste Stelle einbezog.

»Thynor!«, schluchzte sie bebend und nahm seine Berührungen mit einem Kreisen ihres Unterleibs auf, ohne dass ihr das bewusst wurde.

»Ich möchte deine Brust in meinem Mund spüren«, bat er, sodass Elisa eine Hand von der Lehne nehmen musste, um sie ihm hinzuhalten.

Währenddessen reizte er ihre Klitoris immer weiter, und als er dann schon zwei Finger in sie steckte, konnte sie ein tiefes Stöhnen nicht verhindern.

Thynor, der genau gespürt hatte, wie sich ihre festen Muskeln sofort um ihn schlossen, war hingerissen. Elisa fühlte sich so traumhaft weich und eng an, dass er seinem pulsierenden Penis schon jetzt zu diesem Zuhause gratulierte. Langsam zog er die Finger aus ihr heraus und wiederholte die Liebkosung nun mit allen Fingern, ohne von ihrer inzwischen geschwollenen Knospe abzulassen, die er mit dem Daumen weiter leicht massierte. Ein Schwall warmer Feuchtigkeit floss über seine Hand und Elisas Körper zuckte impulsiv. Ah! Lange würde sie nicht mehr durchhalten, doch er wollte ihr so viel Lust geben, dass sie das hier nie vergessen könnte und immer mehr davon forderte. Mit einer Hand bediente er ihre warme, feuchte Mitte. Sein Mund kümmerte sich um eine Brust. Die andere Brustwarze nahm er zwischen seine Finger und zog leicht daran. In Elisas Augen sah er genau den Moment, als sie sich völlig der Lust ergab. Nie hatte er etwas Schöneres gesehen. Sie wiegte sich auf seinen Fingern genussvoll auf und ab, drückte ihre Mitte gegen seinen Handballen und reckte ihm ihre Brüste entgegen. Ihre leisen, wonnevollen Lustlaute steigerten sein Begehren in ungeahnte Höhen. Als sich Elisa ihm nach einem entrückten Innehalten heftig zuckend entgegenwarf und allein mithilfe seiner Hand zum Orgasmus kam, wusste Thynor, dass er derjenige war, der diesen Moment nie vergessen und stets mehr davon verlangen würde. Und er wünschte sich, wie er sich noch nie in seinem ewigen Leben etwas gewünscht hatte, dass Elisa ebenso empfand.

Überwältigt von der Macht ihres Begehrens sank sie benommen nach vorn und spürte, wie ihr Herz gegen seines donnerte. Sie fühlte sich unglaublich. So etwas hatte sie auf keinen Fall erwartet. Nicht einen Moment hatte sie sich unwohl gefühlt, nicht eine Sekunde gefürchtet, es würde schmerzhaft werden. Sie hatte nicht gewusst, dass ihr diese Art Sex gefiel, und staunte, dass Thynor es so mühelos herausgefunden hatte. Was würde er von ihr denken?

Als wisse er, was ihr durch den Kopf ging, raunte er ihr zu: »Das war das Schönste, was ich in meinem Leben je erlebt habe, Elisa«, während er sie sanft hielt und ihr übers Haar streichelte. Und das war die volle Wahrheit. Er hatte mit vielen Frauen geschlafen, die weitaus erfahrener waren. Und er hatte Sex in unzähligen Variationen gehabt. Durchaus vergnüglich. Aber mit Elisa ... Ihr gewonnenes Vertrauen war ein Geschenk, ihr Körper sowieso, ihre Überraschung bei seinen Zärtlichkeiten, dieses Erlebnis von zaghafter Sinnlichkeit. Er platzte bald vor Stolz und Glück. War das die Liebe der Menschen?

»Du hast noch alles an!«, stellte Elisa fest, als sie wieder zu ausreichend Atem gekommen war, um reden zu können. Es klang, als wäre sie überrascht. Sie stemmte sich an seiner Brust hoch und errötete, als sie ihre eigene, derangierte Kleidung sah. Offene Bluse, geöffneter BH, runtergezogenes Höschen.

»Und du bist so wunderschön!«, flüsterte Thynor, sprach aber nicht wirklich mit ihr. »Und diese Haut. Dein Duft.« Er griff erneut um ihre nackten Brüste und küsste sie fordernd.

Elisa schien das zu überraschen, denn sie sah entzückend schockiert aus. »Noch mal?«

»Liebes, wir sind noch lange nicht fertig. Dieses Sofa bietet viele Möglichkeiten«, brummte er anzüglich.

Jetzt wurde Elisa verlegen. Natürlich war ihr bewusst, dass sie allein einen Orgasmus hatte. Thynors Begehren war nicht gestillt. »Es tut mir leid. Ich wollte dich nicht außen vorlassen, doch ich konnte mich nicht mehr zurückhalten.«

Thynor wollte schon schmollend reagieren, als er sah, dass sie sich allen Ernstes schuldig fühlte. Er nahm ihr Gesicht in die Hände und sagte nachdrücklich: »Hör sofort auf damit, Elisa. Niemals, absolut niemals, musst du dich für deine Lust schämen. Nimm dir alles von mir, was du möchtest. Es ist dein, ich gebe es gern. Und falls du denkst, ich wäre eben nicht auf meine Kosten gekommen, lass dir sagen, ich habe genau das bekommen, was ich wollte: Eine sich mir ergebende, wunderschöne Frau, die vor Lust bebt und meinen Namen haucht.«

»Das habe ich getan?«

»Mehrfach«, grinste Thynor, nun wieder ganz der mit sich äußerst zufriedene Mann. »Und zu meinem Orgasmus komme ich schon noch, deswegen musst du dir keine Sorgen machen«, zwinkerte er Elisa schelmisch zu und küsste sie zärtlich auf die Braue. Sie schlang ihm die Arme um den Hals, schmiegte sich an seine Brust und sagte mit einer Aufrichtigkeit, die ihm schier das Herz zerriss: »Danke.«

## ◇ 20 ◇

Thynor war es nicht vergönnt, ihre rührende Geste auszukosten, denn der Jäger in ihm witterte plötzlich Gefahr. Schlagartig war seine Libido verschwunden und wich scharfer Wachsamkeit und der Sorge um Elisa. Er presste den Mund an ihr Ohr und sprach: »Wir müssen sofort aufhören. Du bekommst Besuch. Ein Mann«, kündigte Thynor an und half ihr, aufzustehen. Sie kam umgehend zu sich, als er beherrscht ihren BH und die Bluse darüber schloss. Instinktiv zog sie sich das Höschen und die Jeans hoch.

Elisa spähte über seine Schulter durch das Fenster. Niemand war zu sehen. »Woher weißt du das?«

»Ich höre ihn. Er kommt hinten herum.« Das allein fand Thynor schon verdächtig. Der Mann bewegte sich auf eine Art fort, die er bestens kannte. Mit dem gedämpften Schritt eines Elitekämpfers, der auf Patrouille war und ein Objekt ausspähte, näherte er sich. Wo zum Teufel trieb Nyman sich herum? Sollte er nicht genau das verhindern? Thynor tippte an sein Armband und blieb ohne Antwort. Das war beunruhigend. »Hab keine Angst. Dir kann nichts geschehen. Tu irgendwas, was du sonst auch erledigen würdest. Ich mache mich unsichtbar und passe auf dich auf.«

»Das kannst du auch? Unsichtbar werden?« Elisa staunte. Doch nach dem heutigen Morgen hielt sie nichts mehr für unmöglich.

Trotz der angespannten Situation musste Thynor lächeln: »Leider nicht, Liebes. Das war nicht im wörtlichen Sinne gemeint.«

»Ich stelle fest, dass mich das irgendwie erleichtert«, bemerkte Elisa trocken. »Und nun verschwinde schon. Ich habe keine Angst.«

Thynor küsste sie rasch. »Ich weiß, solltest du aber. Der Eifer in deinem Gesicht bei der Aussicht, dass hier gleich ein fremder und womöglich gefährlicher Mann eintrifft, verwirrt mich etwas.«

Elisa tat, als wäre sie empört: »Du bist unglaublich! Ich kriege das schon hin. Verschwinde endlich.« Sie gab ihm einen Schubs in Richtung Schlafzimmer. »Ich werde mir wie immer einen Kaffee kochen.«

Über Thynors abgewandtes Gesicht legte sich ein breites, glückliches Lächeln.

Gerade als Elisa nach dem Glas mit den Kaffeebohnen griff, um sie einzufüllen, wurde ihre Haustür schwungvoll aufgestoßen. »Was ist das denn für ein toller Schlitten hinter dem Haus, Lise? Hast du Besuch? Du hast gar nichts dergleichen erwähnt.«

Hinter der angelehnten Schlafzimmertür verzog Thynor grimmig die Stirn. Lise? Wieso nannte der Typ seine Elisa bei einem Kosenamen? »Ich bin hier, Rainar«, rief sie dem Mann dann fröhlich aus der Küche zu und er hätte schwören können, wenig später zwei Kussgeräusche zu hören. Rainar? Der Name war in Luys Notizen nicht aufgetaucht, da war sich Thynor sicher. Sie hatten offenbar eine brisante Informationslücke. Er hörte Elisa fragen: »Möchtest du auch einen Kaffee?«, was der Kerl selbstverständlich bejahte. Wer würde ein Angebot von ihr nicht annehmen? Thynor vernahm kurz ein Stühlerücken – machte der Typ es sich etwa bequem? – und musste gewaltig an sich halten, um seine Deckung nicht zu verlassen. Elisa kannte den Mann offenbar, denn auf jeden Fall tranken die beiden nicht zum ersten Mal zusammen einen Kaffee.

Rainar sagte leicht tadelnd: »Ich bin froh, dich zu sehen, Lise. Ich habe mir schon Sorgen gemacht, als du gestern nicht nach Hause gekommen bist ... Jetzt, wo Paula unterwegs ist und der Unterricht ausfällt, ist Emma mit den Kindern zu einem Ausflug in die Stadt aufgebrochen. Und ich wollte hier mal nach dem Rechten sehen. Wo hast du nur gesteckt?«

Warum glaubte der Mann, Elisa das fragen zu dürfen? Und noch dazu in diesem Ton? Thynors Aufmerksamkeit verstärkte sich.

Elisa gab gelassen Auskunft: »Ich hatte auswärts einen Termin. Es ist spät geworden und ich wollte in der Nacht nicht mehr zurückfahren. Tut mir leid, ich hätte dir Bescheid geben sollen. Wonach suchst du denn?«

»Nach dem Besitzer des tollen SUV. Dir wird er ja wohl kaum gehören.« Rainar wusste, dass Elisa keinen Führerschein besaß. »Ist er einer deiner Kunden? Hat er dich zurückgebracht?«

Thynor beschloss, dieser Fragerei ein Ende bereiten. Vorsichtig öffnete er die Tür und ging ein paar lautlose Schritte in Richtung Küche, eine Hand auf dem Rücken, eine tödliche Waffe haltend.

Rainar sah ihn dennoch durch den kleinen Flur kommen, stand sofort auf und schob Elisa hinter sich. »Da schleicht ein Mann aus deinem Schlafzimmer.« Er griff routiniert in seine Jacke und sicherte sich für den Fall der Fälle mit einer ebenso tödlichen Waffe ab.

Dieses Verhalten machte Thynor stutzig. Er beschützte Elisa?

Auf den ersten Blick war beiden Männern klar geworden, dass ihr jeweiliges Gegenüber ein bestens ausgebildeter Kämpfer war, trainiert, erfahren, bewaffnet und bereit, wenn es nötig werden würde, Elisa zu verteidigen.

Die Erkenntnis, dass Elisa von diesem Mann keine Gefahr drohte, entspannte Thynor keineswegs. Nichtsdestotrotz blieb er stehen und lehnte sich in scheinbarer Gelassenheit an den Türrahmen, um sie nicht unnötig zu beunruhigen.

Lauernd sahen sich die Männer an, jeder eine Hand an der Waffe.

Elisa spürte, dass sich eindeutig zu viel Testosteron im Raum ansammelte und beschloss einzugreifen und die Situation zu erklären, ehe die beiden etwas Unüberlegtes taten. Doch ehe sie anfangen konnte, sie einander vorzustellen, sagte Rainar überrascht: »Was machen Sie denn hier? Hat Elisa etwa ihre Rechnung nicht bezahlt?«

»Du kennst ihn? Welche Rechnung?« Elisa verstand kein Wort. Was war hier los?

Für Thynor schienen Rainars Fragen allerdings einen Sinn zu ergeben, nur ging er nicht weiter darauf ein, sondern erklärte nur: »Ich habe sie hergefahren. Das ist mein SUV.«

»Hätte mir eigentlich auffallen müssen«, sagte Rainar, »schließlich fährt Ihre Hotelkette nur diese Modelle. Aber ohne Logo?« Er hob kurz die Schultern und fragte dann Elisa, ohne Thynor aus den Augen zu lassen: »Hattest du einen Termin im Resort, Lise?«

»Das ist nun wirklich genug gefragt!«, beschied sie ihm vorwurfsvoll. »Wer, glaubst du denn, ist er? Warum bist du so unfreundlich?« Flink trat Elisa hinter ihm hervor und lief zu Thynor, ohne das Rainar Gelegenheit hatte, sie einzufangen.

Thynor musste sich eingestehen, dass ihm das gefiel. Sehr sogar. So sehr, dass er Elisa den freien Arm um die Taille legte, sie an sich zog und sanft auf das Ohr küsste. Sie bekam eine Gänsehaut.

Ungeübte hätten nicht bemerkt, dass sich Rainars Augen in harte Feuersteine verwandelten, als er registrierte, was die besitzanzeigende Szene bedeutete.

Thynor hingegen stellte zufrieden fest, dass seine Botschaft angekommen war: Sie gehört mir.

Rainars Argwohn wuchs, obwohl er sich Elisa gegenüber nichts anmerken ließ. »Ich hätte daran denken müssen, dass du ein Mädchen bist, das die Klatschblätter ignoriert. Und er hat es dir nicht gesagt, stimmt's?« Misstrauisch sah er Thynor an, der genau wusste, dass Rainar überlegte, was wohl hinter dieser Zurückhaltung stecken mochte.

»Was gesagt?«

»Lise«, antwortete Rainar mit nachsichtiger Stimme. »Er ist einer der reichsten Playboys der Welt, ihm gehören rund um den Globus diverse Luxushotels. Auch das Resort hinten am See. Das ist Thynor Weyler.«

»Ach.« Mehr brachte Elisa nicht heraus. Doch ihr Gesicht ließ ihre Gedanken ahnen. Er besaß Luxushotels? Er war ein außerirdischer, zaubernder Hoteldirektor? Mit altgermanischem Nachnamen? Reich? Die ganze Welt kannte ihn? Langsam wusste sie nicht mehr, was noch alles auf sie zukommen sollte!

Thynor beschloss, ihr aus der Verlegenheit zu helfen, und erklärte Rainar: »Möglicherweise haben Sie recht und ich hätte darauf hinweisen müssen. Ich versichere Ihnen, es war nicht meine Absicht, Elisa zu hintergehen, auch wenn das missverständlich so gesehen werden könnte. Sie war bei unserer Begegnung so offen und freundlich zu mir, dass ich das Gefühl auskosten wollte, dass sich mir gegenüber jemand so aufrichtig verhielt, ohne von meinem geschäftlichen Hintergrund zu wissen. Mein Reichtum ist leider nur allzu oft der einzige Grund, warum Menschen meine Bekanntschaft suchen und dann so tun, als wäre ich ihnen sympathisch ... Und Elisa hat mich geradewegs auf der Stelle für sich eingenommen.«

Das klang zwar ehrlich und mochte eine akzeptable Erklärung sein, doch Rainar konnte nicht lockerlassen. »Sie war gestern wegen einer Recherche bei Ihnen? Also suchen Sie jemanden?«

»Ja. Und wir sind gerade dabei, die nötigen Unterlagen zusammenzutragen.«

Rainar behielt seine skeptische Miene bei. »Offen gesagt, ist mir Ihre Geschichte zu dünn. So weit ist Ihr Hotel nicht weg. Elisa bringt niemals Kunden mit nach Hause. Und wie es aussieht, sind Sie ihr wesentlich nähergekommen, als sonst jemand, den ich kenne. Also, Lise, ist wirklich alles in Ordnung?«

»Mir geht es bestens, Rainar. Hör auf, dir Gedanken zu machen. Thynor und ich sind«, sie stutzte kurz, »zusammen, und mehr werde ich dazu nicht sagen. Es tut mir leid, dass du dir völlig umsonst Sorgen gemacht hast. Mir geht es wirklich gut.«

Thynor ließ sich nicht anmerken, dass ihr Bekenntnis ihn in warme Watte hüllte und ein strahlendes Licht seine Seele erfasste. Er würde ihr später zeigen, wie ihre Worte auf ihn wirkten.

Rainar sah ihn kühl an. Mochte Elisa ihn im Moment nicht durchschauen, aber dieser Mann war eindeutig gefährlich. Besser, der Typ wusste, mit wem er es zu tun bekam, sollte er ihr irgendwie schaden. »Vielleicht stelle ich mich erst einmal vor. Rainar Wank. Ich war bei den Spezialkräften, viele Jahre, danach im privaten Sicherheitsgewerbe. Als ich mich aus gesundheitlichen Gründen nach etwas anderem umsehen musste, habe ich mich vor ein paar Jahren im Resort am See bei Ihnen als Sicherheitsberater beworben. Hat aber nicht geklappt. Nun passe ich hier auf dem Anwesen auf die Kinder auf, auch wenn die Leute denken, ich bin hier nur der Hausmeister. Elisa gehört mit zu meinem Sicherheitsbereich. Wenn sie Hilfe benötigt, bin ich da!«

Thynor hörte genau zu. Er war schon gespannt auf die Dinge, die Luys über diesen Mann herausfinden würde, denn dessen Kurzbiografie war mehr als aufschlussreich: Er hatte ihm mitgeteilt, dass mit ihm nicht zu spaßen sei, ansonsten aber allerhand weggelassen. Rainar Wank. Elisa hatte ihm zwar von Paula und den Kindern erzählt, das übrige Personal aber nur unkonkret erwähnt. Es war absolut in Ordnung, dass jemand über die Sicherheit der Frauen und Mädchen wachte. Und dieser Mann brachte eindeutig alles mit, was dafür nötig war: eine geeignete Ausbildung, physische und mentale Fitness, Menschenkenntnis und Selbstbeherrschung. Rainar war demnach nicht in dieses Haus gekommen, weil er sexuell an Elisa interessiert war – zumindest nicht mehr, als jeder andere Mann im Universum –, sondern weil er seinen Auftrag als Wachdienst schlichtweg ernst nahm. Dass er deswegen wissen musste, wo Elisa sich aufhielt und wer sie besuchte, lag auf der Hand. Er machte seinen Job, das konnte Thynor akzeptieren. Im Prinzip war daran nichts falsch. Doch nun war er da. *Er* war der Mann, der sich um Elisa kümmerte. »Hervorragend. Ich bin froh, dass ich weiß, dass sie einen Wachhund hat, falls ich mal nicht–«

Plötzlich lachte Rainar unfroh los und zog seine leere Hand langsam unter der Jacke hervor. Das Holster ließ er aufgeknöpft. »Hören wir doch auf, Mann. Wir benehmen uns wie zwei Trottel, dabei wissen wir genau, was wir voneinander zu halten haben. Mir passt zwar nicht, was zwischen Ihnen und dieser jungen Frau abläuft, aber Elisa geht es augenscheinlich gut. Das allein ist erst einmal wichtig.« Dann änderte sich sein Tonfall und wurde äußerst eindringlich: »Sollten Sie sie verletzen oder ihr etwas antun, und sei es auch nur das kleinste bisschen, bekommen Sie es mit mir zu tun. Ich weiß, wer Sie sind und ich werde Sie finden. Und das ist nicht nur ein Versprechen. Das ist eine Warnung.«

»Angekommen«, gestand Thynor. Klare Worte. Der Mann sagte ihm zu. Er steckte seine Waffe hinten in den Hosenbund. »Ihre Befürchtungen sind unnötig. Wenn es einen Menschen auf diesem Planeten gibt, an dessen Wohlergehen mir mehr als an allem anderen liegt, dann ist das diese junge Frau.«

Rainar war zwar von dem geschwollenen Gelaber nicht überzeugt und würde weiterhin ein wachsames Auge auf diesen Typen haben, aber für den Moment war das Thema besprochen. Er sah Elisa an. »Hör zu, ich bin eigentlich wegen einer Nachricht von Paula hier. Sie wollte dich gestern schon sprechen, Lise, und du bist nicht an dein Telefon gegangen–«

»Ist ja super, dass ihr euch daran erinnert, dass ich ebenfalls anwesend bin«, fuhr Elisa auf und ihre Augen sprühten Funken. »Ich dachte schon, ich sei unsichtbar geworden. Interessiert euch auch nur im Geringsten, was ich von eurem Reviergerangel halte?«

»Nein«, antworteten beide Männer gleichzeitig.

Elisa warf aufgebracht die Hände in die Luft, doch Rainar fuhr unbeeindruckt fort »–und selbst dein Smartphone war unerreichbar.«

Elisa sah ertappt zu Thynor. »Oh, ich habe nicht darauf geachtet.«

Der Blickwechsel zwischen den beiden Männern sprach Bände. Rainar wusste sofort, wovon sie abgelenkt war und Thynors gesamte Ausstrahlung ließ deutlich erkennen, dass die Vermutung richtig war. Sie hatte in Bett dieses Halunken gesteckt! Rainars unterdrückter Fluch war zwar nicht zu verstehen, doch wurde klar, was er von dem Sachverhalt hielt.

»Warum hat Paula denn nichts auf den Anrufbeantworter gesprochen?«, fragte Elisa rasch.

»Das wollte sie nicht. Ihr Anliegen bedeutet möglicherweise Schwierigkeiten. Es geht um ihren neuen Schützling.«

Schwierigkeiten? Thynors Instinkte signalisierten Gefahr. »Gibt es bei der Reise Probleme?«, fragte Elisa.

Rainar hatte begriffen, dass er den neuen Besucher würde ertragen müssen, wenn er ihr etwas mitzuteilen hatte. Infolgedessen übermittelte er Paulas Bitte: »Na ja. Die Kleine in Portugal sagt nach wie vor kein Wort, nicht einmal ihren Namen. Immer wieder nur *Ringstadt*. Paula vermutet, sie ist von hier weggelaufen. Und sie möchte dich bitten darüber nachzudenken, ob du bei deiner Arbeit mal auf Hinweise über ein verschwundenes Kind gestoßen bist. Irgendeine Spur, die einen Bezug zu Ringstadt herstellen könnte. Paula schätzt, die Kleine ist ungefähr sechs Jahre alt, falls dir das helfen kann. Ein Foto schickt sie dir aufs Handy.«

Thynor erinnerte sich an den Mitschnitt des Telefonates aus dem Café, den Luys ihm vorgespielt hatte, und fragte sich gerade, bei welcher ihrer Recherchen Elisa wohl auf ein vermisstes Kind gestoßen sein könnte, als sein Armband das Notsignal von Nyman empfing.

*Bralur. Zwei. Ich bin verwundet.*

Die Verwandlung in den Kommandanten der Jäger war so augenscheinlich, dass Rainar sofort den Ernst der Situation erkannte. »Was ist los?«, fragte er alarmiert.

Thynors Körper spannte sich aufs Äußerste an und zeigte die geschmeidigen Muskeln eines Raubtiers. Sein durchdringender Blick scannte die nähere und weitere Umgebung, und die Entschlossenheit eines Anführers zeichnete seine Gesichtszüge. »Pass auf sie auf. Ich muss mich um einen meiner Leute kümmern«, wies Thynor Rainar an und flog aus dem Küchenfenster nach draußen.

Unverzüglich nickte der Angesprochene und schob Elisa rein mechanisch erneut hinter sich. »Wow!«, entfuhr es ihm bass erstaunt.

Sie blickten beide starr auf die Stelle, wo bis vor wenigen Sekunden Thynor gestanden hatte.

Dann wisperte Rainar: »Träum ich oder ist er wirklich geflogen?«

»Wonach sah es denn aus?«, setzte Elisa lakonisch hinzu. Heute konnte sie nichts mehr überraschen.

## ◇ 21 ◇

Elisa bei diesem Menschen zurückzulassen, fiel Thynor nicht leicht. Sie war seine Spiegelfrau, sein Leben, und er überließ sie der Obhut eines anderen! Doch sein eigener Mann, ein Freund, war in großer Gefahr. Die Bralur waren keine leichten Gegner. Er durfte nicht noch einen Jäger verlieren. Elisa war vorerst in Sicherheit, Nyman nicht. Thynors Entscheidung musste so getroffen werden, egal wie kalt sein Herz sich auch anfühlte. Zudem verstand dieser Rainar augenscheinlich etwas von seinem Job, dann sollte er ihn auch tun. Sexuell würde er Elisa nicht bedrängen, wohl aber die Gelegenheit nutzen und versuchen, ihr auszureden, dass er ein geeigneter Mann für sie wäre. Aber da hatte der Wachhund keine Chance, denn sie gehörte zu ihm.

Zwei Bralur waren nichts Ungewöhnliches; Thynor schickte seine Männer ebenfalls oft zu zweit in den Einsatz, wenn es die knappen Ressourcen ermöglichten. Nyman musste auf dem Patrouillenflug über den dichten Wäldern zwischen dem Resort und Ringstadt mit ihnen zusammengestoßen sein und dann versucht haben, sie wegzulocken. Zweifelsohne wollte er sie nicht in Nähe seines Kommandanten und dessen Spiegelfrau führen, also war er in die entgegengesetzte Richtung geflogen. Für Thynor bedeutete dies nun einen weiteren Weg und er benötigte fast zehn Minuten seit dem Hilferuf, um den Kampfplatz auf einer nebelverhangenen Waldlichtung zu erreichen. Die Leuchtspuren zeugten von Nymans verzweifelter Gegenwehr. Als er landete, entdeckte er die Leiche eines Bralur; der andere jedoch schien gerade den Zweikampf mit seinem Jäger zu gewinnen. Er wehrte sich nicht mehr und der Kommandeur konnte im Nebel erkennen, dass der Lebensräuber zum tödlichen Schlag ausholte. Thynor schaffte es in letzter Sekunde, den Typ mit mehreren gezielten Schüssen zu töten. Während er zu Nyman sprintete, hoffte er inständig, dass er nicht zu spät gekommen war.

Thynor hockte sich neben seinen Kameraden, prüfte die Vitalzeichen und war froh, als der Ramsen einen Puls meldete.

Nyman zuckte und hustete Blut. Er schlug die Augen auf und rang nach Luft. Die Männer legten ihre Handflächen aneinander und ließen ein paar Sekunden vergehen. »Du hast eine enorme Menge Blut verloren. Nimm Druum«, erkannte Thynor sofort die viel zu geringen Eisenwerte im Blut des Jägers.

Nyman drückte sein Armband. Nichts geschah. »Defekt«, maulte er. In seinem Kampfanzug hatte er eine Reservedosis, doch als er danach suchte, musste er feststellen, dass die im Kampf zerbrochen war. »Murphy!«, lautete sein lapidarer Kommentar.

»Nun, dann werde ich dir was von meinem Druum geben und dann geht es schleunigst zurück ins Schiff, damit Layos dir weiterhelfen kann. Ich setze Alvar von unterwegs ins Bild.« Ihnen blieb kaum noch Zeit, denn der Eisenmangel, der durch einen Blutverlust eintrat, war für Zhanyrianer lebensbedrohlicher als die eigentliche Verletzung. Sank die Eisenkonzentration unter einen bestimmten, bei jedem Individuum etwas abweichenden Wert, trat umgehend eine kritische Situation ein; mehr als wenige Stunden konnte das kein Zhanyr überleben. Nyman brauchte dringend eine große Menge Druum; er war zwar nicht lebensbedrohlich verletzt, doch in seinem geschwächten Zustand flug- und nahezu bewegungsunfähig und daher wehrlos gegen Angriffe. Ohne fremde Hilfe wäre er verloren.

Der Kommandeur versorgte seinen verletzten Jäger, legte ihm die Arme um die Brust, und gerade als er mit ihm abheben wollte, signalisierte Elisas Armreif, dass sie ihn brauchte. Der Schock traf Thynor völlig unvorbereitet, eine Heidenangst lähmte einen Moment seinen Verstand. Elisa war in höchster Not und hatte sich an das Armband erinnert. Sie würde ihn nicht rufen, wenn sie eine andere Wahl hätte! »Wir fliegen über Ringstadt zurück«, kündigte er Nyman gepresst an und schoss in die Luft. »Bei Elisa stimmt etwas nicht.« Hatte er sich in Rainar getäuscht? Er schien ein ehrenhafter Mann zu sein. Thynor war wütend über seinen Mangel an Menschenkenntnis und schwor dem Mann tausend Tode, sollte er ihr etwas zuleide getan haben. Er flog, so schnell wie es mit Nyman im Arm überhaupt möglich war, und erreichte bereits leicht entkräftet die Gegend um das Anwesen. In diesem Augenblick entdeckte er von hoch oben die Flugspuren von zwei weiteren Bralur.

»Verdammt!« Nyman hatte sie auch gesehen.

»Ich informiere sofort Alvar«, teilte Thynor mit. »Er muss Verstärkung schicken.«

Sie hörten Schüsse; eine Pistole. Lautlose Lichtblitze von zwei verschiedenen Punkten zeigten, dass die Bralur ebenfalls schossen, und zwar mit Kampfgeräten, die durch zhanyrianische Technologie den irdischen Waffen dem Äußeren nach angepasst worden waren, jedoch abgesehen vom Kaliber keinerlei Hinweise für Vergleiche oder andere Analysen in den Kriminallaboren hinterließen.

»Sie sind bislang nicht im Haus«, stellte Thynor sachlich fest, als er erkannte, dass die Bralur hinter buschigen Anpflanzungen des Anwesens hockten und schossen.

»Deine Frau kann schießen?«, fragte Nyman überrascht.

Thynor schluckte schwer bei der Vorstellung, Elisa würde an dem Feuergefecht da unten aktiv beteiligt sein. Er hoffte, sie lag irgendwo versteckt in sicherer Deckung. »Nein. Sie hat Hilfe. Ein ausgemusterter Soldat passt auf sie auf.«

»Das macht er anscheinend ganz gut«, kommentierte Nyman die nächsten Schüsse, die aus dem Haus nach draußen abgegeben wurden. »Bisher kommen die Bralur nicht einen Meter weiter.«

»Lange hält er das nicht durch«, informierte ihn Thynor. »Es gibt noch einen zweiten Eingang und ein paar Bodenfenster.«

»Gut, landen wir seitlich von dem Bralur, der sich zur Hintertür durchschlägt. Den übernehme ich. Du kannst dir den anderen vornehmen.« Trotz seiner Schwäche wollte Nyman am Kampf beteiligt sein. Bis Verstärkung eintraf, mussten sie jede Chance nutzen.

Thynor rief mitten in einem nächsten Schusswechsel: »Einverstanden«, und setzte ihn ab. Er musste hoffen, dass sein Freund allein zurechtkam; er war einer der besten Jäger. Ein neuer Lichtblitz zeigte Thynor, wo sein Gegner sich ungefähr aufhielt. Der Bralur beschränkte sich darauf, den Schützen im Haus mit ungezielten Schüssen abzulenken, um seinem Kumpan die Gelegenheit zu verschaffen, von hintern in das Haus einzudringen. Durch diese Laxheit gelang es dem Jäger, recht nah an ihn heranzukommen, trotzdem wurde er im letzten Moment noch entdeckt. Thynor warf sich auf den Boden und rollte beiseite, gerade rechtzeitig, um der erneuten Salve auszuweichen. Immerhin war der Bralur nun gezwungen, an zwei Fronten zu kämpfen, am Hauseingang und gegen den neuen, viel gefährlicheren Angreifer. Thynor registrierte, dass von dem anderen Bralur nichts mehr zu hören war. Nyman hatte offenbar seine Aufgabe bereits erledigt.

Nun gab es die Chance, den zweiten Lebensräuber lebend zu bekommen. Das wäre gewiss von Vorteil; und ob Henrik je reden würde? Mit einem weiteren Gefangenen hätten sie ein paar mehr Optionen, an neue Informationen zu gelangen. Thynor schlich sich näher in die Richtung seines Gegners. Da hörte er seitlich neben sich ein leises Rascheln und gerade rechtzeitig sprang er auf. Er konnte dem unerbittlichen Hieb mit dem Pistolenknauf nur knapp ausweichen und verhinderte so nicht, dass sein Kopf getroffen wurde. Nun ging es Zhanyr gegen Zhanyr. Den kurzen Moment der Benommenheit, den Thynor nach dem Schlag spürte, nutzte der Bralur, schmiss sich mit vollem Gewicht auf ihn und klemmte den Ellbogen in seine Kehle.

Der Lebensräuber zückte eine Injektionspatrone mit dem üblichen Betäubungsmittel. »Habe ich doch richtig gesehen. Der Chef höchstpersönlich!«, spottete der Bralur, die Spitze der Injektion dicht an Thynors Hals haltend. Bevor er abdrückte, musste er noch was loswerden: »Die Puppe muss euch ja wirklich wichtig sein, wenn sich sogar der hohe Kommandant um ihr Wohlergehen sorgt! Doch leider bin ich gezwungen sie dir wegzunehmen, denn Franco will sie auch haben. Und er hat – wie du bestimmt gehört hast – recht eigenwillige Ansichten, was seinen Zeitvertreib mit den Puppen angeht. Aber, wer weiß, wenn ich dich als Zugabe mitbringe, lässt er mich auch mal ran?«

Thynor hatte natürlich von Francos perversen Vorlieben gehört. Allein die Vorstellung von Elisa in den Händen dieses Sadisten ließ ihn ungeahnte Kräfte mobilisieren. Blitzschnell fuhr seine Hand hoch und drückte das Gift von sich weg, doch der Bralur gab sich nicht geschlagen. Er wollte nicht loslassen und verlagerte geschickt sein Gewicht. Thynor griff nach unten, um ein Messer aus seinem Stiefel zu ziehen, da spürte er, wie der Körper des Bralur erschlaffte und auf ihm zusammensackte. Als er vorsichtig an dem mächtigen Brustkorb vorbei spähte, stand Nyman keuchend über ihm, eine leere Betäubungsinjektion in der Hand, und sagte: »Gern geschehen.«

»Ich hätte das schon noch alleine geschafft«, grinste Thynor ihn ebenfalls keuchend an, »aber trotzdem Danke!«

»Ich kann dir aber nicht mehr aufhelfen, denn ich fürchte, es geht mit mir zu Ende. Nicht genug Druum«, versuchte Nyman, gelassen zu lächeln.

Das brachte Thynor sofort unter dem Bralur hervor und auf die Beine: »Oh nein, mein Freund, du wirst mir hier nicht draufgehen. Wage es ja nicht!« Verdammt, wo blieben die anderen? Alvar hätte doch längst die Jäger losschicken müssen! Und was zum Teufel war mit Elisa?

Sein Ramsen signalisierte, dass Boris neben ihm landete. Das wurde höchste Zeit! »Sofort ins Schiff mit ihm! Lebensbedrohlicher Blutverlust. Er benötigt Druum.« Mehr musste er nicht sagen, da flog der Jäger schon mit Nyman in den Armen los.

Sekunden später war auch Jari eingetroffen. »Was soll ich–«

In dem Moment hörten sie, wie Elisa verzweifelt schrie: »Nein! Rainar, nein!«

Sekunden später waren sie im Haus und sahen, wie die junge Frau über den blutenden Körper gebeugt versuchte, den Mann am Leben zu erhalten. Er war von mehreren Kugeln aus Bralurwaffen getroffen und schwer verletzt worden. Sie drückte einen Handballen mit ihrem ganzen Gewicht auf eine mit einem Handtuch abgedeckte Wunde an der Seite seines Unterbauchs. »Gut, dass ihr kommt. Ihr müsst sofort sein Bein abbinden«, rief sie Thynor drängend entgegen, der ohne zu Zögern ein weiteres Tuch in Streifen riss und ihrer Anweisung folgte. »Er hat eben das Bewusstsein verloren ... Oh Gott, Liebster, er darf nicht sterben! Er ist meinetwegen verletzt. Er hat mich verteidigt!«

Thynor nickte zu Jari: »Übernimm du. Flieg ihn zum Schiff. Wir kommen sofort nach.« Er wollte Elisas Hände von Rainars Körper nehmen, doch sie ließ nicht los. »Wir werden ihn retten, Elisa«, redete er ihr behutsam zu. »Mein Freund wird ihn jetzt übernehmen und dann kommt er gleich in den OP. Aber wir müssen unverzüglich handeln. Dann hat er eine Chance. Lass bitte los.« Dieses Mal gelang es und Jari griff fachkundig mit einer Hand in die Wunde und klemmte die gerissene Arterie mit den Fingern ab. Mit der anderen Hand nahm er den Verletzten in den Arm, trug ihn mit Thynors Hilfe nach draußen und hob ab.

Elisa war wegen Rainars Zustand viel zu geschockt, um sich über das gehäufte Auftreten bestaussehendster fliegender Männer und das fulminante Feuergefecht aufregen zu können. Bis sie Thynor genauer in Augenschein nahm. Eine Platzwunde am Kopf blutete und auch sein linker Arm hatte einen tiefen Riss. Ein Blutfleck in Höhe des Knies glänzte feucht. Sie sprang auf und stürzte auf ihn zu. »Thynor! Du bist verletzt!« Ihre Hände flogen suchend über seinen Körper und verharrten am Kopf.

Sie klang so erschüttert, dass er sich beeilte ihr zu versichern: »Das sind nur Kleinigkeiten, Liebstes. Nichts Schlimmes. Mir–« Dann sah er die großen Blutflecke an ihrer Kleidung, die nun, als sie aufrecht stand, deutlich zu sehen waren. »Verdammt! Wo hat es dich erwischt?« Thynor zerriss, ohne nachzudenken, ihre Bluse und griff nach seinem Messer um die Jeans aufzuschneiden, als es ihr gelang zu sagen: »Das ist nicht mein Blut. Das ist von Rainar. Ich bin unverletzt!« Doch Thynor hörte gar nicht zu und zerrte die Hose in Stoffstreifen von ihren Hüften. »Ich bin nicht verletzt!«, wiederholte Elisa eindringlich.

»Nicht?« Thynor sah ihren nun fast nackten Körper an, drehte ihn einmal herum, und als er keine Wunden entdecken konnte, sank er vor Elisa auf die Knie. Vor Erleichterung wurde ihm ganz anders und er musste kurz die Augen schließen.

Seine nahezu panische Reaktion erschütterte Elisa mehr als das Kampfgetümmel der letzten Minuten. Sie strich besänftigend über sein Haar und sagte leise: »Mir geht es gut, Thynor. Du bist rechtzeitig gekommen und hast mich gerettet. Mir ist nichts geschehen. Lass uns packen und von hier verschwinden.«

»Gleich.« Immer noch auf den Knien zog Thynor sie ungestüm an sich, schlang die Arme um ihre Hüften und presste seinen Kopf an ihren nackten Bauch.

Elisa war sprachlos, als sie Thynors stumme Tränen auf ihrer Haut spürte. Minutenlang tat sie nichts weiter, als diesen außergewöhnlichen Mann festzuhalten, ihn zu streicheln und ihm beruhigende Worte zuzuflüstern, während sie ihr Herz für immer an ihn verlor.

Thynor räusperte sich ein paar Mal, bevor er sagte: »Zieh dir was über. Duschen kannst du nachher bei mir, dafür ist jetzt keine Zeit.« Er stand auf und schob Elisa behutsam in Richtung ihres Schlafzimmers. »Dann fang an, einzupacken. Ich habe draußen einiges zu erledigen. Beeil dich.« Um die zwei toten Lebensräuber im Wald würde sich Alvar später kümmern können; seine Aufgabe bestand darin die beiden Bralur hinterm Haus ins Auto zu laden und die Umgebung auf Hinweise zhanyrianischer Anwesenheit zu prüfen. Nichts durfte auf unerklärliche Phänomene hindeuten, wenn in Kürze die Polizei und wenig später die Spurensicherung eintreffen würden. Die Schüsse aus Rainars Pistole hatte garantiert jemand vernommen und inzwischen zum Telefon gegriffen. Thynor selbst nahm sein Mobiltelefon und rief den Leiter der zuständigen Behörde an. Er kannte den Mann als loyalen Polizisten und bot ihm eine passende Erklärung für die Vorfälle: Er sei während eines Kundentermins im Torhaus von Unbekannten angegriffen worden; es gab einen Verletzten, den Heimhausmeister, den er schleunigst in eine Klinik bringen lassen musste. Elisa Miller brächte er einstweilen in seinem Hotel unter. Er selber würde, nachdem er das erledigt hätte, umgehend zum Anwesen zurückkommen und für alle Fragen zur Verfügung stehen.

Wie durch ein Wunder hatte der SUV kaum eine Schramme abbekommen; die zwei Einschusslöcher im Heck konnte man glatt übersehen; Thynor würde sie in der Garage des Schiffes mit einem Gedanken schließen. Sie beluden den Wagen mit jedem Schnipsel beschriebenen Papiers, den sie in Elisas Haus finden konnten, und mit all ihren notwendigen Nachschlagewerken. Dann kehrten sie noch einmal zurück ins Haus, um die Ergebnisse ihrer Aufräum-

und Säuberungsaktionen zu überprüfen. Das Bild musste für die menschlichen Ermittler stimmen.

Bei einem letzten Blick über ihre zum Teil erheblich beschädigten Möbel und die zerschossenen Fenster seufzte Elisa und kämpfte mit den Tränen. »Ich werde in nächster Zeit nicht hierher zurückkommen können, stimmt's?«

»Wahrscheinlich nicht, Liebes.« Thynor hasste es, sie so traurig zu sehen.

»Na, dann.« Sie atmete tief durch. Entschlossen trat Elisa vor ihren Küchenschrank, öffnete eine Tür und schnappte sich ihren kompletten Kaffeevorrat, drei volle Tüten mit kleinen, dunkelbraun gerösteten Bohnen. »Wir werden uns eine gute Geschichte ausdenken müssen, denn über kurz oder lang wird die Polizei hier aufkreuzen ... Hmpf.«

Sein Kuss war heftig. Tief und innig. Eigentlich glaubte Thynor bereits zu wissen, wie es sich anfühlt, unsterblich verliebt zu sein. Aber als er jetzt beobachtete, wie Elisa in tapferer Verzweiflung ihren Kaffee holte, war er restlos überzeugt davon. Sie war einfach hinreißend! Sie war, ohne an sich zu denken, mitten im Gefecht Rainar zu Hilfe geeilt und hatte beherzt um sein Leben gekämpft; auch seine eigenen kleinen Wunden hatte sie liebevoll versorgt; und kein einziges Mal hatte sie gezögert, seinen Anweisungen beim Packen und Aufräumen zu folgen. Wie sie sich den Ereignissen der letzten Stunde gestellt hatte, war mehr als tapfer. Und wieder einmal sah sie ihn auf eine Art an, als wäre er es, wegen dem es ihr gelang, das so durchzustehen. Sie vertraute ihm. Und zu guter Letzt überlegte seine Elisa, wie die ganze Sache am besten zu vertuschen wäre! Sie hatte instinktiv gewusst, dass kein Bisschen zhanyrianischer Beteiligung je entdeckt werden dürfte. »Wir haben jede Menge Übung darin, gute Geschichten zu erfinden«, gab er ihr augenzwinkernd zurück, als den Kuss beendete und Elisa wieder zu Atem kommen ließ.

## ◇ 22 ◇

Thynor brachte Elisa sofort wieder in sein Schlafzimmer. »Du musst dich unbedingt etwas ausruhen.«

»Keine Sorge, dazu komme ich schon noch«, stimmte sie bereitwillig zu, »doch erst wären eine heiße Dusche und frische Sachen nötig. Und: Vor allem brauche ich endlich eine Dosis Koffein, wenn ich nicht doch anfangen will, durchzudrehen!«

»Ist schon in Arbeit«, lächelte Thynor vielversprechend, »schließlich ist hier irgendwo in der Nähe ein exzellentes Hotel.«

»Stark und heiß.«

»Genauso«, bestätigte Thynor und schaffte es mühelos, das anzüglich klingen zu lassen.

»Das kannst du gleich vergessen«, schimpfte Elisa, als er sie sanft am Arm streichelte. »Sieh mich doch mal nach deiner Raserei mit dem Auto an! Ich bin völlig verschwitzt, total verdreckt und überall habe ich Blutflecken. Ich muss dringend ins Badezimmer, sonst explodiere ich, so dreckig fühle ich mich. Sicher willst du in diesem Zustand nicht mit mir rummachen.«

»Rummachen?« Thynor zog eine Augenbraue hoch und tat, als wüsste er nicht, was sie meinte. Dann, als fiele es ihm wieder ein, grinste er. »Ich weiß ein zuverlässiges Mittel, das gegen solche Anspannungen helfen könnte.«

»Ich wusste, dass du einen derartigen Vorschlag machen würdest«, funkelte Elisa ihn an, konnte jedoch nicht verhindern, dass sich ein sinnliches Lächeln in ihren Mundwinkeln andeutete.

Thynor tat unschuldig. »Was ist gegen einen Entspannungsdrink einzuwenden?« Er küsste sie brav und schob sie sanft in Richtung des Badezimmers. Wenig später hörte er das Wasser laufen und war mehr als versucht, Elisa dorthin zu folgen. Aber so verlockend die Vorstellung von ihrer nassen Haut auch war, wollte er ihr nach diesem furchtbaren Vormittag ein paar Minuten des Alleinseins gönnen, einen Moment des Rückzugs gestatten. Sie schien das zu brauchen und er hatte sich vorgenommen, ihr so viel Freiraum zu geben, wie er es irgendwie aushalten konnte. Außerdem würde sie endlich etwas essen müssen, denn im Gegensatz zu den Zhanyr, die durch regelmäßige Verwendung von Druum problemlos ein paar Tage ohne Nahrung auskamen, war er sich bei seiner Spiegelfrau da nicht so sicher. Er ging zu einer verborgenen Nische in der Wand, griff hinein und holte das Tablett mit Porzellangeschirr, silbernen Löffeln und einer großen Kanne heraus. Wie bestellt, lagen in einem Körbchen leicht warme Buttercroissants und in einer Schale waren frische Erdbeeren und Ananasstückchen arrangiert. Während er den flachen Tisch am Sofa deckte und dann wartete, versuchte er die Bilder von ihrem nackten, eingeschäumten Körper zu verdrängen, die ihn seine Fantasie beständig sehen ließ. Obwohl es ihn unbändig zu ihr zog, blieb er sitzen.

Das heiße Wasser und die natürlich frischen Düfte des Shampoos und der Duschcreme hatten Elisa geholfen, die extreme Anspannung zu lösen, und die Gewissheit, dass nur ein paar Schritte von ihr entfernt Thynor auf sie wartete, half ebenfalls, ihre Todesangst in den Griff zu bekommen. Sie hoffte, die notwendige Kraft aufbringen zu können, um nicht zusammenzubrechen. Er hatte auch so schon genügend Sorgen; sie wollte ihn nicht auch noch zusätzlich belasten. Flüchtig trocknete sie sich ab und schlüpfte in den kuscheligen, vorgewärmten Bademantel, der auf einer Konsole lag. Herrlich! Sie tappte barfuß ins Schlafzimmer zurück und bat ihn: »Würdest du bitte deinen Haartrockner-Trick von heute Morgen wiederholen? Das spart eine Menge Zeit und war sehr angenehm.«

»Gern. Er funktioniert allerdings nur, wenn du in meiner unmittelbaren Nähe bist, denn dazu muss ich dich küssen.«

Verschmitzt lächelnd ließ sie sich neben ihn auf das Sofa fallen. »Na los, mach schon.« Sie wollte das Wunder noch einmal erleben und fasste sich erwartungsfroh ins Haar.

»Erst der Kuss«, war Thynor konsequent. Elisa gab ihm gern, worum er sie bat. Sie schmiegte sich an seine Brust, öffnete sein Hemd und küsste ihn dann erst ein paar Mal zart und tupfend, und dann tief und mit streichelnder Zunge. Als sie sich voneinander lösten, war Thynor einen Moment sprachlos. Dann bemerkte er: »Dafür hast du dir unbedingt einen Kaffee verdient. Ich habe uns etwas zu essen besorgt. Du musst ja schon vor Hunger umfallen.« Er blieb sicherheitshalber still sitzen und deutete nur auf den gedeckten Tisch, um die hehren Vorsätze nicht durch eine Kapitulation vor seinem erotischen Verlangen zu gefährden. Der heutige Tag bescherte ihm noch einiges an Pflichten.

»Meine Güte! Das ist ja ein richtiges Frühstück«, staunte Elisa, als er ihr eine Erdbeere vor den Mund hielt. Sie biss ab und er ließ sich die andere Hälfte schmecken. Dann wurde sie stutzig. »Nanu, ihr esst menschliche Nahrung?«

Thynor feixte. »Ja. Wir haben in nahezu jeder Hinsicht einen humanoiden Körper; fast alle Funktionen wurden angepasst. Eine Forschungseinheit hat jahrzehntelang an unserem neuen Stoffwechsel gearbeitet ... Wir essen manche Speisen sogar richtig gerne. Also, lass es dir bitte schmecken.«

Elisa griff sich ins Haar, lächelte versonnen, als es sich trocken anfühlte und wartete, dass Thynor den Kaffee einschenkte und ihr die Tasse reichte. Vorsichtig nahm sie einen heißen Schluck, schloss genießerisch die Augen und seufzte: »Das könnte den Tag retten. Himmlisch!«

Thynor, dem völlig andere Dinge durch den Kopf gingen, um diesen Tag zu retten, zog sie an sich. »Er schmeckt dir, wie ich sehe.« Ungefragt fütterte er sie mit einem abgezupften Stückchen eines Croissants.

Sie kaute, nahm noch einen Schluck Kaffee und sagte beeindruckt: »Super Röstung. Frisch gemahlen. Gutes Wasser. Perfekt ... Dein Hotelkaffee ist ausgezeichnet.« Dann sah sie ihn prüfend an. »Ein Hotelbesitzer also. Weltweit bekannt. Ich kannte dich nicht.«

Thynor schob eine Strähne goldenes Haar, die ihr ins Gesicht gefallen war, auf die Schulter zurück und steckte ihr eine weitere Erdbeere in den Mund. »Stört es dich?«

»Stören? Nein. Wieso? Ich bin nur etwas überrascht, dass, hm, Außerirdische so ein banales Gewerbe wie die Gastwirtschaft betreiben.« Dann erklärte Elisa mit mühsam unterdrücktem

Lachen: »Es gibt ein menschliches Sprichwort hier in der Gegend: Wer nichts wird, wird Wirt.«

Thynor fütterte sie mit einem extragroßen Stück Croissant. »Irgendwie muss es doch möglich sein, dein freches Mundwerk zum Schweigen bringen. Hier, gleich noch eine Erdbeere hinterher.« Dann erklärte er: »Als wir damals landeten, war eine unserer Vorgaben, sich unauffällig unter die einheimische Bevölkerung zu mischen und gemeinsam mit den Menschen zu leben. Ihr nennt so etwas Assimilation. Das betraf zum Beispiel die lokale Lebensweise oder die Verwendung einheimischer Namen. Einige der älteren Zhanyr – darunter Alvar und Luys oder auch ich – haben trotzdem ihre Vornamen aus der Heimat behalten oder sich zumindest an den menschlichen Lautmalereien orientiert. Die anderen Männer haben sich Namen ausgesucht, die zu ihrem Lebensumfeld passten oder die ihnen schlicht und einfach gefielen. Wir Zhanyr übten eben eines der ortsüblichen Handwerke aus. Also wurden wir Schiffskapitän, Arzt, Schmied oder – wie in meinem Fall – Gastwirt. Such dir irgendeinen zeitgemäßen Beruf aus. Wir sind auf allen Gebieten extrem erfolgreiche Unternehmer, selbst die Bralur. Das sollte man nicht vergessen. In zweitausend Jahren regelmäßiger Geschäftstätigkeit sammelt sich mehr Geld an, als man ausgeben kann. Jeder einzelne Zhanyr hat mehr Vermögen, als irgendein Mensch auf diesem Planeten. In der Neuzeit gründeten wir verschiedenste, völlig legale Unternehmen. Rundfunksender, Kliniken, Reedereien, Fluggesellschaften, Häfen, Bergwerke ... Wir ließen das Geld agieren. Wer kennt bei den heutigen multinationalen Vereinigungen noch die Eigentümer? An allen Orten, wo viele Menschen sich aufhalten, können wir absolut unerkannt leben. Sieh dir meine Hotelkette an. Wir nutzten die Hotels als Transport-Portale für unsere Einsätze, als Unterkünfte, Wohnsitze oder auch nur als unauffällige Treffpunkte. Eines der exklusivsten Häuser, das, in dessen unmittelbarer Nähe wir uns befinden, steht, wie du jetzt erkennen kannst, nicht zufällig über unserem Hauptquartier. Ich habe oben im Haupthaus mein offizielles Geschäftsbüro als Hotelkettenbesitzer und dazu noch eine private Suite.«

»Noch eine Suite?« Elisa fand diese hier auf dem Schiff schon mehr als beeindruckend.

Thynor freute sich, dass sie bereits ein ganzes Croissant verputzt hatte, schob gleich ein nächstes Teigflöckchen hinterher und hob fragend die Kanne an.

Sie hielt ihm ihre leere Tasse hin, als Thynor den Kaffee unversehens wieder abstellte und zur Seite sah. Über dem Teppich erschien ein Hologramm und plötzlich stand der fremde Mann, an den sich Elisa nur schemenhaft erinnern konnte, neben dem Sofa in Thynors Schlafzimmer. Er verbeugte sich leicht in ihre Richtung und sprach dann zu ihm: »Kommandant. Nyman wird sich binnen weniger Tage völlig erholen. Der Mensch wurde operiert und wird überleben. Bis er wiederhergestellt ist, wird es jedoch wesentlich länger dauern. Das gibt uns Zeit, eine Lösung für das Problem mit ihm zu finden.« Dann hielt er inne und ließ seinen prüfenden Blick über Thynor und Elisa gleiten. »Ich werde euch beide ebenfalls noch untersuchen müssen.«

Thynor nickte. »Später. Es geht uns gut. Elisa wird jetzt etwas ruhen und ich komme gleich zu euch in die Zentrale, Layos ... Danke, dass du die Männer gerettet hast.«

»Keine Ursache. Es ist mir ein Bedürfnis, Kommandant.« Er nickte ihnen höflich zu und das Hologramm verschwand.

Elisa, die ihre Tasse noch immer in die Luft hielt, spürte, wie sie heftig zitterte. Sie stellte das zarte Porzellan vorsichtig auf dem Tisch ab. »Hat er von Rainar gesprochen, als er *Mensch* sagte?«

»Ja, Liebes.«

»Oh Gott, er wird wieder gesund.« Vor Erleichterung begann Elisa unvermittelt zu weinen. Und dann schluchzte sie heftig auf – und ihre ganze Verzweiflung, all die Ängste und ihre Ratlosigkeit brachen sich Bahn. Ihr war in diesem Moment zumute, als würde sie nie wieder mit Weinen aufhören können. In was für ein Chaos war ihr Leben gestürzt!

Thynor nahm sie in den Arm und drückte ihren Kopf an seine starke Brust. »Es wird alles gut. Alles wird gut.« Er ließ sie sich ausweinen, hielt sie fest und tröstete sie mit der Wärme seines Körpers.

Als sie sich etwas beruhigt hatte, hob sie den Kopf, kroch auf seine Beine und küsste ihn. Spontan und kein bisschen vorsichtig.

Ihr erster echter Kuss! Ohne dass er die Initiative ergreifen musste. Thynors Herz jubelte. Mitten auf den Mund und voller Wärme. Weich und, ah, nicht im Mindesten zurückhaltend! Ihre Zunge begehrte Zugang, suchte die seine, streichelte die Lippen und versuchte, ihn zu locken. Und schon bekam sie Einlass. Sein Glied wurde eisenhart und groß. Und da Elisa in seinem Schoß lag, entging ihr das nicht. Richtig. Er grinste zufrieden, als sie aufjapste und den Kuss beendete. Sie wurde tatsächlich etwas rot, drückte ihm allerdings noch einen leichten Kuss auf die Lippen und kuschelte sich dann wieder an seine Brust. »Wofür war der denn?«, fragte Thynor mit belegter Stimme.

Für deine heißen Tränen, vorhin an meinem Bauch, dachte Elisa, erklärte ihm aber: »Du hast mich in Sicherheit gebracht. Du bist mein Held. Du hast einen guten Freund gerettet. Und du weißt, wie man mich tröstet!«

»Gerne doch, Liebes. Jederzeit«, gab er gerührt zurück.

Elisa deutete auf die Stelle, wo das Hologramm erschienen war. »Das war toll. Wie funktioniert das?«

Thynor freute ihre ungebrochene Neugier. »Mit unseren Armreifen. Der Besucher kündigt sich durch ein leichtes Vibrieren mit einer speziellen Kennung an und ich lasse sein Erscheinen zu. Wenn ich ihn nicht sehen will, wird seine Nachricht gespeichert. Wie beim Telefon, nur eben mit Bild. Auf jeden Fall können mich meine Männer jederzeit und überall erreichen.«

»Dieser Layos ist eine ziemlich beeindruckende Erscheinung. Der andere Mann bei dir, der, der vorhin mit Rainar losgeflogen ist, auch. Seid ihr alle so stattlich und attraktiv?«

Thynor lächelte verschmitzt. »Das sind völlig unpassende Erkenntnisse für dich. Du bist hier in *meinem* Schlafzimmer.« Er küsste sie auf eine so sinnliche Art, dass kein Zweifel an den Verheißungen dieser Tatsache bestand.

Elisa lächelte und schloss zufrieden die Augen. »Das war recht überzeugend.«

»Das will ich doch stark hoffen. Um auf deine Frage zurückzukommen, ich habe dir das Prinzip unserer Designer doch bereits erklärt: Sie haben uns einfachhalber nach dem Vorbild der angesehensten männlichen Einwohner dieses Planeten modelliert. Schon

Jahrhunderte, bevor wir zu unserer Mission hierher aufgebrochen sind, ließen wir Satelliten um Lanor kreisen, um uns zu informieren und uns auf das Leben hier vorzubereiten. Unsere Wissenschaftler konnten nur wenig Schriftliches auswerten, daher nahmen sie die Skulpturen und Wandmalereien zur Grundlage und haben entsprechende Körper für uns entworfen.«

Elisa musste zugeben, dass die anatomische Designabteilung auf Draghant ganze Arbeit geleistet hatte. Thynor und die anderen außerirdischen Männer sahen phänomenal aus. »Du bist also sozusagen ein steinreicher Casanova ... und ein gefährlicher Krieger! Du führst ein Doppelleben!«, murmelte sie gespielt vorwurfsvoll.

»Mindestens eins«, gab Thynor ungerührt zu. Aber wie kam sie auf Casanova? Und was wusste sie über seine Gefährlichkeit? Rainar Wank hatte offenbar noch ausreichend Gelegenheit gefunden mit Elisa zu reden, bevor die Bralur bei ihnen am Torhaus aufgetaucht waren. Nun, er und dieser Herr Wank müssten ein ausführliches Gespräch führen, wenn der Mann dazu wieder in der Lage war.

»Und fliegen kannst du auch«, kam es kaum noch hörbar von Elisa, und als Thynor hinsah, warum sie so leise redete, war sie – trotz des starken Kaffees – bereits an seiner Brust eingeschlafen. Behutsam trug er sie zum Bett und deckte sie zu.

## ◊ 23 ◊

Bis auf Filip und Lewian, deren Einsatz auf einem Kreuzfahrtschiff in der Karibik wohl länger als geplant dauern würde, waren alle seine Männer in der Kommandozentrale versammelt. Alvar hatte die toten Bralur aus dem Wald geborgen. Layos konnte ihre Leichen eingehend untersuchen, sobald diese Lagebesprechung beendet war. Thynor nickte seinem Stellvertreter dankend zu, ging als erstes zu Nyman und vergewisserte sich, dass es ihm nach der schweren Auseinandersetzung wieder besser ging. Dann trat er zu Damyan und Marko und sie begrüßten sich nach Art der Jäger. Die beiden Kämpfer waren gemeinsam auf einer Mission in Afrika unterwegs gewesen, um Hinweise auf Bralurschlupfwinkel zu überprüfen. »Wie lief es bei euch?«

»Eine Sichtung können wir bestätigen, bei den anderen beiden sind wir noch nicht sicher. Da muss Luys noch ein wenig Überwachungstechnik freigeben, damit wir dranbleiben können … Aber was höre ich über dich? Kaum bin ich mal ein paar Tage nicht da, geht hier alles drunter und drüber«, frotzelte Damyan.

»Und wie man hört, gibt es Neuigkeiten bezüglich deines Familienstandes«, boxte ihn Marko leicht in die Brust. »Glückwunsch, Mann. Ich will alles darüber hören!«

»Ihr habt also euren Einsatz schadlos überstanden«, gab Thynor zufrieden zurück, ohne auf die unverhohlenen Andeutungen bezüglich seiner Spiegelfrau einzugehen.

Wie zu erwarten, ließen ihm die Männer das nicht durchgehen. »Stimmt. Wir sind voll dabei. Erzähl uns von deiner Schönheit!«

Thynor sah Layos und Jari strafend an. Nur die beiden hatten Elisa bisher gesehen und sich offenbar nicht mit Beschreibungen zurückhalten können. Dann wurde ihm siedend heiß. Verdammt! Er hatte das Hologramm vergessen. Es war – wie jedes Abbild eines Verdächtigen üblicherweise – im System gelandet. Alle Jäger hatten bereits Gelegenheit, Elisa nackt zu sehen! Zumindest in einer Simulation. Die war zwar einigermaßen von der Realität entfernt, aber es gefiel ihm trotzdem nicht. »Ihr hört ab sofort auf, an ihr Hologramm zu denken, verstanden!« Alle nickten und dennoch vermutete er, dass sie sich nicht daran halten würden. »Elisa ist ein wenig scheu und würde es keinesfalls zu schätzen wissen, dass wir uns Animationen nackter Frauen ansehen, insbesondere nicht eine Darstellung von ihr. Ich erwarte also, dass ihr diesbezüglich Rücksicht nehmt.«

Das war für die Männer kein Problem. Aber dennoch hatten sie andere, drängendere Fragen.

Damyan platzte hervor: »Du sagst, sie ist schüchtern. Wie man hört, ist sie aber auch mutig. Was ist mit dem Sex? Ist sie wirklich deine Spiegelfrau? Kannst du dich mit ihr vermehren?«

Unter anderen Umständen wäre diese Frage verheerend für Damyans Gesundheit gewesen, doch Thynor wusste, warum der Mann fragte. Das hatte nichts mit unangemessener Neugier an seinem Liebesleben oder mangelndem Respekt gegenüber seiner Spiegelfrau zu tun. Diese Frage war von existenzieller Bedeutung für alle Männer hier im Raum und letztlich für alle Zhanyr, also zeigte Thynor Verständnis dafür. Elisa würde ihm allerdings die Hölle heißmachen, sollte sie je von dieser Unterhaltung erfahren. Leise lächelnd kämmte er sich die Haare mit beiden Händen aus der Stirn und fing an, seine Männer aufzuklären: »Da alles schon so lange her ist, rufe ich euch ein paar Fakten ins Gedächtnis. Es gab auf Draghant im Wesentlichen zwei Dinge, für die Sex mit einem Spiegelpartner die entscheidende Voraussetzung war: Vermehrung und Unsterblichkeit. Dies strebte jeder Zhanyr und jede Zhanyra an, auch wenn nicht jedem der Wunsch erfüllt wurde. Schließlich gab es immer nur einen passenden Partner. Dafür reichte es, wenn man sich alle paar Jahrzehnte mal sah und vereinte. Starb einer von beiden durch einen Unfall, war es auch für den Spiegelpartner quasi das Todesurteil. Menschen hingegen gelingt es, sich mit fast jedem beliebigen Partner des anderen Geschlechts zu vermehren. Dafür erlangen sie keine Unsterblichkeit. Was passiert also, wenn ein Zhanyr mit einer menschlichen Spiegelfrau Sex hat?«

»Nun sag schon!«, forderte Damyan ungeduldig.

Thynor bekannte offen: »Ich weiß es nicht! Ob Elisa schwanger wird, ist unklar, ebenso weiß ich natürlich nicht, wie sich ihre Lebensdauer entwickelt. Ich kenne sie schließlich erst seit vierundzwanzig Stunden … Aber es gibt ein paar Indizien dafür, dass unsere Hoffnungen nicht unbegründet sind.«

Die Männer im Raum schienen die Luft anzuhalten, so begierig waren sie auf die Details, die jetzt kommen würden.

»Die Zusammensetzung der Spurenelemente und Mineralien in unseren Körpern ist identisch; das hat Layos mehrfach überprüft. Zhanyrianische Medikamente helfen; Elisas Wunden vom gestrigen Überfall sind heute fast verschwunden und sie hatte sich für eine Menschenfrau erstaunlich schnell von der Betäubungsinjektion des Bralur erholt. Und, ja, es scheint, dass auch der Effekt mit dem heftigen sexuellen Begehren des anderen Spiegelpartners eintritt, denn Elisa ist mir ... sehr zugetan und von sich selbst überrascht, denn bisher war sie wohl nicht so ... aufgeschlossen.« Du meine Güte! Wieso redete er so geschwollen um den heißen Brei? Die Männergespräche der Jäger zeichneten sich im Allgemeinen nicht durch besondere Feinfühligkeit und eine zurückhaltende Wortwahl aus. Doch mehr würde er zum Thema Sex mit Elisa nicht sagen, da konnten ihn seine Männer noch so wissbegierig ansehen. »Und das ist – das kann ich euch versichern – leider schon alles, was ich bisher an Übereinstimmungen herausfand.« Thynor seufzte und lächelte entrückt. »Stimmt nicht – alles ist anders. Vor allem ist es aufregend und viel komplizierter.«

Da die Männer ihren Kommandanten noch nie mit diesem bescheuerten Gesichtsausdruck gesehen hatten, wurden sie argwöhnisch. »Nun mach endlich den Mund auf, oder müssen wir dich mit der Waffe bedrohen?!« Damyan legte spaßhaft die Hand an sein Holster.

Thynor überlegte, wie er es in Worte fassen konnte. »Ich habe den Eindruck, Vermehrung und Unsterblichkeit sind nicht genug Gründe für die Hingabe einer menschlichen Spiegelfrau. Das reicht ihr nicht. Und–«

»Was will sie denn noch?«, warf Boris ungestüm ein.

»–mir geht es erstaunlicherweise genauso. Ich will auch mehr.«

Nun starrten ihn alle entgeistert an.

»Wie kann ich euch das bloß erklären?« Er war ihr Kommandant, ihr Freund. Diese Offenheit war er ihnen schuldig. »Es ist so: Ich will ständig bei meiner Spiegelfrau sein. Jede Sekunde. So ein getrenntes Leben von Männern, Frauen und Kindern wie auf Draghant ist auf einmal völlig unvorstellbar. Ich muss Elisa jederzeit berühren können, ihren Duft einatmen. Oder mit ihr reden und ihre Stimme hören. Es ist wie eine Sucht. Allein sie nur anzusehen, ist ein unglaubliches Gefühl. Ihr habt alle schon mit Frauen geschlafen, ihr wisst, wie sich der Körper einer Puppe anfühlt und was für angenehme Empfindungen wir haben, wenn wir Sex mit ihnen praktizieren. Aber ich hatte nicht mit diesem unbändigen Begehren gerechnet, Elisa vollständig zu besitzen, nicht nur ihren Körper, sondern viel mehr ihr Herz. Ich will, dass sie glücklich ist. Mit mir glücklich ist. Das Universum ist auf eine magische Art anders, wenn es mit einer Spiegelfrau passiert. Unbeschreiblich, völlig neu, schmerzhaft schön ... Sie ist alles, was man sich je wünschen könnte. Auf einmal habe ich für uns alle das Gefühl, wieder eine Zukunft zu haben, ein Leben, das sich lohnt.«

Keiner sagte ein Wort. Selbst die sonst üblichen Frotzeleien fehlten nach diesem ungewohnt emotionalen Geständnis. Minutenlang hingen die Männer ihren Gedanken nach, dankbar, dass ihr Kommandant so freimütig zu ihnen gesprochen hatte, weil er genau wusste, wie wichtig das Thema für alle war. Er nahm ihre Bedürfnisse ernst, doch das hatte Thynor schon immer getan.

»Scheiße, Mann«, krächzte Nyman. »Das hörte sich zwar wie aus einem verdammten Liebesfilm an, aber genau das will ich auch haben, Mann.«

Jari schlug ihm kameradschaftlich auf die Schulter. »Stell dich hinten an.«

Langsam löste sich die Spannung.

»Wie finden wir nun unsere Spiegelfrauen? Mit jeder hübschen Frau rumzumachen, bringt uns offensichtlich nicht weiter, schließlich probieren wir das schon einige Jahrtausende. Selbst wenn wir herumlaufen und jede Frau an einer Stelle mit nackter Haut berühren, wird uns das wahrscheinlich nicht zum Ziel führen«, gab Boris zu bedenken. »Wir müssen uns dringend etwas Vernünftiges einfallen lassen. Ich will auch eine haben.«

»Ich werde alles tun, um herauszufinden, wie eine effektive Suche nach ihnen funktionieren könnte«, versprach Thynor.

Alvar sah seinen Freund auf eine Weise an, wie er es in all ihrer langen, langen gemeinsamen Zeit noch nie getan hatte: Ergriffen und befreit, so, als hätte sich ihre größte Sorge in Luft aufgelöst. »Danke«, sagte er leise, denn er konnte nachempfinden, wie viel Überwindung Thynor seine Offenheit kostete.

Nyman legte bereits los: »Auf Draghant war es doch so: Die Geschlechter lebten getrennt, selbst die Kinder separierten wir. Wir kannten das Prinzip des Familienlebens nicht. Wir begegneten uns nur im Beruf oder bei Freizeitvergnügungen, und dabei berührten wir einander. Hilfreich war sicher, dass wir keine Kleidung brauchten, um unsere Körper zu bedecken. Wir erspürten den einen Spiegelpartner bei nur einer einzigen Berührung der Haut mit den Rezeptoren, die in diesem kurzen Moment erkannten, dass sämtliche Körperwerte exakt übereinstimmten und wir gerade unseren Spiegelpartner anfassten ... Habe ich das so richtig in Erinnerung?« Er sah zu Marko, dem einzigen Zhanyr unter ihnen, der eine Spiegelfrau besessen hatte, bevor das Schiff mit den Frauen im All zerschellte. Der reagierte nicht. Layos allerdings auch nicht, dann gab es aus rein biologischer Sicht an seinem Vortrag also nichts auszusetzen. Nyman fragte frei weg: »Kommandant, hast du irgendetwas gespürt, als du den ersten Hautkontakt mit deiner Spiegelfrau hattest?«

Thynor rief sich den Moment in Erinnerung, als er Elisa aus ihrem Laubbett geborgen hatte. »Das war im Park bei diesem Café. Nun, es war schon eigenartig. Erst fiel es mir unglaublich schwer, sie dort zurückzulassen und zunächst den Bralur herzubringen. Und als ich sie dann holte und dabei das erste Mal ihre nackte Haut berührte, im Gesicht, spürte ich tatsächlich eine Veränderung in mir: Es war, als würde mein ganzer Körper zu Eisen und ich war nahezu unbeweglich. An der Stelle, an der ich sie anfasste, wurde es für einen Moment so glühend heiß, dass ich den Eindruck hatte, wir verschmelzen. Aber das ging alles so rasend schnell und war im selben Augenblick schon wieder vorbei, sodass ich bis eben nicht ernsthaft darüber nachgedacht habe.«

»Es könnte also sein, dass die Erkennung einer Spiegelfrau auf Lanor im Prinzip genauso funktioniert wie mit den Zhanyra auf Draghant«, fasste Nyman seine Überlegungen zusammen.

»Wieso ist das nicht schon früher mal geschehen? Zweitausend Jahre! Ich bitte euch! Ahnt ihr auch nur im Geringsten, wie viele Puppen wir Auserwählten in dieser Zeit berührt haben? Und da soll kein Zhanyr seine Spiegelfrau erspürt haben?« Luys war skeptisch.

Layos räusperte sich. »Es ist mindestens schon einmal geschehen.«

Alle starrten ihren Arzt an.

»Woher willst du das auf einmal wissen?«, lautete die berechtigte Nachfrage Markos.

»Weil ich derjenige war, der bereits eine Spiegelfrau angefasst hat ... Als Thynor eben beschrieb, wie er sich bei der ersten Berüh-

rung von Elisa gefühlt hat, fiel es mir wieder ein. Schwere, Verschmelzen, inneres Glühen. Genau dieses Empfinden hatte ich vor ungefähr achthundert Jahren bei einer Affäre mit einer Puppe. Sie war verheiratet und ist dann doch lieber bei ihrem Menschenmann geblieben, als mit mir durchzubrennen. Es waren unstete Zeiten damals. Ich habe mich schnell mit einer anderen getröstet, konnte diese Puppe jedoch nie vergessen. Irgendwie blieb immer eine Sehnsucht ... Bei Draghants Göttern! Sie war meine Spiegelfrau.«
Layos schüttelte bedauernd den Kopf über die Launen des Schicksals. Sogar Tränen versuchte er sich unauffällig aus den Augen zu wischen. »Es hat wohl wenig Zweck, dieser vertanen Gelegenheit hinterherzutrauern. Die Frau ist seit Jahrhunderten tot.«

»Du weißt also ihren Namen noch?«, fragte Thynor, dem eine Idee kam.

»Sicher.« Layos Gesicht wurde gelassener. »Theresa war bezaubernd. In den gestohlenen Stunden, die wir beisammen waren, habe ich genauso intensiv empfunden, wie du es uns eben geschildert hast, Thynor. Ich schrieb meine Überschwänglichkeit allerdings dem Reiz des Verbotenen zu, denn sie war ja verheiratet. Es war unbeschreiblich, sie auch nur zu berühren. Und, selbst wenn ihr jetzt lacht, fand ich es besonders reizend, dass sie über der Brust ein paar entzückende Sommersprossen hatte, die zufällig genauso aussahen, wie unser Planetensystem.«

Thynor keuchte laut auf: »Was!?«

»Ja, stellt euch vor, genau wie Vaja-61.«

»Thynor?«, fragte Alvar, »alles in Ordnung mit dir?«

»Nichts ist in Ordnung! Bei Elisa ist es genauso.«

»Was!?«, brüllten nun die anderen los.

Thynors Gesicht verfinsterte sich. »Das hätte dir doch auffallen müssen, als du sie untersucht hast.«

»Wie sollte es«, gab Layos gelassen zurück. »Du hast sie mir doch sofort entrissen, noch bevor ich die üblichen Untersuchungen hätte anstellen können.«

»Richtig.«, knurrte der Kommandant.

Layos konstatierte: »Wie es aussieht, können wir neben der schweren, glühenden Empfindung bei der ersten Berührung, den identischen Körperwerten von Mineralien und Spurenelementen noch ein drittes Merkmal für menschliche Spiegelfrauen definieren: Vaja-61 als Abbild über der Brust.«

»Ha, wie soll ich den Damen, die mich zum Glühen bringen, wenn diese Metapher erlaubt ist, auf die nackte Brust gucken oder um ein vollständiges Blutbild bitten?«, wies Jari hin.

Thynor versuchte, die Diskussion zu versachlichen. »Dir wird da schon was einfallen. Hört zu. Gehen wir zunächst mal davon aus, zwei Spiegelfrauen gefunden zu haben. Sehr wahrscheinlich sind Begegnungen wie die von Layos ebenso bei anderen Zhanyr vorgekommen, doch niemand hat sie als solche erkannt. Wir stehen da vor einem total faszinierenden Rätsel«, betonte er das Außergewöhnliche ihrer Situation. »Zwei Spiegelfrauen. Wir wissen, wie sie heißen und wo sie gelebt haben beziehungsweise jetzt leben. Vielleicht suchen wir zunächst nach ihren weiblichen Verwandten, womöglich sind das auch Spiegelfrauen. Elisa weiß, wie man bei solchen Recherchen am besten vorgeht. Layos, du wirst dich mit ihr über deine Theresa unterhalten müssen.«

»Nur eins noch, Kommandant«, meldete sich Luys. »Du hattest Elisas Hologramm gesehen, bevor du ihr persönlich begegnet bist. Hast du da schon was gemerkt? Wenn ja, könnte ich eine Suchroutine mit Abbildungen von Frauen veranlassen.« Luys klang ausreichend sachbezogen, als er Elisas Hologramm zur Sprache brachte, sodass Thynor antworten konnte.

»Nein.« Von den Auswirkungen ihres traurigen, distanzierten Blickes auf sein Inneres würde er hier nichts erzählen. Wahrscheinlich hatte er sich ohnehin schon lächerlich genug gemacht, als er den Männern Einblick in seine Gefühlswelt gewährte. »Ich dachte nur, dass sie eine ausgesprochen heiße Puppe ist, da musste ich Alvar völlig recht geben. Doch ehe wir uns unnötigerweise dem – *ausdrücklich verbotenen* – Hologramm widmen, schlage ich vor, wir überlegen endlich, was dieser massive Bralurangriff von heute Vormittag bedeutet.«

Alvar griff den abrupten Themenwechsel gekonnt auf, um Thynor durch die Fragerei der jüngeren Jäger nicht noch weiter in Bedrängnis zu bringen. Sein Freund hatte für einen Tag genügend Seelenstriptease geboten. »Wir hatten zwei Paare, eines griff an, das andere sicherte dem Augenschein nach nur ab, bis es dann mit Nyman zusammenstieß.«

»Vier Mann. Ich habe das Interesse Francos an Elisa eindeutig unterschätzt«, gab Thynor gepresst zu. »Das wird nicht wieder passieren.«

»Was wollen die Typen bloß von ihr?«

»Das wissen wir immer noch nicht. Elisa selbst? Oder eine Information von ihr? Jedenfalls kommen sie ihr nicht noch einmal so nahe. Sie bleibt bis auf Weiteres hier bei uns unten.«

»Und wer ist dieser Mensch, der sie beschützt hat?«, wollte Jari wissen.

Thynor hob kurz die Schultern. »Er heißt Rainar Wank und ist der Wachmann auf dem Anwesen, zu dem Elisas Haus gehört. Offiziell ist er Hausmeister und Gärtner; aber er hat sich selbst den Schutz der Frauen dort auf die Fahnen geschrieben. In einem der Häuser leben Kinder, die aus asozialen Verhältnissen gerettet wurden; dieser Wank, eine Freundin von Elisa und eine weitere Frau sind für sie verantwortlich.«

»Er schien sich mit dem Beschützen gut auszukennen«, erinnerte sich Nyman, der einen kleinen Teil des Kampfes aus der Luft beobachtet hatte.

»Wank hat eine Spezialausbildung als Elitekämpfer. Nach seinen eigenen Angaben hat er sich vor Zeiten mal oben im Resort für den Sicherheitsdienst beworben. Luys, ich wollte dich sowieso bitten, alles über ihn herauszufinden, was es gibt. Ich glaube zwar nicht, dass er irgendetwas mit den Überfällen auf Elisa zu tun hat, aber wir dürfen uns keinen Fehler mehr erlauben. Außerdem hat er uns fliegen gesehen. Da müssen wir sowieso noch entscheiden, was wir mit ihm anstellen.«

»Ich fange gleich an, sobald wir hier fertig sind«, versprach Luys.

»Und wir müssen sämtlichen Schriftverkehr von Elisa analysieren. Wir haben der Einfachheit halber alles aus ihrem Haus mitgebracht, was sie an Papier aufgehoben hatte. Machst du das mit ihr zusammen, Luys?«

»Sicher. Ich freu mich schon drauf.«

»Gut, dann bringe ich sie nachher zu dir. Jari, du siehst, was du zu den Bralur herausfinden kannst. Wer sind die drei Toten? Und wer ist ihr überlebender Kumpan? Wenn er aus der Betäubung erwacht, werden wir ihn verhören, doch je mehr wir vorher schon wissen, desto besser.«

Jari nickte.

»Wer redet mit der Polizei?«

»Das erledige ich selbst; kurz gemeldet habe ich mich dort schon«, erklärte Thynor. »Die Legende wird lauten, dass Elisa einen alten Schulkameraden für mich ausfindig machen sollte und ich bei ihr war, um den Auftrag zu bereden. Dann ist jemand aufgetaucht und wollte sie oder mich überfallen – darüber soll sich die Polizei den Kopf zerbrechen –, der Wank kam uns zu Hilfe und wir haben uns verteidigt. Die Angreifer sind geflohen. Ich habe Elisa dann mit zu mir ins Hotel genommen und den Mann in eine Privatklinik bringen lassen ... Alvar, ich will, dass du dich ab sofort auf dem Anwesen aufhältst, ganz offiziell als Beauftragter aus meinem privaten Sicherheitsteam, bis Wank wieder übernehmen kann. Die Bralur werden bestimmt nicht lockerlassen und erneut dort auftauchen. Sie suchen Elisa und durchforsten infolgedessen die Gegend. Den Heimbewohnern darf nichts geschehen. Außerdem kannst du so der Polizei ein wenig auf die Finger schauen. Morgen früh erstattest du mir hier auf dem Schiff ausführlich Bericht; Boris wird dich währenddessen vertreten.«

»Geht klar.«

Thynor nickte Alvar zu. »Wir beide fahren gemeinsam nach Ringstadt; du kannst schon mal mit Packen loslegen.« Der Einsatz von Analyse- und Überwachungstechnik der Jäger würde den Schutz des Anwesens erheblich vereinfachen. »Ich hole nur Elisa her, damit sie und Luys anfangen können, zu arbeiten.« Dann drehte er sich zu Damyan und Marko. »Ihr beide schreibt eure Berichte und ruht euch dann etwas aus«, wies er an. »Wir müssen jetzt alle in Bestform sein, denn ich habe das Gefühl, der Kampf hat gerade erst begonnen.«

## ◇ 24 ◇

Thynors Armreifen hatte ihm signalisiert, dass Elisa gleich aufwachen würde. Er beeilte sich, zurück in seine Räume zu kommen um bei ihr zu sein, wenn sie ihre Augen aufschlug. Er war süchtig nach dem Blick in dieses magische Blau. Er hockte sich auf die Bettkante und wartete mit angehaltenem Atem und als Elisa ihn einen Moment später verschlafen anlächelte, hüpfte sein Herz vor Freude, bevor es wieder normal arbeitete. »Na, wie fühlst du dich?«

»Ich habe nichts an.«

Thynor tat, als müsse er diese Feststellung überprüfen, und lüpfte den Zipfel der Bettdecke. »Stimmt. Das ist zwar gewissermaßen keine Antwort auf meine Frage, liegt aber sicher daran, dass ich dich nicht im Bademantel ins Bett legen wollte. Nackt gefällst du mir hier eben besser.« Eigentlich hatte er sie entkleidet, um ihren gereinigten Körper genauestens nach Verletzungen absuchen zu können. Bis auf eine kleine Schramme am Arm und einigen blauen Flecken hatte er nichts gefunden und so konnte er sie beruhigt schlafen lassen, nicht ohne bei Layos eine neue Ration des zhanyrianischen Heilungsmittels zu ordern. »Setz dich auf und trink das hier«, hielt er ihr das Glas hin und stützte sie leicht.

Elisa erkannte an der gelben Farbe und am frischen, fruchtigen Geruch, was er ihr gab und gehorchte. Als sie ihm das Glas zurückgab, entdeckte sie am Fußende ihres Bettes ein paar Kleidungsstücke. Wieder zarte, weiße Spitzenunterwäsche, Söckchen, eine Jeans und eine weich fallende Bluse.

Elisa sah ihn scheu an und freute sich. »Thynor! Danke. Woher weißt du nur so genau, was mir gefällt?«

»Oh, das weiß ich, weil ich mich in deinem Haus umgesehen habe, schon vergessen? Bei so was bin ich äußerst gründlich. Ich habe dort ein, zwei süße Geheimnisse entdeckt.«

»Dann sei dir dein Einbruch hiermit verziehen. Ich werde mich gleich anziehen. Die Sachen sind zauberhaft!« Elisa lächelte ihm in der Erwartung, er ließe sie aus dem Bett klettern, zu, und schlug unbefangen die Bettdecke zurück.

»Darf ich dir zusehen?« Thynors Stimme klang etwas belegt. Sie hockte nackt vor ihm, in seinem Bett. Alles in ihm füllte sich mit Blut. Doch er hatte anderes zu tun, als Elisa jetzt zu verführen. Seufzend stand er auf und ging in Richtung Wohnzimmertür.

»Beim Anziehen? Gewiss.« Die Vorstellung bereitete ihr Freude. Dann griff sie das Höschen, zog es über die Hüften und legte den BH an. Ein Blick zu Thynor zeigte ihr, dass er regungslos am Türrahmen stand, seine Augen jedoch brannten.

Fasziniert nahm Thynor jede ihrer weiblichen Bewegungen auf. »Du hast wahrscheinlich nicht die geringste Vorstellung, wie wunderschön du bist.« Das war keine Frage, sondern nur eine verblüffte Feststellung. Er musste weg, bevor er die Kontrolle über seinen Körper verlor. Schweren Herzens trat Thynor ungelenk den Rückzug an. »Mach dich in Ruhe fertig, Liebes, und dann komm her.« Er zeigte hinter sich ins Wohnzimmer.

Als sie wenig später zu ihm trat, goss er für sich ein Glas Wasser ein. Nach ein paar Schlucken, begann er zu sprechen: »So sehr ich es auch bedaure, dich in den nächsten Stunden allein lassen zu müssen - aber es geht nicht anders. Einer meiner Männer wird dich dabei unterstützen, nach Spuren in deinen Unterlagen zu suchen. Ich fahre mit Alvar zurück in dein Haus und wir regeln das Nötigste mit der Polizei.« Er erklärte ihr die abgesprochene Legende zu den Ereignissen.

»Die Geschichte gefällt mir. Es wird nur nicht allzu viel bei den polizeilichen Ermittlungen herauskommen, fürchte ich.« Elisa lächelte anerkennend.

»Eher nicht. Sicher werden sie auch noch mit dir reden wollen, doch dafür kann die Polizei morgen ins Hotel kommen. Wir empfangen sie gemeinsam in meiner Suite.«

»Wir beide? Zusammen?« Elisa war mehr als überrascht. »Sie werden denken, wir sind ein Paar.«

»Ja. Und?«

Thynor sah sie abermals besitzergreifend an, dass Elisa schon eine gereizte Bemerkung machen wollte, doch dann entdeckte sie ein verstecktes Flehen in seinen Augen, eine Sehnsucht, als würde sie ihn wie eine Laus zerquetschen können, wenn sie dies infrage stellte: Thynor und Elisa, ein Paar. Und so war es auch. Nie und nimmer würde sie es schaffen, diesem ungeheuren Verlangen in seinem Blick zu widerstehen, ihm zu verwehren, was er sich so sehr wünschte.

»Ich meine, werden sich die Leute nicht wundern, dass ein Mann wie du eine Frau wie mich, nun ... zur Freundin hat?«

»Zur Frau«, verbesserte er sie ernsthaft. »Und was soll das überhaupt heißen, eine Frau wie dich?«

»Thynor! Du bist reich, berühmt und atemberaubend attraktiv. Ich bin dagegen ein Niemand. Sie werden denken, ich bin nur dein dummes Sexhäschen.«

Thynor, der zufrieden feststellte, dass Elisa nicht wieder ihre vermeintlichen Defizite ins Feld führte, sondern stattdessen um ihre Reputation besorgt war, grinste vorsichtig.

»Fang ja nicht an zu lachen!«, warnte sie ihn, bevor sie weiter ausführte: »Wo hat er die denn aufgegabelt? Was will er denn mit der? Die muss ja saugut im Bett sein.« Elisa wurde knallrot. »Genau das werden die Leute denken.«

»Lass sie doch vermuten, was sie wollen! Ich ignoriere solchen Unsinn andauernd. Oder denkst du, mich interessiert der Boulevard?«

Leise und dennoch entschlossen sagte Elisa: »Ich will das aber nicht. Ich bin das nicht gewöhnt. Ich gehöre nicht zur Prominenz.« Sie schüttelte abwehrend den Kopf. Ihr wurde regelrecht schlecht bei dem Gedanken, Gegenstand öffentlichen Interesses zu sein.

Thynor zog sie an sich und küsste sie aufs Haar. Er würde es nicht verhindern können, dass Elisas Privatleben, sobald ihre Beziehung zu ihm publik wurde, von größtem Interesse für die Paparazzi und ihre Verbündeten, die tratschsüchtigen TV-Sendungen und Sozial-Plattformen sein würden. Er konnte natürlich versuchen, die ganze Bagage fernzuhalten und Elisa nicht ohne triftigen Grund öffentlichen Auftritten und geschäftlichen Begegnungen auszusetzen, doch völlig vermeiden ließe sich das nicht. Das Leben als Hoteltycoon war seine Fassade, seine lebensnotwendige, unverhandelbare Tarnung. Außerdem war er als Thynor Weyler einer der reichsten und zugleich begehrtesten Männer auf Lanor; bereits zweimal war er zum *sexiest man alive* gewählt worden. Pah! Er konkurrierte dabei mit einem anderen verdammten Zhanyr, und jedes Mal zogen sie einander damit über Monate auf. Die Leute der Designabteilung hängten sich die Titelblätter wie Urkunden in die Gänge vor ihre Labore. Er war als Junggeselle schon für jede Art von Publicity begehrt, und eine attraktive unbekannte Frau an seiner Seite würde das Interesse in ungeahnte Sphären katapultieren. Es würde auf keinen Fall leicht für Elisa werden, diesen neuen Aspekt ihres Lebens zu akzeptieren. »Du hast recht, es tut mir leid. Ich war mal wieder überheblich. Entschuldige bitte. Liebstes, trotzdem, es darf dir völlig egal sein, was die Leute denken. Man hat sowieso wenig Einfluss auf Dummheit und Neid. Glaub mir, ich verfüge über langjährige Erfahrungen auf dem Gebiet menschlicher Untugenden. Davon dürfen wir uns nicht unser Leben vergällen lassen. Wir werden eine Lösung dafür finden. Und außerdem kapiert jeder schnell, dass du nicht mein dummes Betthäschen bist.«

»Wie denn?« Elisa klang unsicher.

Thynor nahm ihr Gesicht in die Hände und hielt es sanft fest. »Nun, zum einen bin ich trotz aller bestehenden Klischees nicht für flüchtige erotische Abenteuer bekannt. Mir lag noch nie an oberflächlichen Beziehungen. Meine Affären, die an die Öffentlichkeit gelangten, hatte ich mit Frauen, die sich meist mehr davon versprachen. Zugegeben, ich fühlte mich auch in deren Nähe wohl. Elisa, damit wirst du zurechtkommen müssen; ich hatte Frauen, nun ja, allerhand Frauen, bevor ich dich fand. Und nun bist du die Eine für mich. Eine andere wird es nie wieder geben. Hast du das verstanden?«

Elisa nickte. Einmal. Wie vielen dieser wohltuenden Affären würde sie notgedrungenermaßen begegnen?

Thynor lächelte sie über das ganze Gesicht an. »Zum anderen wird es ein jeder schnell kapieren, weil ich kein dummes Sexhäschen in meiner Suite beherbergen würde, mich nicht um ihr und ihrer Freunde Wohlergehen kümmern würde, und vor allem – weil ich das angebliche Sexhäschen der Polizei und jedem anderen Wesen auf diesem Planeten offiziell als meine zukünftige Frau vorstellen werde.«

Elisa blieb vor Überraschung der Mund offen stehen, was Thynor sofort ausnutzte, um sie zu küssen. Wie ein Verrückter, damit sie ja keine Gelegenheit zum Luftholen und Widersprechen haben würde – und weil es sich so richtig anfühlte, weil er genau das so dringend brauchte. Als sie ihn zurück küsste, seine Leidenschaft mit ihrem Mund erwiderte, drohten Thynors Emotionen, ihn erneut zu überwältigen. Elisas Körper reagierte wie gewünscht. Sein Herz schlug mit Pauken und Trompeten. Nun musste er sich noch ihrer Gefühle vergewissern. Er schob sie ein kleines Stück von sich weg und … Gut. Alles was er in ihren Augen sah, war gut.

»Ich will dir gerne alles geben, was du dir wünschst, alles sein, was du brauchst.« Sie küsste ihn noch einmal, wie, um ihre Worte zu besiegeln. »Aber geht das mit uns nicht viel zu schnell? Wir kennen uns doch kaum. Wie soll das denn mit dir und mir funktionieren?«

»Nun das ist nicht schwer«, schlug Thynor mit völlig ernster Miene vor, obwohl ihm der Schalk in den Augenwinkeln saß. »Da ich immer genau weiß, was gut und richtig ist, bestimme ich einfach, was wir tun und du folgst ganz brav. Dann gibt es keinerlei Probleme.«

Elisa musste trotz ihrer aufgewühlten Gefühle laut lachen. »Du brauchst dringend einen neuen Plan, das kann ich dir versichern.«

»Einen Versuch war es wert«, brachte Thynor an ihren Lippen hervor, bevor er sie mit seiner Zunge und einem zarten Biss neckte. »Allein, um dich so lachen zu hören.«

»Das ist vollkommen irreal. Vielleicht liegt es nur daran, dass ich mich immer noch etwas hilflos fühle und du so überwältigend bist. Oder an dieser Geschichte mit der Vermischung von Körperflüssigkeiten. Dann ist alles nur Chemie, nichts weiter.« Doch sie wusste, dass das nicht stimmte.

»Elisa, hör auf, Gründe dafür zu suchen, um nicht zugeben zu müssen, dass du mich ebenfalls willst. Bitte. Wir werden glücklich miteinander sein. Im Ernst, Liebstes. Wir sind ein Spiegelpaar, also wird es für jedes Problem auch eine Lösung geben.« Es verärgerte ihn, dass sie sich augenscheinlich nicht für würdig hielt, an seiner Seite zu leben. »Du kannst mich nicht im Stich lassen, jetzt, wo wir uns endlich gefunden haben.«

»Oh Thynor! Das habe ich bestimmt nicht vor. Ich will nicht von dir weg, falls du das denkst. Ich möchte nur nicht als dein schmückendes Beiwerk herumlaufen und ansonsten hier eingesperrt sein.«

»Das habe ich schon verstanden. Und ich nehme das ziemlich ernst. Wir werden gemeinsam nach einer Möglichkeit suchen müssen, mein Bedürfnis, dich immer um mich zu haben und vor allen Gefahren zu beschützen, mit deinem lächerlich unvernünftigen Drang nach Selbstständigkeit unter einen Hut zu bekommen.«

»Lächerlich unvernünftig?!« Elisa wollte sich schon wieder empören, da sah sie am verräterischen Zucken seiner Mundwinkel, dass Thynor sich kaum ein Lachen verkneifen konnte. »Du wagst es, mich auf den Arm zu nehmen? Das wirst du mir büßen!«, drohte sie.

»Immer bereit, Liebes.« Er grinste frech und küsste sie. »Aber es ist mein Ernst, wir müssen darüber reden, wie du als meine Frau sowohl sicher als auch frei leben kannst – und über vieles andere ebenfalls. Später. Jetzt sollten wir uns endlich an die Arbeit machen.«

»In Ordnung.«

»Ich lasse Alvar in der Villa für diesen Rainar Wank einspringen. Er passt so lange auf die Kinder und die beiden Frauen auf, bis Wank wieder fit ist. Das kann ein paar Wochen dauern. Wir wollen jetzt gleich los. Ich möchte dich bitten, in der Villa anzurufen und dieser Haushälterin –«

»Emma Wenzel.«

»– die Situation zu erklären und mich und Alvar anzukündigen. Halte dich einfach an unsere Story: Ich war als Kunde bei dir, wir wurden überfallen und Rainar wurde verletzt. Aus Dankbarkeit für seinen Einsatz finanziere ich ihm den Aufenthalt in einer Privatklinik und ich stelle einen Ersatzmann auf meine Kosten. Du wohnst einstweilen im Resort, denn dein Haus ist ja unbewohnbar geworden und außerdem als Tatort versiegelt.«

Elisa war mit allem einverstanden. »Wo ist dein Telefon? Ich rufe Emma sofort an. Ach, und Paula muss ich ebenfalls informieren. Wenn Polizei auf dem Gelände ist, macht sie sich sicher Sorgen.«

»Nimm dein Handy für die Anrufe. Ich habe hier unten kein Telefon mit Anschluss nach draußen.«

Elisa sah sich suchend nach ihrer Handtasche um.

»In meinem Arbeitszimmer«, wies Thynor auf eine Wand, in der schimmernd eine breite zweiflügelige Tür mit unregelmäßig facettierten Glasfenstern erschien. Die geschliffenen Kreise und Linien stellten Vaja-61 dar und funkelten im gebrochenen Licht der Schreibtischlampe. »Du kannst dich für deine Recherchen gern dort einrichten.«

Neugierig und mit freudigem Herzklopfen darüber, dass Thynor wie selbstverständlich davon ausging, dass sie auch weiter als Ahnenforscherin arbeiten würde, ging Elisa in den Raum, der zwar nicht die Dimensionen von seinem Wohn- und Schlafzimmer hatte, es aber durchaus mit einem eleganten Vorstandsbüro eines Weltkonzerns aufnehmen konnte.

Während sie telefonierte, kündigte Thynor ihr baldiges Erscheinen bei Luys an. Doch es zog sich, denn er hörte, wie Elisa der Haushälterin vom Überfall berichtete, ihr mehrfach versicherte, dass es ihr gut gehe und sie alles hätte, was sie benötigte. Ja, soviel sie wüsste, sei Rainars Zustand stabil und er sei schon auf dem Weg der Besserung. Paula würde sie auch gleich noch anrufen. Dann kündigte Elisa an, morgen gerne im Heim vorbeizukommen, damit Emma sich selber davon überzeugen konnte, dass ihr nichts geschehen sei. Thynor fluchte lautlos. Was sollte er noch alles unternehmen, um Elisa die große Gefahr, in der sie schwebte, zu verdeutlichen, ohne sie gleich wieder völlig zu verängstigen? Zähneknirschend plante er schon mal ein, morgen mit ihr einen Abstecher in diese Villa zu organisieren.

Als Elisa in den Wohnraum zurückkehrte, reichte er ihr eine dünne Strickjacke. »Ich bringe dich jetzt zu Luys, er ist für uns das, was Menschen einen Computerexperten nennen, wobei er vor allem auf unsere eigene Technologie hier im Schiff zurückgreift. Keine Angst, er benutzt auch heutzutage übliche Schnittstellen und nutzt die Datenquellen der Menschen. Er arbeitet in der Kommandozentrale. Sie ist immer besetzt und unser Kommunikationsmittelpunkt. Den Weg dorthin findest du von der großen Halle aus, wenn du einfach den Treppen folgst; ich habe sie extra für dich angelegt, da ich denke, so bald wirst du das Fliegen nicht beherrschen«, erklärte er augenzwinkernd. »Wenn du möchtest, baue ich dir einen Fahrstuhl ein.« Sie sollte sich auf seinem Schiff von nichts ausgesperrt fühlen. »Ich habe deine Unterlagen bereits hinbringen lassen, damit ihr gleich mit der Auswertung anfangen könnt ... In der Kommandozentrale ist es vielleicht etwas zu kühl für dich, also bitte, schlüpf in diese Jacke.«

Elisa ließ sich gern in die weiche Hülle helfen. »Was noch?« Sie hatte den Eindruck, Thynor wollte noch etwas sagen. Es sah ihm gar nicht ähnlich, so herumzudrucksen.

»Nun, Luys ist derjenige, der deinen Computer ausgewertet hat, als wir dich anfangs in Verdacht hatten. Infolgedessen weiß er alles über dich, was dort zu finden war.« Jetzt war es raus.

»Oh. Dann kann ich nur hoffen, dass er diskret ist.«

»Auf jeden Fall. Er hat bisher nur mich über die Inhalte informiert.«

»Über alles?«

Was sollte Thynor sagen? »Alles, was für unsere Ermittlungen nötig war. Deine Außenkontakte, dein Vermögensstatus, deine Einkäufe. Solche Sachen eben.« Die komplette Wiederherstellung der bereits von ihr gelöschten Daten, besonders zu ihren so genannten Liebhabern, erwähnte er besser nicht.

Elisa zog die Jacke eng um sich und hielt die Arme dicht am Körper. Sie war erschüttert, als ihr nach und nach klar wurde, was Thynor und ein vollkommen Fremder alles über sie wissen könnten. Betreten bekannte sie: »Das ist kein schönes Gefühl. Es gibt viele Dinge, die ich gern für mich behalte. Das nennt man Privatsphäre. Ich möchte nicht, dass andere davon erfahren.«

»Das ist mir bewusst. Ich wollte es dir trotzdem sagen. Und Luys hat auf meinen Befehl hin gehandelt. Ich bin sein Kommandant. Du darfst ihm das nicht vorwerfen.«

»Das habe ich nicht vor. Ich mache auch dir keine Vorhaltungen. Ich bin trotzdem verletzt. Es ist mir peinlich. Vielleicht verschwindet dieses Gefühl ja irgendwann wieder … Los, bring mich zu Luys.«

## ◇ 25 ◇

Elisa hatte nicht mit so einem Koloss von Mann gerechnet. In ihrer Welt waren Computerexperten weit weniger stattlich. Luys sah attraktiv aus, obwohl er deutlich sichtbare Narben auf der Stirn und am Kiefer hatte.

Thynor hielt Elisa an der Hand und stellte sie vor.

Sie sah sofort, dass Luys, obwohl ihm die Beine fehlten, versuchte, ihr entgegenzukommen. »Bleiben Sie sitzen, bitte«, wandte sie rücksichtsvoll ein.

Doch Luys stand, besser schwebte, bereits vor ihr und meinte galant, eine Verbeugung andeutend: »Nicht, wenn das interessanteste Wesen dieses Planeten vor mir steht. Auf keinen Fall. Ich freue mich sehr, dich persönlich kennenzulernen, Elisa.« Er hielt höflich einen kleinen Abstand zu ihr und versuchte auch nicht, sie mit einem Handschlag zu begrüßen. Thynor würde womöglich keinerlei Verständnis dafür aufbringen, wenn jemand seine Spiegelfrau unnötig berührte. »Durch meine Verletzung bin ich derzeit nicht für den Außeneinsatz geeignet, habe also notgedrungen Dauerdienst hier in der Kommandozentrale.« Er machte eine ausholende Geste durch den riesigen Raum. »Da es für diesen Posten im Moment keinen Ersatzmann gibt, müssen wir beide hier an deinen Unterlagen arbeiten. Setz dich am besten auf den Platz neben mir, dann können wir gleich anfangen und alles besprechen.

Deinen Computer habe ich schon hochgefahren und mit unserem Netz verbunden.«

Elisa, die kaum Zeit fand, die beeindruckende technische Ausstattung um sie herum zu bestaunen, gefiel diese Begrüßung. Luys schien nett zu sein, er behandelte sie mit Respekt und verschwendete keine Zeit auf nichtige Bemerkungen. Außerdem war er so rücksichtsvoll, absolut nicht erkennen zu lassen, dass er sie beziehungsweise ihre Daten in- und auswendig kannte. »Ich kann es kaum erwarten, mit den Analysen zu beginnen.« Sie nahm auf dem angebotenen Stuhl Platz und wandte sich ihm zu. »Womit wollen wir starten?«

Thynor bedachte Luys hinter Elisas Rücken noch mit einem mehr als eindringlichen Blick. »Ich vertraue sie deinem Schutz an, während ich mit Alvar unterwegs bin.«

»Kommandant, dieser Tatsache bin ich mir bewusst. Und ich weiß, was ich uns allen schuldig bin. Vertrau mir. Deiner Frau wird in meiner Obhut nichts geschehen. Das schwöre ich.« Er neigte den Kopf.

Die Stimme, der nahezu ehrfürchtige Tonfall, in dem Luys diesen Schwur leistete, und die beteuernde Geste ließen Elisa erschauern. Zum ersten Mal spürte sie bewegt, dass nicht nur Thynor in ihr etwas Einzigartiges sah, sondern dass auch seine Crew zu allem bereit war, um sie zu beschützen. Sie erkannte, dass Thynor für diese Männer mehr war als bloß ihr Kommandant. Schon der Arzt hatte ihn so respektvoll behandelt, und nun zeigte auch Luys, dass sie ihn bedingungslos als ihren Anführer achteten.

Thynor nahm den Schwur wie selbstverständlich entgegen, bevor er sich zu ihr beugte, kurz ihren Armreif überprüfte und sie zum Abschied auf die Wange küsste. »Du weißt, wie du mich erreichst. Viel Erfolg bei eurer Suche.«

Kaum hatte Thynor den Raum verlassen, lächelte Luys Elisa freundlich an. »Könnten wir vielleicht damit beginnen, dass du mich duzt und aufhörst, mich so besorgt anzusehen? All deine Geheimnisse sind bei mir bestens aufgehoben. Und ich versichere dir, dass ich durch das, was ich von dir erfahren habe, mehr als nur neidisch bin, dass Thynor der Auserwählte ist, der das Glück hat, sein Leben mit dir zu verbringen. Ich ziehe den Hut davor, wie du arbeitest und es wäre mir eine Ehre, mit dir zusammen diesen Widerlingen auf die Spur zu kommen. Ich beginne vielleicht damit, dass ich dir erkläre, wie unser System funktioniert. Einverstanden?«

Die Anerkennung in Luys Worten überraschte Elisa und sie wurde ein wenig verlegen. »Gut. Ja«, stimmte sie zu.

»Unser Sicherheitssystem für Daten ist im Grunde genommen unknackbar, erst recht für Menschen. Nichts für ungut, aber da niemand von denen weiß, dass es uns gibt, versuchen sie selbstredend auch nicht, an das System heranzukommen. Außerdem waren wir restlos überzeugt, sie sind zu einem Angriff gar nicht in der Lage, da sie unsere Technologie dafür bräuchten. Allein die Datenverschlüsselung ist so hoch, dass die Menschen mit all ihrer Technik Millionen Jahre rechnen müssten, nur um einen einzigen Satz zu decodieren. Daher hatten wir bisher lediglich die untauglichen Eindringversuche der Bralur zu registrieren. Um so geschockter waren wir nun, als wir vorgestern Nacht feststellten, dass es sowohl den Lebensräubern erstmals gelungen war, einzudringen, als auch die Tatsache zu akzeptieren, dass ein Mensch daran beteiligt war.«

»Mit Mensch bin ich gemeint?«

»Ja.«

»Hast du rausgefunden, wie diese Bralur reingekommen sind?«

Luys nickte. »Wir entwickeln gerade eine kleine Falle für sie.«

»Und was habe ich eurer Meinung nach getan, um das System zu gefährden?«

»Tja, genau das ist das Problem. Wir wissen es nicht. Ich möchte dich deswegen bitten, deine Arbeitsschritte an diesem Abend ganz detailliert mit mir durchzugehen. Jeden einzelnen nachzuvollziehen. Ich hoffe, dabei fällt mir etwas auf.«

Elisa überlegte gründlich. »Ich habe auf jeden Fall online recherchiert. Oder ich war in meinen eigenen Datenbanken unterwegs. Das müsstest du alles schon wissen. Aber ich benutzte auch ein Ortslexikon und habe in einem historischen Adressbuch nachgeschlagen.«

»Zeig's mir einfach. Bitte.«

Elisa wandte sich dem Monitor ihres iMacs zu und öffnete dann ein Dateienverzeichnis. Augenblicklich wurde der Bildschirm auf einer der großen Monitorfolien in der Kommandozentrale sichtbar. Als sie dann ihr E-Mail-Programm öffnete, erschienen die Daten auf einer weiteren Folie daneben. Inzwischen waren neue Anfragen, ein paar Newsletter und diverse Spams per E-Mail eingegangen, aber die vernachlässigte Elisa zunächst. Jetzt benötigte sie nur noch einen Internetbrowser – eine dritte Monitorfolie erschien vor ihr und zeigte die Eingabemaske – und es konnte losgehen. Die parallele Darstellung der Daten auf den diversen großformatigen Screens gefiel ihr. Als sie dann sah, wie aus den einzelnen Monitorfolien eine große zusammenwuchs, war sie begeistert. »Toll! Wie steuert man das?«

»Nimm einen Finger statt der Maus, wenn du etwas machen willst, auch zwischen den verschiedenen Ansichten; du kannst aber auch bloß sagen, was passieren soll. Ich habe deine Stimme schon ins System integriert«, erklärte ihr Luys die Datennavigation, während er weitere Folien in der Luft aneinanderschob und mit einem Befehl zu einem breiten Band zusammensetzte. »Wir können das um jede Größe erweitern, Elisa, sag einfach, was du brauchst.«

Sie stand auf und stellte sich, gespannt ob es auch bei ihr funktionieren würde, vor das hauchdünne, fragil aussehende Folienband. »Pass auf. Das hier war meine erste Recherche.« Vorsichtig tippte sie die entsprechende E-Mail an und der Text der Anfrage erschien. Sie ließ Luys einem Moment Zeit zum Lesen. Währenddessen glühten die Buchstaben der Nachricht kurz auf und sortierten sich für eine Sekunde in ein völliges Durcheinander um, bevor alles wieder wie zuvor aussah. Dazu sang Luys kurz irgendetwas. Er zwinkerte der verblüfften Elisa zu und meinte: »Komplett strukturiert und abgespeichert.«

»Hm.« Ich stehe hier in einem Alienraumschiff und erkläre einem Außerirdischen meine Arbeit. Was für ein Moment!, dachte sich Elisa und hoffte, diese außergewöhnlichen Umstände weiter erfolgreich verdrängen zu können, damit sie in der Lage sein würde, Thynors Erwartungen zu entsprechen. Sie wollte ihm so gern helfen! »Also weiter. Jemand sucht mit meiner Hilfe seine Verwandten, deren Vorfahr irgendwann in der zweiten Hälfte des 19. Jahrhunderts aus Deutschland nach Amerika ausgewandert sein soll. Er hat den Namen eines Mannes – Carl Georg Adam –, einen

Wohnort, ein unsicheres Todesdatum und die Vermutung, dieser Mann sei mit seiner gesamten Familie losgezogen. Es kommt gar nicht so selten vor, dass nach Emigranten in die Neue Welt gesucht wird. Die meisten der Menschen wollten damals Hunger und Armut entgehen. Sie flohen vor politischer oder ethnischer Verfolgung, drohenden Kriegen oder sie folgten dem Ruf des Goldes. Aus Deutschland emigrierten die Leute vor allem über die großen Nordseehäfen, Bremen oder Hamburg, denn damals gab es nur eine Möglichkeit, nach Amerika zu kommen: mit dem Schiff. Natürlich kann der Mann von einem der kleineren Häfen oder aus einem anderen Land abgereist sein, aber das ist dann der nächste Schritt. Der naheliegendste Weg ist die Überprüfung der Passagierlisten. Die findet man inzwischen im Internet. Leider sind sie nach so vielen Jahren nicht mehr komplett überliefert – das ist bei historischen Dokumentensammlungen sowieso eher selten –, aber in den allermeisten Fällen hilft eine Recherche hier bereits enorm weiter. Dann gibt es noch eine brauchbare Website der Forschungsstelle Auswanderer von der Universität in Oldenburg. Die bietet Informationen und Links, zum Beispiel auf Quellen des National Archives in den USA oder die Bremer Passagierlisten aus dem Archiv der Handelskammer Bremen. Ich allerdings fange immer mit Hamburg an, denn allein von dort sind von 1850 bis Anfang der Dreißiger Jahre des letzten Jahrhunderts rund fünf Millionen Leute abgereist.« Elisa befolgte den Hinweis von Luys und sagte betont deutlich: »Öffne www dot hamburger minus passagierlisten«, und tatsächlich erschien die Seite mit der Datenbank und den Digitalisaten. »Das Beste ist, dass es sich bei diesen Passagierlisten nicht um bloße Namenslisten handelt, sondern bis zu zwanzig Lebensdaten pro Person erfasst wurden. Siehst du, Luys? Man kann hier alles finden: Wohnorte, Geburtsort, Geburtsdatum, Verwandtschaftsverhältnisse zu Mitreisenden, Berufe … Jetzt ist ein wenig Geduld und Lesearbeit gefragt, und schon weißt du, wann wer wohin und mit welchem Schiff in die Neue Welt abgereist ist.«

Luys überprüfte parallel zu Elisas Erläuterungen in seinen Systemen, ob die von ihr erwähnten Seiten oder Datenbanken schon integriert waren. Nein. Er modulierte ein paar Töne, mit denen er das im Hintergrund erledigen ließ.

»Als Nächstes könnte man zum Beispiel – über das Internet – in dem Register von Ellis Island vor New York recherchieren, in dem die Neuankömmlinge aufgeführt sind. Die Immigranten hatten dort bei ihrer Ankunft ein entsprechendes Aufnahmeverfahren zu durchlaufen. Man bekommt auf diesem Weg neben den Angaben, ob der Gesuchte die Überfahrt überhaupt lebend überstanden hat, gleichzeitig die Information zur Reisedauer. Ich drucke die bis dahin gewonnenen Daten aus und schicke sie dann an meinen Auftraggeber, mit der Nachfrage, ob und wie ich weitermachen soll. Die nächsten Schritte kosten dann nämlich langsam richtig Geld. Bekäme man den ersten Wohnort der Auswanderer heraus, könnte man sich dann über die örtlichen Register zu Einwohnern, Geburten, Hochzeiten und so weiter mit viel Glück und Zeit lückenlos bis in die Gegenwart vorarbeiten. Und irgendwann, in ein paar Monaten, hätte man dann die gesuchten Verwandten ermittelt.«

Luys hörte nur zu.

»Ich nutze manchmal Spezialprogramme, die anzeigen, in welcher Gegend bestimmte Namen gehäuft vorkommen, welche Namensvarianten es gibt und was für sprachliche Besonderheiten aufgeführt sind. Prinzipiell sehe ich bei ancestry dot com nach – da bezahle ich sogar ein teures Abonnement –; die haben schon Millionen von Dokumenten digitalisiert und stellen sie im Netz zur Verfügung. Es gibt eigentlich allerhand aussichtsreiche Möglichkeiten, eine historische Person zu finden. Trotzdem ist es selten trivial – wie bei meiner konkreten Anfrage eben auch: Zu dem gesuchten Carl Georg Adam habe ich bei der ersten Recherche vorgestern Abend nichts gefunden, zumindest nicht mit der örtlichen Zuordnung, die mein Kunde in seiner E-Mail vermutete. Es kann gut sein, dass Georg der Rufname war und nicht Carl, dass Carl in diversen Dokumenten mit K geschrieben wurde, aber das finde ich schon noch raus. Ich brauche nur mehr Zeit.«

Diese ancestry-Website, das hatte Luys kurz überprüft, war bereits in dem gigantischen Informationssystem der Jäger integriert. Was die Datenbank wohl zu Carl Georg Adam hergab? »Lass es mich mal versuchen.« Er modulierte in Richtung des Folienbandes und musste nicht warten. Millisekunden später leuchteten ein paar Zeichen. »Kein Treffer.«

Elisa sah ihn mit großen Augen an. »Kann ich das auch? Ich meine, dem Monitor da etwas vorsingen und dann unmittelbar lesen, was die Fragerei so an Ergebnissen bringt? Das wäre enorm praktisch.«

Luys feixte. »Ich richte es nachher gleich für dich ein, Elisa. Willst du dafür unsere Sprache lernen? Oder soll ich es auf dein menschliches Vokabular einstellen?«

»Das war eure Sprache? Ihr singt? Sie klingt wunderschön ... Natürlich will ich sie lernen. Aber ich fürchte, das ist nicht ganz leicht und wird dauern, also wenn du das erst einmal unkompliziert für mich einrichten könntest?«

»Kein Problem. Das bekomme ich bis morgen hin.«

»Danke. Und du hast die ancestry-Datenbank hier drin. Welche noch?«

»Es wird einfacher sein, du gehst davon aus, dass die Informationen in unserem System sind, und nur wenn nicht, und du weißt genau, da müsste etwas sein, sagst du es mir und dann ergänzen wir das rasch.«

»So viele Daten habt ihr hier? Meine Güte!«

»Nun, wir haben gleich nach unserer Ankunft begonnen, sämtliches Material über das menschliche Wissen zu sammeln und aufzuarbeiten. Für die schriftliche Überlieferung ist das ziemlich aufwendig und wir sind noch lange nicht mit allem fertig, aber seit ihr die Computer habt, geht es auch für uns viel einfacher.«

Elisa war beeindruckt. »Wirklich toll. Lass uns nachsehen, was sich zu meinen anderen Recherchen von vorgestern so ergibt.«

Nach ein paar Stunden intensiver Arbeit, bei der sie Luys immer wieder ihre Suchstrategie erläuterte und beide dann versuchten, ihre Vorgehensweise so zu rekonstruieren, dass der Punkt erkennbar wurde, an dem sich das Alarmsystem der Jäger aktivierte, wurde Elisa müde. »Ob ich wohl etwas Wasser und einen Kaffee bekommen könnte? Geht das?«

»Oh, entschuldige bitte, ich habe nicht daran gedacht. Getränke sind überhaupt kein Problem. Möchtest du auch etwas essen?«

Elisa lehnte dankend ab. »Trinken reicht.« Neugierig sah sie sich um, wo und wie in dieser technisierten Umgebung wohl ein heißer Kaffee auftauchen würde.

Aber es gab keine Zauberei. Luys schwebte mit dem Hinweis, er sei gleich wieder da, los und kehrte nach zwei Minuten mit einem Glas Wasser und einem großen Becher duftenden Kaffees zurück.

Genießerisch inhalierte Elisa das Aroma. »Genau so liebe ich ihn. Danke. Du wolltest wohl keinen?«

»Während meiner körperlichen Regeneration verzichte ich auf menschliche Speisen oder Getränke. Bis die Beine wieder nachgewachsen sind, vertraue ich ausschließlich auf eine Nährlösung unserer medizinischen Abteilung«, erklärte Luys.

»Deine Beine wachsen wieder nach!? Das geht?« Unwillkürlich starrte Elisa dahin, wo die fehlenden Gliedmaßen sein müssten. »Wie denn?«

»Nun, bei uns Zhanyr funktioniert das eben; wie genau, könnten dir unsere Körperdesigner sicher besser erklären. Es dauert allerdings extrem lange. Meine Verletzung ist nun schon acht Monate her und ich hänge sicher noch zehn weitere hier fest. Manchmal geht mir das ziemlich auf die Nerven. Aber die Arbeit hier hätte ich so oder so am Hals, und irgendwann bin ich erneut ein vollständiger Mensch oder Jäger, wie du willst, und kann auch wieder in einen Außeneinsatz.«

»Du hast dich in einem Kampf so schwer verletzt? Stammen davon die Narben in deinem Gesicht?« Elisa war dermaßen von dem Phänomen der vollständigen Regeneration der Körper beeindruckt, dass ihr der Gedanke, ihre freimütigen Nachfragen könnten indiskret sein, gar nicht kam.

Luys seinerseits gefiel ihr unbefangener Umgang mit ihm und mit der fremden Technologie; sie versuchte erstaunlich tapfer, sich mit einer absolut unfassbaren Situation zurechtzufinden. Er würde ihr mit Vergnügen so viele Informationen geben, wie sie verstehen konnte. »Ja. Es passierte in Mali, in Nordafrika. Wir hatten mit einer hohen Wahrscheinlichkeit ermittelt, dass sich dort ein Bralurunterschlupf befand, und sind zu viert los. Irgendetwas hatten wir wohl übersehen, jedenfalls haben wir die Anzahl unserer Gegner erheblich unterschätzt und der ganze Einsatz wurde zum Fiasko.

Und ich kam mit diversen Verletzungen zurück.« Die üblen Wunden seines Kommandanten erwähnte er nicht. Thynor hatte sich sichtbare Narben stets von der Designabteilung entfernen lassen, um dem Image des gutaussehenden Hoteliers nicht zu schaden. Damyan und Marko hatten gerade erst nach Möglichkeiten gesucht, die damals gescheiterte Mission letztendlich doch noch zum Erfolg zu führen.

Elisa fragte interessiert: »Sind eure Einsätze immer so gefährlich?«

Luys hob unbestimmt die Schultern.

Der Gedanke, dass Thynor ständig in Lebensgefahr sein würde, wenn er als Jäger unterwegs war, drückte ihr schmerzhaft auf die Brust. »Wie findet ihr denn diese Bralur, um sie unschädlich zu machen?«

Luys modulierte rasch ein paar Befehle und auf einer der großen Monitorfolien an der Wand erschien eine detaillierte Karte von Europa. Eine andere zeigte live eine Satellitenaufnahme. »Wir werten die Datenbanken der Sicherheitsbehörden aller Länder aus und markieren die Schwerverbrechen – Morde, Entführungen, Raubüberfälle. Und das kommt dabei heraus«, wies er auf verschiedenfarbige Landkarten hin, die nach einem nächsten gesungenen Befehl auf dem unteren Monitor sichtbar wurden. »Das sind die Gebiete, in denen solche Verbrechen stattfinden – also quasi überall – aber je dunkler die Farben werden, desto häufiger ist dort was geschehen.« Er zoomte eine beliebige Stadt auf. »Meist passiert etwas in dicht besiedelten Gegenden, Großstädten oder Touristenzentren. Der Einfachheit halber nehmen wir erst einmal an, dass dabei Bralur beteiligt sind, prüfen das vor Ort, und eliminieren das Problem. Sollte es sich um menschliche Verbrecher handeln, warten wir, ob euer System sie erwischt, wenn nicht, nun, dann beseitigen wir auch die.«

Das hatte Thynor ihr auch schon erklärt. Elisa stand auf und stellte sich vor die Karten. »Beseitigen heißt töten, stimmt's?«

Luys nickte.

»Ihr seid also professionelle Killer.«

»Wenn du es so nennen willst.« Luys schwebte neben sie.

»Hm.« Elisa ließ offen, ob sie das Tätigkeitsfeld nun gut oder schlecht fand. Stattdessen zeigte sie auf die Karte. »Ziemlich erschreckend, finde ich.« Sie hatte allerdings kein unnötiges Mitleid mit den Schwerverbrechern, nein, sie war entsetzt, wie viele tiefdunkle farbige Markierungen allein in Mitteleuropa zu sehen waren.

»Die Angaben gleichen wir mit bestätigten Sichtungen von Bralur ab. Von einigen Gruppen haben wir auch den Standort ihrer Quartiere«, erklärte Luys weiter. »Pass auf, was passiert, wenn ich diese Daten hinzufüge.«

Elisa staunte. Überall auf der Karte erschienen Kreuze.

»Die grünen stehen für eine Sichtung, die schwarzen bedeuten, dass der Bralur vernichtet wurde.«

»Wie viele gibt es denn von denen?«

»Genau wissen wir das nicht.«

»Wieso nicht?« Das war für Elisa nicht einleuchtend. »Ihr seid mit tausend Mann hier gelandet und wisst nicht genau, wie viele noch übrig sind? Ihr solltet wirklich mal … nun … eine Volkszählung machen«, schlug sie ernsthaft vor und ging näher an die große Kartenfolie. »Wie wollt ihr denn sonst zuverlässig recherchieren? Es gibt euch Jäger und die Zivilisten, abzüglich der Kriegstoten oder bei Unfällen Umgekommenen und diese eliminierten Lebensräuber«, deutete Elisa auf die schwarzen Kreuze. »Bleibt da nicht ein übersichtlicher Rest noch existenter Bralur? Irgendwann müsstet ihr doch alle mal erwischt haben.«

Luys lächelte nachsichtig. »Im Prinzip hast du schon recht, doch leider lief es anders. Nach unserer Landung verteilten wir uns planmäßig auf alle Kontinente und die Gruppen haben dort selbstständig agiert. Wir haben nicht so etwas wie eine zentrale Registrierung oder so. Bald versuchten einige, auf eigene Faust nach einer Frau zu suchen oder sich als Krieger zu beweisen. Es gibt keinen Nachweis über diese Männer. Einige kamen um, von anderen hört man immer mal wieder etwas. Das speichere ich selbstverständlich ab. Von den meisten Zivilisten, die irgendwo leben, kennen wir natürlich die Aufenthaltsorte. Ich vergleiche ständig unsere alte Mannschaftsliste mit den bestätigten Sichtungen oder den Todesmeldungen. Das halte ich schon aktuell. Und eine Erkenntnis steht trotz der unzulänglichen Datenbasis fest: Wir werden immer weniger.« Dann wurde seine Stimme leiser und Luys sah sie inständig an: »Wir sterben aus, Elisa. Zumindest dachten wir das bis gestern. Und dann entdeckte Thynor dich.«

Elisa hielt seinem Blick stand. »Ich würde lügen, wenn ich sage, ich weiß, was das bedeutet, Luys. Wahrscheinlich kann das niemand wissen, nicht einmal ihr. Ich begreife überhaupt nicht, was mit mir geschieht. Aber eines kann ich euch versprechen: Ich werde Thynor helfen, mit allem, was ich kann, damit sich auch eure Träume von einer Spiegelfrau erfüllen.«

Sie konnte nicht verstehen, was Luys nun sagte, denn er sang kurz etwas in zhanyrianisch, doch sein Gesicht zeugte von absoluter Zufriedenheit. Dann lächelte er Elisa an und zog sie behutsam in eine freundschaftliche Umarmung. »Danke. Du bist die Richtige für ihn. Für uns. So viel steht fest.«


◇ **26** ◇


»Wenn ich nicht völlig deiner Meinung wäre, Luys, würde mich dieser Anblick ungemein verstimmen«, hörten sie Thynors leicht kratzige Stimme vom Eingang zur Kommandozentrale. Er stand da wie ein steingewordener Vorwurf. »Du kannst Elisa jetzt wieder loslassen.«

»Und wenn ich nicht schon längst gewusst hätte, Kommandant, dass du da hinten herumlungerst, hätte es mir nur halb so viel Spaß gemacht, sie in den Arm zu nehmen«, gab Luys alles andere als reumütig zurück und ließ Elisa mit einer kavaliersmäßigen Verbeugung los.

Sie drehte sich zu Thynor um. »Ich habe dich gar nicht kommen hören. Wie lange bist du schon da?«

»Lange genug, um zu sehen, wie ihr die Arme umeinander schlingt.« Seine Miene zeigte deutlich, dass diese Zurechtweisung nicht als Scherz gemeint war.

Das konnte nicht sein Ernst sein! »Aber ja. Ich bin bekannt dafür, mit jedem beliebigen Außerirdischen rumzumachen!« Elisa stemmte trotzig die Arme in die Seiten. »Auf diesem Planeten leben zweierlei Geschlechter – und zwar miteinander. Also gewöhn dich besser daran, dass ich andere Männer kenne und gelegentlich auch freundschaftlich umarme.«

»Nein.« Thynors Bemerkung kam eher geknurrt als gesprochen.

»Sehr wenige Männer«, schickte Elisa umsonst hinterher.

»Am heutigen Tage bereits zwei«, rechnete Thynor ihr vor. »Diesen Wank heute Vormittag und dann, gerade eben, diesen Computer-Nerd hier.«

Elisa verdrehte die Augen. »Das ist ein Zufall. Mehr Männer habe ich gar nicht gesehen.«

»Eben, eben, das macht es ja so pikant. Du umarmst einfach jeden, den du siehst!«

»Hör auf, dir über solchen Unsinn Sorgen zu machen. Bitte. Thynor, das ist absurd.« Bei diesen Worten ging sie die wenigen Schritte zu ihm, schlang die Arme um seinen Nacken, zog den Kopf zu sich herunter und gab ihm einen Kuss, der kaum als sittsam durchgehen würde, sollte jemand genauer hinsehen. Sie drückte ihren Körper eng an den seinen und fuhr mit den Händen zärtlich durch sein Haar.

Thynor war nicht in der Lage zu widerstehen, keine Sekunde lang. Seine Arme schlossen sich wie Stahlbänder um Elisas Körper und er küsste sie so innig zurück, dass sie nach Luft rang, als er sie wieder freigab.

Luys tat erfolglos so, als wäre er nicht anwesend, während sich die beiden voneinander lösten. Verflucht, sein Kommandant hatte wirklich das große Los gezogen! Ob alle menschlichen Spiegelfrauen ihre Männer so leicht um den kleinen Finger wickeln konnten? Er grinste und zitierte lautlos Layos' Omen: »Das wird interessant.« Dann räusperte er sich, wurde immer lauter und sagte: »Vielleicht erzählen wir dir einfach, wie weit wir bisher gekommen sind, Kommandant?«

Thynor nickte betreten und versuchte ein Lächeln: »Verzeiht mir bitte, alle beide. Ich hätte mich bemerkbar machen müssen, statt lautlos heranzuschweben. Aber euer Gespräch zu belauschen war zu faszinierend, um es zu unterbrechen.« Er küsste sie noch einmal, eher keusch, auf den Mund. »Ich habe gehört, was du zu unseren Träumen gesagt hast. Meine sind schon wahr geworden ... Ach, und deinen Vorschlag einer – wie sagtest du – Volkszählung finde ich ausgezeichnet. Luys, fang bei Gelegenheit an, das vorzubereiten. Wenn wir die aktuelle Krise bewältigt haben, können wir in dieses Projekt einsteigen.«

»Geht in Ordnung.«

»Nun, die ersten drei von den fünf relevanten Anfragen haben wir schon analysiert. Ohne allerdings eine Spur zu den Ursachen für den Alarm oder das Datenleck zu finden.« Elisa klang mehr als enttäuscht.

Luys wertete das anders: »Im Umkehrschluss bedeutet das, wir haben das Problem schon eingegrenzt. Wir können drei von fünf möglichen Ursachen sicher ausschließen. Das ist nicht schlecht, Elisa.«

Thynor stimmte ihm zu.

Luys erklärte ihm etwas ausführlicher, was sie unternommen hatten und wie sie weiter arbeiten wollten. »Morgen müssten wir die Lösung finden«, schloss er seinen Bericht.

Elisa ging zu ihrem Platz, trank den letzten Schluck ihres Kaffees und blätterte in ihren Aufzeichnungen. Dann fragte sie nachdenklich: »Was ist eigentlich mit dem Mann, der mich entführen wollte? Kennt ihr seinen Namen? Wo kommt er her? Ist er einer von den Lebensräubern?«

»Das musst du gar nicht wissen«, versuchte Thynor, sie vor diesem unerfreulichen Aspekt ihres neuen Lebens zu schützen. »Darum kümmere ich mich schon.«

Doch Elisa hatte nicht vor, sich ausschließen zu lassen: »Oh Thynor! Fang bitte nicht so an! Ich möchte alle Informationen zu diesem Überfall haben und nicht nur den Teil, der dir gefällt. Außerdem wollte dieser Typ mich nicht nur entführen, sondern eventuell sogar umbringen – da ist es doch wohl verständlich, dass ich etwas über ihn wissen will.«

Luys war postwendend mit einer brandaktuellen Nachricht beschäftigt und konnte trotzdem erneut ein verstecktes Grienen nicht unterdrücken. Sein Kommandant war Widerspruch nicht gewöhnt; es war außerordentlich unterhaltend, ihn dabei zu beobachten, wie er seiner bezaubernden Frau absolut selbstverständlich Dinge gestattete, die für jedes andere Lebewesen auf diesem Planeten zu äußerst unangenehmen Folgen geführt hätte.

Thynor fuhr sich unbehaglich über die Stirn und gab nach. Was blieb ihm auch übrig? Elisa stellte sich offenbar gern den Tatsachen, ob sie nun angenehm waren oder nicht. »Er heißt Henrik und lebt mit seiner Bande in Skandinavien, hoch oben im Norden von Norwegen. Du hast recht, er ist ein Bralur. Er war früher mit Alvar befreundet, doch im sechzehnten Jahrhundert wurde er abtrünnig und verschwand. Wir wissen nicht warum. Alvar wähnte ihn tot. Aber das war augenscheinlich ein Irrtum.«

Elisa dachte an den Moment, als sie Henrik zum ersten Mal gesehen hatte, wie er im Stadtpark auf das Café zugegangen war. Modisch gekleidet, eleganter Gang, ganz locker. »Er sah mit Sicherheit nicht gefährlicher aus als du oder jeder andere deiner Männer. Nur, wie er mich im Café so durchdringend gemustert hat, das war beunruhigend. Aber offensichtlich ist er ja kein wirklich schlimmer Verbrecher.«

»Wie kommst du denn darauf? Er wollte dich entführen!« Thynor verstand Elisas verharmlosende Einschätzung überhaupt nicht.

Auch Luys sah überrascht auf.

Elisa wies auf die große Folie neben seinem Arbeitsplatz. »Na, auf eurer Karte mit den relevanten Kapitalverbrechen ist im Norden von Norwegen weit und breit nicht das Geringste zu sehen, selbst wenn man den Radius etwas größer fasst.«

Thynor benötigte einen Augenblick, bis er Elisas Gedanken folgen konnte. Und dann sah er es: lediglich eine einzige farbige Markierung für einen Mord vor über hundert Jahren, keine Kreuze. Nichts. Er wusste, dass ihr etwas ganz Entscheidendes aufgefallen war. »Mann! Was stimmt hier nicht?«

Luys hatte es auch erkannt. Schnell aktualisierte er die Daten, doch die Folie zeigte danach nichts anderes; Nordnorwegen blieb weiß, unschuldig wie der Schnee nördlich des Polarkreises. »Deine

Frau hat recht: Falls unsere Informationen über Henriks Aufenthaltsgebiet exakt sind, hat es dort in den letzten Jahrhunderten keine nennenswerten Verbrechen oder gar Bralursichtungen gegeben.«

»Zum Teufel«, brachte Thynor hervor. »Gleich morgen wird Alvar noch einmal mit Henrik reden müssen. Das war ohnehin fällig. Luys, ich brauche bis dahin alles, was du über ihn und Norwegen herausfinden kannst. Woher haben wir überhaupt die Informationen über seinen Schlupfwinkel? Die können ja wohl kaum stimmen. Haben die Bralur durch das Datenleck was gelöscht?«

»Nein. Das habe ich schon geprüft. Alles ist sauber.« Luys modulierte einige Befehle und teilte Thynor über die Schulter mit: »Ich suche nach einer Erklärung. Ich schick dir, was ich finde, sofort zu.«

»Alvar benötigt die Infos ebenfalls. Er ist heute über Nacht in der Villa und wacht bei den Kindern. Morgen früh kommt er zu mir ins Schiff und wir können alles Weitere bereden. Bis dahin, nun, ich werde Elisa jetzt mitnehmen. Sie hat genug für einen Tag erlebt. Und im Gegensatz zu einem unsterblichen Zhanyr wie dir, Luys, muss sich eine junge Menschenfrau hin und wieder erholen.«

»Klopf auf Holz«, murmelte Luys vor sich hin. Das mit der Unsterblichkeit musste sich erst noch herausstellen.

## ◊ 27 ◊

Thynor hatte Elisa auf die Arme genommen und schwebte zu seiner Wohnung.

»Ich kann durchaus auf meinen Beinen laufen«, protestierte sie schwach, denn es fühlte sich himmlisch an, so geborgen an seinem Körper zu liegen, eingehüllt in Thynors männlichen Geruch und eng an seiner warmen Haut, den Kopf auf seiner Schulter. »So viel Kraft kann ich gerade noch aufbringen. Wenn uns jemand sieht ...«

»Hier ist niemand außer uns. Und deine Kraft heben wir uns besser auf«, murmelte Thynor verführerisch in ihr Haar. »In dieser Nacht wirst du sie brauchen.«

Elisa sah zu ihm auf und in ihren Augen blitzten übermütige Fünkchen. »Das klingt aber nicht nach Erholung für die junge Menschenfrau«, neckte sie ihn.

»Ich gehe auch nicht davon aus, dass Luys mir das abgekauft hat«, meinte Thynor, scheinbar gelassen. »Aber ich konnte ihm ja schlecht sagen, dass ich dich wie wahnsinnig begehre, wie alles in mir nach dir schreit! Elisa, ich sterbe, wenn ich dich jetzt nicht haben kann.«

»Nun, diesem Schicksal werde ich dich nicht ausliefern. Auf keinen Fall«, hauchte sie und presste sinnliche Küsse auf seinen Hals. Dann leckte sie mit der Zungenspitze eine Spur zum Ohrläppchen und biss sanft zu. Sie wollte diesen Mann mindestens genauso sehr, wie er sie. Die Haut schmeckte leicht metallisch, mit einer Spur Salz, und sein Geruch war schlichtweg betörend. Sie atmete tief ein und wisperte: »Erholen kann ich mich später.«

Ihr leises Lachen war eine einzige Einladung. Warum sollte er sich sträuben? »Verdammt«, stöhnte Thynor auf und war froh, bei seinen Räumen angekommen zu sein. »Wie soll ein Mann das aushalten?« Er dachte die Tür in die Wand und trat ein.

»Gar nicht.« Elisa lockte Thynor weiter, indem sie ihre Küsse noch intensiver setzte, mit ihrer warmen Zunge über seine Haut glitt und dann leicht darüber pustete. Ihr gefiel das Spiel.

Verzehrende Hitze durchströmte Thynors Körper und sammelte sich zwischen in den Lenden. Es war lächerlich, doch er war seltsam befangen. Er wollte es dieses Mal richtig machen. Ihr erstes Mal musste perfekt werden. Und er wünschte sich, dass es nicht so schnell vorbei sein würde. Beide sollten es genießen und am liebsten wäre es ihm gewesen, wenn sie nie mehr damit aufhörten. »Wir fangen mit einem Bad an. Einverstanden?« Seine Stimme war die reinste Verführung, samtig, tief.

Elisa überließ ihm gern die Initiative. Sie war so erregt, stand so in Flammen, dass sie zwar etwas stutzte, als er auf einmal das

Tempo herausnahm, doch gegen ein heißes, herrlich duftendes Bad würde sie bestimmt keine Einwände erheben. »Wo wir nun schon mal hier sind«, kommentierte sie amüsiert Thynors Vorschlag, da sie sich bereits im Badezimmer wiederfand.

Er brummte etwas Unverständliches und setzte sie auf der Marmorbank ab. Dann ließ er Wasser in die große Wanne ein, gab eine Spur von einem exquisiten Badezusatz dazu und begann wortlos, Elisa auszuziehen. Er kniete sich vor sie und fing mit den Schuhen und den Söckchen an. »Steh auf.« Er öffnete die Knöpfe der Jeans und zog sie ihr mitsamt ihrem Höschen über die Hüften nach unten.

Sie stieg aus ihrer Hose und wartete, was er nun tun würde. Es lag keinerlei Raffinesse in seiner Handlung, und vielleicht war es genau deswegen eigenartig aufreizend, wie systematisch er sie entkleidete. Elisa wurde immer zittriger; ihr ganzer Körper bebte vor Sehnsucht. Thynors glühender Blick und die unübersehbare Beule hinter dem Reißverschluss seiner Hose bewiesen, dass er nicht minder erregt war. Elisa spürte, wie seine Hände spielerisch ihre Kniekehlen streichelten, bevor sie urplötzlich auf ihren Pobacken lagen. Ohne Vorwarnung beugte er sich vor und küsste sie auf ihr Schamhaar. Nein, er tupfte viele kleine Küsse darauf und sog mit einem animalischen Laut den Duft ihrer Erregung in seine Lungen. Elisa war wie vom Blitz getroffen. Eine glutheiße Welle Feuchtigkeit strömte zwischen ihre Schenkel.

Thynor sah die glänzenden Tropfen sofort. Wie von selbst versuchte er mit der Zunge, die Köstlichkeit aufzufangen. Ihr Geschmack war Balsam für seine Seele. Würzig. Warm. Und darunter lag das leise Aroma von Zimt und Orangen, das Elisa immer anhaftete. Sie schmeckte anders als alles, was er je gekostet hatte. Er wurde im selben Moment süchtig. Die Lippen halfen seiner Zunge, sich zu holen, wonach es ihn dürstete. Er blieb so zurückhaltend, wie er nur konnte, umkreiste ihre Mitte, fuhr mit der Zungenspitze auf und ab und begleitete seine Eroberung mit kleinen Küssen auf ihre Schamlippen. Er leckte sie wollüstig, saugte sanft.

Elisa wand sich und versuchte, ihrer Lust Herr zu werden. So intensiv hatte sie an dieser Stelle ihres Körpers noch nie empfunden, unbändig ausgeliefert an ihre Triebe. Sie spürte, wie sie den Halt verlor, als ihre Beine nachgaben.

Ohne mit seinen Liebkosungen aufzuhören, zog Thynor sie an sich und hielt sie weiter aufrecht.

»Ich halte das nicht aus!«, flehte sie um Gnade.

Thynor ließ sich auf nichts ein. Als Antwort griff er fester zu und presste sie an sich. Er wollte, dass Elisa an seinem Mund kam und dass dieser erste Orgasmus sie bereits erschütterte. Er leckte und saugte hemmungslos weiter, nahm sich, was er wollte. Als er das Zucken ihrer inzwischen herrlich angeschwollenen Klitoris an seinen Lippen spürte und ihr keuchendes Aufbäumen registrierte, schnaubte er zufrieden. Doch er experimentierte weiter, bis sie kurz danach erneut explodierte, während sie vergeblich versuchte, etwas zu sagen. Erst, als sie beim zweiten Orgasmus hilflos zusammenbrach, ließ er von ihr ab. »Das war zu verlockend«, flüsterte er ihr mit einem äußerst zufriedenen Unterton zu und setzte sie behutsam wieder auf die Bank. Thynor knöpfte ihre Bluse auf und streifte sie ihr vom Körper. Nun trug sie nur noch ihren BH und den entfernte er mit einem gekonnten Handgriff. Dann zog er sie auf die Füße und gab ihr einen leichten Kuss auf den Mund. Thynor trat einen Schritt zurück und betrachtete sie. Er selbst war noch vollständig angezogen. Ihre Haut war von einer leichten Röte überzogen und ihre Augen glänzten, weiterhin von den Nachbeben ihres Sinnesrausches gefangen. Sein Blick glitt alles durchdringend über ihren Körper und dann sah er Elisa an, als wäre ihm just in diesem Moment eine erschütternde Erkenntnis gekommen. Er suchte nach Worten, für das, was er eben begriffen hatte: Auch sein Leben würde nie wieder so sein, wie bisher. Diese Frau hatte faktisch alles geändert. »Rein mit dir!«, hörte er sich sagen und stellte das Wasser ab.

Elisa war etwas zu Atem gekommen und konnte sich immerhin wundern: »Du kommst nicht mit in die Wanne?«

»Ich will dir zusehen.« Er setzte sich auf den Wannenrand, hielt ihr die Hand, bis sie sicher lag und die Schauminseln über ihrer nackten Haut wieder zueinanderfanden. Thynor stützte sie am Kopf und fixierte sie, sodass ihr Körper in dem duftenden Wasser schweben konnte.

Genießerisch schloss Elisa die Augen und seufzte. »Das ist herrlich ... So ... war es noch nie.«

Thynor wusste, dass sie damit nicht das Bad meinte. Er betrachtete sie ein paar stille Minuten, wie sie scheinbar in eine Traumwelt entglitt und sich ein sinnliches, entrücktes Lächeln über ihre Gesichtszüge legte. Mit der freien Hand zerrte er mehrmals vergeblich an seiner Hose, um sich etwas Erleichterung zu verschaffen. Das Geräusch ließ Elisa die Augen wieder öffnen und sie sah Thynor ein wenig verunsichert an. Doch der lächelte ruhig. »Du hast völlig recht, Liebste. So bezaubernd war es noch nie. Komm, lass mich dir das Haar waschen.«

Selig setzte sich Elisa auf und legte den Kopf ein wenig in den Nacken. Sie schwebte wie in einem Kokon aus Glück. Wunderbar matt, behaglich, behütet – sie fühlte sich, oh je, geliebt. Das war es. Konnte das denn sein? Dieser Traum von einem Mann und sie? Nach kaum zwei Tagen?

Thynor verteilte das Shampoo in ihren Haaren, knetete es vorsichtig ein und massierte leicht ihre Schläfen.

Seine Berührungen taten mehr als gut.

»Leg dich wieder ins Wasser zurück, wir können ausspülen. Gut. Erledigt.«

Als sie blinzelte, war Thynors Gesicht dicht vor ihrem. Seine Augen waren dunkel und glitzerten verführerisch. Er küsste sie, fordernd und unverhohlen dominant. Elisa wusste, sie würde ihm dieses Mal nicht entweichen. Sie musste es auch nicht. Sie sehnte sich nach seinem Körper genauso wie er nach ihrem; sie wollte ihn tief in sich spüren.

»Komm aus der Wanne«, befahl Thynor leise, am Rande seiner Beherrschung, »ich will dich in meinem Bett haben.« Umstandslos hob er sie aus dem Wasser, dachte sie trocken und trug sie ins Schlafzimmer. Er legte sie vorsichtig auf die Seidenlaken. »Bleib so liegen. Ich will dich ansehen.«

Ein heißer, durchdringender Blick wanderte verzehrend an ihrem Körper entlang. Dann setzte er sich neben sie auf die Bettkante, nahm ihr Gesicht in beide Hände und küsste sie.

So hatte sie noch nie ein Mann geküsst. Auch Thynor nicht. Er hielt sie fest, seine Zunge drang tief ein und fing die ihre, er saugte an ihren Lippen, biss zu, umkreiste ihre Zunge und ließ ihr keine Luft zum Atmen. Doch bevor es schmerzhaft wurde, lenkte er mit einer neuen Fertigkeit ab. Der Kuss war nicht liebevoll, er war purer Sex. Elisa spürte, wie sie abermals mit feuchter Hitze reagierte und ihr Körper begann, sich an Thynors Brust zu drängen. Sie rieb sich an ihm, wollte mehr. Ihre Brustwarzen richteten sich unter dem sengenden Kuss auf und das Ziehen in ihrem Unterleib wurde zu einem unerträglichen Mahlstrom. Doch Thynor ließ nicht erkennen, dass er ihr bald mehr als diesen Kuss geben würde. Er machte es ihr unmöglich, etwas zu sagen – ihn zu bitten, sich auszuziehen, sich auf sie zu legen, und bitte, bitte endlich, in sie einzudringen. Was Elisa wollte, musste sie ihm zeigen, denn sein nahezu animalischer Kuss hinderte sie wirkungsvoll am Sprechen. Also begannen ihre Hände, seinen Körper zu erkunden, seine Schultern, seine Arme. Sie fuhren unter sein T-Shirt, denn sie wollte Thynors nackte Haut spüren, und als sie die männlich behaarte Brust und die stahlharten Muskeln endlich spürte, hielt sie vor Wonne inne.

Diesen Moment hatte Thynor vorhergesehen. Er hatte sie absichtlich so hingehalten und war dennoch so fordernd geblieben, dass sie die Initiative ergreifen musste, um mehr zu bekommen. Er brauchte das, um sicher zu sein, dass sie den Sex auch wollte. Denn dieses Mal gab es keine Chance aufzuhören und er würde endlich bekommen, wonach jeder Zoll seines Wesens schrie: die ganze Elisa. Er löste den Kuss. Sein Blick fing den ihren. Was er sah, brachte ihn zu einem siegesgewissen Lächeln. »Du wirst einen winzigen Augenblick warten müssen. Aber ich verspreche dir, du bekommst deine Belohnung.«

»Willst du dich nicht ausziehen und dich zur mir legen?«, fragte Elisa verwundert.

Thynor schien tatsächlich einen Moment unentschlossen, bevor er raunte: »Später. Jetzt muss ich erst einmal zu Ende bringen, was ich vorhin angefangen habe.«

»Was meinst du?«, fragte Elisa, leicht irritiert und spürte, wie die Hitze in ihre Wangen schoss. »Ich, nun, ich bin doch gekommen.«

»Oh, das ist mir nicht entgangen, Liebste. Im Gegenteil. Das war nicht zu verkennen. Aber lass dich überraschen.« Er hatte beim

Vorspiel, schon während ihres Entkleidens wahrgenommen, dass Elisa von seinen einfachsten Bemühungen überwältigt war. Jetzt freute er sich auf ihre Reaktionen, wenn er ihr mehr geben würde. »Bleib schön liegen.« Er stand auf und ging langsam zum Fußende des Bettes, trat dort die Schuhe von den nackten Füßen, wobei er Elisa nicht aus den Augen ließ. Dann beugte er sich vor, griff nach ihren Knöcheln und zog sie mit einem Ruck auf den glatten Seidenlaken zu sich, wodurch er ihre Beine so weit spreizte, dass er zwischen ihren Oberschenkeln knien konnte. Er entließ Elisa auch nicht aus seinem sengenden Blick, als er beherzt zugriff, ihre Beine anwinkelte und weiter auseinander bewegte.

Elisa verging fast vor Anspannung. Thynor schien genau zu wissen, was er von ihr wollte. Ihr Körper glühte vor Begierde und dieser Schuft ließ sich Zeit! Er begann, wie beiläufig, die weichen Innenseiten ihrer Oberschenkel zu streicheln, und jedes Mal, wenn er kurz davor war, ihre Mitte zu erreichen und sie ihm vor Sehnsucht nach seiner Berührung schamlos ihre Hüften entgegen reckte, zog er sich mit einem satanischen Lächeln zurück und begann erneut mit dem Streicheln.

»Sch, sch. Elisa, Liebes, du wirst so herrlich feucht für mich.« Thynor sah, wie ihre goldenen Löckchen sich dunkel färbten von der Nässe. »Hast du eine Vorstellung, wie gut du schmeckst?«

Oh nein, er wollte doch nicht ... Diese Explosionen würde sie ein zweites Mal nicht überleben. »Thynor, das kannst du nicht –«

Ohne ihre Einwände zur Kenntnis zu nehmen, vergewisserte Thynor sich mit einem kurzen Blick, dass sie es bequem hatte, dann bewegte er sich mit seinen breiten Schultern zwischen ihre Beine, hielt mit den Händen ihre Hüften fest und biss sie sanft in den Oberschenkel. Und ehe Elisa sich von diesem Reiz erholen konnte, war sein Mund auf ihren Schamlippen, setzte ein paar Küsse auf die weich geschwollenen Hügel und teilte sie dann zielstrebig mit der Zunge.

Elisa versuchte, dem Ansturm seines Mundes zu entkommen, doch wie schon zuvor gelang es ihr nicht. Starke Hände hielten sie fest und gestatteten ihr nicht die kleinste Bewegung. Erneut saugte er an ihrer Klitoris und züngelte. Behutsam, zart, wie selbstvergessen. Und Elisa spürte, wie sich rasend schnell ein Orgasmus in ihr aufbaute, dabei hatte Thynor doch erst vor Sekunden mit dieser süßen Folter begonnen. Dass sie durch seinen festen Griff nahezu zur Unbeweglichkeit verdammt war, steigerte ihre Empfindungen und reduzierte ihre Sinne auf das primitive Lustempfinden. Als er dann mit der Zunge in sie eindrang, huschte eine leise Vorahnung von den Dimensionen seines immensen Begehrens durch ihr Bewusstsein, die sie kurzzeitig erschauern ließ. Sie konnte diesen Gedanken allerdings nirgendwo in ihrem Innern unterbringen, denn fast augenblicklich kam sie zu einem explosiven Höhepunkt, der ihre Scheide in nie gekanntem, fast schmerzvollem Rausch zucken ließ. Ihre Klitoris pulsierte, gefangen zwischen Thynors Lippen; sie keuchte und versuchte verzweifelt zu atmen, denn ihr Herz schlug so heftig, dass es den gesamten Brustraum benötigte. Mit einem Schlag entspannte es sich und Elisa glitt stöhnend in einen endlosen Strom aus berstender Lust und samtigen, schwerelosen Gefühlen.

Thynor war mehr als stolz auf sich. Er hatte Elisa in eine Ekstase getrieben, die sie zuvor nicht kannte, und er hatte vor, sie in der Nacht noch weit, weit über diese Grenzen hinaus zu tragen. Er glitt an ihrem Körper hinauf, sein Blick lag auf ihrem Gesicht und mit Spannung wartete er, dass sie wieder in die Realität fand. Leicht fuhr er mit einem Finger über ihre Wange. Als Elisa es schaffte, regelmäßig Luft zu holen, und die Augen ein wenig öffnete, lag in ihrem verhangenen Blick neben reiner Freude das maßlose Erstaunen über die in ihr erwachte zügellose Leidenschaft. Er küsste sie inbrünstig und hinterließ eine Kostprobe ihres eigenen Geschmacks. »Willkommen zurück«, grinste er selbstzufrieden.

Für dieses Grinsen würde er bezahlen, schwor sich Elisa im Stillen, sollte sie je wieder zu Kräften kommen. Ihr gelang es nicht, zu sprechen, geschweige denn sich zu bewegen. Völlig überwältigt lag sie da und gab sich einer wonnigen Erschöpfung hin. Doch Thynor hatte nicht vor, aufzuhören. »Es ist noch lange nicht vorbei«, hörte sie ihn flüstern, bevor er ihre Ohrmuschel mit seiner Zunge neckte. Elisa war überzeugt, einen weiteren erotischen Vorstoß Thynors nicht zu überleben. »Nein. Nicht. Ich kann nicht mehr«, flehte sie stammelnd.

Doch Thynor widmete sich der empfindlichen Stelle unter ihrem Ohrläppchen und stupste sie mit seiner Zungenspitze. »Das glaubst du nur. Liebstes, wenn ich mit dir fertig bin, wirst du staunen, was du alles aushalten kannst.«

Elisa hörte seine Worte wie in einem dichten Nebel. Thynors Stimme war dunkel und verrucht, als er ergänzte: »Heute Nacht gehörst du mir.« Sie wusste, er würde nicht von ihr ablassen, ehe er es bekam. Und er hatte ihr mehrfach angedeutet, was das hieß: Er wollte sich alles nehmen.

Thynor handelte komplett gegen die Instinkte seines Körpers. Die sahen vor, sich sofort in Elisa zu versenken und sie dann zu reiten, bis er Erlösung in ihrer Enge fand. Schnell und hart. Doch neuerdings redete sein Herz mit, und so stahl Thynor sich Zeit mithilfe seiner sagenhaften Erfahrung und legte eine feuchte Spur aus Küssen von ihrem Gesicht über ihren Hals bis zu den Brüsten. In ihrer Mattigkeit ließ sie es willig geschehen, doch als sich sein Mund um ihre Brustwarze schloss, mauzte sie zauberhaft sinnlich auf und ihre Hände griffen in sein Haar. Sie zog seinen Kopf nicht weg, nein. Also saugte er ihren harten Nippel ein und drückte ihn mit der Zunge langsam hin und her. Einmal. Und noch einmal. Elisas Rücken hob sich vom Bett und sie keuchte etwas Unverständliches. Er nahm die andere Brustspitze in den Mund und wiederholte die Liebkosung, dann betrachtete er sein Werk. Wunderschön! Dunkelrot, glänzend und hart reckten sich ihm Elisas Brustwarzen entgegen. Seine Lenden brüllten. Verdammt. Es wurde ihm zu viel. Er kniete sich auf und zog sich das T-Shirt über den Kopf. Er wollte Haut an Haut spüren, ihre weichen Hügel mit den harten Perlen an seiner Brust, und kaum hatte er sich wieder zu ihr heruntergebeugt, drückte Elisa sich mit ihrem Körper an ihn und rieb sich lustvoll, wobei sie sich gleichzeitig genüsslich nach oben reckte. Es traf ihn wie ein Donnerschlag, als er ihren Bauch an seinem immer noch verpackten Schwanz spürte und ihre heiße Mitte genau unter seiner Eichel zu liegen kam. Verdammte Hose! »Mach das noch mal«, krächzte er, und hob den Körper dazu an.

Das war ihre Chance, ihm sein freches Lächeln heimzuzahlen! Verführerisch, seine dunkle Stimme imitierend, gurrte sie: »Kannst du dir vorstellen, wie sich das nackt anfühlt?«

Thynor stieß einen deftigen Fluch aus, bevor er ihr stöhnend antwortete: »Liebes, das hättest du nicht sagen dürfen. Jetzt muss ich dir zeigen, was es heißt, meine Fantasie, zum Kochen zu bringen.« Entschlossen sprang er auf, zog sich mit einer einzigen Bewegung Hose und Shorts aus und stand nackt vor ihr. Erigiert, der Schaft von dicken Adern umschlossen und seine violette Eichel prangte wie ein Signalzeichen obenauf. Er tropfte. »Sieh hin. Ich muss einfach in dir sein. Ganz tief. Bitte.«

Doch Elisa wich, die Augen weit aufgerissen, an das Kopfende des Bettes zurück. Beklemmung schlich sich in ihre Stimme: »Thynor, ich habe dir gleich gesagt, du brauchst eine andere Frau! Du bist viel zu groß für mich. Das wird nicht funktionieren. Und ich habe seit langer Zeit nicht mehr mit einem Mann geschlafen. Ich weiß gar nicht, ob–«

»Das ist jetzt absolut nicht der geeignete Zeitpunkt, um an den Sex mit anderen Männern zu erinnern.« Thynor kroch unbeirrt zu ihr, setzte sich ganz dicht vor sie und strich ihr langsam und zärtlich übers Haar. Er lächelte sie an: »Es tut mir leid, liebste Elisa, aber wenn du glaubst, dass mich deine Furcht an dieser Stelle aufhalten kann, muss ich dich enttäuschen. Dafür ist es längst zu spät. Und das weißt du selber ganz genau.« Er griff ihre Hände.

»Thynor, du bist einfach zu groß«, keuchte Elisa, als sein dicker aufrecht stehender Penis anfing zu zucken. »Ich kann nicht–«

»Liebste, alles ist gut. Du kannst das auf jeden Fall. Vertrau mir. Wir lassen uns Zeit.« Thynor wurde von seiner Lust fast zerrissen, als er bemerkte, wie sie ihm beinahe hypnotisiert auf den Schwanz sah. »Nimm ihn in die Hand, Elisa. Spüre, wie er sich anfasst und was er sich wünscht. Und wenn du bereit bist, führe ihn zu dir. Zeig ihm den Weg und bitte ihn, zu dir zu kommen. Du hast die Kontrolle.« Thynor wusste, dass es wichtig war, ihr die Angst vor seiner Penetration zu nehmen.

Sie wollte ihn so sehr! Also griff Elisa zu. Sie nahm eine Hand und legte sie für einen Moment unter seinen Penis, bevor sie ihre Finger um ihn schloss und festhielt. Heiß. Zarteste Haut, darunter steinhart. Sie nahm die andere Hand und umfasste die Hoden. Dick. Fest. Und dann begann sie mit beiden Händen eine sanfte Massage, die sie rasch zu einem rhythmischen Auf und Ab in ganzer Länge ausbaute. Als Thynor laut aufschrie, die Augen vor dunkler Gier glühend, wusste Elisa, dass ihre Berührungen ihm gefielen. Sie wurde kühner und verstrich mit ihrem Daumen die Tropfen, die aus der Spitze traten. Wurde er wirklich noch dicker? Wie er sich wohl in ihr anfühlen würde? Thynor schrie auf, nahm resolut ihre Handgelenke und drückte Elisa wieder auf den Rücken in die Kissen zurück.

»Genug gespielt.« Wenn er sie weiter machen ließe, würde er binnen weniger Sekunden in ihrer Hand kommen. Nein. Er musste dabei in ihr sein. Tief. Elisas Körper um sich spüren, ihre Hingabe genießen. Er kniete auf allen vieren über ihr. »Jetzt bin ich wieder dran.« Thynor zog ihr die Hände über den Kopf und hielt sie dort mit einer Hand fest. Mit der anderen zog er eine Feuerlinie von ihrer Stirn über ihren Hals, das Tal zwischen ihren Brüsten und den Bauchnabel. Dort verharrte er kurz, spreizte die Hand weit auf und schloss sie wieder. Nur den Zeigefinger ließ er sanft nach unten fahren, über ihre glitschige Spalte mit der empfindsamen Klitoris, die er beiläufig drückte, was Elisas Körper fast von der Matratze hob. Und dann steckte er den Finger in ihre heiße, enge Scheide und hielt still, um Elisa Gelegenheit zu geben, sich an diese eindringende Berührung zu gewöhnen.

»Ooch«, war alles, was sie hervorbrachte.

»Wie fühlt sich das an?«, wollte Thynor wissen. Er zog den Finger etwas zurück und stieß erneut zu. Dabei kreiste er vorsichtig, denn ihm war schon bewusst, wie eng und schmal sie war.

»Schön«, hauchte sie und bewegte ihre Hüften.

Mehr brauchte Thynor nicht. Er wiederholte seine Zärtlichkeiten, streichelte Elisa von innen und wurde mit einem warmen Schwall neuer cremiger Feuchtigkeit belohnt. Nun nahm er einen zweiten Finger dazu und Elisas Körper reagierte so einladend, dass er auch noch einen dritten einführen konnte. Er dehnte sie weiter, beobachtete genau, wie sie sich öffnete und ihm ihre Hüften sehnlichst entgegen stieß. »Was möchtest du jetzt haben, hm?«, lockte er sie mit Worten. »Wir sind bereit für alles. Sieh nur.« Er zog die Finger aus ihrer Scheide und zeigte ihr den feuchten Glanz, bevor er daran leckte.

Sein Penis ragte zwischen ihnen auf und bot einen dermaßen verlockenden Anblick, dass Elisa dem Drang ihrer Lust nicht widerstehen konnte, sich Thynors Griff entwand, zupackte – und ihn ohne Zögern zu ihrem weiten Eingang führte. »Bitte. Bitte.«

Sie flehte umsonst. Er wollte mehr hören. Er kniete über ihren weit geöffneten Schenkeln und umschloss mit einer Hand die Finger, die Elisa um seinen Schwanz gelegt hatte. Mit der Eichel fuhr er an ihrer Spalte entlang, immer wieder, bis sie fast von Sinnen war. Er beugte sich zu ihr hinunter, um ihre Brust zu umfassen und ihre Spitze mit kleinen, sanften Lippenbissen zu reizen.

»Ich bin verloren«, wimmerte Elisa hilflos und ihr Körper hob sich ihm willig entgegen.

Thynor wusste, dass er am Ziel war. Seine Augen blitzten besitzergreifend, bevor er ihr zuflüsterte: »Das bist du. Für immer. An mich.« Dann küsste er sie auf eine so einfühlsame Art, dass er den Moment ihrer Kapitulation genau spürte. »Was möchtest du?«, war er nun fast bereit, ihren Wünschen nachzukommen. »Sag es mir, Liebes.«

»Bitte, Thynor«, war alles, was sie flüstern konnte. Sie hatte keine Luft mehr, so sehr brannte sie vor Leidenschaft.

Er lockte sie weiter, ohne das Streicheln mit seiner Spitze zu unterbrechen. Als er Tränen der Lust in ihren Augen sah, gab er nach. Beinahe ... »Du musst es mir sagen, Elisa.« Inzwischen war auch er am Rande seiner Selbstbeherrschung angelangt. Er konnte es kaum noch aushalten, sie nicht endlich zu besitzen.

»Komm zu mir.« Dieses Wispern bewirkte eine Veränderung in Thynors Körper, die Elisa sofort spürte. Die Muskeln wurden angespannter, seine Arme legten sich um ihren Leib, fest, und er ließ sie deutlich mehr von seinem Gewicht spüren.

»Ja?«

»Ja. Ich will dich in mir spüren. Bitte«, flehte sie atemlos.

Jetzt. Thynor stieß mit einer einzigen langen Bewegung in sie und Elisa kam sofort, japste überrascht in einem erschütternden Höhepunkt und klammerte sich aufbäumend an seine Schultern, unfähig, etwas anderes wahrzunehmen als ihre Lustexplosionen.

Er stützte sie, gab ihr Halt; er war halb wahnsinnig vor Erregung und Freude. Elisa lag in seinen Armen, wand sich vor Lust und das feminine Aroma ihres Körpers umhüllte ihn wie eine duftende Wolke. Thynor bewegte sich zunächst nicht und genoss Elisas hilfloses Luststöhnen, die Hitze ihrer Scheide, die kleinen Bewegungen ihrer Muskeln und das unglaubliche Gefühl, in ihrer Nässe zu baden. Davon würde er nie genug bekommen können, so viel stand bereits fest – selbst ein ewiges Leben wäre nicht in der Lage, dies zu ändern. Verdammt, es war himmlisch, vollkommen. Als Elisas heftiger Orgasmus langsam abebbte, begann sich Thynor in einem behutsamen Rhythmus in ihr zu bewegen, doch hielt er das nicht lange durch, denn seine unbändige Lust forderte ihre Erfüllung. Er stieß schneller und immer härter zu und Elisa versuchte, mit ihren Bewegungen synchron zu bleiben, ihre Körper und ihre Sinne waren im Rausch gefangen. »Sieh mich an«, befahl Thynor angespannt, am Ende seiner Selbstbeherrschung. Er wollte in ihre Augen sehen, wenn sie kam, mit ihm tief in ihrem Körper, und wurde belohnt mit einem solch hingebungsvollen, seligen Blick, dass die Süße des Momentes ihn fassungslos machte. Der Zeitpunkt war gekommen. Er zog sich ohne Hast aus ihr heraus und trieb sich dann erneut bis zur Wurzel in sie hinein. Das wiederholte er mit steigendem Tempo.

Elisa schwebte auf einem Teppich aus übermächtigen Empfindungen. Thynors leidenschaftliche Stöße erschütterten sie bis ins Mark. Er berührte etwas in ihrem Inneren, wo sie niemals zuvor was gespürt hatte. Sie schlang ihre Beine um seine Taille und kreuzte die Fußknöchel hinter seinem Rücken, sodass er tief wie nie in sie stoßen konnte. »Thynor«, hauchte sie nur, bevor er sie in einen nächsten Orgasmus emporhob.

Sie gab sich ihm hin, mit allen Sinnen und jeder Faser ihres Körpers, und hielt nichts zurück. In Elisas Augen standen grenzenloses Vertrauen und eine so genussvolle Überraschung, dass Thynor mit einem dermaßen explosiven Orgasmus kam, dass er seine Erlösung herausbrüllen musste. Er konnte gar nicht damit aufhören, sich wieder und wieder in ihr zu ergießen. Alles, aber auch wirklich alles was er bisher empfunden hatte, wenn er in einer Puppe gekommen war, schien ausgelöscht, als er von Elisas Körper, ihrer

Wärme und ihrer Liebe umhüllt wurde. Sein Traum war Wirklichkeit geworden. Er hatte seine Spiegelfrau gefunden.

Augenblicke später, als er etwas zu neuen Kräften gelangt war, stütze Thynor sich hastig auf die Ellbogen, um sein Gewicht von Elisa zu nehmen. »Wie geht es dir, Liebes? Ist alles in Ordnung? Oh nein, du weinst ja.« War er in seiner Erregung zu weit gegangen?

Elisa versuchte, etwas zu sagen, doch ihre Stimmbänder weigerten sich mitzuarbeiten. Stattdessen zog sie seinen Kopf zu sich herunter und küsste in voller Inbrunst, bevor sie ihn befriedigt und glückselig anlächelte, immer noch um Atem ringend.

Ein nie gespürtes Beben regte sich in seinem Herzen. War es das, was die Menschen empfanden, wenn sie von Liebe sprachen? Die Hingabe an ein anderes Herz, diese Mischung aus Angst und Hoffnung, Verzweiflung und Geborgenheit, grenzenlosem Vertrauen und unendlichem Begehren? Diese unbändige Zärtlichkeit gepaart mit rohem Muskelspiel? Er hatte es sich aus den Beschreibungen der Menschen anders vorgestellt, aber er wusste, dass er seine gewonnenen Gefühle nie wieder würde missen wollen. »Meine Güte, Elisa, du bist in der Tat ein Wunder«, flüsterte er überwältigt. Im goldenen Licht der kleinen Lampen glänzte ihr weicher, rosiger, leicht von Schweiß überzogener Körper, die Brustwarzen zitterten sacht im Rhythmus ihres trommelnden Herzens, und ihre dunklen Augen waren tiefe blaue Seen der Liebe.

Sie schwamm immer noch in ein paar Tränen des Glücks. »Danke, Liebster«, wisperte sie. »Ich habe nie gedacht, dass es so schön sein könnte.«

Thynor, immer noch steif und gierig in ihr, leckte Elisa die salzigen Tropfen aus dem Gesicht. Er hatte sehr wohl verstanden, dass sie ihn wieder Liebster genannt hatte und reagierte mit einem fordernden Zucken. »Wir haben gerade erst angefangen, *meine Liebste*«, kündigte er tatendurstig an und tupfte Küsse auf Stelle ihrer Haut mit dem Abbild von Vaja-61.

»Was meinst du?! Ich kann mich nicht mehr bewegen«, wandte Elisa hilflos ein, »keinen Millimeter.«

»Musst du ja auch nicht. Ich werde dich verwöhnen, während du völlig entspannt daliegst und entzückend aussiehst.« Er stieß ein paarmal kurz zu und spürte Elisas Scheide ungehemmt zupacken. »Siehst du«, lachte er stolz und biss sie sacht in die Schulter, »das wird ein netter Spaziergang.«

## ◇ 28 ◇

Thynor hatte es nach Stunden voller Sex, geflüsterten Träumereien und leisem Lachen irgendwie geschafft, sich von Elisa, die dringend etwas Schlaf benötigte, loszureißen und sich seinen Pflichten als Kommandant der Sondereinheit zuzuwenden. Was würde in der Zentrale an Neuigkeiten aufgelaufen sein?

»Nix passiert bei uns!«, meldete Luys. Jari und er hatten es mittlerweile geschafft, das Täuschprogramm für die Bralur zu installieren, und warteten nun auf die erste Bewährungsprobe. Oben auf dem Anwesen blieb alles ruhig und Alvar schien die Situation in Ringstadt im Griff zu haben. Thynor überflog den Bericht von Damyan und Marko, den Luys ihm mit den Worten in die Hand gedrückt hatte: »Der Afrikaeinsatz lief ganz brauchbar, Kommandant. Ich stelle die nötige Beobachtungstechnik zusammen, dann müssen die beiden noch mal in die Wüste, um alles zu installieren.«

Als er mit dem Lesen fertig war, entschied Thynor: »Ein neuer Einsatz muss warten. Im Moment kann ich hier niemanden entbehren. Hoffentlich tauchen Filip und Lewian bald wieder auf.«

»Tja, das habe ich mir schon fast gedacht. Es sieht so aus, als hätten wir neben unserer Aufgabe als Jäger nun auch noch den Job als Wachtruppe im Kinderheim. Ganz zu schweigen, dass mit weiteren Bralurangriffen zu rechnen ist und wir das Raumschiff verteidigen müssen. Versteh mich nicht falsch, Kommandant, aber um das alles abzusichern sind wir so oder so zu wenig Männer.«

Thynor sah seinen Freund leicht nickend an und befahl dann ruhig: »Bis auf Weiteres haben die Aufklärungen der Vorfälle um

Elisa Miller, einschließlich intensiverer Verhöre von Henrik, sowie die Sicherung unserer Anlagen hier im Hauptquartier den Vorrang. Das Anwesen mit den Kindern wird ständig von mindestens einem Jäger besetzt. Die Verfolgung anderer Verbrecher wird demzufolge komplett zurückgestellt. Es ergehen keine neuen Aufträge an die Männer. Luys, teil das allen mit; und die beiden Kreuzfahrtpassagiere sollen sich gefälligst beeilen, diesen Bralur zu eliminieren. Sie sind dort nicht im Urlaub, sondern sollen ihre Hintern schnellstmöglich hierher zurückbewegen.«

Luys hatte den Befehl kaum bestätigt, als Layos mit einem Medikamentenkoffer in der Hand die Zentrale betrat. »Zeit für deinen täglichen Cocktail«, erinnerte er Luys, »sei schön brav, vielleicht schaffst du die Regeneration dann schon eine Woche vorfristig«, neckte er den seit Monaten unfreiwillig Innendienst schiebenden Jäger.

»Haha. Pass bloß auf. Ich merke mir alle deine Gemeinheiten und werde mich gehörig rächen, sobald ich wieder im Vollbesitz all meiner Gliedmaßen bin.«

»Hör auf zu jammern und trink dieses Zeug.« Der Arzt reichte seinem Patienten mehrere kleine Röhrchen und achtete streng darauf, dass Luys sie in der richtigen Reihenfolge leerte. »Gut. Jetzt noch vier Injektionen für dich und zwei Proben für mich – das war's dann auch schon wieder für heute.«

Thynor wartete geduldig, bis die wichtige Routinebehandlung bei Luys abgeschlossen war. »Bericht der Krankenstation«, forderte er dann mit einem Nicken in Layos Richtung.

»Alles in Ordnung, Kommandant. Nyman geht es bestens. Über Nacht war er im Holodeck.«

Die technische Abteilung hatte diesen Freizeitbereich gleich in den ersten Jahren nach der Landung entsprechend den Wünschen vieler Besatzungsmitglieder konstruiert. Hier konnte man je nach Bedarf repräsentative Landschaften von Draghant, eine der typischen Siedlungen der Zhanyr, ein Sportmatch oder auch eine konkrete Lebenssituation als täuschend echt wirkende Illusion auferstehen lassen und sich darin dreidimensional bewegen. Es gab unzählige Möglichkeiten, sich ein gewünschtes Programm zusammenzustellen, und viele der Zhanyr nutzten diese Gelegenheit regelmäßig zur individuellen Entspannung bei ihren Aufenthalten im Exilschiff. Es war die zhanyrianische Variante eines Vergnügungsparks. Wenn Nyman das half, in Ordnung. Thynor selbst hielt nicht viel davon; er lebte lieber mit seinen eigenen Erinnerungen. Wenn sie die aktuelle Krise bewältigt hätten, würde er sich aber vielleicht die Zeit nehmen und mit Elisa in den riesigen Hologrammraum gehen, überlegte er.

»Und im Moment trainiert er schon wieder leicht, gemeinsam mit Boris. Ich werde zu tun haben, ihn zu überzeugen, sich nicht gleich zu übernehmen. Er hält sich für unsterblich.« Der letzte Satz war ein alter Insiderwitz der Jäger, denn genau das waren sie, zumindest wenn sie auf das kurze Leben der Menschen blickten. Layos war mit nahezu elftausend Erdenjahren einer der ältesten der Zhanyr auf Lanor. Dann folgten Thynor, Alvar und Luys, die mit ihren neuntausend Jahren auch keine ganz jungen Männer mehr waren. Die mittlere Generation im Alter zwischen fünf- und sechstausend stellten Nyman, Boris, Damyan und Marko dar; Jari, Filip und Lewian waren mit ihren knapp dreitausend Jahren quasi Jungspunde, gemessen am Lebensalter der anderen. Unsterblich wären sie alle – vorausgesetzt sie besäßen eine Spiegelfrau. Ohne die regenerative Wirkung von weiblichen Körperflüssigkeiten hatten die Zhanyr nur eine Lebenserwartung von grob geschätzt zwölftausend Jahren – das galt zumindest bis vorgestern, bis zur Entdeckung Elisa Millers. Insofern hatte über den Insiderwitz zu ihrer vermeintlichen Unsterblichkeit schon lange niemand mehr lachen können. Bis auf Layos, dem diese Redewendung heute ein leichtes Lächeln entlocken konnte, denn selbst er hatte wieder Hoffnung, als er mit seinem Bericht fortfuhr: »Unser heldenhafter menschlicher Wächter ist etwas misstrauisch, was meine Behandlungsmethoden angeht. Er ist bei Bewusstsein, verlangt statt des Stärkungsmittels energisch nach einer deftigen Mahlzeit und verweigert jegliche Medikamente. Also schlussfolgere ich, er ist auf dem besten Weg, sich zu erholen. Abgesehen von den starken Schmerzen, die ich nur erahnen kann. Außerdem wünscht dieser Wank, dringend mit einem Befehlshaber zu reden. Das waren seine Worte, nicht meine. Vielleicht kannst du ihn ja überzeugen, sich irgendwie von mir helfen zu lassen, Kommandant.«

»Mach ich. Ich gehe sofort zu ihm, hatte sowieso vor, mich ausführlich mit dem Mann zu unterhalten. Nachher kommt Alvar zum Rapport; er soll sich gleich bei mir melden. Unter Umständen hat Wank wichtige Informationen über das Anwesen, die ich ihm mitgeben kann.«

## ◊ 29 ◊

Thynor vergewisserte sich mittels seines Ramsens kurz, dass Elisa noch tief schlief, und nahm dann gemeinsam mit Layos den Weg zur Krankenstation.

»Alles in Ordnung mit deiner Frau?«, fragte der Arzt, der mit einem Seitenblick die entsprechenden Berührungssequenzen an dem Metallband registriert hatte.

»Sie schläft.« Thynor wollte es hinter sich bringen, also hob er zähneknirschend an: »Und da du das aus rein medizinischem Interesse sowieso wissen musst: Wir hatten inzwischen Sex. Und ja – es hat alles bestens funktioniert. Es gibt keinen Grund zur Sorge; hinter das Thema Paarung kannst du einen Haken setzen. Ich habe Elisa abgesehen davon nicht geschwängert, und ohne ihr Einverständnis werde ich das auch nicht tun.«

»Ich habe nicht danach gefragt«, bemerkte Layos der Vollständigkeit halber, »aber danke für die Informationen. Sie beruhigen mich tatsächlich. Ansonsten hatte ich keinerlei Befürchtungen, denn ich erinnere mich mehr und mehr an meine vermutete Spiegelfrau und den Sex mit ihr.« Dann fuhr er übergangslos plötzlich ärgerlich auf: »Verdammt! Ich war so ein Volltrottel! Wieso ist mir das damals nur nicht aufgefallen?«

Thynor hatte sich schon gefragt, wann die Wucht der Erkenntnis, eine einmalige Gelegenheit nicht erkannt zu haben, seinen Freund voll treffen würde. Dessen völlig außergewöhnlicher Wutausbruch war wohl die Antwort. Was mochte in ihm bei dem

Gedanken an die verlorene Spiegelfrau vorgehen? Layos traf keine Schuld, die Frau ganz sicher auch nicht. Und doch sah Thynor die Verzweiflung und die Trauer in den Gesichtszügen des Mannes.

Frustriert und zornig ging Layos mit sich selbst ins Gericht: »Dass ich irgendwann sterbe, damit hatte ich mich inzwischen längst abgefunden, sogar, dass mich der Tod aus Altersgründen wohl als einen der ersten von uns erwischen wird. Das ist nicht das Problem. Aber alles andere – all die Dinge, von denen du gesprochen hast, Thynor, das hätte ich damals mit Theresa ebenfalls haben können. Und wir Zhanyr würden schon längst angefangen haben, nach anderen Spiegelfrauen zu suchen. Oh, ich darf gar nicht daran denken, wo wir jetzt stehen könnten, wenn ich nicht so ein Ignorant–«

»Lass das! Hör auf, dir Vorwürfe zu machen. Du konntest damals nicht erkennen, was wir heute wissen. Wie denn? Keiner von uns hat so etwas auch nur im Entferntesten vermutet. Spiegelfrauen auf Lanor! Wir spekulierten nur darauf, dass es eines Tages mit Puppen klappt. Idiotisch!« Diesen bitteren Kelch der Erkenntnis hatten sie alle zu leeren, und er, der Kommandant des Exilschiffes, im Besonderen. »Ich bin für dich da, wenn du jemanden zum Quatschen brauchst.« Auch wenn er im Moment höchstwahrscheinlich der letzte Zhanyr war, mit dem Layos über dieses Thema hätte reden wollen, denn Thynor hatte seine Spiegelfrau, sogar mit Layos' Hilfe, gefunden. »Oder geh zu Luys, zu Alvar, rede, mit wem du willst, aber fang nicht an, dir Schuldgefühle aufzuladen und Blödsinn zu reden; es gibt Dinge, die nicht zu ändern sind. Leider.«

Layos fuhr sich mit beiden Händen schmerzlich betrübt über das Gesicht. »Nie wieder, nie wieder wird es das für mich geben können. Bis vor ein paar Stunden habe ich ein Leben mit einer Spiegelfrau nicht einmal mehr vermisst, und jetzt gibt es keine Hoffnung mehr für mich.«

Thynor konnte Layos nicht trösten; er glaubte ihm, dass sich sein Leben im Moment so aussichtslos anfühlte.

Der Kommandant ließ seinen unglücklichen Freund in Richtung der Labore ziehen und schwenkte in den Gang mit den gläsernen Krankenkabinen ein.

»Also, Rainar Wank. Wer bist du wirklich?« Thynor blieb neben der Tür stehen, lehnte sich an die Scheibe und verschränkte abwartend die Arme vor der Brust.

Wank lag, in leicht violett schimmernde, regelmäßig pulsierende Verbände eingewickelt, unter einer Wärmefolie in einem futuristischen Bett, das sich seinen Körperbewegungen so anpasste, dass er stetes eine bequeme Position einnehmen konnte. Er zog spöttisch eine Augenbraue nach oben. »So wollen wir anfangen? ›Wer bist du wirklich?‹ Kein höfliches ›Wie geht es dir, was machen die Verletzungen?‹ Und überhaupt: Ist die Frage nicht eher: Wer bist *du* wirklich, Hoteldirektor?«

Thynors Augen blitzten beeindruckt. Ihm imponierte die Gelassenheit des Mannes, der hier schwer verletzt herumlag und ihm Paroli bot. Rainar hatte Elisa vor den Bralur verteidigt; er hatte ein paar Antworten verdient. »Ich bin Thynor Weyler. Kommandant der Jäger; einer Spezialeinheit, die Verbrecher jagt und zur Strecke bringt. Und: Ja, Hotelbesitzer. Ach – und ehe ich es vergesse, nicht ganz unwichtig: Ich bin der Mann, dem Elisa gehört.«

Wank ließ diese Vorstellung unkommentiert. Stattdessen setzte er sich mit schmerzverzerrtem Gesicht auf und streckte Thynor die Hand entgegen. »Danke. Danke dafür, dass ihr mein Leben gerettet habt.«

Diese aufrichtige Geste überraschte den Kommandanten ein wenig, denn er hatte eher mit unflätigen Beschimpfungen oder zumindest mit heftigen Vorwürfen wegen seines Verhältnisses zu Elisa gerechnet. Aber der Verletzte war ein Mann mit Ehre und Thynor hatte sich nicht in ihm getäuscht. Also ging er zum Bett und schlug ein. »Keine Ursache. Was sollte ich sonst tun, nachdem du meine Frau so heldenhaft beschützt hast? … Ich habe dir zu danken, Mann. Für alle Ewigkeit stehe ich in deiner Schuld. Ich werde sie schwer abtragen können. Du hast was gut bei mir.«

Wank sank erschöpft auf die Liege zurück. »Ich werde dich ab und zu daran erinnern, darauf kannst du dich verlassen. Meine

Worte von heute Vormittag bezüglich eines anständigen Verhaltens gegenüber Elisa gelten immer noch, vergiss das nicht.«

»Deine – im Übrigen völlig unnötige – Ermahnung käme womöglich eindrucksvoll rüber, wenn du nicht angeschlagen und eingewickelt wie eine Mumie hier herumliegen würdest. Lass dir von unserem Arzt helfen. Er ist der Beste. Schluck sein Zeug und dir wird es bald besser gehen.«

»Ach ja?«

»Was hast du schon zu verlieren?« Thynor nickte zu den neben Wank auf einem schwebenden Tablett liegenden Medikamenten. »Denkst du, wir machen uns erst die Mühe und retten deinen Hintern, um ihn dann zum Teufel gehen zu lassen?!«

Wortlos atmete Rainar so tief ein, wie das seine Schmerzen zuließen. Dann streckte er die Hand in Richtung des Tabletts aus und Thynor drückte ihm die Röhrchen mit der Medizin eines nach dem anderen in die Hand.

Während der Patient noch trank, bereitete Thynor bereits eine der notwendigen Injektionen vor und als er die fertige Kanüle in Wanks Oberarmmuskel drückte, bemerkte er wie nebenbei: »Mir ist da bei der Schießerei an Elisas Haus einiges aufgefallen. Man könnte fast denken, du warst nicht zum ersten Mal in so einer Situation, Rainar Wank, Hausmeister.«

»Was genau meinst du? Dass jemand auf mich schießt? Oder dass irgendwer versucht, an die von mir geschützte Person heranzukommen? - Ich sagte dir bereits, dass ich im Sicherheitsgewerbe tätig war.«

»Stimmt. Das erwähntest du.«

»Mir ist da auch so einiges aufgefallen: fliegende Männer, lautlose Munition, Leuchtblitze.«

»Du hast sehr professionell reagiert. Ich wiederhole: Man müsste annehmen, du warst kein Neuling in diesem Kampf. Also! Raus mit der Sprache! Wo hast du das schon mal erlebt?«

Rainar schloss kurz die Augen und sammelte Kraft. Dann antwortete er: »Es war während der Balkankriege in den neunziger Jahren des letzten Jahrhunderts. Wir hatten einen Einsatz in einem dieser Karstgebirge in Kroatien. Zwei Frauen waren entführt worden und ich war beauftragt, das Lösegeld zu überbringen, um die Geiseln da wieder rauszuholen. Wir sollten sie in einer Klinik in Split abliefern. Mir unterstanden ein paar zuverlässige Männer, die sich für solche Missionen freiwillig meldeten. Wir waren zu sechst. Nach einer knappen Woche im Gebirge hatten wir den Unterschlupf der Entführer gefunden. Hoch in den Bergen; sie lebten in einem Höhlensystem. Nun, die Bande dachte gar nicht daran, ihre Opfer für das Geld herauszugeben. Sie wollten beides behalten, die Dollars und die Frauen. Also waren wir gezwungen, irgendwie da rein zu gehen. Wir warteten bis zur Nacht, um ungesehen in die Höhle zu kommen; aber zu unserer Überraschung konnten diese Typen fliegen. Die griffen uns aus der Luft, mit genau der gleichen lautlosen Munition, die auch bei Elisas Haus verwendet wurde, an. Die Schießerei war gnadenlos; ich verlor sofort einen Mann. Zwei von uns sind irgendwann rein und haben die Frauen gefunden. Sie waren übel zugerichtet, aber sie lebten. Als sie rauskamen, ging die Schießerei weiter. Wir kamen mit den Geiseln kaum vorwärts, so geschwächt waren die. Immer wieder mussten wir uns hinter Felsen oder in kleinen Höhlen verschanzen und rasten. Zwei Mann trugen die Frauen; zwei schleppten unseren Gefallenen, und ich sicherte nach oben und hinten ab. Ich habe keine Ahnung, wie viele die waren, oder ob wir auch welche von denen erwischt haben. Es sah beschissen aus für uns und wenn ich ehrlich bin, hatte ich nicht mehr auf ein gutes Ende der Geschichte gehofft. Jedenfalls, gegen Morgen, es dämmerte schon, erhielten wir überraschend Unterstützung aus der Luft; ein Hubschrauber mit UN-Blauhelm-Logo ließ Raketen auf unsere Angreifer los und wir hatten die Chance zu entkommen ... Also: Ja, ich habe so etwas wie gestern schon einmal erlebt. Was zum Teufel seid ihr für Typen? Genmanipulierte Supersoldaten wie aus einem bescheuerten Comic? Und wieso gibt es euch in gut und böse?« Rainar deutete mit seiner verbundenen Hand in die gläserne Kabine. »Ich liege hier ja wohl kaum in einem herkömmlichen Krankenhaus.«

Thynor dachte einen Stuhl, setzte sich bequem hin und beschloss, Wank die Wahrheit zu sagen. Er berichtete von der Mission, von ihrem Scheitern, von Draghant und von den vergangenen zweitausend Jahren. Lebensräuber und Jäger. Zivilisten. Und er ließ auch nicht aus, was Elisa für ihn bedeutete. Und für alle Zhanyr.

Beide Männer schwiegen lange, in seltsamer Eintracht.

»Mal abgesehen davon, dass sich das alles vollkommen verrückt anhört – es gefällt mir nicht«, gab Rainar offen zu.

Thynor blieb regungslos sitzen.

»Ihr seid demnach Invasoren, miese Eidechsen aus dem All! Genau das, wovor in all diesen Filmen immer gewarnt wird: Die Aliens haben nie gute Absichten. Und siehe da: Es ist tatsächlich so. Gut, ihr seht nicht wie schleimige Riesenkraken oder grüne Männchen aus, legt nicht gleich alles in Schutt und Asche und saugt auch nicht unsere Gehirne aus–«

»Was!?« Thynor konnte Wank nicht mehr folgen. Gehirne aussaugen? Hatten ihre Medikamente doch schwerwiegende Nebenwirkungen?

»–aber dennoch bildet ihr euch ein, auf unserem Planeten die Eroberer geben zu können. Mann, was für eine Scheiße! Als liefen hier nicht schon genug eingeborene Arschlöcher herum!« Rainar sah den Jäger finster an. »Das mit eurem Frauenschiff tut mir leid. Ehrlich. Männer brauchen Frauen, zumindest die meisten, also ist nachvollziehbar, dass ihr hier auf Erden die Casanovas gebt. Und irgendwie habt ihr es geschafft, so auszusehen, dass euch wahrscheinlich kaum eines unserer Mädchen widerstehen kann.« Rainar verkniff sich eine erneute Bemerkung zu Elisas und Thynors unerwarteter Beziehung und ihren vermuteten evolutionären Nebenaspekten. Nach ein paar unerquicklichen Gedanken in dieser Richtung änderte sich sein Gesichtsausdruck jedoch plötzlich von ziemlich grimmig zu extrem schadenfroh. »Vielleicht gibt es doch einen Gott, der euch ein Bein gestellt hat! Versteh mich nicht falsch, aber dass ihr mit euren schwachsinnigen Besiedlungsplänen nicht vorankommt – nun, damit kann wohl jeder Mensch gut leben. Sehr gut sogar. Mir gefällt auch, dass ihr versucht, Gutes mit euren Fähigkeiten zu tun, Verbrecher jagt und eure eigenen Killer erledigt. Doch nun kommt es – und damit hat das Schicksal einen wirklich brillanten Schachzug abgeliefert: Ihr verliebt euch in unsere Frauen! Großartig!« Umstandslos lachte Rainar los, und da die Wirkung der Medikamente bereits eingesetzt hatte, gelang das sogar recht laut.

Thynor verstand nicht das Geringste. »Was ist daran denn so amüsant? Bisher hatte ich nicht den Eindruck, dass das eine reine Freude ist; ich fand es ab und zu sogar reichlich anstrengend.«

»Genau das meine ich, mein Freund. Genau das: Unsere Frauen werden euch zur Verzweiflung bringen. Sie sind euer Untergang. Wir Menschen brauchen euch gar nicht zu bekämpfen! Wir überlassen euch, schweren Herzens natürlich, ein paar unserer schönsten Mädels. Das ist eine Strategie mit absoluter Erfolgsgarantie. Vergesst besser all eure Pläne – die Frauen haben sowieso eigene.«

»Dann werden sie die eben ändern müssen.«

»Euch wird schon noch die Erleuchtung kommen.« Rainar lachte immer noch aus vollem Herzen. »Wie alle verliebten Männer werdet ihr außerirdischen Kerle letztendlich tun, was eure Angebeteten möchten. Und was bemerkt ihr davon? Nichts!«

»Woher willst du das wissen?« Thynor war überhaupt nicht erfreut, was Rainar ihm da prophezeite, zumal ihn genau dieses ungute Gefühl schon öfter beschlichen hatte, dass er Elisa zuliebe Entscheidungen traf, die er unter anderen Umständen nicht so getroffen hätte.

»Mann, weil das allen so geht. Und es macht uns glücklich, auch wenn wir das nicht gern zugeben. Frauen zu verführen ist unbeschreiblich, sie im Arm zu halten, mit ihnen zu schlafen, oder ihr Lachen, ihre glücklichen Augen, wenn du nach Hause kommst ...«

»Du warst schon einmal verliebt!«, stellte Thynor fest. Das war seine Gelegenheit, mit einem Menschenmann über menschliche Frauen zu sprechen! Vielleicht könnte dieser Wank ihm einiges von ihrem unvorhersehbaren Verhalten erklären.

Rainar seufzte: »Ja. Sicher.«

»Und?«

»Das ist in meinem Gewerbe nicht hilfreich. Sie hat mich verlassen; kam mit der Ungewissheit nicht zurecht, ob ich aus dem nächsten Einsatz lebend zurückkomme.«

»Und was machst du jetzt?« Thynor befürchtete für sich zwar nicht die Möglichkeit einer tödlichen Verletzung, doch wollte er ernsthaft wissen, wie der Menschenmann nun ohne die Frau, die er geliebt hatte, zurechtkam.

»Ich nutze Gelegenheiten.«

»Aha. Mit Puppen.«

»Wie bitte? Denkst du etwa, ich habe so eine Gummimadam nötig?« Rainar war empört.

Thynor wusste wieder nicht, wovon Wank da redete. »Gummimadam?«

»Was meintest du denn?«, fragte Wank, nicht minder verwirrt.

»Puppen – menschliche Frauen für Sex und temporäre Beziehungen. Keine Spiegelfrauen.« Die Bezeichnung *Puppen* hatte sich unter den Zhanyr recht schnell verbreitet, als nach wenigen Jahren sexueller Beziehungen zu den Menschenfrauen klar geworden war, dass sie sich nicht zur Vermehrung eigneten, eine Paarung im reproduktiven Sinne nicht erfolgte.

Jetzt verstand Rainar. Die Missbilligung in seinem Ton war nicht zu verkennen, als er tadelte: »Puppen. Das ist aber keine nette Bezeichnung. Sie ist sogar richtig abfällig, an Zynismus kaum zu überbieten. Ihr überheblichen Scheißkerle! Ich hoffe, ihr habt das den betreffenden Frauen gegenüber nicht erwähnt. Oder euch zumindest eine Ohrfeige oder einen Arschtritt eingehandelt.«

»Wieso?«

Wank sah Thynor Weyler verdattert an. »Das mit euch und unseren Frauen wird wohl schwieriger, als ich dachte … Puppen, mein lieber Kommandant, Puppen sind auf der Erde üblicherweise Spielzeuge für kleine Kinder. Für manche Erwachsene sind Puppen die Sexspielzeuge ihrer Wahl, lebensgroße Nachbildungen von üppigen Frauen mit diversen Körperöffnungen. In jedem Falle sind sie seelenlos, ohne eigenen Willen, kalt und hohl, was keine echte Frau als Beschreibung ihres Wesens akzeptieren wird. Zumindest nicht auf diesem Planeten, das kann ich dir verraten. Und abgesehen davon, dass eure Bezeichnung nicht nur abschätzig ist, ist sie außerdem auch völlig unzutreffend. Unsere Frauen sind zweifelsohne bezaubernde und begehrenswerte Wesen.« Rainar Wank fand seine ritterliche Seite herausgefordert.

Thynor versuchte, die merkwürdigen Informationen einzuordnen. »Nicht alle.« Er kannte viele unsympathische und ausgesprochen hässliche Frauen.

»Was du nicht sagst!«, gab Wank sarkastisch zurück. »Wie erwachsen seid ihr Zhanyr eigentlich?«

Das saß. Thynor fühlte sich unbehaglich. Im Übrigen hatte es bis auf Alvar noch nie jemand gewagt, so kritisch und unverblümt mit ihm zu reden. Außer Elisa natürlich. Sie hatte ihm schon einige Nettigkeiten an den Kopf geworfen. Unwillkürlich musste er lächeln.

»Du denkst an Elisa, stimmt's?« vermutete Rainar. »Sei bloß anständig zu ihr! Sie ist sehr empfindsam und leicht verletzlich. Was ihre Gefühle in Bezug auf Männer betrifft, muss sie noch viel lernen.«

Thynors Blick war eine unmissverständliche Warnung, die Wank sofort verstand. »Das muss sie nicht mehr. Sie hat jetzt mich, und niemand, kein Mensch und kein Zhanyr, wird mich jemals von ihr trennen. Ich, nun, ich liebe sie.« Überrascht, wie leicht ihm dieses Geständnis über die Lippen kam, konnte Thynor nicht verhindern, dass sich ein drohender Unterton in seine Worte stahl.

Wank fluchte leise. »Gut zu wissen.« Der Tonfall Thynors ließ ihn kalt, nicht jedoch die Konsequenzen, die die besitzergreifende Liebe dieses gefährlichen Wesens für Elisa haben würden.

Thynor fand, es sei Zeit für einen Themenwechsel. »Wie bist du eigentlich an den Job in der Villa gekommen?«

Rainar dachte einen Moment nach. »Im Grunde wie immer in meiner Branche: anonym. Ein Handy im Briefkasten. Eine eingespeicherte Nummer … Meine Auftraggeber nehmen selten persönlich mit mir Kontakt auf.«

»Ich gehe davon aus, du kennst den Mann nicht, für den du arbeitest?«

»Wer sagt, dass es ein Mann ist? Und warum sollte mich ausgerechnet bei diesem Job interessieren, wer mein Geld überweist? Ich tue nichts Illegales oder Verwerfliches. Ich schütze Frauen und Kinder.«

»Schön. Und?«

»Ich hätte einen Namen für dich, falls das hilft. Aber ich kann dir jetzt schon verraten, dass es einigermaßen unwahrscheinlich ist, dass der euch weiterbringt.«

»Er hat seinen Namen genannt?!« Thynor wusste spätestens jetzt, dass hier etwas nicht stimmte.

Rainar grinste: »Na ja, wie man es nimmt. Mein Kontoauszug weist monatlich eine angenehme Summe aus, die mir eine gewisse Pussy Galore überweist.«

Thynor grinste zurück. »Sehr originell. Was machen wir nun?«

»Schätze, du machst sowieso, was du willst. Und ich werde ein folgsamer Patient sein, um schnellstens von dieser Liege hochzukommen und meinen Job wieder zu erledigen.«

Thynors Ramsen zeigte, dass Elisas Schlaf flacher wurde. Sie würde bald aufwachen. Er eilte in die Kommandozentrale und überspielte Luys die Aufzeichnung seines Gesprächs mit Wank. »Check das Gefecht auf dem Balkan. Ich will sämtliche Details über den Hubschrauber wissen. Und natürlich auch den ganzen verdammten Rest! Was waren das für Frauen? In welche Klinik sollten sie gebracht werden? Alles ist wichtig. Ich denke, dort in der Nähe ist eine der Bralur-Höhlen.«

»Das ist sie bestimmt, Kommandant, zumindest belegt unsere Analyse für die Zeit des Balkankrieges dort eine erhöhte Kriminalität mit schweren Straftaten, was sich in Kriegen natürlich immer hervorragend tarnen lässt.«

»Und sieh nach, woher Wank sein Monatsgehalt bekommt. Nach seinen Angaben hat er sich früher mal bei mir für das Resort beworben. Check diese Unterlagen. Ich bin jetzt in meiner Wohnung. Schick Alvar zu mir, sobald er sich blicken lässt.«

## ◊ 30 ◊

Als Elisa erwachte, war ihr zumute, als hätte sie einen Achttausender erklettert. Sie hatte Schmerzen an Stellen ihres Körpers, die sie bisher nicht gekannt hatte, und sie fühlte sich auf eine so wunderbare Art erschöpft, die jegliche Alternative zum Liegenbleiben ausschloss. Thynor hatte sie in der Nacht zu so vielen Höhepunkten gebracht, dass sie oft nicht mehr unterscheiden konnte, wo einer endete und der nächste begann. Dazwischen hatte er sie immer etwas ausruhen und eindämmern lassen, bevor er sie mit einer erneuten Liebkosung weckte. Manchmal war sie gar nicht richtig wach geworden und es hatte sich wie ein Traum angefühlt, von ihm geliebt zu werden, mal war es heftig und schnell passiert, dann wieder gemächlich und voller süßer Qualen. Nach Stunden der flammendsten Leidenschaft hatte er sich zärtlich von ihr verabschiedet, um seinen Angelegenheiten als Kommandant nachzukommen, und Elisa war in einen tiefen Schlaf geglitten.

Jetzt, in wohliger Mattigkeit, rasten ihr tausende Gedanken durch ihren Kopf. Immer und immer wieder musste sie über Thynors Liebesschwüre nachdenken, sich daran erinnern, wie sein Blick sie gefangen nahm. Seine Gesten, seine Hände. So viel Lust hatte sie nie empfunden. Und so viel Angst auch nicht. Sie wollte diesen Mann und sonst keinen. Für immer. Was, wenn Thynors Liebe irgendwann erlosch?

Sie empfand sich als Außenseiterin, so lange sie denken konnte. Es begann schon als kleines Schulkind, dass sie sich in den meisten Lebenslagen eher wie eine Beobachterin vorgekommen war, als eine Beteiligte. Selbst beim Spielen mit Freundinnen gelang es ihr nur selten, sich dazugehörig zu fühlen. Ihre selbstgeschaffene Distanz war ihr dabei immer angenehm. Das hatte sich nicht verändert, als sie erwachsen wurde. Den Ausdruck *Fräulein-rühr-mich-nicht-*

*an* hatte sie während ihrer Jugend – auch von Leuten, die vorgaben, sie zu mögen – so häufig an den Kopf geworfen bekommen, dass sie anfing, Menschen zu meiden. Sie hatte erkannt, dass niemand ihre Sehnsucht, zurückgezogen zu leben, nachempfinden konnte. Sie verlangte es auch nicht. Es war eher, als spiele sie gegenüber anderen den von ihr erwarteten Charakter – artiges Kind, Freundin, Geschäftspartnerin – wie eine Theaterrolle, und über die Jahre gelang ihr das so perfekt, dass sie nach außen hin *normal* funktionierte. Falls jemandem ihre distanzierte Art überhaupt auffiel, deutete man das wahlweise als schüchtern oder arrogant, bestenfalls als anspruchsvoll und unterkühlt. Nicht zuletzt deswegen gab es stets an ihr interessierte Männer, die ihre Zurückhaltung als Herausforderung aufzufassen schienen. Besonders in diesen Beziehungen war sie gefordert. Sie zog sich innerlich zurück – in die Geschichten und Bilder von Büchern, in das Wissen und die Inspirationen des niedergeschriebenen Wortes. Sie hatte eine lebhafte, eigene Fantasie und konnte sich jederzeit in ihrer Gedankenwelt verschanzen. In ihrer Arbeit als Genealogin fand sie Befriedigung, denn hier gab es bei jeder der Recherchen immer etwas Neues oder bisher Unentdecktes zu erfahren. Mit Paula hatte sie seit vielen Jahren wieder einen Menschen getroffen, den sie mochte, ja auf eine freundschaftliche Art sogar liebte. Bei ihr konnte sie Nähe zulassen. Sie bewunderte Paulas Selbstständigkeit und ihre Hingabe an die Aufgabe, den misshandelten Kindern ein sicheres Zuhause zu bieten. Sie war warmherzig, klug und stark. Elisa war gern mit Paula zusammen. Ein-, zweimal in der Woche kam ihre Freundin abends auf ein Glas Wein bei ihr im Torhaus vorbei. Sie redeten, sahen gemeinsam einen Film oder eine Dokumentation, lasen sich etwas vor oder schwiegen vertraut. Durch die Beziehung zu Paula fühlte Elisa sich nicht einsam und hatte den nötigen Freiraum, um sich dann wieder zurückziehen zu können. Alleinsein war ihr wichtig. Und nun? Alles, alles hatte sich geändert. Sie hatte sich einem Mann geöffnet, sich ihm hingegeben, wie sie es noch nie in ihrem Leben getan hatte. Sie begehrte ihn, mit jeder Faser ihres Körpers. Sie konnte nicht mehr ohne ihn sein. Diesem beeindruckenden Mann wollte sie mit Haut und Haar gehören. Elisa wusste, dass sie kaum in der Lage war, die richtigen

Gedanken für ihre Gefühle zu finden. Spiegelfrau und Körperchemie hin oder her – sie war in Thynor Weyler verliebt.

Elisa zwang sich, aus dem Nebel ihrer Gedankenfetzen aufzutauchen und die Augen zu öffnen. Sie lag in Thynors Bett und trug ein sündhaft exquisites, knapp knielanges Etwas aus seidenen Spitzen und Bändern. Die Farbe lag irgendwo zwischen blütenweiß und Sonnenlicht und weil es lange Ärmel hatte, wärmte es sogar. Sie hörte ein leises Geräusch aus dem Wohnzimmer. Ihr Angebeteter war zurück! Suchend tappte sie los und trat durch die sich selbst öffnende Tür. Auf dem großen Sofa neben Thynors Sessel saß lässig ein Mann, dessen Aussehen nicht weniger atemberaubend war als das der anderen Jäger. Dunkelgrüne Augen blitzten Elisa aus einem braun gebrannten, kantigen Gesicht an, auf dem ein leichter Bartschatten lag. Die hellbraunen Haare fielen in Wellen knapp bis auf die Schultern und verliehen dem Mann eine nonchalante Aura. Im Gegensatz zu Thynor, der einen eleganten Tagesanzug mit Weste, Hemd und Seidenkrawatte trug, hatte sein Gast derbe schwarze Hosen und ein langärmeliges dunkelgraues T-Shirt an. »Meine Güte!«, staunte sie verschlafen, »ihr seht wirklich alle umwerfend aus!«

Thynor sah überrascht zu ihr auf, war er doch beim Anschlagen seines Ramsens davon ausgegangen, dass Elisa ins Badezimmer ging. Nun stand sie da, mitten im Wohnzimmer. Allein ihr Anblick ließ ihn lächeln. Ihr Haar war vom Schlafen zerzaust, ihre Wangen rosig und ihre Haut hatte einen seidigen Schimmer. Das zarte Negligé verhüllte nur unzulänglich ihre weichen Rundungen und ließ deutlich ihre wohlig aufgerichteten Brustspitzen erkennen. Sofort meldete sein ganzer Körper zügellosen Besitzerstolz. Elisa war sich ihrer erotischen Ausstrahlung überhaupt nicht bewusst, so viel war klar. Thynor hingegen erkannte genau, was er hier sah – die Versuchung selbst. Er bekam sofort wieder einen enormen Ständer und wusste, dass er ihn erst loswerden würde, wenn er in Elisa Erlösung gefunden hatte. Er sprang auf und lief glücklich lächelnd zu ihr. Mit seiner Aktion nahm er Alvar die Sicht und verhinderte weitere interessierte Blicke. Thynor schimpfte neckisch mit Elisa: »Nur ich sehe umwerfend aus, um das ein für alle Mal klarzustellen, Liebste. Ich allein bin der Mann, den du atemberaubend zu finden hast.« Er dachte umgehend einen eleganten, bodenlangen Morgenmantel, hüllte sie darin ein und drückte ihr dann einen Kuss auf die Lippen. »Dieser Kerl hier«, Thynor drehte sich grinsend um, »du hast von meinem Stellvertreter Alvar schon gehört, sieht bestenfalls nicht übel aus. Fall bloß nicht auf den feurigen Blick von ihm rein, den er dir gerade so unverschämt zuwirft. Damit bricht er nämlich reihenweise die Herzen der Frauen.« Ohne zu zögern, dachte Thynor sich eine weiche Decke zusammen und legte sie Elisa um die Schultern.

Sie japste auf. »Nun reicht es aber!« Ob sie sich je an seine Zaubereien gewöhnen könnte?

»Damit will er nur angeben«, kommentierte Alvar die Transformation.

»Ich weiß«, Elisa sah Thynor vorwurfsvoll an, »ich wünschte, er würde das lassen. Ständig zaubert er irgendwelches Zeug oder erscheint in Rüstungen, die mich erschrecken.«

Reuelos lächelte Thynor. »Dafür sehe ich viel zu gerne, wie du mich dann anblitzt. Und im Übrigen tue ich das hier nicht für dich. Decke und Mantel sollen mir helfen«, murmelte er in ihr Ohr, während er sie zum Sofa führte.

Elisa wandte sich an Alvar: »Entschuldigen Sie bitte, ich wusste nicht, dass Thynor Besuch hat. Ich wollte Sie nicht stören.«

»Oh, bitte nicht.« Alvar stand auf und meinte galant: »Dein Erscheinen hat meinen Tag gerettet, ach, was sage ich, jeden meiner noch vor mir liegenden Tage, Elisa. Thynor ist so von dir hingerissen, dass ich unbedingt hoffte, das weibliche Wunder zu sehen, als ich heute Morgen herkam. Wie ich feststellen muss, hat er kein bisschen übertrieben.« Und ehe Thynor ihm weitere strafandrohende Blicke zuwerfen konnte, meinte Alvar augenzwinkernd: »Ich war eigentlich auch fertig mit meinem Rapport.«

»Wie geht es denn den Kindern? Kommt Emma zurecht?« Elisa, die wusste, dass Alvar das Anwesen bewacht hatte, fragte besorgt.

»Ich werde mich um das Frühstück kümmern«, schlug Thynor grimmig dreinschauend vor. Er hatte sich nach der Szene mit Luys vorgenommen, gelassener zu reagieren und Elisa nicht von jedem anderen Mann fernzuhalten. Er vertraute allerdings nur seinem Stellvertreter so grenzenlos, dass ihm dessen Gesellschaft für diesen Härtetest geeignet schien. So hatte Elisa die Gelegenheit, sich mit Alvar über die Villa zu unterhalten; er selbst hatte dessen Bericht ja schon gehört. »Ich bin gleich wieder da. Wird das gehen, Elisa?«

Sie wusste, was es ihn kostete, sie mit einem anderen Jäger allein zu lassen, und küsste ihn rasch auf den Mund. »Heiß und stark«, grinste sie ihn zweideutig an und schob ihn Richtung Ausgang.

Thynors ging etwas schleppend los, dennoch beruhigt, als er sah, dass Elisa es sich auf dem Alvar gegenüberliegenden Sofa gemütlich machte.

»Nun, wie war die Nacht bei den Kleinen? Thynor hat mir gesagt, dass er Sie als Vertretung von Rainar Wank geschickt hat.«

Alvar lächelte verhalten. »Sehe ich wirklich so alt aus, dass du mich siezen musst, Elisa? Darf ich dich bitten, obwohl du mich noch nicht persönlich kennst, mich als Freund zu betrachten und das vertraute Du zu benutzen? Ich würde mich darüber wirklich freuen.«

Elisa lächelte zurück. Auch Alvar behandelte sie ebenso respektvoll und offen, wie zuvor schon Luys und dieser Arzt, Layos. Außerdem vertraute Thynor ihm vollkommen, warum also sollte sie das nicht tun? »Ja, gern.«

»Danke ... Die Nacht war ruhig. Gestern Abend habe ich mich lange mit Emma Wenzel unterhalten. Sie ist eine interessante Frau, herzlich und einfühlsam. Sie hat mir die Unterlagen zu den vier Kindern gebracht, die zurzeit dort wohnen; wir haben die Akten gemeinsam durchgesehen. Emma hat mir über jedes Kind etwas erzählen können, liebevoll und sehr lebendig.« Alvar hatte die Unterlagen gründlich geprüft, um eine eventuelle Verbindung, die für Bralur von Interesse sein könnte, auszuschließen. Er war erleichtert gewesen, als er nichts Entsprechendes entdeckt hatte. In Erinnerung an die Schicksale der Kleinen fuhr er sich bedrückt mit den Fingern über die Schläfen. Die Dokumente an sich waren schreckliche Aufzeichnungen. Der Junge, Kay, war im Alter von vier Jahren in die Villa gekommen. Seine ihm wenig zugeneigten Eltern waren Alkoholiker, und als die alleinerziehende Mutter starb, dachte der Vater gar nicht daran, sich um Kay und seinen deutlich älteren Bruder zu kümmern, und verschwand. Der Bruder schien ein Vagabundenleben zu führen und streunte durch die Welt; Kay kam halb verhungert in die Obhut von Paula. In dem Heim lebte er nun bereits über ein Jahr. Ein Mädchen, Elvira, war von Zuhause weggelaufen; nach zwei Tagen Suche hatte man sie auf einem Spielplatz entdeckt, wo sie sich in einem Kletterhaus zum Schlafen hingelegt hatte. Damals war sie fünf Jahre alt gewesen. Ihr Körper wies viele blaue Flecken auf; die Röntgenunterlagen aus dem Krankenhaus zeigten mehrere unterschiedlich alte Brüche; Elvira wurde oft von ihrem Vater geschlagen. In den letzten drei Jahren im Heim waren die körperlichen Wunden verheilt. Was der Mann mit ihrer Psyche angestellt hatte, würde sich erst noch zeigen. Die anderen beiden Mädchen waren Geschwister, zwölf und acht Jahre alt. Auch sie liefen von Zuhause weg. Die ältere, Gitta, hatte ihre kleine Schwester Lani geschnappt, als sie bemerkte, dass ihre Mutter abermals wegsah, als ihr Vater begann, abends in das Kinderzimmer zu kommen, um die Kleine anzufassen. Sie wollte ihre Schwester vor dem beschützen, was Erwachsene ihrem eigenen jungen Körper bereits angetan hatten. Die beiden Mädchen lebten mittlerweile mehr als zwei Jahre in der Geborgenheit der Villa.

Die Kinderschicksale hatten Alvar die ganze Nacht bewegt. Es beunruhigte ihn der Gedanke, dass sie nicht alle Menschen retten konnten, die ihre Hilfe benötigten. Sie waren schlicht und ergreifend zu wenige oder die selbstgestellte Aufgabe war zu gewaltig. Dann erinnerte er sich an die Geretteten, die die Jäger, oft in letzter Minute, aus den Fängen eines Bralur oder eines Menschen befreit hatten und die Bedrückung wurde erträglicher. Was würde das neue Mädchen, das diese Paula Straub aus Portugal mitbrachte, wohl für ein Kind sein? Wieso sagte es kein Wort, außer ›Ringstadt‹? Alvar seufzte auf.

»Keine schönen Geschichten. Ich weiß.« Elisa zog sich Thynors Decke etwas fester um ihre Schultern. »Paula erzählt mir alles von ihren Schützlingen. Was ihnen in ihrem kurzen Leben bereits zugestoßen ist. Ihre Albträume und wie sie sich malträtieren. Manche beißen andere Kinder, einige sind viel zu zutraulich erwachsenen Männern gegenüber. Oft ist es kaum auszuhalten, von all dem zu erfahren, ohne selbst zu leiden. Aber Paula muss das ertragen, sie hat keine Wahl, wie sollte sie sonst helfen? Abends sitzt sie ab und zu bei mir, redet sich ihr Entsetzen von der Seele und weint ein bisschen, vergießt Tränen über die Abscheulichkeiten der Menschen. Und trotzdem findet sie immer wieder die Kraft und macht weiter, geht hinüber in die Villa und kümmert sich hingebungsvoll um die Kinder. Ich kenne keinen standhafteren Menschen.«

Diese Paula Straub schien eine respektable Frau zu sein, dachte Alvar. »Sie hat heute früh bei Emma Wenzel angerufen«, teilte er Elisa mit. »Morgen kommt sie mit dem neuen Mädchen zurück. Bis dahin will ich mir einen genauen Überblick über alle Örtlichkeiten und den praktischen Tagesablauf auf dem Anwesen verschafft haben. Ich gehe nachher gleich wieder hin. Deine Freundin wird wissen wollen, wie es nach dem Bralurangriff um die Sicherheit der Bewohner seht.«

»Bestimmt. Deren Schutz ist ihr sehr wichtig; es liegt ihr am Herzen, dass die Kleinen nach dem, was ihnen angetan wurde, keiner Gefahr mehr ausgesetzt sind. Niemand von ihren Peinigern darf wissen, wo sie sich aufhalten oder in welche Familie sie vermittelt werden, falls die Kinder in ein neues Zuhause kommen. Diese Details darf niemand erfahren, sonst wären alle vor Entführungsversuchen oder Überfällen kaum mehr sicher! Was, wenn die Bralur gestern gar nicht zu mir wollten, sondern jemanden im Kinderheim suchten und nur das Haus verwechselt haben?«

»Diese Möglichkeit haben wir ausgiebig diskutiert«, informierte Alvar Elisa, »denken aber, dass du auch gestern die Zielperson warst, einfach, weil es dich betreffend bereits den Entführungsversuch am Café gegeben hat. Die Bralur werden auch weiter versuchen, dich zu finden, und sie nehmen dabei keinerlei Rücksicht auf die Unversehrtheit oder das Leben anderer. Selbst vor Kindern würde der Abschaum keinen Halt machen, um an Informationen zu gelangen. Aus diesem Grund werden wir die Villa gut bewachen. Niemandem dort wird etwas geschehen.«

»Danke«, murmelte Elisa. »Jetzt habt ihr meinetwegen ein Bralurproblem quasi direkt vor eurer Haustür. Das tut mir wirklich leid. Ich werde alles, was mir möglich ist tun, um herauszufinden, was die von mir wollen.«

»Ich weiß, Elisa. Du trägst jedoch keine Schuld an dieser Situation. Thynor sagte mir, dass ihr bereits drei Möglichkeiten ausschließen konntet und dass Luys und du eine komplette Datenbankabfrage zu sämtlichen deiner elektronischen Vorgänge laufen habt. Das hört sich doch hervorragend an.«

Elisa seufzte unzufrieden. »Wir müssen heute sämtliche Papieranfragen einscannen und die Suche entsprechend erweitern. Hoffentlich haben wir bald eine plausible Spur, die uns den Grund für die Entführung und den Angriff zeigt.«

»Das haben wir bisher immer geschafft – Luys ist ein Genie. Und nun kommt noch deine Hilfe hinzu. Das erhöht die Chancen erheblich, meinst du nicht auch?« Er meinte das völlig ernst. »Wir finden die Verantwortlichen und werden sie bestrafen.«

Leise sagte Elisa: »Du meinst, ihr werdet sie töten.«

»So gehen wir vor. Ja. Jeder von uns kennt die Strafe. Seit unserer Landung gilt, wer ein Schwerverbrechen gegen Menschen oder Zhanyr verübt, dem droht die Eliminierung. Bisher gibt es dazu keine Alternative. Haben wir einen Täter identifiziert, beauftragt Thynor einen seiner Jäger mit der Vollstreckung oder er erledigt das selbst. Er muss manchmal Richter und Henker in einer Person sein, Elisa, und das ist nicht immer leicht.«

»Das geht doch nicht!« Ob sie wegen der Zumutung für Thynor protestierte oder bezüglich der praktizierten Rechtsauffassung der Zhanyr, war ihr selber nicht ganz klar.

»In deiner Welt mag das vielleicht stimmen, Elisa, aber in unserer ist das anders. Da ist diese Härte nötig. Wir sind nicht so organisiert wie ihr, es gibt keine strukturierte Gesellschaft, kein gültiges und anerkanntes Rechtssystem. Thynor und wir anderen Jäger haben geschworen, Menschen und Zhanyr vor den Verbrechen der Bralur zu schützen. Die meisten unserer Zivilisten begrüßen das und unterstützen uns, aber es gibt auch welche, die das nicht so sehen, die meinen, die Zhanyr dürften sich wegen ihrer Überlegenheit auf Lanor alles erlauben. Und Menschen sollten wir deren Auffassung nach eigentlich gar nicht beschützen, nach dem Motto, soll die Menschheit doch zugrunde gehen, denn wir wollten ja sowieso auf Lanor herrschen. Aber wir Jäger helfen dennoch – auf unsere Art. Nimm nur meinen letzten Einsatz. Ich bin gerade erst ein paar Stunden aus Kyrgysztan zurück. Darf ich dir davon erzählen? Vielleicht verstehst du uns dann besser.«

»Ja. Bitte.«

»Vor fünfzehn Jahren überraschten Leute dort in einem Dorf einen Mann dabei, wie er die Leiche einer jungen Frau, die von der Zimmerdecke hing, ausbluten ließ. Er hatte sie vergewaltigt und dann mit einem Jagdmesser getötet. Die Hände und den Kopf trennte er ab und fing das Blut in einer Schüssel auf, um es zu trinken. Der Polizei erklärte er, sehen zu wollen, wie ihre Seele von ihr geht. Das Vorgehen passte zu einigen anderen Morden und bald hatte man die Leichen von sieben weiteren Frauen entdeckt. Ihr Mörder hatte prahlerisch mitgeholfen, sie zu finden. Er kam in eine psychiatrische Klinik und entging somit der Todesstrafe. In der Regel hat es damit sein Bewenden und es gibt für uns Jäger keinen Grund, in das Verfahren der Menschen einzugreifen. Aber nicht in diesem Fall. Als der Killer neun Jahre später in eine Spezialklinik überführt werden sollte, gelang ihm die Flucht. Er tauchte zeitweise in Moskau unter, hielt sich aber auch in seiner alten Heimat auf. Es dauerte mehr als zwei Jahre, bis man ihn wieder fasste. Die Ermittler gingen davon aus, dass er in diesem Zeitraum bis zu zwei Frauen pro Woche getötet hatte. Immer nach dem gleichen Muster. Erst vergewaltigte er sie und dann brachte er sie um. Er soll sogar Teile ihrer zerstückelten Leichen verarbeitet und gegessen haben. Der Mann wurde wieder in eine geschlossene Anstalt eingeliefert und blieb dort drei Jahre, bis er erneut entkam. Zunächst tauchte er bei seiner Mutter unter, dann verschwand er in den endlosen Bergen des Tianshan-Gebirges. Während der Klinikaufenthalte sprach er von seinem Hass auf Frauen, dass er das ›weibliche Geschwür auf Erden‹ tilgen müsse. Er hätte damit nie aufgehört, Elisa. Und an diesem Punkt greifen wir Jäger dann ein: Wenn das Gesetz der Menschen nicht greift oder ihr System nicht angemessen reagiert. Über hundert ermordete Frauen, von nur einem einzigen wahnsinniger Mörder, überforderte Behörden, vielleicht noch viele unentdeckte Opfer? Das können wir doch nicht zulassen! Also kümmern wir uns und eliminieren den Verbrecher. Das ist unsere Verantwortung und der kommen wir auf eine simple Art und Weise nach. Ich habe diesen Mann gefunden, verhört, und nachdem er mit den letzten Opfern prahlte, endgültig ausgeschaltet. Getötet. Das ist es, was wir tun. Thynor ist derjenige, der über die konkreten Aufträge entscheidet, und nie hat jemand irgendeinen Anlass gehabt, seine Befehle infrage zu stellen. Wir vertrauen ihm, wir folgen ihm ohne Zögern.«

Elisa zog die Ecken ihrer Decke um sich zusammen. Sie sagte: »Es ist gut, dass du diesen Mann im Gebirge erwischt hast. Nach so langer Zeit ... Luys erzählte mir, dass ihr euch vordringlich um Bralur kümmert. Unterscheiden sich deren Verbrechen von denen der menschlichen Monster?«

Nachdenklich sah Alvar die junge Spiegelfrau Thynors an und schüttelte leicht den Kopf. Sie stellte sich dem Neuen mit erstaunlicher Kraft, obwohl sie nicht sehr robust wirkte. Sie war attraktiv, von einer natürlichen Anmut, und hatte eine rasche Auffassungsgabe. Elisas Reaktion war sachlich, ihre Frage interessiert. »Eher nicht. Die Lebensräuber sind nur schwieriger zu finden. Und es ist viel schwerer, einen Bralur zu eliminieren. Sie haben eine Menge drauf, man darf sie nicht unterschätzen. Weißt du, es beschädigt jedes Mal unsere Seelen, wenn wir feststellen müssen, dass wir gezwungen sind, einen alten Freund zu finden und zu töten. Jemand, den wir womöglich mochten und der uns einmal wichtig war. Wenn sich zeigt, dass es ein guter Kamerad aus früheren Zeiten nicht geschafft hat, auf dem rechten Weg zu bleiben ... Aber das korrigieren wir. Wir sind kompromisslose Jäger. Und das ist auch Thynor. Und deswegen braucht er dich. Du bist seine Hoffnung, Elisa. Allein, wie er sich in den letzten zwei Tagen verändert hat, ist unfassbar. Ich habe Thynor noch nie so oft lächeln sehen, und glaube mir, ich kenne ihn schon eine Weile. Du kannst nicht ahnen, welche Last er für unser Volk trägt, seit über zweitausend Jahren. Welche Verantwortung er auf sich genommen hat, welchen Pflichten er folgt. Aber du kannst ihm helfen, diese Last erträglicher zu machen. Und da ich die Ehre habe, sein bester Freund zu sein, komme auch ich ab und an in den Genuss deiner bezaubernden Gesellschaft, und das ist mir alles wert.« Alvar machte die charmante Bemerkung mit voller Absicht, als er sah, wie Elisas

Blick verschwamm. Er wollte sie nicht verunsichern. Es funktionierte, und bei seinen Worten legte sich ein versonnener, gelöster Ausdruck über ihr Gesicht.

»Er ist ein wunderbarer Mann. Ich habe mich in ihn verliebt!«, bekannte sie leise. »Kann man das glauben, nach nur zwei Tagen? Ich will ihn so sehr. Und er mich offenbar auch. Seine Gefühle für mich sind unglaublich intensiv. Und er meint anscheinend alles ernst, was er mir sagt! Er will mit mir leben; er nennt mich seine ›Spiegelfrau‹. Wie sich das anhört!«, staunte sie flüsternd. Mit ungeheurer Heftigkeit wurde Elisa in jenem Moment bewusst, wie viel sie für Thynor, diesen außergewöhnlichen Fremden, empfand. Es war erschreckend und schön zugleich.

Alvar lachte laut auf, als er die Emotionen, die sich auf ihrem zarten Gesicht zeigten, verfolgte. »Ach, Elisa, wie hätte er sich denn nicht in dich verlieben können? Hast du dich denn noch nie im Spiegel angesehen? Du bist eine Augenweide, eine einzige Versuchung, du bist mitfühlend, intelligent und stark. Und wenn dieser Typ, der uns gerade von draußen belauscht, nicht sofort zugegriffen hätte, würde ich dich ohne Zögern schnappen und entführen. Aber: Er ist mein Freund, ein toller Mann. Er hat dich verdient. Und du kannst ihm stets vertrauen.«

»Durch die Tatsache, dass du mein Freund bist, und du mit allem, was du gesagt hattest, völlig richtig lagst, lass ich dir ausnahmsweise deine aussichtslosen Fantasien durchgehen«, stand Thynor plötzlich wieder im Zimmer und bedachte Alvar mit einem freundschaftlichen Hieb auf die Schulter. »Und nur nebenbei: Ich habe nicht gelauscht, sondern nur meine Wohnung betreten, wobei ich dich dieses Süßholz hab raspeln hören. Genug davon, mach dich lieber anderweitig nützlich und decke den Tisch mit dem Frühstück. Meine Frau« – bei diesen Worten nahm er Elisa auf seine Arme und trug sie in Richtung seines Schlafzimmers –, »wird sich endlich etwas anziehen und dann wieder zu uns kommen.«

Dem Kommandanten hinterherschmunzelnd, nahm sich Alvar der zugewiesenen Aufgabe an.

Thynor setzte Elisa sacht vor dem Badezimmer ab und gab ihr einen leichten Kuss. Seine Augen lächelten vor reiner, unbändiger Freude. »Deine Kleidung liegt schon drin bereit.«

»Es tut mir leid, dass ich vorhin einfach so ins Zimmer gekommen bin. Ich dachte, du bist allein«, erklärte Elisa bedauernd ihr halb nacktes Erscheinen. »Ich hätte mir sonst natürlich etwas übergezogen. Nie wäre ich nur im Nachthemd erschienen!« Sie wollte, dass Thynor wusste, wie wichtig ihr seine Gefühle waren. »Ob Alvar gemerkt hat ... ich meine, hat man mir angesehen, dass wir beide ...« Sie wurde ein wenig rot.

»Sex hatten? Unglaublichen Sex?« Thynor grinste selbstzufrieden. »Und ob man dir das ansieht, Liebes. Jeder deiner entzückenden Zentimeter zeigt, dass er ausgiebig geliebt worden ist. Und genau das war es, was wir getan haben: Wir haben Liebe gemacht. Das war weit mehr als normaler Sex, das wissen wir beide.« Und als Elisa ihn beglückt anlächelte, fügte er hinzu: »Du bist einfach zum Anbeten!«

»Du bist mir nicht böse?«

»Wieso denn? Weil du in kürzester Zeit dem nächsten meiner Jäger den Kopf verdreht hast? Das wird wohl irgendwie nicht zu verhindern sein. Sie sind Männer und haben Augen im Kopf. Mach dir keine Gedanken wegen Alvar. Er ist durch und durch ein Gentleman. Und außerdem – alles, was ich beim Reinkommen gehört habe, hat mein Herz in warmen Honig getaucht. Du machst mich sehr glücklich. Und nun los, zieh dich an. Ich gehe besser wieder rüber zu ihm, sonst kommen du und ich nie aus diesem Zimmer raus.«


◇ 31 ◇


Elisa fühlte sich so schön angezogen wie nie, als sie sich eine Viertelstunde später zu den Männern setze. Thynor hatte ihr ein elegantes, taubenblaues Wollkleid bereitgelegt, dass ihren Körper schmeichelnd umschloss. Die leicht überlangen Ärmel endeten in schmaler Häkelspitze, die sich auch am halsnahen Ausschnitt wiederfand. Unter dem knapp knielangen geschwungenen Rock trug sie zarte Seidenstrümpfe; der dunkelblaue Strumpfgürtel und die dazu passenden Dessous waren von geradezu lasterhafter Dekadenz.

»Danke«, hauchte sie Thynor zu.

»Ich muss danke sagen«, gab er, aufs Neue fasziniert von Elisas Anmut, zurück.

Alvar beließ es bei einem anerkennenden Blick und schenkte ihr den Frühstückskaffee ein.

Elisa bemerkte sofort, dass die Leichtigkeit des Gespräches verflogen war. »Was ist passiert? Warum blickst du auf einmal so traurig in die Welt?«, fragte sie Alvar.

»Tue ich das? Ich weiß nicht, ob es mir gefällt, dass du das sofort siehst.«

»Geht es um Paula oder die Kinder?«

Thynor strich ihr beruhigend mit dem Handrücken über den Arm. »Nein. Wir sprachen über Henrik. Den Bralur, der dich entführt hat. Ich habe Alvar von deiner Feststellung berichtet, dass es zumindest in dem näheren Aufenthaltsgebiet von Henrik keine Hinweise auf schwere Verbrechen gibt.«

Jetzt verstand Elisa. »Ich weiß, er war einmal dein Freund.«

Alvar nickte bekümmert. »Er glaubt anscheinend, ich hätte ihn verraten.«

»Was du nicht getan hast«, stellte Elisa mit felsenfester Überzeugung in der Stimme fest. »Und wenn ich Thynor ansehe, denkt er dasselbe.«

»Nein«, korrigierte Thynor. »Ich denke, Henrik will uns einfach nur ärgern und verunsichern. Dass wir kein bisschen in unseren Computern über ihn haben bedeutet nicht zwangsläufig, dass er unschuldig ist, sondern nur, dass wir bisher nichts entdecken konnten. Oder dass er ganz woanders lebt. Der Kerl ist vielleicht nur erheblich cleverer als die anderen Bralur. Immerhin hockt er in unserer Isolationskammer und versucht, seinem Schicksal zu entkommen. Und wie es aussieht, hat er mit dieser Strategie Erfolg bei Alvar.«

»Du kennst ihn eben nicht so gut wie ich, mein Freund. Irgendetwas sagt mir, dass Henrik nicht ohne Grund davon überzeugt ist, dass ich mich unehrenhaft verhalten hätte«, beharrte Alvar auf seinem Gefühl. »Und das ist etwas, das ich nicht so einfach hinnehmen werde.«

Elisa fragte nach: »Verrat! Was könnte er denn meinen? Dass du ein Geheimnis preisgegeben hast? Oder eine Person ausgeliefert?«

Ratlos zuckte Alvar die Schultern und malte mit dem Löffelstiel Kreise auf den Tisch. Dann erzählte er: »Wir haben früher oft zusammen einen Auftrag erledigt und viel Zeit miteinander verbracht. Ich kannte Henrik schon als blutjungen Zhanyr, als wir gemeinsam auf Draghant ausgebildet wurden. Ich bin nur wenige Tage älter als er. Nach unserer Landung hier auf Lanor haben wir uns immer mal wieder getroffen. Irgendwann Anfang oder Mitte des 16. Jahrhunderts leitete Henrik eine Einrichtung, die in der Medizingeschichte heute als Pesthaus bezeichnet wird. Es befand sich in England, in der Nähe von York. Ein Schiff aus Venedig hatte die Pest nach Southampton mitgebracht und sie verbreitete sich schnell. Wir wollten vor Ort sein; denn die Epidemie bot Verbrechern beider Spezies ausreichend Gelegenheit und Deckung für ihre Taten. Niemandem fielen ein paar Tote mehr oder weniger in den Massengräbern oder auf den Scheiterhaufen auf; keiner sah genau hin; Strafverfolgung funktionierte kaum. Nun, Henrik laborierte schon länger an einer Schulterverletzung und musste, ohne kämpfen zu können, warten, bis er wieder vollständig moduliert war. Ich wurde zu seinem Beistand dorthin beordert. Also haben wir uns als Ärzte nützlich gemacht. Ich versorgte uns mit Druum aus dem Sicheren Ort in London. Und ich lieferte Henrik die nötigen Medikamente zur Linderung der Beschwerden der Kranken, half bei der Verbrennung der Toten, achtete auf die Quarantäne – oder eliminierte Verbrecher. Und während der ganzen Zeit bin ich mit Henrik bestens ausgekommen. Wir waren einander vertraut wie Brüder. Drei volle Jahre wütete die Krankheit und je länger diese Epidemie dauerte, desto schwieriger wurde die Situation für uns. Das Pesthaus lag außerhalb der Stadt, in einer aufgegebenen Klosteranlage. Kein Gesunder kam dort freiwillig hin. Die Einrichtung stand über Monate unter Quarantäne und wurde zeitweise von Militär bewacht; außerdem gab es ständig Angriffe von verängstigten Leuten, die uns ausräuchern wollten und hofften, die Krankheit dadurch ein für alle Mal loszuwerden. Wochenlang kamen wir nicht raus und irgendwann hatten wir ein zu erwartendes Problem: keinen Druum-Vorrat mehr. Ich machte mich wieder auf den Weg nach London, um welches zu besorgen, wurde unterwegs überfallen und in einem Verlies gefangen gehalten. Als ich mich Tage später selbst befreite und zurückkehrte, musste ich feststellen, dass das Pesthaus gebrandschatzt worden war. Ich suchte überall nach Henrik und erfuhr von einem der Söldner, die sich dort in der Hoffnung auf Beute rumtrieben, dass der Pestarzt gestorben sei, als er ein paar Kranke aus dem Feuer retten wollte. Ich dachte, es lag am fehlenden Druum und an seiner Verletzung, Henrik war wohl nicht mehr kräftig genug gewesen. Der Landsknecht sagte mir, er wäre zusammen mit den Pesttoten verbrannt worden. Weshalb sollte ich das bezweifeln? Zumal ich seinen Lederbeutel mit der leeren Druum-Phiole am Gürtel dieses Söldners entdeckte. Er hatte die Leichen gefleddert. Ich kaufte ihm seine Aussage ab und verschwand aus York. Henrik war für mich tot – und nie wieder habe ich etwas von ihm gehört.«

»Ich kann da keinen Verrat erkennen«, bekräftigte Thynor. »Du hast unseren Regeln entsprechend agiert.«

»Wie bitte? Was?« Elisa verstand diese Bemerkung nicht.

Thynor ließ eine Lichtwand im Zimmer entstehen, auf der regelmäßig angeordnete Zeichen hell und golden leuchteten. »Unsere Regeln. Von Draghant mitgegeben, bestimmen sie unser Handeln bis heute.« *Mehr oder weniger*, dachte er und wusste nach einem Seitenblick auf Alvar, dass dem genau dieselben Überlegungen durch den Kopf ging. Denn natürlich heilten sie hier und da todkranke Menschen; von solche »Wunderheilungen« war in vielen menschlichen Legenden die Rede. Und auch sonst hatten sich in zweitausend Jahren reichlich Dinge abgespielt, die streng genommen nicht mehr mit diesen Grundsätzen in Einklang zu bringen waren. Zu vieles hatte sich im Vergleich zum Auftrag der Mission geändert. Die Jagd von Zhanyr auf Bralur eingeschlossen. »Wir Auserwählten Tausend haben sowohl beim Start als auch bei der Landung auf Lanor geschworen, sie zu befolgen.« Thynor las mit einer singenden Stimme Elisa die Worte auf zhanyrianisch vor.

Sie hatte ihn noch nie in seiner Sprache reden hören, er modulierte die dunklen Laute fließend und in einem seltsam unregelmäßigen Tempo, ohne besondere Betonungen. Es hörte sich wie ein meditativer Gesang an. Als Thynor geendet hatte, sagte Elisa mehr als nur fasziniert: »Das klingt ergreifend. Was bedeutet es?«

Er nahm ihre Hand und las ihr vor: »Vermeidung jeglicher Entdeckung, bis das Besiedlungsziel gesichert ist ... Ausschließlich im Selbstverteidigungsfall gibt es das Recht, die Ureinwohner zu verletzen oder gar zu töten!«

Als er endete, war Elisa einen Moment sprachlos. Wirklich anständig, diese Regeln. Und völliger Blödsinn. Mit einem Blick, der zwischen milder Bestürzung und Mitleid lag, brachte sie heraus: »Das kann niemals funktioniert haben!«

Schweigen. Perplex, dass ihnen ihr existenzielles Desaster so prompt und schonungslos vorgehalten wurde, sahen sich die Männer einen Moment schockiert an, um dann stockend aufzulachen. Alvar klopfte Thynor kameradschaftlich auf die Schulter und stellte fest: »Sie hat nur zwei Tage gebraucht, um das zu erkennen, Mann. Zwei Tage weiblicher Intuition – und schon stehen wir nackt im Regen.« Er grinste anerkennend. Sie selbst hatten lange Jahrzehnte benötigt, das Scheitern der Mission und die weitgehende Unbrauchbarkeit der Regeln als gegeben hinzunehmen.

Thynor nahm Elisas Hand und führte sie an seinen Mund. Er drückte einen Kuss auf ihre Innenfläche und sagte: »Beängstigend scharfsinnig, liebste Elisa.«

»Nun hört schon auf mit diesem Unsinn«, wehrte sie sich unbehaglich gegen die zweifelhaften Komplimente, da sie nicht wusste, ob die beiden Zhanyr sie auf den Arm nahmen. »Schließlich muss euch doch schon auf Draghant klar gewesen sein, dass es nicht so laufen konnte.«

»Wieso?« Aus Thynors Frage klang ehrliches Interesse.

Elisa fand sich in seinem prüfenden Blick gefangen. »Nun, weil ... weil ... ganz einfach: Die Komplexität! In dynamischen Systemen können solch ewige Regeln nicht einmal annähernd greifen.« Die beiden Männer starrten sie an, als würde sie plötzlich ein absurdes Kostüm tragen oder ihre Hautfarbe zu hellgrün wechseln.

Hatte man auf Draghant etwa keine der Chaostheorie vergleichbaren Ideen gehabt?

»Würdest du das eventuell ein wenig näher erläutern?«, brachte Thynor, immer noch völlig überrascht von der Wendung ihres Frühstücksgespräches, hervor.

»Nun, ihr wusstet angeblich, dass ihr hier auf eine Zivilisation trefft.«

Vorsichtig nickten die Zhanyr.

»Das setzt doch wohl intelligentes Leben voraus. Zugegeben, unter Umständen nicht so hoch entwickelt wie ihr – unter Umständen, sagte ich«, funkelte Elisa Thynor an als sich, dessen Mundwinkel zu einem arroganten Lächeln hoben, »aber doch komplexe organische Strukturen, komplexe Gesellschaften, komplexe Naturbeziehungen, das chaotische Klima ... Da können Regeln gar keinen Bestand haben. Niemand kann wissen, wie sich bestimmte Systeme entwickeln werden, das ist, wie gesagt, alles viel zu dynamisch. Es gibt verheerend viele Variablen.«

»Elisa Miller, wer bist du wirklich?«, murmelte Thynor erstaunt und fragte mit einem musternden Blick: »Woher weiß eine Familienforscherin solche Dinge?«

»Huhu«, freute sich Elisa über seine Verblüffung und griente, »ich war schließlich auch mal ein Teenager.«

Alvar warf seinem Freund einen verständnislosen Blick zu.

Thynor seufzte theatralisch auf, grinste und mahnte seine Spiegelfrau: »Rede, oder es gibt keinen zweiten Kaffee!«

Ungerührt hielt ihm Elisa ihre Tasse zum Nachschenken hin. »Interessieren sich nicht alle Teenager der Welt für Mysterien wie das unendliche Universum, Raumschiffe und Aliens? Oder die Chaostheorie? Die ist doch sehr reizvoll.«

»Woher zum Teufel sollen wir noch wissen, was einen Teenager interessiert?«, fragte Alvar und hielt Thynor seine Tasse ebenfalls entgegen. »Wir sind seit tausenden von Jahren erwachsene Zhanyr.«

»Nun, ihr behauptet doch, schon zwei Jahrtausende auf der Erde zu sein. Da wird euch doch das eine oder andere Exemplar unserer Jugendlichen begegnet sein«, ließ Elisa lächelnd die beiden weiter zappeln.

»Letzte Warnung«, bemühte sich Thynor, endlich eine Antwort auf seine Frage zu erhalten, bekam die Kommandantenstimme jedoch nicht überzeugend streng hin. Sein Schmunzeln hinderte ihn. Ihm gefiel dieses Geplänkel. Sogar außerordentlich.

Elisa tat erschrocken, bevor sie nachgab. »Woher ich so etwas weiß? Ganz einfach: Ich habe dutzende Romane verschlungen, die sich mit diesen Themen befassten; utopische Erzählungen jeglicher Richtung; populärwissenschaftliche Bücher, Drehbücher – im Kino spielt man seit jeher Filme, in denen Außerirdische hier auf der Erde landen und gewaltige Probleme bekommen. Im Fernsehen laufen Sendungen, die sich mit Astronomie, Evolution und auch mit außerirdischem Leben befassen ... Als Teenager habe ich so etwas pausenlos angeguckt. Kommt schon, was haben denn eure Jugendlichen so getrieben? Oder seid ihr als Erwachsene zur Welt gekommen?«

»Das klärt ihr besser ein andermal«, schlug Alvar nach einem Schluck heißen Kaffees vor, »bleiben wir lieber beim Thema. Was haben diese tiefgründigen Studien in deiner Jugendzeit – ha, wie alt bist du doch gleich?, dreiundzwanzig?, na, egal – denn alles über außerirdische Wesen ergeben? Abgesehen davon, dass sie mit unsinnigen Regeln hier aufgetaucht sind?«, fragte Alvar fasziniert.

»Nun – dass sie den Menschen gar nicht so unähnlich sein werden. Wir sind nämlich außerordentlich neugierig. Und wenn die Aliens hier auftauchen, könnten sie mit hoher Wahrscheinlichkeit auch neugierig sein, da sind sich sämtliche Autoren einig. Triebe wie Vermehrung und Inbesitznahme, der Drang nach Kolonisierung und Ausbreitung dürften ebenfalls ähnlich stark ausgeprägt sein. Und, nun ja – in den meisten Geschichten sind die Außerirdischen schlicht und einfach Eroberer. Nur, ob sie zu den Guten oder zu den Bösen zu rechnen sind, darüber herrscht bis heute kein Konsens. Habe ich etwas vergessen? Ihr müsstet dazu doch einiges wissen?«, schloss sie ironisch.

»Ich denke, du hast das Wesentliche benannt«, gab Thynor zu, betroffen, wie dicht die menschliche Fantasie an die Wahrheit heranreichte. Sie hatten über die Jahrhunderte zwar eine umfangreiche Mediensammlung zusammengetragen und in einem der ehemaligen Frachträume des Schiffes untergebracht, doch hatte er bisher wenig Zeit mit dem Lesen von Prosatexten oder dem Betrachten von Filmen verbracht; so etwas wie musische Entspannung hatte es für ihn und seine Jäger eigentlich nie gegeben.

Alvar sagte: »Tja, Elisa, du hast natürlich vollkommen recht: Unsere Regeln konnten nicht funktionieren, weil sie die konkreten Bedingungen hier auf Lanor nicht ansatzweise einbezogen hatten. Sie waren nicht durchsetzbar. Eigentlich lief die Mission von dem Moment an schief, als unser Frauenschiff im All verschwand.«

Elisa merkte, wie die Stimmung am Tisch nachdenklich und niedergedrückt wurde. Mitfühlend streichelte sie ihrem Spiegelmann über den Arm. Ihr war sehr wohl aufgefallen, dass beide Zhanyr weder die Eroberungsmission an sich infrage stellten, noch auf mögliche Irrtümer ihres Volkes eingegangen waren.

»Nun, wenden wir uns lieber den vor uns liegenden Aufgaben zu«, nahm Thynor sich wieder der Gegenwart an.

Alvar war sofort im Jägermodus. »Ich werde noch einmal mit Henrik reden, bevor ich Boris wieder oben bei der Villa ablöse. Ich würde dieses Mal gern allein zu ihm in den Isolationstrakt gehen, wenn das in Ordnung ist, Kommandant?«

Thynor sah auf. »Sicher. Ich wollte mich ohnehin um den anderen Gefangenen kümmern. Layos müsste ihn inzwischen soweit stabilisiert haben. Henrik wird dir aber bestimmt nicht mehr sagen, als bisher.«

»Darum geht es nicht.«

Das hatte Thynor bereits vermutet. »Worum dann?«

Alvar schwieg einen Moment, dann kämmte er sich mit beiden Händen das Haar aus der Stirn. »Henrik und ich waren einmal Freunde. Ich ging von seinem Tod aus, doch nun ist er ein Bralur. Das passt überhaupt nicht zu dem Mann, den ich kannte.«

»Dir ist natürlich klar, dass sich die Dinge über die Jahrhunderte ändern können.«

Alvar seufzte. »Klar. Was glaubst du denn! Darüber denke ich nach, seit ich erfahren habe, dass er noch am Leben ist. Ich weiß nicht, ob es mir nicht besser gefallen würde, wenn er tatsächlich tot gewesen wäre. Jetzt müssen wir ihn sogar eliminieren.«

»Wieso?« Elisa klang völlig überrascht.

»Wieso?! Er ist ein Lebensräuber, Abschaum! Er wollte dich entführen, oder Schlimmeres. Dafür muss er bezahlen.« Das stand für Alvar außer Zweifel.

Elisa hakte nach: »Und der Grund für sein Handeln? Spielt es keine Rolle, warum er das getan hat?«

»Du denkst, das macht einen Unterschied?«

»Natürlich! Außerdem will ich nicht schuld sein am Tod eines anderen Menschen!«

»Er ist kein Mensch«, bemerkten Thynor und Alvar gleichzeitig. Ungerührt.

»Das ist doch egal! Mir geht es gut; es ist nichts passiert. Dieser Henrik ist doch mit seinem Versuch gescheitert. Ihr könnt ihn nicht wegen einer mutmaßlichen Absicht töten!«

Thynor bemerkte, dass Elisa zunehmend verzweifelter versuchte, mit der Eskalation der Diskussion fertig zu werden. Er hatte allerdings nicht vor, das alternativlose Strafsystem der Jäger jetzt mit ihr zu erörtern, mal abgesehen davon, dass er und Alvar selber schon einige Male über differenziertere Strafen diskutiert hatten. Ergebnislos. Ein Attentat auf Elisa schien ihm kaum der geeignete Anlass für Neuerungen. Selbstverständlich würde er es seinem Freund nicht zumuten, Henrik zu eliminieren; das musste er selbst übernehmen. Über sein Ramsen sandte er Alvar einen entsprechenden Befehl und wandte sich dann an Elisa: »Er redet ja erst noch einmal mit Henrik. Dann sehen wir weiter.« Ob dieser Beschwichtigungsversuch wirkte, konnte er ihr nicht ansehen.

Sie wechselte das Thema. »Thynor, morgen kommt Paula wieder. Mit einem neuen Mädchen.«

»Ich weiß.«

»Nun, vielleicht sollte ich Alvar zur Villa begleiten und Paula dort die«, sie suchte nach dem richtigen Wort, »*neuen Umstände* etwas ausführlicher als gestern am Telefon erklären?« Bittend sah Elisa Thynor an.

»Das wäre möglicherweise hilfreich. Ich entscheide allerdings erst später, welche Informationen wir überhaupt weitergeben. Bis morgen kann sich einiges ereignen und ich will die aktuelle Situation vor Ort kennen, bevor ich mich festlege. Und falls du zu Paula gehen solltest, dann nicht mit Alvar allein. Ohne mich wirst du dieses Schiff nicht verlassen.« Das war die deutliche Ansage eines Kommandanten.

Und eines Spiegelmannes. Elisa wusste, mehr würde sie im Moment nicht erreichen können und insistierte nicht weiter. »In Ordnung.«

Thynor wandte sich, zufrieden über Elisas Entgegenkommen, nun Alvar zu, milderte dabei seine Worte allerdings mit einem Augenzwinkern: »Ich denke, für einen Morgen hast du genug mit meiner Frau zu tun gehabt. Also, verzieh dich, rede mit Henrik und mach dich dann wieder auf dem Anwesen bei den Kindern nützlich.«

»Ich freue mich, dass wir uns kennenlernen durften«, verabschiedetet Alvar sich gehorsam von Elisa und klopfte Thynor auf die Schulter. »Ich hoffe, du weißt, was für ein unverschämtes Glück du hast.«

Als Alvar den Raum verlassen hatte, bemerkte Elisa: »Ich mag ihn. Er ist dir ein guter Freund.«

Thynor zog sie auf seinen Schoß und küsste sie. »Dir auch, Liebste, glaub mir. Er wird dich ebenso beschützen wie ich. Wir hüten dich wie einen Schatz.« Aufgeräumt meinte er: »Apropos beschützen. Wir müssen langsam aufbrechen. In zwanzig Minuten kommen zwei Leute von der Polizei. Wir werden uns in meinem Büro im Resort mit ihnen treffen.«

»Gut. Ich bin bereit. Ich brauche noch Schuhe und schon kann es losgehen.«

»Warte hier.« Thynor setzte Elisa auf ihren Stuhl zurück, ging in sein Schlafzimmer und holte ein Paar silbergraue, elegante Wildlederstiefel mit hohen Absätzen aus dem verborgenen Wandschrank. »Hier, die müssten passen.«

»Die sind perfekt!«, freute sie sich. »Danke.«

»Los, den Fuß reingesteckt. Wir müssen uns beeilen«, und mit einem frivolen Bild im Kopf – von Elisa in diesen Stiefeln aber ohne das Kleid –, kniete er sich lächelnd nieder und half ihr beim Anziehen.

## ◇ 32 ◇

Sie betraten das Hotel durch eine Tür von der Tiefgarage aus und standen in einem breiten Seitengang, der in das weitläufige Foyer führte. Dicke cremefarbene Teppichböden schluckten nahezu jedes Geräusch und die indirekte Beleuchtung sorgte für weiches, warmes Licht. Thynor griff nach Elisas Hand, als sie die zentrale Lobby betraten. Die drei Etagen des Hauses vereinigten sich hier mittels einer riesigen Kuppel aus Glas, spielerisch verbunden durch ein raffiniertes Geländer, welches, von unten nach oben in der Höhe verlor. Durch diesen kleinen Kniff erschien die Höhe imponierender. Achtarmige moderne Kronleuchter, mit hunderten funkelnden Bleikristallen behängt, verliehen der Halle von der Mitte her eine lichtdurchflutete Vornehmheit. Großzügige Sitzgruppen aus Ledersofas, deren Farbe ein nahezu schwarzes Violett ergab, luden darunter zum Verweilen ein. Dem Architekten war es mittels raumhoher Glaswände gelungen, eine Symbiose vom modernen Foyer nach außen zu schaffen. Das Auge konnte in die nebelverhangenen Parkanlagen des Resorts schweifen. Hier und da erblickte man eine Skulptur, ein weiteres Gebäude oder sah in der Ferne die waldige Landschaft. Zum See hin öffnete sich eine luxuriös gestaltete Terrasse, auf der Pflanzgefäße mit Buchsbäumchen oder Ilexsäulen einen Sichtschutz boten. Das Ganze wirkte von innen bedeutend größer, als es von außen den Anschein hatte. Elisa wusste gar nicht, was sie zuerst bestaunen sollte.

Thynor sah sich prüfend um. Zu dieser Tageszeit hielten sich nicht viele Gäste in der Lobby auf: Ein Paar checkte ein und genoss in bequemen Sesseln das Begrüßungsgetränk, während die nötigen Formalitäten eine Art Betreuer erledigte. Thynor hatte in seinen Häusern auf eine klassische Rezeptionstheke verzichtet. Die Gäste wurden diskret empfangen und entspannten von der ersten

Minute an. Ein unternehmungslustiges Grüppchen sammelte sich in der Nähe des Haupteingangs zu einem gemeinsamen Ausflug. Sie knobelten scherzend aus, wer den hoteleigenen, fabrikneuen Kleinbus fahren durfte. Ein gelangweiltes Geschwisterpaar im Vorschulalter kabbelte sich auf einem Sofa, während ihr genervter Vater versuchte, ein Telefonat zu führen. Zwei etwas verkatert aussehende Gesellen beschlossen lautstark, ihr Frühstück mit einem frühen Aperitif abzuschließen. So weit, so gut. Kein Bralur. Elisa war in Sicherheit. Wie aus dem nichts kam ein Angestellter in Hoteluniform, dessen Namensschild ihn als *Edwin Bauer, Empfangschef*, auswies, auf sie zu und begrüßte Thynor mit einem leichten Kopfnicken: »Herzlich willkommen zu Hause, Herr Weyler. Der Aufzug wartet schon.« Dann verbeugte er sich vor Elisa.

Ihr genügte ein Blick auf den Mann, um zu wissen, dass er zu den Zhanyr gehörte. Alles passte: Aussehen, Alterslosigkeit, Stil, sein respektvolles Verhalten gegenüber dem Besitzer der Anlage.

Thynor übernahm die Vorstellung: »Guten Tag, Edwin. Ich freue mich auch, Sie zu sehen. Das ist meine zukünftige Frau, Elisa Miller. Sie wird mich während meiner Aufenthalte hier begleiten und möglicherweise den einen oder anderen ihrer Geschäftstermine in unseren Business-Räumen wahrnehmen. Ich brauche wohl nicht zu betonen, dass ihr währenddessen sämtliche Möglichkeiten und Ressourcen des Resorts zur Verfügung stehen.«

Ob er sich über die plötzliche Verlobung seines Chefs Gedanken machte, war dem Empfangschef nicht anzusehen. Und die Tatsache, dass dies nicht die erste bezaubernde Frau war, die Thynor Weyler in seine Räume mitnahm, war ihm kein Mienenspiel wert. Aber der Tonfall, in dem der Kommandant der Jäger ihm die Menschenfrau vorgestellt hatte, und der vielsagende Blick, mit dem er ihn dabei bedachte, hatten ihm bestätigt, dass diese Frau etwas Besonderes sein musste. »Auch Ihnen ein außerordentlich herzliches Willkommen, Frau Miller. Ich hoffe sehr, dass Sie sich hier wohlfühlen werden.«

»Danke. Bestimmt. Das ist ein sehr schönes Haus.«

Thynor informierte Elisa: »Falls du hier im Hotel je etwas benötigst oder ein Problem auftaucht und ich zufällig nicht da sein sollte, wird Edwin dir persönlich helfen. Er genießt mein vollstes Vertrauen. Du erreichst ihn ab sofort über den Armreifen.«

Dann betraten sie zu dritt den Aufzug und während der Fahrt in die oberste Etage teilte Edwin, nun – außerhalb der Öffentlichkeit – in vertrautem Umgang der Zhanyr, mit: »Deine Gäste sind schon eingetroffen, Thynor. Ich habe sie mit einem kleinen Imbiss in den vorderen Salon gesetzt; ihr habt allemal ein paar Minuten Zeit, um euch vorzubereiten.«

»Danke. Ich möchte Elisa erst noch die Räumlichkeiten zeigen. Ist Susanne da? Sie kann die Polizisten in einer Viertelstunde zu uns bringen.« Mit einem Nicken verabschiedete er Edwin und trat mit seiner Spiegelfrau aus dem Aufzug.

Als sich die Türen hinter ihnen geschlossen hatten und sie allein waren, stürzte Elisa sich unwillkürlich in Thynors Arme zurück, so überwältigte sie die Aussicht. Sein Büro – eine Bezeichnung, die diesen Raum nicht annähernd beschrieb – hatte die Ausmaße eines mittleren Ballsaales und öffnete sich zur Seeseite hin über eine gläserne Wand und eine Dachterrasse in die Landschaft. Ein Arbeitsplatz als solcher war auf den ersten Blick nicht erkennbar. Womöglich verbarg er sich hinter einem der Raumteiler. Edle Bezüge und warme Hölzer verbanden die moderne Einrichtung zu einem eleganten Ensemble. Zwei bequeme Sitzgruppen sorgten für eine entspannte Atmosphäre nach Erledigung der Geschäfte, die entweder an dem mindestens zwanzig Leuten Platz bietenden Konferenztisch oder an einem der kleineren Tische behandelt worden waren. Die Wände schmückten abstrakte Gemälde, deren Maler Elisa bekannt vorkamen. Das hier war eindeutig das Refugium eines mächtigen Mannes.

Elisa trat staunend an das riesige Fenster. »Da drüben auf der Wiese habe ich damals im Heu gesessen«, wies sie mit der Hand auf den Hang am anderen Seeufer. »Ich habe hier rübergesehen und nicht ansatzweise erahnt, wie es hier aussieht. Von hier ist die Aussicht phänomenal. Das Panorama muss doch zu jeder Jahreszeit fantastisch sein! Wo ist Westen? Kannst du den Sonnenuntergang sehen? Oh, das ist zweifelsohne das schönste Büro auf Erden!«

Ihre Begeisterung ließ Thynors Herz mal wieder schmelzen. »Das ist nicht mein Büro, Liebstes. Hier empfange ich nur

Geschäftspartner und weniger willkommene Gäste. Mein Büro liegt hinter dieser Tür dort, am Ende eines kleinen Flures. Von dort geht es auch in das Büro meiner Assistentin und in zwei weitere Arbeitsräume, von denen ich bereits einen für dich herrichten ließ. So bist du in der Lage, jederzeit hier oben zu arbeiten oder Kunden zu empfangen, oder du benutzt weiter den Raum in meiner Wohnung im Schiff. Überleg es dir in Ruhe. Hier hättest du diese Aussicht gratis«, neckte er sie, um Elisa die Befangenheit wegen des prachtvollen Konferenzraumes zu nehmen – und um ihr den generellen Umzug zu ihm zu erleichtern. Leider blieb keine Zeit, ihr die anderen Räume zu zeigen, denn nach einem energischen Klopfen und Thynors »Ja, bitte« betrat eine schätzungsweise fünfzigjährige, resolut wirkende Frau den Raum und schob einen eleganten Servierwagen mit feinem Porzellangeschirr, Gläsern, diversen Getränken und Kannen vor sich her. Freundlich ging sie auf Elisa und Thynor zu. Sie trug einen Hosenanzug aus dunkelblauer Wolle und eine blendendweiße Bluse. Ihr kurz geschnittenes Haar umrahmte ein rundes Gesicht mit klaren, hellen Augen und einem leicht breiten Mund. Thynor übernahm die Vorstellung. »Elisa, das ist Susanne Weber, meine geschäftsführende Assistentin. Susanne, das ist meine zukünftige Frau, Elisa Miller. Sie überlegt gerade, ob sie künftig einen Teil ihrer Arbeit vom Büro neben meinem aus erledigen wird, aber selbst wenn nicht, so werden Sie von nun an häufiger miteinander zu tun haben.«

»Freut mich sehr, Sie kennenzulernen.« Elisa registrierte beim Händeschütteln, dass Susanne Weber übereinander zwei Eheringe am Finger trug, wie es Witwen oftmals taten.

»Es freut mich ebenfalls. Ich habe mich schon gefragt, weswegen wir der Liste unserer Kaffeelieferanten einen weiteren hinzufügten, der uns in so geringen Mengen mit einer Röstung beliefern wird. Das reicht ja gerade mal für ein, zwei Personen.« Susanne Weber schmunzelte diskret, als sie die unverkennbare Freude in Elisas Gesichtszügen und das dankbare Lächeln bemerkte, mit dem Thynor auf seine gelungene Überraschung reagierte.

Thynor fügte zu Elisas Information hinzu: »Wir arbeiten schon über zwanzig Jahre zusammen und sind bestens aufeinander eingestellt. Wenn ich nicht im Resort anwesend bin – und das ist recht häufig der Fall – führt Susanne inzwischen die Geschäfte. Sie wird dich, ebenso wie Edwin Bauer, in jeder erdenklichen Hinsicht unterstützen.«

»Selbstverständlich. Bitte zögern Sie nicht, mir zu sagen, wenn ich etwas für Sie tun kann, Frau Miller.«

»Das werde ich bestimmt. Vielen Dank.« Elisa spürte, dass das Angebot ehrlich gemeint war. Thynor vertraute dieser Frau, also gab es für sie keinen Grund, das nicht auch zu tun.

»Bitte bringen Sie die beiden Beamten in fünf Minuten herein.« Thynor wollte Elisa vorher noch einmal unter vier Augen sprechen. Als Susanne Weber die Tür hinter sich geschlossen hatte, sagte er: »Sie weiß nichts von uns Zhanyr, beachte das bitte, wenn du dich mit ihr unterhältst.«

Das war einzusehen und Elisa würde es schon hinbekommen.

»Sie hält mich wie der Rest der Welt für einen reichen, gutaussehenden Geschäftsmann. Im Gegensatz zu den anderen weiß sie aber über meine gesellschaftlichen Verbindungen und die Angelegenheiten als Hotelier bestens Bescheid. Sie ist absolut zuverlässig, diskret und vertrauenswürdig.«

»Dann gib dir Mühe, dass sie dir noch lange erhalten bleibt. So jemanden findet man nicht oft. Ich glaube, sie gefällt mir.«

»Schön.« Thynor gab ihr einen Kuss ins Haar und war zufrieden, dass die Vorstellung Elisas bei seinen engeren Mitarbeitern so unkompliziert verlief. Im Gegensatz zu Edwin, der als Zhanyr über ein riesiges Vermögen verfügte und in diesem Jahrzehnt nur auf seinen persönlichen Wunsch im Resort arbeitete, zahlte Thynor seiner Assistentin ein äußerst großzügiges Gehalt, das ihr einen nahezu luxuriösen Lebensstil ermöglichte. Susanne Weber wusste das zu schätzen, wie sie es ihm gegenüber mehrfach betonte. Sie hielt ihn für einen cleveren Geschäftsmann, dem man nicht allzu viele Fragen stellte. Jedoch mehr als das üppige Gehalt hatte Thynors mitfühlendes Verhalten und die hilfreiche unbegrenzte und dennoch bezahlte Freistellung nach dem Tod ihres geliebten Ehemannes vor fast zehn Jahren dazu beigetragen, dass Susanne Weber alles ihr Mögliche tat, um für Thynor Weyler beste Arbeit zu leisten. Er wusste das und war immer wieder dankbar für dieses simple Arrangement.

## ◇ 33 ◇

Übergangslos nahm Thynor Elisa bei der Hand und führte sie zu einem der kleineren Konferenztische. »Wie immer, wenn sich in Bezug auf das Resort oder mich persönlich etwas ergeben hat, das die Polizei auf den Plan ruft, taucht der Chef der zuständigen Polizeiinspektion höchstselbst auf, um mit mir zu reden. Das lässt er sich nicht nehmen, immerhin zähle ich zu den berühmtesten und wohlhabendsten Prominenten in seinem kleinen Reich. Und da es sich bei dem gestrigen Überfall nicht um ein simples Verkehrsdelikt handelte, bringt er sicher seinen besten Mann für die nötigen Ermittlungen gleich mit, wie ich vermute, in diesem Fall eine mir gut bekannte Frau. Die beiden machen eine anerkennenswerte Arbeit, haben in ihrem Bezirk schon viele Straftaten geklärt und nur selten ist es bisher erforderlich geworden, dass wir Jäger eine Spur durch deutliche Hinweise erkennbarer werden ließen oder einen Verbrecher an der Flucht hinderten. Alvar und ich halten es schon seit Jahrhunderten so, den regionalen Ordnungshütern so viel Hilfe zu geben, wie irgend möglich, um die Kriminalität in der Region um unser Hauptquartier herum nicht über die Maßen hinaus anwachsen zu lassen. Wir können hier die Aufmerksamkeit von Sicherheitsbehörden nicht gebrauchen. Insofern gibt es in dieser Gegend nur wenige Drogendelikte, keinerlei Diebesbanden oder andere Gangs. Die Anzahl von Diebstählen, häuslicher Gewalt oder sonstiger Vergehen hält sich im statistischen Mittel. Bei den wenigen schwereren Verbrechen wie Mord, Totschlag oder Raub haben wir Jäger unauffällig ein Auge auf den Ermittlungsarbeiten. Was ich sagen will, ist, dass ich Erfahrung im Umgang mit den beiden Polizisten habe. Übe also bitte etwas Nachsicht mit mir, wenn ich das kommende Gespräch auf meine Art führen werde. Es ist nicht, weil ich dir nicht zutraue, für dich alleine sprechen zu können, sondern weil ich weiß, worauf ich achten muss und wie viel ich sagen kann, ohne den Verdacht in eine für uns Zhanyr ungünstige Richtung zu lenken. Wir dürfen nicht entdeckt werden. Dieses Risiko kann ich nicht eingehen. Ich–«

»Ist schon gut«, beruhigte ihn Elisa mit einem Streicheln über seinen Handrücken. »Ich verstehe das. Mach nur. Wenn du denkst, ich ... Oh, sie sind wohl da.«

Nach einem Türklopfen begleitete Susanne Weber die Polizeibeamten in den Raum und führte sie zu dem Tisch, an dem Thynor und Elisa, sich erhebend, warteten. Obwohl die Assistentin wusste, dass ihr Chef die beiden kannte, stellte sie sie noch einmal vor, damit Elisa mitbekam, wer ihre Besucher waren: »Polizeidirektor Curt Hagen. Erste Kriminalhauptkommissarin Johanna Gohde.«

Thynor gab beiden die Hand und stellte dann Elisa vor. »Wir werden demnächst heiraten. Deswegen liegt mir sehr daran, die gestrigen Ereignisse schnell aufzuklären, damit wir unbelastet mit den Hochzeitsvorbereitungen fortfahren können.«

»Hm. Verstehe«, gab Hagen vor.

»Bitte nehmen Sie Platz«, bot Thynor an. Während er Elisa den Stuhl zurechtrückte, erwies Susanne Weber der Kriminalkommissarin diese Aufmerksamkeit. Die Männer nahmen sich ihre Sitzgelegenheiten selbst; Thynor rückte dicht neben seine Zukünftige. Als die Getränkewünsche erfüllt wurden, betrachtete Elisa die zwei Polizeibeamten. Während der Mann sowohl von der Statur als auch vom Alter her ihren Vorstellungen von einem Polizeidirektor entsprach, wirkte die Frau auf den ersten Blick etwas unscheinbar. Legere Alltagskleidung und eine eher praktische Handtasche deuteten auf eine gewisse Nachsichtigkeit bezüglich ihres eigenen Erscheinungsbildes hin. Auch ihre zu einem mädchenhaften Pferdeschwanz gebundene Frisur und eine bunte Kinderuhr am Handgelenk ließen sie nicht wie eine furchteinflößende Ermittlerin wirken. Doch Elisa erkannte die echten Perlmuttknöpfe an ihrer Bluse, die doppelten Nähte und die geschlagenen Nieten an den hochmodischen Jeans und das mehrfach geschliffene Glas an ihrer Zopfspange. Alles dezent, aber keineswegs billig oder von minderer Qualität. Für die Uhr würde Johanna Gohde ihre guten Gründe haben.

Thynor bedankte sich bei seiner Assistentin für die Bewirtung und entließ sie aus dem Raum. Mit einem leichten Nicken beantwortete er ihre unausgesprochene Frage, ob sie das Gespräch mitschneiden solle. Er wartete, während er an seinem Wasser nippte. Sollten die anderen beginnen. Was würde auf sie zukommen?

Hagen erklärte: »Auch wir haben ein großes Interesse daran, den Überfall rasch aufzuklären. Kommissarin Gohde leitet die Ermittlungen und hat sich mit den Berichten der Beamten vor Ort und Ihrer gestrigen Aussage, Herr Weyler, bereits vertraut gemacht. Wir kommen soeben vom Tatort, wo wir beide uns noch einmal umgesehen haben. Ich hoffe, Ihrer Verlobten geht es inzwischen besser und wir bekommen auch von ihr eine Aussage.«

Elisa nickte und Thynor sagte: »Sicher.«

Das war das Stichwort für Johanna Gohde. »Ich gebe zu, dass wir offene Fragen haben; am drängendsten hinsichtlich des Motivs für den Überfall und der eigentlichen Zielperson.«

Thynor tat, als wäre er überrascht: »Ach. Ich dachte, man hätte es auf mich abgesehen. Das wäre, wie Sie wissen, ja nicht das erste Mal und wird bestimmt nicht der letzte Versuch gewesen sein, an mich heranzukommen. Wer sollte denn etwas von Elisa wollen?! Wir haben unsere Beziehung bis dato sehr verborgen. Von ihr wusste praktisch niemand. Selbst die Klatschpresse hat nicht einmal eine Andeutung gemacht. Deswegen war ich gestern völlig ohne Security unterwegs.«

Die Kommissarin nickte. »Das ist ebenfalls unsere Arbeitshypothese gewesen, dass Sie das ausersehene Opfer waren. Aber wofür? Entführung? Mord? Sie haben meinen Kollegen gestern mitgeteilt, dass Ihnen niemand konkret einfällt, dem Sie so eine Tat zutrauen, dass Sie keine Drohbriefe oder ähnliches bekommen haben. Aber wie sieht es mit Ihnen aus, Frau Miller?«

»Oh, ich habe bestimmt nichts dergleichen erhalten«, beeilte sich Elisa zu versichern.

»Gut. Aber das ist nicht der Punkt. Wie viele Leute wussten von Ihrem Verlöbnis? Wer könnte über ihre zukünftige Frau versuchen, Sie zu treffen, Herr Weyler?«

Diese Polizistin war zweifelsohne auf Draht, dachte Elisa, während Thynor antwortete: »Wer davon wusste? Wenige. Ein, zwei enge Bekannte, mehr nicht. Wir sind ja auch noch gar nicht so lange ein Paar. Die Liebe hat uns eher wie ein Blitz aus heiterem Himmel getroffen. Ich hatte mich mit Elisa zu einem geschäftlichen Anliegen verabredet. Bei diesem ersten Termin habe ich mich sofort in sie verliebt und zum Glück war sie der Bitte um weitere, etwas privatere Treffen nicht abgeneigt. Nun, mein Sicherheitschef wusste zweifelsohne Bescheid. Und meinem Hausarzt habe ich davon erzählen müssen, als er mich mit einer gemeinsamen Bekannten verkuppeln wollte. Elisa, und du?«

»Ich habe niemandem etwas gesagt. Du warst mein großes Geheimnis.« Sie wusste, wie dämlich sich das anhörte. Ein naives Sexhäschen hätte nicht anders geantwortet! Ein Blick auf Hagen sagte ihr, was der von ihrer Unbedarftheit hielt. Offensichtlich hatte er es geschluckt, denn schließlich sollten sich die Ermittlungen auf den Hotelbesitzer konzentrieren und dann im Sande verlaufen.

Alles in allem kam bei dem Gespräch für niemanden etwas Neues heraus. Thynor blieb bei der mit Alvar und Elisa abgesprochenen Version der Ereignisse. Dennoch versprach er, die Ermittlungen bestmöglich zu unterstützen. »Sollte meiner Security im Umfeld des Anwesens noch etwas auffallen, informieren wir Sie selbstverständlich sofort. Bis Sie die Verantwortlichen festgesetzt haben, werde ich dort mit eigenen Mitteln für die nötige Sicherheit der Kinder und der Angestellten sorgen.«

Johanna Gohde nickte. »Das kann nicht schaden. Ich denke außerdem, dass Sie, Frau Miller ebenfalls stärker auf ihre Sicherheit achten sollten. Trotz der akkuraten Arbeit unserer Spurensicherung haben wir zum Geschehen immer noch keine klaren Vorstellungen. Zum gegenwärtigen Zeitpunkt können wir jedenfalls nicht zweifelsfrei ausschließen, dass Sie eventuell doch das eigentliche Anschlagsziel waren.«

Ein netter Hinweis. Unwillkommen zwar, aber die Erste Kriminalhauptkommissarin hatte recht. Nur, dass die Polizei nicht mit außerirdischen Lebensräubern rechnete, dachte Elisa. Johanna Gohde würde diesen Fall mit an Sicherheit grenzender Wahrscheinlichkeit nie zufriedenstellend abschließen können.

Thynor nahm den Ratschlag auf: »Gewiss. Frau Miller wird von meinen besten Männern bewacht und steht noch einige Zeit unter ärztlicher Aufsicht. In den nächsten Tagen wird sie hier im Resort anzutreffen sein und wenn Sie weitere Fragen haben sollten, rufen Sie mich gern direkt im Büro an und wir vereinbaren unkompliziert einen erneuten Termin. Nun, meine Verlobte ist von den Ereignissen recht mitgenommen, das verstehen Sie sicher. Ich möchte sie, soweit es geht, mit Anstrengungen verschonen.«

Das war ein zuvorkommend formulierter Rauswurf. Selbst wenn es den Polizeibeamten nicht gefiel – was blieb ihnen übrig? Sie kündigten pflichtgemäß an, alles nochmals zu überprüfen, erinnerten die beiden daran, sich freundlicherweise für weitere Fragen zur Verfügung zu halten, und verabschiedeten sich höflich, aber mit vielen Fragezeichen im Blick.

## ◇ 34 ◇

Kaum hatte sich die Tür hinter den beiden Besuchern geschlossen, fragte Elisa aufgebracht: »Übertreibst du es nicht ein wenig mit der Fürsorge? In deinem Büro anrufen? Was ist mit meinem Handy? Ich bin durchaus in der Lage, meine Termine selbst zu machen.«

»Gewiss kannst du das. Aber ich hatte dich gewarnt; du wusstest, dass dir meine Taktik nicht gefallen würde.« Thynor verstand Elisas Unzufriedenheit, dachte aber andererseits nicht im Traum daran, sich zu entschuldigen. Er legte sein Jackett und die Krawatte ab und öffnete die obersten Knöpfe des Hemdes. »Tatsache ist, dass dieser Hagen und seine Kollegin mit uns ganz anders umgegangen wären als mit einer vermeintlich naiven jungen Frau, der noch die Knochen vom Überfall schlottern. Glaub mir, ich habe enorme Erfahrung im Umgang mit Polizisten und ihren Methoden.«

Elisa wollte schon anfangen zu protestieren, erkannte dann aber ihren Fehler. »Es tut mir leid. Verzeih mir. Bitte. Ich bin auf mich selbst wütend, weil ich immer noch nicht weiß, was die Bralur von mir wollten, und lasse das an dir aus. Tut mir leid«, bekräftigte sie. »Ich mache mich gleich wieder an meine Arbeit.«

»Oh nein!« So schnell würden sie keinesfalls zur Tagesordnung übergehen. »Du weißt, dass ich es genieße, wenn du mich so anblitzt. Also, sei ruhig ein wenig verärgert, aber vergiss nie, Elisa, dass ich immer und überall alles unternehme, damit dir nichts geschieht. Und wenn das bedeutet, Blödsinn zu reden oder ein dämliches Gespräch zu führen, werde ich genau das wieder tun … Polizisten nutzen es gnadenlos aus, wenn sie eine Chance erkennen, ihre Ermittlungen voranzubringen. Das ist ihr Job. Ich nehme ihnen das nicht übel; ich wollte Hagen und Gohde nur verdeutlichen, dass sie an dich nur über mich herankommen. Ich habe dir gesagt, dass ich dich beschütze. Das steht nicht zur Diskussion.« Thynor behielt zwar den energischen Tonfall bei, zog sie aber gleichzeitig in seine Arme und streichelte sie liebevoll.

Dachte er etwa, das Thema sei erledigt? Elisa versuchte, das hitzige Kribbeln zu ignorieren, das bei den sanften Berührungen überall unter ihrer Haut pulsierte. »Und überhaupt! ›von den gestrigen Ereignissen noch recht mitgenommen? Mit Anstrengungen verschonen?‹ Huhu! Im Vergleich zu deinen Sexspielchen der letzten Nacht war der Bralurüberfall fast eine Lappalie. Du musst gar nicht denken, nur weil du so ein phänomenaler Liebhaber bist, kannst du dir alles erlauben!«

»Danke, du gibst es zu!«, frohlockte Thynor und seine Lippen glitten über ihren Hals.

So charmant aus dem Konzept ihrer Vorwürfe gebracht, pustete sich Elisa eine Strähne ihres goldenen Haars aus dem Gesicht. »Du bist … Also, dein Körper … Du weißt genau, dass du überwältigend sexy bist. Wer soll dir widerstehen! Du bist wie eine erotische Naturgewalt, Thynor. Das darfst du nicht einfach ausnutzen.«

»Und wieso nicht?«, stellte er gelassen fest. »Du darfst mir nicht widerstehen! Was genau hat dich überwältigt, Liebste?«, fragte

Thynor, seine Stimme mit einem Mal von liebevoll neckend zu unwiderstehlich sündhaft modulierend. »Wenn ich dich hier küsse oder wenn ich dich hier beiße? Oder war es diese Berührung?« Er griff unter ihren Rock, fand zielbewusst den Streifen nackter, zarter Haut über ihrem Strumpf und kniff leicht zu. Skrupellos nutzte Thynor Elisas Überraschung aus und drängte sie zu der verborgen eingebauten Tür in der Seitenwand, die in seine private Suite führte. Ein winziger Sensor unter einem Wandbord überprüfte die Identität des Kommandanten und die Tür schwang auf. Sie durchquerten einen fensterlosen Raum, der Uneingeweihten wie eine Diele erschien, Thynor jedoch als zusätzliche Sicherheitsschleuse diente. Zur Not konnte er dort sogar unliebsame Besucher festsetzen. Eine weitere Tür öffnete sich. Der Blick fiel auf einen ebenso großen Raum wie der, in dem sie das Gespräch mit der Polizei geführt hatten, nur dass das hier eindeutig ein Wohnraum war. Man konnte entspannen, mit Freunden herumsitzen; es gab einen Kamin, Wandgemälde und eine Bar. Das große Panoramafenster eröffnete wieder den atemberaubenden Ausblick auf den See, der im milchigen Vormittagslicht ohne die kleinste Bewegung dalag und wie Quecksilber schimmerte. Nebel zog durch den Wald und bald würde es zu regnen anfangen.

»Hier werden wir beide wohnen, wenn es so wirken soll, als sei ich im Resort anwesend. Ich halte mich während solcher Phasen nur dann im Schiff auf, wenn ich mich mit den Jägern treffe. Alvar und Nyman sind der Öffentlichkeit als meine Freunde bekannt; gelegentlich besuchen sie mich auch.« Thynor ließ Elisa ein paar Augenblicke, seine Mitteilungen zu verarbeiten. Dann legte er den Arm um ihre Taille. »Komm, ich zeige dir den Rest der Suite. Es gibt selbstverständlich auch ein Schlafzimmer mit einem äußerst bequemen Bett«, raunte er ihr zu und küsste sie hinter das Ohr.

Elisa war schon während der sinnlichen Fragerei wieder schwach geworden. Und nun? Der sanfte Biss in den Hals und das Reiben seiner Fingerknöchel über ihre Brust machten sie völlig wehrlos. »Du lenkst mich ab!«, warf sie ihm vor. Hatten sie das Gespräch mit den Polizisten wirklich schon abgehakt? Aber irgendwie erschien ihr das auf einmal nicht mehr wichtig. Ihr Körper verlangte nach seinem.

»Das war genau so gedacht«, flüsterte er und trieb es weiter, indem er die Lippen auf ihren Mund presste und ihr einen ungehemmten Kuss gab. Seit er ihr am Morgen die Kleidung bereitgelegt hatte, freute er sich auf diesen Moment. Er hatte sich genau ausgemalt, wie er ihr erst das Kleid, dann das Hemdchen, den BH und zum Schluss das Höschen auszog und sie dann, während sie nur mit seidenen Strümpfen, Strumpfhalter und den Stiefeln bekleidet war, lieben würde. Langsam öffnete er den langen Reißverschluss im Rücken ihres Kleides, und streifte ihr den Stoff von den Schultern.

»Wenn jemand von deinen Angestellten hereinkommt«, befürchtete Elisa eine peinliche Störung und hielt das Kleid vor ihren Brüsten fest, bevor es auf den Boden fallen konnte.

»Diesen Raum kann niemand betreten, wenn ich es nicht gestatte, Liebes. Das Fenster lässt ebenfalls keine Einblicke zu.« Sämtliche Räume, die er im Resort bewohnte, waren mit zhanyrianischer Technologie ausgestattet und funktionierten allein nach seinem Willen. Umstandslos löste er ihre Finger, das Kleid glitt nach unten und er hob Elisa hoch. Er trug sie zum Licht. »Nur ich kann dich sehen, jeden Zentimeter deiner Haut, jedes Leuchten in deinem Haar, jedes Funkeln in deinen Augen. Mach dir keine Sorgen. Wir sind allein und können tun, was wir-«, Thynor erstarrte. »Verflucht!«, und während er Elisa sanft absetzte, wandelte er sich vom aufmerksamen Liebhaber einer Frau zum entschlossenen Kommandanten der Jäger. »Wir müssen zurück ins Schiff. Es gibt einen Zwischenfall im Trakt der Isolationskammern.« Er tippte ein paarmal an seinen Armreif und modulierte einige Anweisungen, während er Elisa beim Anziehen half. »Tut mir leid, Liebes. Wir machen später weiter.«

## ◇ 35 ◇

Alvar nutzte den Aufenthalt im Hauptquartier, um sich in seiner Wohnung frisch zu machen und umzuziehen. Er duschte, zog sich saubere Kleidung an und packte ein paar Druum-Phiolen für den Notfall ein, denn Thynor hatte ihn beauftragt, zumindest die nächsten Tage für die Sicherheit der Villa zu sorgen. In der Zwischenzeit würde sich hoffentlich eine Klärung der Situation ergeben. Dann setzte er sich an seinen Schreibtisch und orderte im Lager des Schiffes rasch die erforderliche zhanyrianische Überwachungstechnik, die der irdischen Polizei nicht auffallen würde. Beim gestrigen Einsatz hatte er nur das Nötigste dabeigehabt und außerdem war ihm während seiner nächtlichen Patrouillen noch das eine oder andere Sicherheitsdefizit auf dem Anwesen aufgefallen. Hier handelte er sofort. Er versah die Bestellung mit einem Dringlichkeitsvermerk und wusste, dass in Kürze alles für ihn bereitliegen würde.

Bis dahin widmete Alvar sich seiner Geschäftspost. Im zivilen Leben war er ein weltweit agierender Sicherheitsspezialist, dessen Erfolg nicht zuletzt auf den absolut zuverlässigen Sicherheitskonzepten für die exklusiven Hotelanlagen der Weyler-Resorts beruhte. Sein eigenes Unternehmen mit Hauptsitz in Hamburg, wo er in einem großen ausgebauten Speicher in der alten Hafenanlage Büros und diverse Lagerräume besaß, war für ihn jederzeit schnell zu erreichen; für seine Geschäfte bot der Hafen den idealen Hintergrund. Sein weiträumiges Büro, welches die gesamte Fläche der obersten Etage des Speichers einnahm, gewährte einen eindrucksvollen Ausblick auf das Hafengelände und die Elbphilharmonie. Thynor und er hatten seinerzeit unzählige Wetten darauf abgeschlossen, wann der imposante Bau wohl eröffnet werden würde, es aber nach einigen Jahren wieder aufgegeben. Danach lästerten sie nur noch, dass sie mit ihrer speziellen Lebenserwartung wohl die einzigen Bewohner von Lanor sein würden, die sowohl den Baubeginn als auch die Eröffnung des Hauses miterleben konnten. Für sie nichts Ungewöhnliches, waren doch die meisten Kathedralen der Welt auch über Jahrhunderte hinweg errichtet worden. Die enge Verknüpfung ihrer Geschäftsfelder gestatteten Thynor und Alvar gemeinsame öffentliche Auftritte, ohne dass dadurch ihre Tarnung gefährdet wurde. Ihr blendendes Aussehen trug dazu bei, dass sie zu Lieblingen der Medien und der Frauenwelt avancierten. Nun, zumindest für die Verehrerinnen von Thynor würde es in Kürze eine herbe Enttäuschung geben. Der Gedanke ließ Alvar feixen, als er an die fast krankhaften Besitzansprüche und die total vernarrten Blicke seines Freundes dachte. Elisa gehörte unlösbar zu Thynor. Ohne Wenn und Aber. Alvar beglückte dieser Umstand auf eine seltsam feierliche Weise, die er zwar selber nicht ganz verstand, jedoch zufrieden hinnahm. Das Lesen der Post ließ ihn schläfrig werden. Die meisten Leute wollten ihm nur was verkaufen. War vielleicht Zeit für eine kleine Pause? Das Blut in seinen Adern fühlte sich wie Blei an. In den letzten achtundvierzig Stunden hatte er kaum geschlafen. So wie Thynor eine Suite im Haupthaus des Resorts nutzte, stand Alvar ein moderner Bungalow am äußersten Rand des weitläufigen Hotelareals am See als Wohnsitz zur Verfügung. Für Treffen mit Geschäftspartnern, Journalisten und anderen beruflichen Kontakten nutzte er die Räumlichkeiten im Haupthaus; sein Bungalow blieb rein privaten Zwecken vorbehalten. Bis auf ein, zwei zivile Zhanyr, die er schon aus Kindertagen kannte, war noch nie jemand zu Gast in seinen eigenen vier Wänden gewesen. Wenn Alvar nach der Gesellschaft von Frauen zumute war, wusste er, wo er fand, was er gerade suchte. Für den Sex ging er mit den Damen mit oder buchte ein Zimmer in einem von Thynors Hotels. Es gab Wochen, da hielt er sich nicht mehr als ein paar Minuten im Bungalow auf. Sein eigentliches Zuhause war das Schiff; sein Leben die Jagd, seine Familie die Jäger. Er weigerte sich, darüber nachzudenken, wie leer und sinnlos ihm das angesichts des Scheiterns ihrer Mission vorgekommen war, wie erbärmlich einsam er sich dadurch fühlte. Das Grübeln brachte nichts. Er würde seine Pflicht gegenüber seinen Mitstreitern, gegenüber seiner Spezies, auch in den nächsten Jahrtausenden erfüllen. Allerdings hatte sich mit der Entdeckung einer Spiegelfrau nun Grundlegendes geändert. Und dieser Hurensohn Henrik wollte mit seiner Entführung alles wieder zerstören! Höchste Zeit ihm eine Lektion zu erteilen.

Alvar ging auf dem Weg zu den Isolationskammern erst einmal in der Kommandozentrale bei Luys vorbei. Grußlos stapfte er in den Raum. »Was kannst du mir zu Henrik geben?«

»Ich wünsche dir ebenfalls einen schönen Tag, Mann. Eigentlich müsstest du wesentlich besserer Laune sein, nachdem du mit unserem irdischen Wunder frühstücken durftest.«

Alvar grinste unfroh. »Stimmt. Entschuldige; ich bin nur wegen Henrik sauer.«

Luys nickte seinem Freund zu. »Keine Ursache. Aber ich empfehle dir, noch zu warten, bis du dich entscheidest, warum und auf wen du wütend sein solltest. Denn Elisa ist gestern Abend wahrhaftig etwas sehr Bemerkenswertes aufgefallen. Ich habe die halbe Nacht Überprüfungen und Vergleiche angestellt und sämtliche unserer Datenquellen evaluiert – das Ergebnis ist immer dasselbe: Henrik hat – zumindest dem äußeren Anschein nach – eine weiße Weste. Was vielleicht eine Erklärung dafür ist, dass er die letzten paar Jahrhunderte quasi wie vom Erdboden verschluckt war.«

»Aber er ist einer von Francos Vasallen!«

»Davon sind wir ausgegangen, richtig. Aber irgendetwas kann nicht stimmen und falls du eine nachvollziehbare Erklärung aus dem Typen herausbekommst, wäre ich dir für eine erhellende Information sehr verbunden. Mir missfällt es unglaublich, wenn meine Analysetools oder unsere Datenbanken nicht zuverlässig funktionieren. Falsche Informationen können verheerende Folgen haben, das weißt du selbst am besten. Wirst du Hovan beim Verhör einsetzen?«

»Wenn es sein muss.«

»Dann viel Erfolg. Der andere Mistkerl, den du gestern hier angeschleppt hast, ist noch in der Obhut unseres Doktors. Es ist Bogus, ein eher junger Kerl, war als Kind auf Draghant mit Jari in der Ausbildung. Viel mehr Informationen haben wir zu dem Bralur nicht. Frag Henrik ruhig mal, ob er uns was zu diesem Typ erzählen kann. Mir ist er jedenfalls nie über den Weg gelaufen. Und melde dich, falls du Unterstützung brauchst. Ich schicke dir dann jemanden.«

Alvar schnappte sich die Datenfolie, die Luys für ihn vorbereitet hatte und machte sich auf den Weg zu den Isolationszellen. Der gesamte Trakt lag im Dunklen, und als er die Beleuchtung einschaltete, hörte er ein sarkastisches ›Ah, Besuch! Wie nett!‹ aus Henriks Zelle. Der Bralur stand an derselben Stelle, wie zu Beginn des gestrigen Verhörs. Seine äußere Erscheinung hatte nicht wesentlich gelitten; zwar war zu sehen, dass er bald eine Ration Druum benötigen würde, doch das zornige Funkeln der Augen verriet, dass er nach wie vor gewillt war, sich zu widersetzen.

Alvars Gefühle fuhren mit ihm Achterbahn. Verzweiflung hatte ihn hergeführt. Doch der Mann, den er ansah, sah aus wie sein Kumpel aus früheren Jahren. Er hatte die Augen seines Freundes, selbst wenn er daraus zutiefst verletzt und wütend blickte. Dieser Mann war ein Schwerverbrecher. Er verdiente den Tod! Oder? Alles sprach gegen ihn. Aber Alvars innere Stimme war nicht überzeugt von Henriks Schuld, trotz des Entführungsversuchs und obwohl er zu Francos Bande gehörte. Deswegen tat er etwas, für das ihn Thynor wahrscheinlich umbringen würde, wenn er es erfuhr: Er öffnete die Tür zu Henriks Kammer und ging hinein. Diesen Plan hatte Alvar bereits vor Stunden gefasst und sich vorbereitet; aber länger als dreißig Minuten konnten seine Manipulationen am Sicherheitssystem Luys nicht verborgen bleiben. Zum Teufel. Er würde die Konsequenzen tragen. Alvar lehnte sich gespielt lässig an die Wand gegenüber, wohl wissend, dass Henriks Halsband ihm eine Bewegungsfreiheit zugestand, die einen Angriff auf ihn zulassen würde.

Henrik überraschte das ungewöhnliche Verhalten Alvars. Misstrauisch musterte er seinen ehemaligen Gefährten. »Heute mit einer neuen Nummer? Willst du mich erst provozieren, bevor du mich erledigst? Oder bist du allein gekommen, um mir vor meinem Ende – ohne Zeugen – noch eine Tracht Prügel zu verpassen? Willst du mich endgültig fertigmachen, beenden, was dir damals nicht gelungen ist?«

»Lass das, Henrik. Du wolltest mit Gewalt eine Frau entführen und bist gescheitert. Du arbeitest für Franco und wir beide wissen, wer er ist. Dir sollte klar sein, wie das hier enden muss.« Alvar konnte nicht verhindern, dass sich Traurigkeit in seinem Herzen ausbreitete und ihm die Stimme kurz brach. Was war nur geschehen, dass er sich in dieser lausigen Situation wiederfand? »Ich bin gekommen, damit du mir erzählst, was vorgefallen ist, denn wir beide wissen, das irgendetwas total schiefgelaufen ist, sonst stünden wir jetzt nicht in dieser Zelle.«

»Ausgerechnet dir, Jäger, soll ich was erzählen?«, presste Henrik verächtlich hervor. »Was hat sich seit unserem letzten Aufeinandertreffen geändert?« Er war nicht minder niedergeschlagen als Alvar, fühlte sich nicht weniger erbärmlich. Ein schwerer Atemzug entrang sich seiner Brust. »Wenn ich mich richtig erinnere, bringt ihr jeden um, von dem ihr überzeugt seid, er sei ein Lebensräuber. Also werde ich hier in unserem verdammten Schiff sterben. Ist das nicht so? Bist du mein Henker?«

Alvar nickte, gnadenlose Härte in seinen Augen. Sein Herz jedoch weinte.

»Dann werde ich mir gestatten, dein Angebot anzunehmen, und dir doch noch was sagen. Etwas, das mir sehr wichtig ist.« Henrik sah ihm fest in die Augen. »Ich habe unsere Freundschaft vermisst, Alvar. Die verdammten Jahrhunderte lang habe ich sie vermisst. Das war bitter, denn ich habe die ganze Zeit über versucht, dich für deine Tat zu hassen. Das tat weh. Aber was viel grauenhafter ist – und wie ich leider feststellen muss, vergeht dieser Schmerz niemals –, ist das bittere Gefühl verraten worden zu sein. Wie konntest du uns das nur antun?«

Während Henriks Bekenntnis hatte sich ein Felsbrocken des Zweifels auf Alvars Brustkorb gelegt. Was, wenn es eine akzeptable Erklärung, für dessen Verhalten gab? Mit mehr Unnachgiebigkeit in der Stimme, als ihm zumute war, antwortete Alvar: »Ob du es glaubst oder nicht – ich habe keine Ahnung, wovon du da ständig redest! Scheiße! Ich habe dich nicht verraten. Ich dachte, du wärst tot! Henrik, du und ich, wir waren einmal mehr als nur Jäger. Uns verband Kameradschaft, innige Freundschaft. Wir haben Seite an Seite versucht, Gutes zu tun, im Kampf für unsere Regeln. Wir haben uns mehr als nur einmal gegenseitig das Leben gerettet. Ich liebte dich wie einen Bruder. Und genauso schmerzlich habe ich um dich getrauert.«

Der Gefangene schnaubte abfällig. »Getrauert?! Ich habe Zeit. Erzähl doch mal, was sich deiner Meinung nach abgespielt hat.« Henrik war nicht bereit, sein Visier gegenüber Alvar fallen zu lassen. Das hier konnte eine raffinierte Verhörmethode sein. Mit Sicherheit wurde jedes Wort aufgezeichnet. Er würde nichts preisgeben.

Was sollte es schaden. Alvar hatte nichts zu verlieren! Also begann er: »Als ich dich das letzte Mal sah, befanden wir uns auf dem Höhepunkt einer Pestwelle. Die Menschen um uns herum starben wie die Fliegen. Das Pesthaus war überfüllt und die Isolation der Erkrankten hatte oberstes Gebot. Wir gingen kaum raus, außer zur Entsorgung der Leichen. Unser Druum-Vorrat ging zur Neige und ich bin zum nächsten Sicheren Ort losgeflogen, um Nachschub zu holen. Dort wurde ich überrascht und niedergeschlagen. Ich wachte völlig nackt in einem Verlies auf. Natürlich konnte ich fliehen und als ich zwei Tage später zurückkam, sah ich schon von Weitem aus der Luft, dass die gesamte Anlage niedergebrannt war; überall waren Trümmer und zogen Rauchfahnen über die Gebäude. Ich landete im Schutze des Waldes und lief zum Klostergelände. Auf dem Weg dahin begegneten mir marodierende Söldner, die angeblich zur Verteidigung der Gesunden gehandelt hatten, als sie das Pesthaus niederbrannten, und die nun die letzte Habe der Erkrankten plünderten. Ich suchte überall nach dir, doch niemand hatte überlebt. Ich fand dich nicht unter den Toten, es hieß, du seist mit den anderen verbrannt worden.«

Henrik sagte lange nichts. Er erinnerte sich an die Ereignisse, Detail für Detail kamen die Bilder zurück. »Ich lag immer noch schwer verletzt unter einem Berg von Leichen und sah, wie du mit dem Pack zusammen abgehauen bist. Wer sonst hätte sie wohl, am Morgen, nachdem du abgeflogen warst, an unseren Sicherheitsanlagen vorbei durch das Tor bringen können?«

»Ich nicht, du Idiot! Ich flog nach London und geriet in einen Hinterhalt!«

»Wem willst du das erzählen? Ich habe genau gesehen, wie du dir neben der Ruine des Gartenhauses einen deiner Kumpane gegriffen hast und losgeflogen bist.«

»Das hast du gesehen?«, rief Alvar ungläubig.

Henrik schnauzte zurück: »Nun, einen Jäger, der aussah wie du, der sich genauso bewegte, der deine Klamotten trug und der sich einen Scheiß darum kümmerte, wie es mir erging.«

»Und das ist deine Begründung dafür, ein Bralur zu werden? Mein angeblicher Verrat an dir?« Alvars Gedanken rasten. »Hast du vielleicht mal daran gedacht, dass das Ganze ein bewusstes Täuschungsmanöver war? Dass uns jemand von den Lebensräubern enttarnt hatte und uns auf diese Weise fertigmachen wollte? ... Oh, Scheiße!«

»Netter Versuch, Alvar! Aber ich kaufe dir dein Kabinettstückchen nicht ab. Ich weiß doch, was ich mit eigenen Augen gesehen habe.«

Fieberhaft rief sich Alvar die Vergangenheit in Erinnerung. »Woher hatten diese gedungenen Schlächter deine Druum-Viole?« Glas war damals äußerst kostbar und ein so zartes Gefäß, noch dazu in einem edlen Beutel, war von einigem Wert. »Doch warum haben sie sie nicht behalten, sondern für kleines Geld an mich verhökert?«, murmelte Alvar grübelnd vor sich hin. Er hatte sich damals von seiner Trauer überwältigen lassen, sonst wäre ihm aufgefallen, dass es für den Söldner keinen Grund gegeben hätte, ihm diesen Teil seiner Beute ohne Weiteres auszuhändigen. Er hatte nicht einmal gefeilscht. Verflucht! Er hatte sich täuschen lassen wie ein Anfänger und als Entschuldigung konnte maximal sein emotionaler Aufruhr in diesen dramatischen Tagen herhalten. Seine Gefangennahme, die Flucht, die ständige Sorge um Henrik, der dringend Druum benötigte, dann das gebrandschatzte Pesthaus. »Was war mit einer Nachfrage bei Thynor? Warum bist du nicht zum Schiff zurückgekommen?«

»Pah!«

Alvar wurde mehr und mehr wütend. Auf sich, auf Henrik, auf sie beide. So viel vertane Zeit! »Wieso nur musstest du dich ausgerechnet diesem Abschaum anschließen?« Tiefste Verzweiflung sorgte dafür, dass er die Beherrschung verlor und er jede Vorsicht fahren ließ. Voller Zorn ging er auf seinen alten Freund zu und packte ihn an den Jackenaufschlägen. »Warum?!«

Henrik sah in Alvars Augen den unendlichen Kummer. Nur wenige Zentimeter zwischen ihren Gesichtern konnte er den emotionalen Aufruhr förmlich greifen. Nun, ganz langsam, erlaubte sich Henrik, das Unmögliche nicht mehr auszuschließen. Er warf Alvar einen schrägen Blick zu. »Ich bin kein Bralur, verflucht! Ich habe nie gegen unsere hehren Grundsätze verstoßen! Das kannst du mir glauben oder nicht, es kommt sowieso nicht mehr darauf an. Ich habe mir nichts vorzuwerfen.«

Tja, legte man Luys Daten und Elisas Beobachtung zugrunde, stimmte das sogar. Konnte es wahr sein? »Was hast du dann mit Franco zu schaffen?« Alvar ließ Henrik los und beide sanken unter der Last jahrhundertelanger Enttäuschung, völlig erschöpft von ihrer Auseinandersetzung, nebeneinander auf den Boden. Einzig die Wand konnte ihre Körper noch aufrecht halten.

Henrik beschloss, dass die Wahrheit nun auch keinen Schaden mehr anrichten würde. Sein Schicksal schien ohnehin besiegelt. »Mann, simpler als du denkst – ich brauchte eine wirksame Tarnung. Das war nicht einmal sonderlich schwer. Franco will nur seinen Anteil an meinen Geschäften und ab und zu einen Job erledigt haben. Ihm Geld zu geben ist kein Problem, die dämlichen Tests kann man mit links absolvieren, und bei den meisten Aufträgen habe ich ihm schlichtweg falsche Leichen untergeschoben. Irgendeinen kriminellen Widerling, der seinen Tod verdient hatte, konnte ich immer mühelos auftreiben. Franco ist mit mir zufrieden und ich habe meinen ruhigen Lebensunterhalt. Ende der Geschichte.«

Alvar schüttelte leicht den Kopf und schnaufte bedrückt. »Nein. Bestimmt nicht. Wenn du dich in der Tat nicht geändert haben solltest, du also immer noch der Mann bist, den meinen Freund zu nennen ich früher mal die Ehre hatte, fehlt sogar allerhand in dieser Geschichte. Und wenn wir beide eine zweite Chance bekommen wollen, Henrik, tu mir den Gefallen und rede endlich! Mein Kommandant wird jeden Moment hier erscheinen. Und er ist sicher nicht erfreut, uns hier so – vertraut miteinander sitzend – vorzufinden. Ich muss ihm schon einen ziemlich überzeugenden Grund nennen können, warum wir wieder Händchen halten. Also: Was hast du getan, nachdem das Pesthaus in Flammen aufgegangen war?«

Mit einem Seufzer zog Henrik die Knie an, legte die Arme darauf ab und starrte auf die Wand gegenüber. Mit klarer, abgeklärter Stimme begann er: »Ich konnte nicht zum Schiff kommen. Es war unmöglich, denn dazu war es damals zu weit weg. Wenn ich mich nicht irre, hatte Thynor es seinerzeit irgendwo in der Inneren Mongolei versenkt. Die Angreifer hatten mich schwer erwischt; es waren einfach viel zu viele. Allein konnte ich gegen sie nichts ausrichten. Ich stellte mich tot und hoffte, dass sie wieder verschwanden. Aber die Kerle ließen sich Zeit; plünderten, brandschatzten und fraßen auch die letzten Klostervorräte weg. Und ich betone nochmals: Unter ihnen waren Bralur! Sie machten gemeinsame Sache mit den menschlichen Plünderern. Von einem, der unachtsam war und von einer einstürzenden Mauer erschlagen wurde, klaute ich den Druum-Vorrat. So konnte ich tatenlos abwarten. Als ich dann beobachtete, wie du mit ihnen Geschäfte machtest – was ich zumindest so interpretieren musste – war ich überzeugt, von nun an auf mich allein gestellt zu sein; denn die Jäger waren offenbar korrumpiert. Der ehrenwerte Stellvertreter des Kommandanten kooperierte mit den Bralur und Banditen. Ich schlug mich verletzt zu einem Sicheren Ort durch und suchte mir dann ein Versteck. Ich verbarg mich vor dir und den anderen Jägern; vor den Lebensräubern sowieso. Ich wusste nicht mehr, wem ich trauen konnte. In London organisierte ich mir Druum und kehrte später in die Ruinen des Pesthauses zurück. Der Ort wurde von allen gemieden. Er galt als verflucht; niemand kam freiwillig dort hin. Zu holen war dort sowieso nichts mehr. Es war ein ideales Versteck. Ich brauchte über ein Jahr, bis ich wieder vollständig genesen war. Was sollte ich tun? Ich konnte mich nicht dazu durchringen, nochmals zu den Jägern zurückzukehren. Es hätte meinen sicheren Tod bedeuten können. Allerdings hatte ich nicht geplant, zum Verbrecher zu werden. Daher machte ich mich auf und ging wieder nach Norwegen. Bei der dort grassierenden Pestwelle gedachte ich mich erneut als Arzt nützlich zu machen. Und weißt du, warum ich dorthin ging?«

»Warum?«

»Wir beide hatten dort 300 Jahre zuvor schon einmal während eines Pestausbruchs praktiziert, Alvar, kannst du dich noch erinnern?«

Alvar drückte es die Kehle bei dem Gedanken zusammen, dass Henrik in seiner Einsamkeit an einen Ort ihrer Freundschaft zurückgekehrt war, um weiter zu leben.

»Ich zog höher in den Norden, weit hinter den Polarkreis; bis dorthin, wo die Pest kaum hinkam. Die Epidemien blieben im Wesentlichen auf den Südosten beschränkt, auch, als Mitte des Jahrhunderts das Handelsverbot für Nordnorwegen nach und nach aufgeweicht wurde und wieder Schiffe die dortigen Häfen anliefen. Abgeschiedenheit; Schnee und Kälte. Das wählte ich als mein Exil. Dennoch spürten mich Francos Männer auf. Ab da musste ich ihnen regelmäßig Geld senden, um vorgeben zu können, dass ich mit ein paar menschlichen Banditen zusammen hause. Ich versicherte ihm meine Gefolgschaft, wodurch ich eine brauchbare, bis heute – oder bis vorgestern – haltbare Tarnung hatte.«

Norwegen. »Was hast du dort all die Zeit gemacht, wenn du nicht gerade deine Rolle als Bralur für Franco gespielt hast?« Alvar dachte an die Karte. »Wir haben in der Gegend nördlich des Polarkreises keinerlei nennenswerte Verbrechen vermerkt.«

Henrik sah Alvar lange an. »Als ich dieses Mal in Norwegen ankam, hatten sich die Verhältnisse im Gegensatz zu unserem ersten Einsatz ziemlich verändert. Der Glaube, die Pest sei eine Gottesstrafe und als solche nicht zu beeinflussen, war ins Wanken geraten. Ein Umdenkungsprozess hatte eingesetzt und aufgeklärte Männer suchten nach anderen Ursachen. Dass die Pest von Personen, und zwar durch verflohte Kleidung, übertragen werden kann, war eine solche Erkenntnis. Man beobachtete Zusammenhänge. Dabei konnte ich mich nützlich machen. Als Arzt habe ich hier und da unauffällig Hinweise gegeben – und irgendwann fielen meine Anregungen bezüglich der Quarantäne-Maßnahmen und des Umgangs mit befallenen Häusern auf fruchtbaren Boden. Damit hatte ich die ersten hundert Jahre gut zu tun. Der Handel mit gebrauchten Kleidern wurde während der Pest verboten, niemand außer den Totengräbern durfte die Behausungen der Toten betreten

– und allmählich änderten sich die Wohnverhältnisse. Das half. Die wohlhabenderen Bauern verlegten Holzböden in den Aufenthaltsräumen ihrer Häuser, die sich leichter sauber halten ließen, als der festgestampfte, mit Stroh bedeckte Lehm. Die Ratten zogen um und nahmen einen großen Teil der Flöhe mit–«

»Ende der Märchenstunde!«, unterbrach Alvar lautstark, der den wenig hilfreichen Ausführungen Henriks mit wachsender Unruhe zugehört hatte. »Alles nur belangloses Zeug, das nichts erklärt. Erzähl mir endlich etwas, das dir den Arsch rettet!«

Henrik lehnte den Kopf mit geschlossenen Augen an die Wand und pustete langsam sämtliche Luft aus seinen Lungen. »Wie du willst. Vielleicht ist es an der Zeit, darüber zu reden.« Er wusste, dass sein Schicksal mehr als ungewiss war, und dann wären sie dort oben völlig allein auf sich gestellt. Er rollte mit den Schultern, sich locker machend, bevor er zu Alvar hinüberblickte und ihn mit einem eindringlichen Blick bannte. Dann sagte er: »Ich habe Zhanyra versteckt!«

## ◊ 36 ◊

*Ich habe Zhanyra versteckt.* Alvar wusste, dass er diese Worte gehört hatte, doch schienen sie keinen Sinn zu ergeben. Zhanyra? Versteckt? »Sag das noch mal!« Es war absoluter Schwachsinn, was Henrik da von sich gab. Was dachte der Kerl sich! In dieser Situation? Das Schiff mit den Zhanyra war im All zerschellt!

Aber Henrik erzählte bereits weiter: »Die Pestwellen hatten einige Landstriche Norwegens um die Zeit – das muss um 1530 gewesen sein – nahezu entvölkert. Ich lebte hauptsächlich auf einem verlassenen Hof im Landesinnern hoch im Norden, begab mich aber immer wieder als reisender Arzt auf Wanderschaft. Jeder versuchte, gesund und am Leben zu bleiben. Dadurch verdiente ich ganz passabel. Hah! Als hätte ich nicht mehr als genug Geld; na ja.

Die Bevölkerung konzentrierte sich um die Städte herum und der Warentransport durch das Land ließ enorm nach. Eisen wurde knapp. Um meinen Druum-Vorrat auffrischen zu können, besuchte ich den nächsten Sicheren Ort, nur – durfte ich mich dort von euch nicht erwischen lassen. Ab und zu jagte ich einen Verbrecher – manchmal für mich; gelegentlich für Franco, dem ich dann eine fiktive Geschichte auftische. Nebenher ging ich meinen alten Geschäften als Diamantenhändler in Marrakesch nach. Was man als Zhanyr eben so macht.«

»Nun komm auf den Punkt, Mann!«

»Irgendwann, ich hatte gerade den Entschluss gefasst, endgültig aus dem Norden wegzugehen, kam ich nachts von einem Flug zurück. Obwohl ich eine riesige Menge Druum zu transportieren hatte, spürte ich, dass ich nicht allein in der Nähe meiner Behausung war. Also flog ich trotz der Last eine Runde und entdeckte drei Flugspuren! Drei! Ich wusste nicht, was ich davon halten sollte, denn außer ein paar Bralur hatte ich seit Ewigkeiten keinen von unserer Art gesehen. Hatte Franco sich zu einem Inspektionsbesuch entschlossen? Und dann hörte ich ein Wehklagen, das genauso klang, wie das Weinen unseres Volkes, wenn wir auf Draghant jemanden verloren hatten. Ich landete und schlich mich näher an den leeren Schuppen. Hinter einem Bretterverschlag entdeckte ich eine Gruppe von drei Zhanyrianern, ein lebloser Mann und zwei Frauen. Zhanyra.«

»Wie sollte das möglich sein? Ihr Schiff ist doch verloren! Verarsch mich nicht!« Alvar fand, dass dies wahrlich kein guter Zeitpunkt war, um ihn herauszufordern. Doch Henrik klang merkwürdig überzeugt.

Er sah den alten Freund an. »Nun, folgendermaßen: Unsere Wissenschaftler haben offenbar die Macht der Spiegelbindung unterschätzt. Und wir, die späteren Jäger, haben uns wohl nicht vorstellen können – oder wollen – wie das verbundene Leben mit einer Frau so sein könnte. Man ist zu jedem Mist bereit! Jedenfalls hatten sich ein paar Männer der Auserwählten Tausend schon auf Draghant zusammengetan, um ihre Spiegelfrauen vom Raumschiff der Zhanyra heimlich an Bord zu bringen. Unter ihnen waren wohl die richtigen Spezialisten, die die Anwesenheit von weiblichen

Körpern auf unserem Schiff in allen Systemen erfolgreich zu vertuschen halfen. So simpel war das. Kannst du dich an die chaotischen Tage nach der Landung erinnern? An das Durcheinander nachdem die niederschmetternde Nachricht vom Tod all unserer Frauen die Runde machte? Die verborgenen Zhanyra haben das Schiff schleunigst verlassen und sich zunächst gemeinsam versteckt; mal in einem Tempel und mal dort, wo sie eben unauffällig leben konnten. Nur war das Getrenntsein aber nicht der Plan. Die Männer haben sich mit ihren Spiegelfrauen vereinigt. Sie lebten als Paar oder es reichte ihnen die unmittelbare Nähe. Und mir hat das Schicksal dann diese drei Unglücklichen in die Scheune gebracht. Ich wusste im ersten Moment überhaupt nicht, wie mir geschah. Jahrzehnte schon vegetierte ich mehr oder weniger für mich, allein.« Auf Alvars fragenden Blick hin ergänzte Henrik: »Es gab immer mal wieder eine Puppe. Aber sie sterben so bald.«

Plötzlich hörten sie, wie sich der Eingang zum Isolationstrakt öffnete. Ihnen blieb keine Zeit mehr. »Das heißt, dort oben hast du zwei unserer Frauen von Draghant?«, fragte Alvar erneut, so unglaublich erschien ihm die Geschichte.

Henrik zuckte leicht mit den Schultern. »Seitdem suche ich die anderen.«

*Die anderen?* Hatte er richtig gehört? »Es gibt noch mehr?« Alvar war platt!

»Die Frauen sagten, ursprünglich waren sie zu elft. Vier von ihnen sogar schwanger bei der Landung. Deswegen wollten ihre Spiegelmänner sie auch nicht auf einem getrennten Schiff reisen lassen. Und–«

Thynor stand in der Rüstung der Sternenkrieger mit gezogener Waffe vor der Kabine. Unbarmherzig, hart und gefährlich. Kaum hatte Luys ihm mitgeteilt, dass die Zelle des Bralur geöffnet worden war, hatte er entsprechend gehandelt, sich bewaffnet und auf das Schlimmste vorbereitet. »Komm da raus, Alvar.«

Henrik hob langsam die Hände.

»Alles ist in Ordnung, Thynor. Steck die Waffe weg.« Alvar erhob sich und schritt bedächtig auf seinen Kommandanten zu, wobei er tunlichst darauf achtete, die freie Schussbahn auf Henrik zu versperren. »Und sag Luys, er soll die verdammten Finger vom

Knopf mit dem Gas nehmen.« Er wusste nämlich genau, dass das Protokoll als Nächstes die hermetische Abriegelung des Isolationstraktes und seine Flutung mit Betäubungsgas vorsah.

»Aus dem Weg, Mann!«, knurrte Thynor und dachte gar nicht daran, auf seinen Stellvertreter zu hören.

Alvar blieb vor dem Gefangenen stehen. »Hör mir zu. Wenn du auf Henrik schießen willst, musst du erst an mir vorbei. Von mir aus kannst du weiter den kampfwütigen Ironman geben, aber du irrst dich gewaltig. Du musst mich nicht retten. Hör mir zu, verdammt.«

Ihr Blickduell konnte ewig dauern, erkannte Thynor. So viel Zeit hatten sie nicht. »Du hast dreißig Sekunden.« Das war genau die Frist, bis das Gas kommen würde.

Alvar meinte, scheinbar gelassen: »Das wird reichen. Erstens: Henrik ist kein Bralur. Zweitens: Er lebt mit zwei Zhanyra zusammen.«

Jahrtausende der Übung in mimischer Selbstbeherrschung gestatteten es Thynor, sich den Schock über diese Behauptungen nicht allzu deutlich anmerken zu lassen. »Wenn ich dich nicht schon sehr, sehr lange kennen würde und du nicht mein bester Freund wärst«, er stockte. »Was?!«, brüllte er dann, als die letzte Information mit voller Wucht sein Hirn erreichten. »Was sagst du da?« Wenn eins gewiss war, dann, dass er Alvar vertrauen konnte. Zhanyra? Was hatte das zu bedeuten? Er senkte zwar nicht die Waffe, signalisierte Luys jedoch den Stopp des Protokolls und wandte sich direkt an Henrik: »Noch mal von vorn.«

Als der Gefangene seinen Bericht beendet hatte, nahm Alvar ihm nach einem kurzen Blickkontakt mit dem Kommandanten das Halsband ab und zog ihn am Arm hoch. »Du bist ein freier Mann«, sagte er mit fester Stimme.

Thynor legte die Rüstung samt den Waffen ab und ging, nach einem langen Moment des Innehaltens, auf Henrik zu. Er blieb vor dem Mann stehen und sah ihm fest in die Augen, als er sagte: »Erlaube mir, dich nach Art der Jäger zu begrüßen.«

Damit hatte Henrik nicht gerechnet und vor Überraschung und Freude schoss ihm das Blut ins Gesicht. Er nickte und streckte seine Arme offen vor. »Kommandant.«

Sie umfassten sich über Kreuz an den Unterarmen und berührten sich mit der Stirn. Und mit einer entschlossenen Geste griffen sie dann jeder nach Alvar und schlossen ihn in die rituelle Begrüßung ein. Als die drei fest miteinander verbunden waren, erkannten sie außer ihren wunden Seelen und dem Schmerz der endlosen Kämpfe auch den wohltuenden Balsam von Freundschaft und Vertrauen. Die Jäger kosteten diesen Moment der Versöhnung und des Respekts voll aus, wohl wissend, dass längst nicht alle Fragen geklärt waren.

Henrik konnte seine Gefühle nicht beherrschen. So viel unnütze Wut! So viele überflüssige Flüche. Jahrhunderte verschwendet, und alles nur, weil er nicht genug Vertrauen hatte. »Kannst du mir verzeihen, Mann?«, wandte er sich Alvar zu.

»Was? Ich dir verzeihen? Spinnst du? Wenn hier jemand einen Kniefall nötig hat, dann ja wohl ich vor dir. Ich hätte nach dir suchen müssen und nicht durch eine simple Täuschung einfach glauben, dass du verbrannt wurdest. Da hatte uns jemand eine verdammt raffinierte Falle gestellt. Und die ganzen Jahre, die du allein gekämpft und unsere Frauen beschützt hast. Das kann ich nie wieder gut machen.« Die Freunde fielen sich in die Arme.

Thynor ließ ihnen Zeit, sich wieder zu fassen und kehrte dann zu den drängenden Fragen zurück: »Was hat das alles mit den Ereignissen vom Café zu tun?« Er glaubte immer noch nicht recht, was er da zu hören bekommen hatte. »Was wolltest du dort?«

Henrik klärte ihn auf: »Franco schickte mich los, eine Person zu holen. Angeblich war jemand in dein Datensystem eingebrochen. Er wollte wissen, wer das ist und wie derjenige das anstellte. Er wusste allerdings nicht, dass es eine Puppe war. Dann wäre er vielleicht sogar selbst gekommen. Und er hätte sie, na ja, ihr habt bestimmt von seinen abartigen Praktiken gehört. Bei sich zu Hause war sie nicht, aber Brandon, das ist–«

»Wir wissen, wer das ist. Er hatte das Telefongespräch mit angehört, in dem sich Elisa mit ihrer Freundin verabredete, stimmt's?«, war sich Thynor fast sicher. Die Bralur arbeiteten auf höchstem Niveau und waren nicht zu unterschätzen.

Henrik registrierte augenblicklich, dass der Kommandant die Frau nur beim Vornamen genannt hatte, noch dazu mit einem nie gehörten emotionalen Unterton. Er war auf der Hut. »Glaubst du, Thynor, ich habe nicht gemerkt, dass sie etwas Besonderes ist? Immerhin hat sie es bis in euer System geschafft! Von ihrer Schönheit ganz zu schweigen. Sie sollte nicht denselben Qualen wie die anderen gefangenen Frauen ausgesetzt sein. Mein Plan war schnell gefasst, sie vor Franco in Sicherheit zu bringen. Ich wollte sie bei mir in Norwegen verstecken, bis mir was Besseres eingefallen wäre. Doch so weit ist es gar nicht erst gekommen.«

Thynor spürte, wie plötzlich heiße Lava durch seine Adern floss. »Die anderen!? Franco hat andere?« Mann! So eine verdammte Scheiße! Rainar Wank erwähnte bereits, dass die Bralur Frauen versteckten und misshandelten. Und nun bestätigte Henrik das ebenfalls. Vielleicht waren unter seinen Gefangenen sogar Zhanyra. Thynor hatte das Gefühl, sein Herz würde ihm aus der Brust springen. Das Rauschen in seinem Kopf schwoll zu einem Orkan an! Er war bis vor wenigen Minuten noch nicht einmal auf die Idee gekommen, es könnte noch Zhanyra geben. Er kam sich wie der größte Versager im Universum vor. Welches Schicksal hatte diese Frauen getroffen? Und wenn sie in die Hände der Bralur gerieten – wie viele lebten überhaupt noch? Waren Spiegelfrauen von Lanor unter ihnen? Welch entsetzliche Vorstellung! Thynor wollte sich die Konsequenzen seines Versagens gar nicht ausmalen. Nach dem Scheitern der Mission hatte er sich ausschließlich auf die Eliminierung einzelner Verbrecher konzentriert und jeglichen Mann dafür eingesetzt. Angespannt sagte er: »Ich will in zehn Minuten alle um einen Tisch haben: Jäger, Henrik eingeschlossen, und Wank. Ich bringe Elisa mit. Wir müssen gemeinsam überlegen, was wir nun tun.«

## ◇ 37 ◇

Elisa, von Thynor eilig aus dem Hotel in seine Schiffsgemächer gebracht, nutzte die Zeit, um ihre Unterlagen weiter zu überprüfen, und setzte sich an den privaten Arbeitsplatz des Kommandanten. Ihre leisen Befürchtungen, mit seinem Equipment nicht zurechtzukommen, erwiesen sich als unnötig, da alles genauso funktionierte, wie Luys es ihr gestern in der Kommandozentrale gezeigt hatte. Sie rief Monitorfolien auf, Dateien ließen sich öffnen, sie recherchierte und speicherte die Ergebnisse ab. Dabei war es völlig egal, ob sie ihre Stimme dafür einsetzte oder mit den Fingern die imaginären Folien berührte. Es lief bestens. Voller Energie war sie bei der Arbeit. Kaum hatte sie den nächsten Befehl ausgesprochen, musste sie überrascht auflachen: Auf dem Screen erschien kein Dateiverzeichnis, sondern der Grundriss von Thynors Wohnung mit einer Wegmarkierung hin zu der Nische, aus der er sich bediente, wenn er Nahrung oder Getränke benötigte. Das Symbol einer Kaffeetasse kennzeichnete das Ziel und lockte mit der Stimme des Hausherren, sich zu bedienen: »Heiß und stark, so wie du es magst!« Lächelnd folgte sie der Einladung, fand neben dem Kaffee noch eine Flasche Wasser und ein Schälchen mit Himbeeren vor, schnappte sich die Vorräte und kehrte an Thynors Schreibtisch zurück.

Systematisch arbeitete sie nochmals ihre Anfragen durch, markierte jeden Namen, egal ob es eine gesuchte Person oder ein Kunde war. Sie sortierte auf- und absteigend nach Datierungen, nach Alphabet der Familiennamen, der Vornamen; sie tauschte Vor- und Nachnamen und begann von vorn. Nichts. Kein Alarmformular wurde ausgelöst. Dann nahm sie sich die Orte vor, in denen die Ereignisse stattgefunden hatten: Geburten, Heiraten, Sterbefälle. Wieder passierte nichts. Es ergab absolut keinen Sinn, dass sie wegen dieser Recherchen zum Ziel eines Überfalls geworden war.

Weiter. Elisa sortierte die Lebensereignisse nach dem Datum. Zuerst alle Geburtsdaten. Keine Auffälligkeiten. Bei den Hochzeiten ebenfalls nichts Besonderes. Also gut, die Todesdaten. Zuhause speicherte sie all diese Daten routinemäßig in diversen eigenen Datenbanken ab. Das Datensammeln gehörte zu ihrem Arbeitsalltag. Nur dadurch ließ sich letztendlich etwas finden oder auswerten. Mit Thynors Technik konnte sie ihre Methoden perfekt nachvollziehen, auch wenn alles bedeutend schneller ablief. Den Bruchteil einer Sekunde später sah sie die gewünschte Tabelle vor sich. Festgestelltes Todesdatum, Name, Vorname, Wohnort und so weiter. Elisa las die erste Spalte – und ein ungutes Gefühl breitete sich in ihr aus, machte, dass sie fröstelte. Es handelte sich bei den obersten Namen auf der Liste ausnahmslos um Anfragen, die sie nicht ausrecherchiert hatte, an denen sie immer noch arbeitete, deswegen war ihr der temporäre Status sofort klar. Und dann erkannte sie es: Es gab ein Muster! Mit dem am längsten Verstorbenen begann die Liste. Es war Carl Georg Adam, dann folgten Leonhard Vice, Miriam Bonterz, eine Christiane Viertel und als Nächstes der Name, mit dem diese ganze merkwürdige Geschichte begonnen hatte: Johannes Piater! Konnte das die Erklärung sein?

Elisa sprang auf und spürte ihr Herz bis zum Hals klopfen. Sie musste Thynor sofort benachrichtigen. Auf das Antippen des Armbandes reagierte er nicht. Nanu? Sicher würde Luys wissen, wo er steckte. Sie gelangte problemlos aus der Wohnung und folgte dem langen Gang, den Thynor mit ihr genommen hatte, als sie das Schiff zum ersten Mal verließen. Und richtig, bald stand sie am Rand der riesigen Halle, von der aus sich alles verzweigte. Sie suchte nach Treppen und folgte denen. Als Elisa sich der Kommandozentrale näherte, hörte sie Männerstimmen.

Es wurde laut gelacht. In einem zotigen Tonfall, der sicher nicht für die Ohren von Frauen bestimmt war, ließ sich vernehmen: »Uff, das war vielleicht ein Scheißauftrag! Heute Nacht werden Lewian und ich in das beste Etablissement gehen und groß feiern. Wer kommt mit? Jari, du kennst dich doch aus. Wo finde ich die Puppen mit den größten Titten? Dafür sind diese Menschen einfach umwerfend, das muss man ihnen lassen, für ein bisschen Zerstreuung gibt es nichts Besseres.«

Als Jari nicht gleich reagierte, ergänzte Lewian: »Und nicht zu vergessen, Filip, sie riechen so verlockend, und sind stets willig. Wer kommt mit? Das wird ein super Abend! Lassen wir die Puppen tanzen.« Er deutete mit seinen Hüften an, was er darunter verstand.

Elisa hielt unangenehm berührt inne, überlegte, ob sie lieber wieder umkehren und ihre Entdeckung später mit Thynor bereden sollte, als sie hörte, wie der angesprochene Filip fragte: »Was ist denn eigentlich aus der nackten Schönheit geworden, Luys, die du uns neulich abends als Gutenachtgruß ins System gestellt hast? Hat Thynor sie erwischt? Und habt ihr inzwischen klären können, ob die Puppe für die Bralur spioniert?«

»Filip, dazu solltest du besser … Oh, verdammt.« Luys hatte Elisa im Gang stehend entdeckt. »Wie? Wie? Wieso hat dein Armband nicht funktioniert?«, brachte er stotternd hervor, während die anderen Jäger die Menschenfrau konsterniert anstarrten. Sie waren nicht erbaut über die Tatsache, dass Elisa unbemerkt im Schiff umherlief.

»Was hat das damit zu tun?«, brachte Elisa hervor.

»Ich hätte bemerken müssen, dass du kommst und dann verhindert, dass du das hier hören musst.«

»Nun, ich habe es aber gehört und es gefällt mir ganz und gar nicht, dass ihr euch für etwas Besseres haltet. Puppen! Das ist wirklich an Chauvinismus nicht zu überbieten! Ihr benehmt euch abscheulich!« Und dann realisierte sie, was Luys noch preisgegeben hatte. Die Erkenntnis traf sie mit einer Wucht, als würde sie von einem Güterzug angefahren. Sie wurde blass und in ihren Adern schien plötzlich Eiswasser zu fließen. »Ihr überwacht mich mit diesem Armband? Dazu benutzt ihr es?« Doch all das war nichts gegen das Entsetzen, das sie fühlte, als sie Filips Bemerkung über den ›Gutenachtgruß‹ realisierte. Neulich abends. Thynor. Spioniert. Damit war sie gemeint! Oh Gott. Alle diese außerirdischen Männer hatten sie nackt gesehen? Sie fühlte sich bloßgestellt, wäre am liebsten unsichtbar geworden und ihre Stimme versagte für einen Moment. Doch dann gelang es ihr, flüsternd zu sprechen: »Eure Designer haben gepfuscht, Luys. Sie haben die menschlichen Körper in einem wesentlichen Punkt unvollständig kopiert: Sie haben vergessen, euch ein Herz zu geben.« Elisa stürzte blind vor Scham und Enttäuschung von dannen. Sie lief, ohne mitzubekommen, welche Richtung sie einschlug. Nur weg. Weg von diesen verrohten Jägern, weg von Thynor, der sie überwachen ließ wie eine Laborratte und sie zu allem Überfluss auch noch seinen Männern nackt präsentierte! Sie suchte eine dunkle Ecke, wo sie allein sein und sich ihrem Schmerz ergeben konnte. Tränen stürzten ihr aus den Augen, so viele bittere Tränen, dass sie sich die Mühe sparte, sie wegzuwischen. Wie naiv war sie nur gewesen! Sie hatte sich in einen Mann verliebt, den sie gerade mal zwei Tage kannte. Dabei hatte sie doch schon vor Jahren gelernt, dass es so etwas wie Liebe für sie nicht gab. Mit Thynor hatte sie das für ein paar kurze Stunden vergessen, doch wie es aussah, war es höchste Zeit, sich wieder an die Realität zu gewöhnen.

In ihrer tränenfeuchten Orientierungslosigkeit erkannte Elisa nicht, dass der Gang, durch den sie taumelnd stolperte, jäh endete und sich ein bodenloser Abgrund auftat. Sie fiel kopfüber hinab.

»Nein!!!« Thynor flog wie ein Raubvogel. Er stürzte hinter Elisa her und griff nach ihrem Körper, erwischte die Füße und drehte sie im Fallen so, dass sie in dem Moment auf seinen Armen zu liegen kam, als er unsanft mit ihr am Boden des Schachtes aufschlug. »Verdammt! Bist du denn vollkommen verrückt!?« Er brüllte seinen Schock, die tödliche Angst, alles was ihm in diesen letzten Sekunden durch den Kopf gegangen war, heraus. Und über die Überwachungszentrale war im ganzen Schiff der gewaltige Zorn des Kommandanten zu vernehmen.

Luys sah gespannt auf den Monitor.

Ein, zwei bange Sekunden wagte kein Jäger in der Kommandozentrale zu atmen.

»Sie lebt«, gab Luys dann bekannt. Seine unglaubliche Erleichterung wich einer mehr als besorgten Miene, als er sich Filip und Lewian zuwandte: »Was man von euch beiden sicher nicht mehr lange sagen kann. Es ist wohl besser, ihr geht dem Kommandanten aus dem Weg. Macht euch unsichtbar.«

Doch dazu waren sie nicht in der Lage.

Lewian war zur Salzsäule erstarrt.

Filip sah völlig konsterniert in die Richtung, in die Jari vor Sekunden mit beinahe Schallgeschwindigkeit geflogen war. »Was war das denn eben, verflucht!?«

## ◊ 38 ◊

Als Elisa aus ihrem tiefen Dämmerzustand erwachte, fühlte sie nur noch eine große Leere. Ihr Körper war taub, ihr Herz war gebrochen, alle Emotionen waren fort. Sie erwartete nichts mehr. Sie wollte nur allein sein und sich ihrem Seelenschmerz ergeben. Doch so viel Erbarmen hatte das Schicksal nicht mit ihr, denn Thynor hielt sie fest in den Armen.

Er hockte mit ihr auf dem Boden des Schiffes und presste sie an sich, nein, er umklammerte sie nahezu. Was war geschehen? Luys hatte Thynor per Hologrammbotschaft unverzüglich die vertrackte Situation erklärt, die sich während seiner Abwesenheit ergeben hatte. Dadurch hatte der Kommandant eine vage Vorstellung von den Dingen, die Elisa so schockiert hatten. Welches unfassbare Glück, dass er den Isolationsbereich bereits verlassen hatte, und schon in unmittelbarer Nähe war, als sie abstürzte! Vielleicht bot das Schiff doch keine geeignete Unterkunft für Elisa. Es half Thynor wenig zu wissen, dass Jari sie bei ihrem Sturz ebenfalls rechtzeitig hätte auffangen können. Seine Spiegelfrau war unglücklich; so verzweifelt, dass sie fast in den Tod gestürzt wäre. Hoffentlich machte sie bald wieder die Augen auf. Ohne dieses Blau würde er nicht mehr leben können! Thynor spürte genau den Moment, in dem sie zu sich kam. Er hatte keine Ahnung, welche Reaktion er von Elisa erwarten konnte. »Geh weg«, hörte er sie sagen. Ihre Stimme klang nicht traurig, nicht wütend, nein, es war Gleichgültigkeit. Und das tat mehr weh, als er aushielt.

Elisa sagte: »Ich will zu Rainar.«

Thynor gab sich alle Mühe dieses Verlangen dahingehend zu deuten, dass sie lediglich einen Vertreter ihrer Spezies, einen vertrauten Menschen brauchte und es Elisa nicht zu Wank zog, weil er ein Mann war. »Es ist nicht so, wie du denkst, Liebes. Du hast keinen Grund, verzweifelt zu sein. Bitte, beruhige dich.« Er streichelte ihr behutsam über das Haar. »Ich liebe dich.« Sie glaubte ihm nicht. Kein Wort. Das sah er in ihrem verhangenen Blick. Eine namenlose Furcht bereitete sich in seinem Innern aus.

»Es war mein Fehler, Thynor. Ich habe mich in deinen Armen verloren. Ich fühlte tatsächlich so etwas wie Liebe, mein Gott. Wie dumm war ich nur! Aber damit werde ich fertig. Das habe ich bisher immer geschafft.« Sie spürte, wie Tränen in ihr aufstiegen, aber sie würde vor diesem Mann nicht zusammenbrechen. Dies konnte sie sich erst zuhause gestatten. Verdammt! Ihre Wohnung war zerschossen! Wo sollte sie nur hin? Sie flehte: »Lass mich einfach in Ruhe, mehr will ich nicht von dir.« Dann wiederholte sie: »Wo finde ich Rainar?« Elisa stand mühsam auf und wankte leicht, als sie sich nach einem möglichen Ausgang umsah. Thynors Bemühen sie zu stützen, wehrte sie heftig ab. »Fass mich nicht an!« Ihr Körper war gefroren und würde in tausend Teile zerspringen, wenn er sie berührte.

Vor Anspannung erstarrte in Thynors Körper jeder Muskel. Seine Adern füllten sich mit Angst. Wut. Hilflosigkeit. Diese Gefühle gehörten nicht zu ihm! Er war der Kommandant einer außerirdischen Spezialeinheit, gnadenlos, ein Killer. Niemals zuvor hatte ihn etwas dermaßen erschüttert wie Elisas Zweifel. Und noch schlimmer war ihr emotionaler und körperlicher Rückzug von ihm. Selbstverständlich würde er sie nicht in Ruhe lassen. Er liebte sie! Und das konnte sogar bedeuten, einem fremden Kerl zu gestatten, in ihrer Nähe zu sein – na schön. »Elisa, ich bringe dich hin. Du verstehst, dass ich dich nach dieser Beinahe-Katastrophe nicht ohne Geleit durch das Raumschiff laufen lasse. Also wirst du meine Gesellschaft weiter ertragen müssen. Ich werde dich auf dem Weg zur Krankenstation begleiten. Stell dich darauf ein. Du bist hier auf meinem Schiff, du bist meine Frau und ich liebe dich. Daran hat sich nichts geändert. Und über die Dinge, von denen du so überzeugt bist, unglücklich sein zu müssen, werden wir reden.

Das hier ist nicht unser Ende, glaub das bloß nicht. Du bist meine Spiegelfrau und wir gehören zusammen.« Während er die Worte sprach, schien er selbst zur Besinnung zu kommen, sich seiner Stärken und vor allem seiner Fähigkeiten als Zhanyr wieder bewusst zu werden.

Elisa hatte keine Kraft, ihm gegenüber aktiven Widerstand zu leisten. Also würde sie ihre Emotionen erneut tief in sich einschließen, nach außen vorgeben, zu funktionieren, und auch diesen letzten Weg noch überstehen – um dann wieder in ihr irdisches Leben zurückkehren. Sie spürte, wie Thynor ihre Hand fest in die seine nahm und wortlos mit ihr losstapfte. Er zerrte sie ungestüm hinter sich her. Als von Weitem durch die Glaswände erkennbar wurde, wo Rainar lag, ließ er sie los.

Fast schien es Elisa, er hoffte, sie ginge nicht zu dem Verletzten. Auch empfand sie eine seltsame Kälte und das Gefühl, mutterseelenallein zu sein, nun, da Thynor sie nicht mehr an der Hand hielt. Sie schluchzte auf und stolperte los. Dem einzigen Vertrauten entgegen, den sie im Moment hatte. Schon beim Betreten der Krankenkabine liefen ihr die ersten Tränen über das Gesicht. »Rainar, ich bin gekommen, um mich von dir zu verabschieden. Ich bin gezwungen, diesen Ort zu verlassen. Gott sei Dank, ist es nicht weit bis nach Hause. Ich werde bis morgen in der Villa auf Paula warten und mir dann irgendetwas suchen, wo ich für eine Weile unterkommen kann.«

Rainar war, als er ihrer ansichtig wurde, vor Schreck auf seiner Liege hochgefahren. »Was ist los, Lise?! Was hat man dir angetan?« Sie war bleich wie ein Gespenst und er sah, dass sie sich kaum aufrecht halten konnte. Irgendetwas Furchtbares musste geschehen sein. Rainar sprang auf, nackt, nur in bunte Verbände gewickelt, wie er war, und nahm sie in die Arme. Und Elisa weinte an seiner Brust wie ein kleines Kind, ungehemmt und völlig hilflos. Rainar wurde starr; seine Verteidigungsinstinkte wurden geweckt. Was war ihr geschehen? Oh, das ließ er diesem Weyler nicht durchgehen. Er hatte ihn gewarnt. Als Erstes musste er hier raus. Natürlich würde er mit ihr gemeinsam fliehen. Suchend sah er sich in der Kabine nach seiner Kleidung um. »Deine Pläne solltest du besser für dich behalten«, flüsterte er, als er merkte, dass Elisa sich ein wenig beruhigt hatte.

Unter Tränen widersprach sie: »So wie ich diese Zhanyr kennengelernt habe, hören sie uns sowieso gerade zu, Rainar. Sie respektieren die Menschen einfach nicht genug, um uns zu vertrauen oder uns zumindest eine Privatsphäre zuzugestehen.«

Luys und Nyman saßen in der Kommandozentrale und sahen sich ertappt an. Wie zu erwarten war, hatten sie das Gespräch belauscht. »Wo zum Teufel steckt Thynor! Er sollte sie da schleunigst rausholen.« Luys verstand seinen Kommandanten nicht. Er modulierte ungewohnt laut einen deftigen zhanyrianischen Fluch.

Thynor verfolgte genau, was in dieser Krankenkabine vorging. Er schwebte unter der Decke im Gang vor der Tür, innerhalb eines Wimpernschlages wäre er bei Elisa. Es kam gar nicht infrage, dass er sie an einen Menschenmann verlor.

Elisa schluchzte verzweifelt: »Ach Rainar. Ich war so dumm. Ich habe mich in diesen Mann verliebt, obwohl mir schon klar war, dass ich das nicht sollte.«

»Lise. Setz dich mal einen Moment hin.« Er schob sie etwas von sich. Verletzungen waren keine an ihr zu sehen. Dann drückte er sie sanft auf einen Hocker. Rainar griff zu einem großen Handtuch und wickelte es sich um die Hüften. Nun konnte er sich vor sie stellen und mit seiner Hand ihr Gesicht tröstend streicheln. »Niemand sucht sich aus, in wen man sich verliebt ... Was hat dir dieser Casanova angetan, hm? Hat er dich verletzt? Hat er sich mit Gewalt etwas genommen!?« Rainar fragte direkt nach.

»Nein! Nein! So war es nicht. Er hat mir das Leben gerettet! Und er beteuert immer noch, dass er mich liebt.«

Rainar war ratlos. Wovon redete Elisa überhaupt? Von dem Überfall auf ihr Haus? Oder war inzwischen noch mehr passiert? Wieso musste ihr erneut das Leben gerettet werden? »Schaffst du es, mir zu erzählen, was dich so durcheinanderbringt?«

Plötzlich lag ein weiches Tüchlein auf Elisas Schoß und sie griff ohne nachzudenken zu und wischte sich die Tränen aus dem Gesicht. Dann hielt sie sich das Tuch vor die Augen und lächelte beinahe, denn sie wusste, wer es ihr hingezaubert hatte. Der steinerne Fels auf ihrem Herzen geriet ins Wackeln. »Ach Rainar!

Kannst du mir die Liebe erklären?«

Ihre Frage traf Thynor bis ins Herz. So sehnsüchtig klang sie.

Sie hatte Liebeskummer! Meine Güte. Rainar war so erleichtert, dass er einen Moment dachte, *er* könne schweben. Oder irrte er sich und es steckte doch mehr hinter Elisas Verzweiflung? Egal. Sie redete. Das war ein Anfang. »Ach Lise, die Liebe erklären. Wer vermag das schon?« Er legte ihr einen Arm um die Schultern und zog sie an sich. Sie war so jung! Und obwohl er nahezu doppelt so alt war, hatte sich selbst ihm das Geheimnis der Liebe nicht vollständig erschlossen. »Es gibt unendliche Möglichkeiten, so viele Arten. Man kann nur für eine einzige Sekunde lieben, oder für ein ganzes Leben. Man kann Menschen lieben, Tiere, sogar Gegenstände.« Als Elisa ihn verwirrt anschaute, lächelte er. »Denk doch an die vielen Skulpturen oder Gemälde. Manchmal reicht ein kleines Foto als Erinnerungsstück oder ein Schmuckstück.« Rainar spürte, wie sich Elisas Starre langsam löste. »Man ist sogar in der Lage Stimmungen zu lieben. All das und bestimmt noch viel, viel mehr. Wenn man es tut, spürt man es. Und genau das ist dein Problem, stimmt's? Du hast dich wirklich in diesen Typen verliebt.«

Elisa nickte zaghaft und ihr Herz tat weh. Sie ließ sich wieder auf den Hocker fallen, der plötzlich ein Polster hatte. Dann erzählte sie Rainar alles, von den Puppen, dem Armreifen, diesem Nacktbild. Er ließ sie reden, ohne sie zu unterbrechen. Er dachte an das Gespräch, dass er und Weyler am Morgen geführt hatten. Der Mann war ehrenhaft, verantwortungsbewusst und ein honoriger Geschäftsmann. Und er hatte ihm versichert, Elisa zu lieben, ungeachtet dieser dämlichen Spiegelfraugeschichte. Also würde er ihm nicht in den Rücken fallen. Rainar hockte sich vor sie hin und nahm ihre Hand. »Ich denke nicht, dass er das mit Absicht gemacht hat. Das Letzte, was er vorhat, ist dich zu verletzten, Lise. Er wusste mit Sicherheit nicht, wie sehr dich dieses Verhalten kränkt.«

»Meinst du?« Leise Hoffnung stahl sich in Elisas Herz.

Rainar nickte voller Überzeugung. »Ich weiß, dass du große Probleme damit hast, anderen zu vertrauen. Aber für die Liebe braucht es ein wenig Mut. Und den hast du doch, oder? Dieser Mann liebt dich. Er beschützt dich. Vielleicht solltest du überlegen, ihm noch eine Chance zu geben, hm?« Er stand auf und zog sie an seine Brust, und als sie nun wieder leise anfing zu weinen, heilten die Tränen ihren Schmerz.

Was er da belauschte, bewegte Thynor tief. So ein Gespräch zwischen Mann und Frau hatte er noch nie gehört, geschweige denn geführt. Elisas Sicht der Dinge war ihm teilweise völlig neu, nahezu unerklärlich! War es für andere Männer ebenso kompliziert, ihre Frauen zu verstehen? Und dieser halbnackte Wank, zum Teufel, machte offenbar alles richtig. Elisa ging es extrem besser, das spürte Thynor über den Ramsen, und das sagte ihm sein Herz. Er ließ sich auf den Boden hinab und trat in die Krankenkabine. Wank blitzte ihm eine unmissverständliche Warnung aus eiskalten, harten Augen zu, bevor er Elisa in Thynors Arme entließ und sich aufgewühlt und kraftlos auf sein Krankenbett legte.

Minutenlang hielt Thynor sie einfach fest, froh, dass sie ihn nicht wieder abwies. Er hüllte sie in seine Wärme und ließ sie sich ausweinen. »Liebstes, mein Herz ist völlig ungeübt in solchen Dingen«, bekannte er leise. »Und ich könnte mich dafür umbringen, dass ich der Grund bin, dass du weinst und unglücklich bist.« Nach ein paar gehauchten Flüsterworten, die für niemanden sonst außer Elisa bestimmt waren, nahm Thynor ihr Gesicht in beide Hände und küsste ihr die Tränen weg. »Hör bitte auf. Nicht mehr weinen. Es gibt keinen Grund dafür. Erzähl mir lieber, was dich so bedrückt. Wir können alles aus der Welt schaffen, da bin ich mir sicher.«

Elisa lief rot an. »Oh nein. Ich werde deinen Männern nie wieder gegenübertreten können.«

»Sie wissen nicht wirklich, wie du nackt aussiehst. Obschon, Layos vielleicht?«

Elisa erstarrte. »Warum der?«

»Er ist dein Arzt«, erinnerte er sie sanft.

»Hm.«

»Die anderen kennen nur eine Animation.« Thynor erläuterte ihr die visuellen Möglichkeiten der holografischen Projektionen: »Es ist eher wie eine Hochrechnung, und selbstredend kommt sie dicht an das Original heran, aber nichts, glaub mir, absolut nichts ist vergleichbar mit deinem nackten Körper in natura, wie es sich anfühlt, dich zu berühren, die Haut und die Wärme zu spüren. Und eines ist gewiss: Keiner meiner Jäger wird dich je nackt zu Gesicht bekommen. Darauf hast du mein Wort.«

Gut, das glaubte sie ihm. Der Arzt zählte nicht. »Und warum lässt du mich überwachen?«

»Ah, der Armreif. Dir wird aufgefallen sein, dass wir alle einen tragen. Er ist aus vielerlei Gründen wichtig für uns; einer davon ist, bei Bedarf zu wissen, wo der andere sich aufhält.« Thynor erwähnte ebenfalls die übrigen Funktionen und nützlichen Einsatzmöglichkeiten. »Sieh ihn nicht als eine Art Fessel, sondern eher als deinen Schutzengel an. So können wir jederzeit über dich wachen. Es beruhigt mich, wenn ich weiß, wo du bist und wie es dir geht. Trag ihn meinetwegen, bitte.« Hemmungslos nutzte er ihre Gefühle für ihn aus. Es ging um nichts weniger als um ihre Sicherheit.

Elisa hob einlenkend die Schultern.

»Dein Armband war vorhin ein paar Minuten nicht funktionsfähig, weil Alvar am Sicherheitssystem herumgespielt hat, um einen idiotischen Plan umzusetzen, für den ich ihm nachher noch ein paar Takte erzählen werde. Egal. Du bist hier. Gesund und heil. Und bitte, glaub mir, weder eine Holografie, noch der Armreif hätten mir je verraten können, was dein Lächeln mit mir anstellt.«

Sie lächelte tatsächlich wieder, zaghaft und vorsichtig, aber es war passiert. »Thynor, ich würde so gern zu dir gehören, Teil deiner Welt sein.«

Er küsste sie voller Inbrunst. »Das wird nicht gehen, Elisa. Du kannst nicht nur ein Teil davon sein, du bist mein ganzes Universum.«

Rainar Wank enthielt sich jeder Anmerkung. Er wartete ab, was geschah, als sich Thynor langsam zu ihm umdrehte. Dass jemand, der der Befehlshaber über tausend Aliens war, einen wehrlosen Mann auf dem Krankenbett zusammenschlagen würde, hielt er für ausgeschlossen. Oder? Schließlich war er der vermeintliche männliche Rivale und da lag ein Ordnungsgong schon im Bereich des Möglichen. Besitzergreifender als der Kommandant hatte wahrscheinlich noch nie ein Mann seine Frau behandelt. Zu Wanks Verblüffung sagte Weyler jedoch: »Danke. Ein weiteres Mal. Es war sehr anständig von dir, Elisa zu trösten.« Er streckte Wank die

Hand hin. »Falls du dich einigermaßen in der Lage siehst, aufzustehen, hätte ich dich gern bei einer Besprechung mit meinen Männern dabei. Wir haben eine ernste Situation.«

Wank sah Weyler prüfend ins Gesicht, dann nickte er und erhob sich mit Thynors Hilfe. »Mach die Augen zu, Lise. Ich bin wieder im Adamskostüm.« Leicht schwankend kam er auf die Füße und sah sich nach etwas zum Anziehen um.

Thynor dachte umgehend aus den Handtüchern und Kissen in der Kabine eine Kluft der Jäger. »Benötigst du sonst noch etwas?«, fragte er Wank. Dann drückte er Elisa mit einer festen Umarmung mit dem Gesicht an seine Brust. Sie musste kichern.

Angesichts der eben erlebten Zauberkunststückchen blieb Rainar erstaunlich gelassen und sagte, während er in die strapazierfähigen Klamotten stieg: »Was ich brauche? Nun, ein, zwei weitere Drinks von dem Wundersaft eures Doktors wären nicht schlecht, meine Waffen hätte ich gern, eines von deinen Superautos – und etwas nette weibliche Gesellschaft. Wenn du schon mal am Zaubern bist. Und schwuppdiwupp bin ich wie neu.«

»Letzteres braucht etwas Zeit; das andere ist kein Problem. Elisa, dich möchte ich ebenfalls gern dabeihaben.« Thynor spürte, wie sie sich am ganzen Körper versteifte. Es würde nach dem Erlebnis von vorhin nicht einfach für sie werden, seinen Männern zu begegnen. Nach ein paar Sekunden hatte sie sich gefasst und meinte achselzuckend: »Worauf warten wir?«

## ◊ 39 ◊

Als Alvar mit Henrik an der Seite, der weder gefesselt noch anderweitig handlungsunfähig gemacht worden war, die Kommandozentrale betrat, stürzten Jari und Damyan wie aus der Pistole geschossen auf den Gefangenen los, um ihn niederzuringen. »Alles bestens, Männer«, hielt Alvar sie auf. »Er ist entlastet. Henrik gehörte nur zum Schein zu den Bralur. Lasst ihn in Ruhe.«

Misstrauisch musterte Jari den Mann. Für ihn war er ein Fremder. »Interessante Neuigkeit. Hat Thynor uns deshalb zusammengetrommelt?« Er stand nur einen Zentimeter von Henrik entfernt und starrte ihm tief in die Augen.

Henrik hielt mühelos stand. In den Tiefen seiner schwarzen, funkelnden Pupillen lag eine abgeklärte Düsternis; er hatte keinen Grund und verspürte auch keine Lust, diesem jungen Zhanyr jetzt eine Lektion in Sachen Reaktionsschnelligkeit oder Cleverness zu erteilen.

»Lass den Unsinn, Jari, und verkrümle dich.« Thynor betrat mit Elisa und Rainar Wank den Raum. Er bot dem verletzten Menschen den Platz neben sich an. Er selbst blieb mit seiner Frau an der Hand stehen und ließ einen ernsten Blick über die Runde schweifen. Nur Henrik und Alvar wussten, was los war. Auch Luys sollte bereits im Bilde sein, denn Thynor hatte die Übertragung aus dem Isolationstrakt während ihrer Gespräche nicht unterbrochen. Nyman, Jari, Filip und Lewian hockten gespannt auf den Kanten irgendwelcher Konsolen. Damyan und Marko lehnten sich lässig an die Wand. Boris fehlte, er bewachte die Villa und wurde per Armreif informiert. »Zunächst nutze ich die Gelegenheit, um allen meine Spiegelfrau Elisa vorzustellen.« Reflexartig strafften sich die Männer und versuchten, eine angemessen achtungsvolle Haltung einzunehmen. »Elisa, das sind die Jäger, meine Mannschaft oder mehr noch – meine treuen Freunde! Wir leben und kämpfen seit Jahrtausenden gemeinsam. Fühle dich jetzt als ein Teil dieser Gemeinschaft. Jeder Mann hier im Raum wird dich vor Gefahren schützen und dir helfen, dich an uns zu gewöhnen. Und wir hoffen auf deine Großzügigkeit, unseren, hm, Eigenheiten gegenüber etwas nachsichtiger zu sein und uns zu helfen, die Menschen besser zu verstehen.« Thynors letzter Satz ließ bei einigen Jägern gelinde Verblüffung erkennen, doch er ignorierte die überraschten Blicke und stellte ihr jeden einzeln vor. »Alvar, meinen Stellvertreter, kennst du schon, wie auch Luys.« Dann zeigte er auf eine eingefrorene Holoprojektion und fuhr fort. »Gestern auf dem Anwesen hast du Boris gesehen, einen der jüngeren Jäger. Zwischen seiner

Geburt und der von Alvar, Layos oder mir liegen schon ein paar tausend Jahre, auch wenn man es nicht vermutet. Egal. Boris kann an unserer Besprechung nicht direkt teilnehmen; er bewacht weiterhin die Villa. Aber hier Nyman und er sind Freunde seit Kindertagen. Die zwei da an der Wand, Damyan und Marko gehen oft zusammen in einen Einsatz. Sie haben sich messerscharf aufeinander eingespielt. Jari gehört ebenfalls zu den Jüngeren, aber diese zwei da, Lewian und Filip sind unsere Kindsköpfe, wie du an ihrem unreifen Benehmen vorhin unschwer hast erkennen können.« Die beiden Jäger wussten, dass ihnen eine weitaus gepfeffertere Rede von ihrem Kommandanten bevorstand, wenn Thynor sie sich später allein vorknöpfen würde. Ungestüm eilten sie auf Elisa zu und baten reumütig um Verzeihung.

»Mir tut es ebenfalls leid. Wirklich. Ich habe irgendwie überreagiert. Vielleicht können wir einfach noch mal von vorn beginnen?« Sie blickte die zwei Männer zurückhaltend, doch mit zunehmend wachsender Offenheit an.

»Ich bin dabei«, rief Lewian freudig aus und umarmte Elisa spontan.

Ohne groß nachzudenken, schloss Filip sich an. »Danke«, flüsterte er ihr erleichtert ins Ohr.

Zu seiner eigenen Überraschung ließ Thynor das geschehen, ohne einzugreifen. Doch bevor weitere Jäger auf die Idee kamen, seine Frau an ihre Brust zu drücken, schob er Elisa sacht zu dem Mann, der die Szene mit einiger Distanz beobachtet hatte und reglos auf dem Platz neben Alvar verharrte. »Und das hier ist Henrik.«

Der Vorgestellte ließ Elisa Zeit zu entscheiden, ob und wie sie ihn begrüßen würde. Immerhin hatte Henrik sie überfallen. Alvar hatte ihm bereits von ihr erzählt, davon, wie sie sich für ihn einsetzte, als sie von seiner geplanten Eliminierung erfahren hatte. Sie schien ein großes Herz zu haben und er wünschte sich, dass sie ihm eines Tages vergeben konnte.

»Ich freue mich, dass wir uns unter diesen Umständen wiedersehen«, sagte Elisa ohne jeden Groll. »Wie es aussieht, haben Sie Ihren Freund davon überzeugen können, dass Sie derselbe gute Mann sind, den er verloren zu haben glaubte. Das ist sehr schön.

Alvar wird sich glücklich schätzen, dass er Sie wiedergefunden hat.«

Thynor ging das Herz über, als er Elisas freundliche Worte vernahm, die dem einen Zhanyr seine Handlungen ohne Wenn und Aber verziehen und den anderen Zhanyr und ihn selbst erneut daran erinnerten, dass die Motivation für eine Tat sehr wohl von Bedeutung war. Sie war eine verdammt selbstlose Frau. Als er sah, wie Henrik sich leicht vor ihr verbeugte und Alvar ihr bejahend zuzwinkerte, wusste er, dass seine Männer und Elisa bestens miteinander klarkommen würden und die Integration von Spiegelfrauen in die Gemeinschaft der Jäger gelingen konnte. Er schob Elisa einen Stuhl hin, wartete, bis sie saß, und sah in die Runde. »Ich komme gleich zur Sache, denn wir haben nicht viel Zeit. Also: Bis vorgestern waren wir ausschließlich Jäger, die Verbrecher beider Spezies auf Lanor zur Strecke brachten. Wir erledigten den Job und konnten schnell wieder weg. Durch die Überfälle von Francos Leuten auf Elisa sind wir nun auf unbestimmbare Zeit gezwungen, auf dem Anwesen beziehungsweise in der Villa für Sicherheit zu sorgen. Was uns dabei erwartet, lässt sich unmöglich voraussagen. Und dass wir insgesamt nicht einmal ein Dutzend Männer sind, selbst wenn ich die zwei momentan Verletzten mitzähle, macht die Situation nicht gerade einfacher.«

Niemand widersprach.

»Aber deswegen treffen wir uns nicht. Ich habe euch alle hierher gebeten, weil ich vor Kurzem etwas erfahren habe, das sämtliche Annahmen, was die bisherige Gestaltung unserer Mission auf Lanor betrifft, vollkommen über den Haufen werfen wird. Wie es aussieht, haben wir neben der Verbrecherjagd und dem neu hinzugekommenen Sicherheitsdienst noch eine weitere Aufgabe zu erledigen, die sogar wichtiger ist als alles andere, was wir bisher taten: Wir müssen Zhanyra retten! Ihr habt richtig gehört – es gibt Zhanyra auf diesem Planeten.«

Die Mitteilung lähmte die uneingeweihten Männer für etliche Sekunden. Filip schluckte schwer; Jari haute mit der Faust an die Wand. Nyman konnte als Erster wieder sprechen. »Du redest von unseren eigenen Frauen? Hier auf Lanor?«

Thynor nickte. »Es gibt sie. Henrik lebt mit zwei Zhanyra zusammen, seit über zweihundert Jahren.«

Alle Blicke richteten sich auf den vorgeblichen Bralur.

»Wie–«

»Woher–«

»Zwei?«

Thynor unterbrach das Gestammel der Krieger, indem er eine Hand hob, und sagte: »Lasst ihn reden.«

Als Henrik mit seinem Bericht fertig war, lag eine schwer lastende Stille über der Kommandozentrale. Die Szene wirkte, als wäre ein Film angehalten worden und alle Akteure in einer Pose erstarrt. Doch Thynor war nicht fertig. »Als wäre das nicht genug an Überraschungen, erfuhr ich von Rainar Wank, dass er außer uns schon anderen Zhanyr, vermutlich einer Horde von Bralur, begegnet ist, die ebenfalls Frauen bei sich hatten.« Wank vorzustellen hatte Thynor sich gespart, da Luys allen Jägern entsprechende Informationen ins System gestellt hatte.

Nun starrten alle auf den Menschen.

»Auch Zhanyra?«, presste Jari hervor.

Wank zuckte mit den Schultern und verzog gleich darauf schmerzhaft das Gesicht. »Woher zum Teufel soll ich das wissen? Wie erkennt man euch?«

»Unsere Frauen sind überaus attraktiv. Die zwei, die bei mir wohnen, sind Schwestern. Der Spiegelmann der einen hatte sie beide auf das Schiff geschmuggelt. Er hatte sich hier auf Lanor Feinde gemacht und war auf der Flucht schwer verwundet worden. Sie hatten nicht genug Druum und schafften es gerade so, sich bis zu mir zu schleppen. Dann verstarb der Zhanyr an seinen Verletzungen. Er war einer unserer Spezialisten für Körperdesign. Noch in der Minute seines Todes betonte er, wie stolz er auf die gelungene Transformation der geschmuggelten Zhanyra war. Ihre Namen sind jetzt Sonja und Nora. Unsere Frauen sind perfekt designte Wesen – fast zu schön für diese Welt«, schloss Henrik mit einem Blick auf den Menschen.

»Davon war bei denen, die wir auf dem Balkan rausholten, nichts zu erkennen.« Wank raufte sich die Haare. »Sie waren schwach und total verdreckt; wir haben sie aus der Gefangenschaft gerettet und am verabredeten Ort, einer Klinik in Split, abgeliefert. Und, sie flogen nicht umher, falls dies ein Indiz ist.«

»Wir? Wen meinst du damit?«, hakte Alvar nach. Er war schon immer ein ausgezeichneter Zuhörer.

Thynor übernahm die Erklärung zu Wanks Leuten, als er sah, dass der sich vor Schmerz kaum noch aufrecht halten konnte. Gleichzeitig übermittelte er Layos, sich sofort mit Medikamenten in der Kommandozentrale einzufinden, und fasste dann zusammen: »Nur, damit wir es alle noch einmal gehört haben: Es gibt elf Zhanyra auf Lanor, und nur zwei befinden sich in relativer Sicherheit. Vier von ihnen waren bei der Landung schwanger, was bedeutet, es gibt möglicherweise Kinder unserer Spezies. Rein rechnerisch könnten die heimlichen Spiegelpaare sich sogar fünfmal vermehrt haben, seit wir hier auf diesem Planeten leben. Und wenn wir schon mal am Spekulieren sind, gehört auch Wanks Schilderung dazu: Zwei Zhanyra waren Gefangene einer Bralurbande, was bedeutet, zumindest theoretisch, dass einige dieser Kerle von deren Existenz wissen, und dann schon viel länger als wir; und dass sie ebenfalls versuchen werden, die anderen zu finden. Denn das ist ab sofort unsere absolute Priorität – diese Zhanyra und ihren Nachwuchs suchen, egal wo auf Lanor sie sich aufhalten, um sie in unser Leben zu integrieren.«

Diese Festlegung bedurfte keiner Erläuterung. Das Kolonisationsziel schien wiedergeboren.

»Vergessen wir auch nicht die Suche nach weiteren menschlichen Spiegelfrauen«, ergänzte Alvar und erntete allseits beifälliges Nicken. Jedem war klar, dass die geschmuggelten elf Frauen den Bedarf der Männer von Draghant nicht im Entferntesten würden decken können – zumal sie bereits Partner hatten.

Elisa sprach es laut aus: »Eure Frauen überlebten nicht ohne Hilfe von Mitwissern auf dem Schiff. Die meisten hatten Ehemänner. Oder Brüder. Oder es waren Geschwister, wie wir von Sonja und Nora wissen. Was mussten diese Helfer denn sein, um ihren Plan erfolgreich umsetzen zu können?«

»Na ja, ein Mediziner würde gebraucht«, sagte Nyman. »Und ein Techniker, um die ganzen lebenserhaltenden Systeme für den Langzeitflug in Gang zu halten.«

Luys ergänzte: »Sie brauchten einen Spezialisten, jemanden, der unsere Überwachungssysteme austricksen konnte. Die geschmuggelten Zhanyra mussten für jedermann unsichtbar bleiben, wenigstens bis zur Landung. Kein Analysetool durfte ihre Daten als etwas Außergewöhnliches identifizieren und diese Anomalien melden. Und dennoch musste alles überwacht werden, um im Notfall eingreifen zu können.«

Thynor überlegte. »Also waren mindestens vier Männer eingeweiht. Ein Arzt, ein Techniker, ein Programmierer und ein Körperdesigner. Hm. Solche Manipulationen hinterlassen Spuren. Gut versteckte Veränderungen, offenbar, aber doch vorhanden. Davon müsste etwas im System zu finden sein. Jetzt wo wir wissen, wonach wir suchen müssen. Luys, sobald wir hier fertig sind, fängst du an, dem nachzugehen«, befahl er. »Und bestimmt können wir von den beiden Schwestern ebenfalls ein paar Antworten erwarten. Wir haben jede Menge zu tun.«

»Wie sollen wir das bloß schaffen?« Knurrend strich sich der eher wortkarge Marko die Haare aus dem Gesicht.

»Wenn ich mich in einigen Jahrhunderten von der Schockstarre über all diese Nachrichten erholt habe, fällt mir bestimmt eine Lösung ein«, bemerkte Lewian sarkastisch und verstärkte seine Worte, indem er ratlos die Hände in die Luft schmiss.

Er war nicht der Einzige, den die Neuigkeiten umwarfen. Hatten sie einen katastrophalen Fehler zugelassen, als sie damals die Suche nach den Spiegelfrauen aufgaben? Die Antwort lag über allen im Raum und lautete eindeutig – Ja.

Damyan, sonst eher zurückhaltend mit unflätigen Äußerungen, kleidete das Empfinden aller in zutreffende Worte: »So eine verdammte Scheiße! Wer konnte das denn ahnen?!«

Als Layos mit der Medizin für Wank kam, spürte er, dass die Atmosphäre in der Kommandozentrale extrem aufgewühlt war. Er achtete darauf, dass sein Patient alle Rollrandgläschen korrekt austrank, und fragte dann Thynor: »Brauchst du mich?«

»Allerdings. Bleib hier. Es gibt außerordentliche Neuigkeiten, mein Freund. Die medizinische Abteilung wird ihre Aufmerksamkeit demnächst dem Wohlergehen von weiblichen Wesen und womöglich sogar Kindern widmen müssen.«

»Oh! Habt ihr weitere Spiegelfrauen entdeckt? So schnell?« Layos war mehr als überrascht. Kinder? War Elisa bereits schwanger?

Thynor erklärte dem Arzt die jüngsten Entwicklungen und merkte, dass, je näher er dem Ende seiner Schilderung kam, er sich immer schuldiger fühlte. Was, wenn die Bralur erfolgreicher waren? Konnten es menschliche Spiegelfrauen gewesen sein, die sie gefangen hielten? Oder gar echte Zhanyra? Thynor malte sich die Konsequenzen besser nicht im Detail aus. Er hatte als Kommandant versagt, und das würde er sich nie verzeihen können. Er schloss die Ausführungen und sein Blick auf Layos zeugte von seiner Niedergeschlagenheit.

»Vielleicht darf ich etwas vorschlagen«, durchbrach Wank die anhaltende Stille. Sein Befinden hatte sich in den letzten Minuten durch die zhanyrianische Medizin sprunghaft gebessert.

»Nur zu«, Thynor seufzte tief und hakte die Daumen in die Gürtelschlaufen seiner Hose, »ich bin für jeden Ratschlag offen.«

Rainar stand mehr mit Entschlossenheit als mit Kraft auf; aber er wollte das, was er zu sagen hatte, nicht als vermeintlicher Schwächling im Sitzen von sich geben. Fest blickte er den Zhanyr in die Augen, bevor er begann: »Wenn ich das richtig verstanden habe, seid ihr hier aufgetaucht, um uns Menschen kaltzustellen und die Erde im Laufe der Zeit für eure Spezies zu übernehmen. Kein angenehmer Gedanke, aber mich tröstet enorm, dass ihr damit gescheitert seid. Andererseits hilft es mir zu erkennen, dass ihr nicht alle skrupellose Invasoren seid und zumindest hier ein paar Exemplare versammelt sind, die über Ehre und anständige Prinzipien verfügen. Zudem könnt ihr exzellent kämpfen. Möglicherweise habt ihr in zweitausend Jahren etwas dazugelernt.« Wank grinste freudlos. »Ihr werdet eure Spezies nicht retten, indem ihr euch weiter so benehmt, als seid ihr die Krone der Schöpfung. Also, hier auf der Erde, meine ich. Ihr möchtet hier leben, ihr wollt Frauen und Kinder. Das kann ich verstehen. Jedoch wird das nur funktionieren, wenn ihr euch nicht weiter für was Besseres haltet und aus der Isolation heraus agiert. Uns trennen wahrscheinlich nicht einmal zehntausend Jahre der Entwicklung. Was ist das gegenüber den Milliarden Jahren der Evolution des Lebens überhaupt? Mir ist klar, dass eure Existenz kaum einem Menschen bekannt sein dürfte. Wahrscheinlich gab es nie ein größeres Geheimnis als eure Landung. Und doch müsst ihr euch einigen Wenigen zu erkennen geben – zumindest den sogenannten Spiegelfrauen – und ihr werdet menschliche Kämpfer als Alliierte an eurer Seite akzeptieren müssen. Nur so habt ihr eine Chance, zu überleben. Ich denke dabei nicht nur an eure viel zu geringe Mannschaftsstärke. Denn eines steht fest: Solltet ihr enttarnt werden, rechnet nicht mit dem uneingeschränkten Wohlwollen der Menschen. Ihr braucht Verbündete. Das ist meine Meinung. Und um es für die aktuelle Situation konkret zu machen: Ich kenne sehr gute, bestens ausgebildete und vertrauensvolle Männer. Die könnte ich anrufen und wir würden uns um den Schutz der Villa kümmern. Dazu müssten meine Leute noch nicht einmal die ganze Geschichte kennen. Bralur haben die schon mal im Kampf erlebt. Wir brauchen nur gleichwertige Waffen, damit wir eine Chance gegen sie haben.« Er stockte kurz und beteuerte: »Das ist mein Angebot.«

Die Tragweite von Rainar Wanks Vorschlag war so gewaltig, dass den Jägern für einen Moment der Atem stockte. Er bedeutete nichts weniger als eine Abkehr von ihrer bisherigen Strategie – Zusammenarbeit mit den Ureinwohnern von Lanor anstatt strikter Abschottung. Vertrauen statt Überwachung. Nach und nach sahen die Jäger stumm ihren Kommandanten an. Er hatte das Sagen; sie würden ihm auf seinem Weg folgen, wie sie es schon seit ewigen Zeiten taten.

Thynor schwieg, denn er wusste eines mit absoluter Gewissheit: Wenn es je einen Moment geben würde, in dem eine strategische Entscheidung von existenzieller Bedeutung zu fällen wäre, dann war der genau jetzt und hier gekommen.

Elisa erkannte den Druck, der auf dem Kommandanten lag und verschaffte ihm etwas Zeit zum Nachdenken. »Ich werde helfen und versuchen, Spuren von euren Frauen zu finden. Vermisstenmeldungen, plötzliches Verschwinden, unerklärliches Aussterben von Familienzweigen, Sagen über bildschöne Zauberinnen, Namensvergleiche und so weiter. Möglicherweise kann das euer Problem etwas eingrenzen und die Suche beschleunigen.«

Verlegenheit war gar kein Ausdruck! Beschämt sahen die Jäger zu Boden oder in eine unsichtbare Ferne. Da hatten sie unablässig in dem sicheren Glauben gelebt, den Menschen haushoch überlegen zu sein und sich oft genug in dieser Überheblichkeit gesonnt, und nun boten ihnen in einer äußerst schwierigen Lage ausgerechnet ein schwer verletzter Hausmeister und eine junge Frau ihre Hilfe an. Aber es war eine Hilfe, die sie unumstritten gebrauchen konnten! Natürlich würde es ihr Personalproblem nicht prinzipiell lösen, aber ein klein wenig entspannen könnte es die Lage schon, wenn Wanks Männer den Schutz des Anwesens übernähmen und Elisa gemeinsam mit Luys die Datenmengen der Welt gezielter durchsuchte.

Um dem Ganzen die Krone aufzusetzen, sprach Henrik, der einzige Zhanyr im Raum, der etwas zur wirksamen Rettung ihrer Spezies unternommen hatte, als Erster: »Ich könnte wieder Einsätze als Jäger im Außendienst übernehmen, sobald meine beiden Schützlinge hier auf dem Schiff in Sicherheit sind und–«

Thynor riss die Hände in die Luft. »Schluss damit! Hört auf, uns hier weiter zu beschämen. Wir fühlen uns schon wie die absoluten Versager, also – Danke! Habt Dank für eure Hilfe, die wir auf jeden Fall annehmen.« Er holte tief Luft, stand auf und verneigte sich in Richtung der Menschen und ihres ehemaligen Gefangenen. »Wir stehen tief in eurer Schuld.«

Beifälliges Murmeln der anderen Jäger bestätigte, dass sie das genauso sahen.

Wank grinste, inzwischen nicht nur innerlich gekräftigt, über das ganze Gesicht. »Gut. Mehr wollte ich nicht hören. Könnten wir nun vielleicht diesen sentimentalen Quatsch lassen und uns an die Planung machen?«

Endlich hatten die Männer wieder festen Boden unter den Füßen! Einsatzplanung war etwas Handfestes und die Jäger wurden von rastloser Energie ergriffen. »Womit fangen wir an, Kommandant?«, fragte Nyman.

»Oberste Priorität hat, wie gesagt, die Sicherheit unserer Frauen: Elisa ist außer Gefahr. Die beiden Zhanyra holen wir, sobald diese Besprechung zu Ende ist. Sind sie flugfähig, Henrik?«

»Es geht ihnen den Umständen entsprechend; sie sind nicht in Bestform, was ihre Kondition anbetrifft. Das Leben im Verborgenen, in der eisigen Einöde schränkt eben sehr ein. Wir wollten keinerlei Flugspuren oder Ähnliches hinterlassen, also waren sie äußerst selten in der Luft. Ich denke, sie werden ein, zwei Pausen benötigen. Und, was bisher unerwähnt blieb – ein männlicher Vertreter der Spezies Mensch lebt dort mit uns.«

»Was!?« Nyman fuhr hoch. »Eine Zhanyra und ein Mann von Lanor! Und was wird mit uns?« So wenig hilfreich seine Bemerkung an dieser Stelle auch war, traf sie doch einen wunden Punkt: Wenn es bloß elf Zhanyra gab, wieso musste sich eine von ihnen mit einem Menschen zusammentun? War sie denn keine Spiegelfrau, als sie auf das Schiff geschmuggelt wurde? Mit Sicherheit! Jedoch konnte derjenige zweitausend Jahre nach ihrer Landung nicht mehr am Leben sein.

Thynor war überzeugt, dass alle Zhanyr im Raum dasselbe dachten. Ein Blick auf Wank sagte ihm, dass selbst der ahnte, was in den Jägern vorging.

Henrik zerstreute rasch die Befürchtungen: »Es ist nur ein gewöhnlicher, alter Mann, kein Spiegelmann. Sein Name ist Alexander Kaan. Er ist inzwischen fast fünfundsiebzig Jahre alt; ein Aussteiger, den Nora vor Kurzem durch einen Sturz schwer verletzt in den Bergen fand. Sie brachte ihn zu uns und er blieb. Wir leben seit etwa zwanzig Jahren zusammen. Er weiß, was wir sind und wir vertrauen einander.«

Thynor entschied: »Der Mann kommt natürlich mit hierher aufs Schiff. Das macht es etwas schwieriger. Wir haben drei Leute zu transportieren. Wenn wir heute Nacht bereits starten, könnten sie morgen oder spätestens übermorgen hier in Sicherheit sein.«

»Ich fliege mit Henrik«, meldete sich Lewian.

»Ich auch«, gab es mit Filip einen weiteren Freiwilligen. Wollten sie etwa ihren Fauxpas gegenüber Thynors Spiegelfrau wieder gutmachen?

Der Kommandant nickte den beiden jungen Zhanyr zu. »Einverstanden. Drei Leute für den Transport, zwei als Begleitschutz.« Damit wären ihre Kapazitäten fast vollständig erschöpft. Alvar teilte sich, zumindest so lange, bis Rainars Truppe vor Ort war und sich die Ermittlungen der Polizei im Sande verlaufen hatten, den Wachdienst auf dem Anwesen mit Boris. »Henrik? Deine Meinung?« Thynor wollte den neu gewonnenen Kampfgefährten nicht übergehen.

»Kein Problem. Ich fliege nachher gleich los. Ich bin mir nur nicht sicher, ob das die beste Lösung ist.«

Alvar nickte in Thynors Richtung und signalisierte: »Habe ich auch schon überlegt.« Die beiden alten Kampfgefährten verstanden sich bereits wieder blind.

Thynor wandte sich an Henrik: »Wie willst du Franco dein Ausbleiben erklären? Mal von der gestrigen Schießerei abgesehen?«

Jetzt fiel bei den anderen der Groschen. »Du hast vor, zu den Bralur zurückzukehren! Wieso?«, fragte Filip.

»Er hat mindestens zwei Frauen in seiner Gewalt. Es könnten Spiegelfrauen für einen von uns sein. Soweit ich weiß, hat er ihre Männer ermordet, bevor er sie einkerkerte.« Jeder Mann im Raum wusste, was das bedeutete. Der Ruf der Bralur bezüglich ihrer Brutalität war nicht übertrieben. Zu oft hatten sie Opfer gefunden, deren zerschundene Körper von zahllosen Grausamkeiten kündeten. »Wir kämen leichter an sie heran, wenn ich mich wieder dort hinbegebe und als Insider Informationen liefern kann.«

Das leuchtete ein. »Du brauchst eine plausible Legende«, gab Thynor zu bedenken.

»Ich könnte mit ihm gehen. Als seine Gefangene. So war es doch geplant. Dann wären wir dort zu zweit und–«

»Nein!« Mindestens fünf Männer hatten das zugleich ausgerufen; vielleicht waren es aber auch alle, einschließlich Rainar. Elisa spürte, dass ihr Vorschlag nicht besonders gut aufgenommen wurde. Thynor würde nicht darauf eingehen, das sah sie an seinem harten Blick, der von erbarmungsloser Nüchternheit erfüllt war. »Du näherst dich diesem Abschaum keinen einzigen Meter.« Eine Sekunde später strich er ihr sanft übers Haar und sagte: »Niemals. Das kommt nicht infrage.«

Damit schien das Thema zur Zufriedenheit aller erledigt. Bis auf Elisa. Doch Thynors unbarmherzig warnender Ton ließ sie verstummen.

»Weißt du eigentlich genau, warum du Elisa zu Franco bringen solltest?« Luys versuchte, den Ansatz für eine belastbare Legende zu finden. Er würde dazu passende Informationen in das System eingeben. Und ihre Datenfalle sorgte dann dafür, dass ihr Feind die Falschmeldungen auch erhielt.

»Brandon, sein Analyseexperte, hatte einen Angriff auf euer System bemerkt. Franco wollte umgehend wissen, was los ist. Ich war mit zwei anderen Typen gerade zu einem seiner albernen obligatorischen Belastungstests bei ihm. Ein ganz gewöhnlicher Mensch war zu holen; normalerweise keine große Herausforderung. Franco nutzte diese vermeintlich triviale Aufgabe als Prüfungsbestandteil und seine Wahl fiel auf mich.«

»Tja, Pech gehabt. Unser Kommandant war besser.« Damyan klang stolz wie ein Sohn auf seinen Vater.

»Du hattest vor, Elisa diesem Schlächter zu übergeben?« Jari konnte es nicht glauben.

Henrik schnaubte empört. »Wofür hältst du mich! Ich wollte sie erst einmal zu mir nach Norwegen bringen und dann wäre ich zu Franco zurückgeflogen. Ich hätte ihm glaubhaft geschildert, wie mir eine andere von ihr ausspionierte Gruppierung zuvorgekommen war und diese Leute sie nach einem brutalen Verhör mit Betonfüßen in der Ostsee versenkten. Er wäre sicher nicht begeistert gewesen, aber was sollte er schon groß tun können? Höchstwahrscheinlich hätte er mich vor Wut zusammengeschlagen und mir dann eine exorbitante Summe als Strafzahlung abverlangt. Nichts, was mich beeindrucken könnte.«

»Hm, Franco weiß inzwischen, dass du gescheitert bist, anderenfalls hätte er gestern nicht vier Leute losgeschickt, um Elisa doch noch zu erwischen. Drei davon sind tot, einer gefangen. Die Beute ist verschwunden. Du solltest besser nicht zurück. Wie willst du ihm das plausibel machen?«, sorgte sich Luys.

»Ich könnte auch zu ihm gehen und berichten, was passiert ist. Dass ihr mir die Puppe entrissen habt, ich tapfer versucht habe, sie zurückzubekommen, mir das aber leider nicht gelungen ist …«

Alvar lehnte ab. »Franco ist nicht bescheuert. Er wird dir nicht glauben, und selbst wenn, wird er dich für dein Versagen bestrafen und höchstwahrscheinlich umlegen. Immerhin bist du nur ein unbedeutender Untergebener, und zusätzlich käme er an dein Vermögen, was ihm sicher auch Freude machen würde.«

Thynor fand, dass es Zeit war, sich in die Diskussion einzumischen. »Du hast einmal zu uns gehört, Henrik. Wie ich das sehe, warst du viel zu lange fort. Es wäre schön, dich wieder an unserer Seite zu wissen.« Thynor ließ dieses Angebot wie eine Bitte klingen.

Henrik erkannte den Sinn seiner Worte und würdigte sie. »Selbstverständlich, Kommandant«, nickte er und stand auf. Beide Männer gingen aufeinander zu und berührten sich erneut nach Art der Jäger, bevor sie eine feste Umarmung mit allerhand Schulterklopfen folgen ließen.

Elisa kamen bei diesem hochemotionalen Moment fast die Tränen und sie hätte schwören können, dass nicht nur Alvar feuchte Augen hatte, als sie sich unter den Jägern umsah.

Thynor räusperte sich und meinte dann mit einem ironischen Unterton: »Außerdem können wir jeden Mann gebrauchen. Du bist viel zu wertvoll, als dass wir dich zu Franco zurückschicken könnten.«

Nachdem die anderen Jäger mittels Schulterklopfen Henrik in ihren Kreis aufgenommen hatten, wurden endlich die Einzelheiten der bevorstehenden Operationen besprochen.

Thynor verteilte die Aufgaben: »Ihr drei transportiert die Zhanyra und diesen Alexander Kaan.« Henrik, Lewian und Filip nickten. »Marko und Jari geben euch Begleitschutz. Beim Einsatz darf nichts schiefgehen. Henrik leitet die Mission. Ich erwarte stündlich einen Statusbericht; spätestens übermorgen seid ihr wieder hier.«

»Verstanden«, bestätigte Henrik.

»Alvar, du erledigst mit Boris den Job auf dem Anwesen, bis Wanks Leute dort sind. Auch von dir will ich stündlich einen Bericht. Deine Rückendeckung für den Fall, dass es Probleme gibt, bin ich.« Er blickte sich um. »Wie viele Männer hast du, Rainar?«

»Im Notfall kann ich ein Team von fünf Leuten zusammenholen; bis übermorgen müssten es wenigstens drei schaffen, hier zu sein. Wenn ihr noch mehr von diesem Saft habt, bin ich bis dahin bestimmt fit und kann meinen Job wieder aufnehmen.«

»Drei weitere Männer sollten genügen«, schätzte Alvar ein. »Bis dahin bleibe ich vor Ort.«

»So wird's gemacht. Nyman, du und Damyan klärt das Bralurlager von Franco auf. Henrik wird euch alles erzählen, was er über das Hauptquartier weiß. Dort wird jeder in Alarmbereitschaft sein; die Bralur sind nach den Vorfällen der letzten Tage auf der Hut. Seid vorsichtig. Ihr erkundet nur die Lage. Wir brauchen jede Information. Statusbericht wie bei den anderen. Wir holen die Frauen da raus, sobald die Zhanyra hier im Schiff sind und wir unsere gesamte Kampfkraft auf Francos Verbrechernest konzentrieren können.«

Die beiden Jäger bestätigten ebenfalls.

»Ich bleibe hier im Hauptquartier. Ich werde mich zwischenzeitlich mit Bogus, unserem gefangenen Bralur, beschäftigen. Luys empfängt eure Berichte und unterstützt Elisa bei ihren Recherchen. Layos, du kümmerst dich weiter um Wank und bereitest die Krankenstation für die Aufnahme der Frauen vor. Eins noch. Ich betone es ausdrücklich, obwohl es jedem von euch sicher klar ist. Alles was in diesem Raum besprochen wurde, ist nicht für Außenstehende bestimmt. Zu niemandem ein Wort darüber! Dass Henrik noch lebt und wieder einer von uns ist, bleibt top secret. Für den Rest der Welt gilt er als von uns Jägern eliminiert, als er eine Puppe entführen wollte. Luys wird das so ins Datensystem eingeben – wie auch den Tod aller Bralur in der gestrigen Schlacht –, damit Franco das über seine Anzapfstellen erfährt. So Männer, an die Arbeit! Bereitet euch vor, wir starten unsere Rettungsmissionen.«

## ◊ 40 ◊

Henrik zog sich mit seinem Team zurück. Viele Details mussten noch besprochen werden. Nyman und Damyan nutzten den Kartenraum des Hauptquartiers, um ihren Einsatz unverzüglich zu planen.

Layos war unerbittlich, denn er lotste Rainar Wank, der offensichtlich anderes im Sinn hatte und gehörig protestierte, wieder mit zurück in die medizinische Abteilung; auch im Liegen könne er die nötigen Telefonate führen.

Alvar wartete, bis die meisten Männer verschwunden waren. Elisa stand immer noch in Thynors Nähe. Dann lehnte Alvar sich mit scheinbarer Gelassenheit an die Hauptkonsole, wobei er die Beine an den Knöcheln kreuzte. »Kommandant«, sprach er fest, Thynors grimmigen Blick ignorierend: »Ich weiß genau, was dir im Moment im Kopf herumspukt. Wie stets bist du überzeugt, die Verantwortung für sämtliche Katastrophen allein auf deine Kappe nehmen zu müssen. Erst recht für die Misere, in der wir uns jetzt befinden.«

Thynor ließ sich ein wenig an die gläsern schimmernde Wand fallen, schloss die Augen und vergrub stöhnend sein Gesicht in den Händen. Mehrere Augenblicke lang blieb er starr wie eine Statue stehen, bevor er den Kopf hob und zerknirscht entgegnete: »Du sagst es. Ich bin der Kommandant, Alvar. Folglich trage ich die Verantwortung. Ich bin schuld, dass wir nicht mehr nach Spiegelfrauen gesucht haben, von den Zhanyra rede ich gar nicht erst. Eine katastrophalere Fehleinschätzung hat es in der Geschichte unseres Volkes wohl niemals gegeben.« Was hatte er nur angerichtet! Die Frustration über die erfolglose Suche nach Spiegelfrauen hatten die meisten Besatzungsmitglieder des Exilschiffes in perspektivlose Lebensentwürfe irgendwo auf Lanor getrieben. Er war mit nicht einmal zwei Dutzend der medizinischen und forschenden Zhanyr auf dem Schiff geblieben und so hatte er sich in der Rolle des Kommandanten einer kleinen Spezialeinheit wiedergefunden. Seine Vertrauten unter den Auserwählten Tausend hielten ihm die Treue, aber die Befehlsgewalt über die anderen Besatzungsmitglieder des Exilschiffes hatte er fast vollständig verloren.

Alvar ließ nicht locker: »Du kleines, arrogantes Arschloch von Kommandant! Denkst du in der Tat, du hättest irgendetwas anders machen können? Pah! Es gab weder die Möglichkeiten noch bestanden bessere Bedingungen. Deine Elisa hat vollkommen recht mit ihrem Hinweis auf die Komplexität. Selbst du kannst Entscheidungen nur aufgrund bekannter Fakten treffen. Und so sah es aus:

Die Zhanyra sind ohne die geringste Schuld deinerseits alle umgekommen und auf Lanor waren Spiegelfrauen zur Vermehrung unserer Rasse nicht zu finden. Punkt. Du hast dann die meiner Meinung nach sehr geeignete Aufgabe für ein paar gestrandete, perspektivlose Kerle gefunden: die Jagd auf Verbrecher. Wir haben uns nützlich gemacht. Das ist eine wichtige Arbeit – und sie hat uns hinreichend abgelenkt vom Drama unseres Aussterbens. Wir haben viel auf Lanor bewirkt, denk nur an Henriks Wirken während der Pest. Also fang gar nicht erst an, dich wieder einmal in endlosen Selbstvorwürfen zu zerfleischen. Finde dich damit ab, dass du nicht alles beeinflussen und kontrollieren kannst, verdammt!« Alvar stapfte missmutig durch den Raum. Auch er hatte sich seinerzeit mit dem flüchtigen Reiz begnügt, den folgenloser Sex mit Menschenfrauen brachte, und zugelassen, dass die Suche nach Spiegelfrauen erst sträflich vernachlässigt und dann irgendwann völlig eingestellt wurde.

Luys gingen offenbar ähnliche Gedanken durch den Kopf. »Wenn schon, müssen wir uns alle diesen Schuh anziehen, Kommandant. Ich nehme nicht an, dass du uns gehindert hättest, weiterzusuchen, oder? Es stand jedem Zhanyr frei, den Vorhersagen unserer Wissenschaftler bezüglich der Spiegelfrauen weiter nachzugehen. Ich meinerseits stimme Alvar zu: Deine Entscheidung, diese Spezialeinheit von Jägern aufzubauen, war eine sehr gute. Wir retteten viele Menschenleben und haben es hier und da tatsächlich geschafft, Lanor zu einem besseren Ort zu machen. Es wäre dumm und total kontraproduktiv, würden wir unseren Kampf mit Selbstvorwürfen und Schuldgefühlen belasten. Du bist ein hervorragender Kommandant, Thynor. Hör also auf, einen auf Hulk zu machen und mich wie Fliegendreck anzustarren, und lass uns lieber zusehen, dass wir unsere Einsätze in Norwegen und im Tibesti-Gebirge ohne Verluste überstehen. Das wird schwierig genug.«

Thynors Augen blitzen gefährlich auf und für einen Moment schien es, als erwäge er tatsächlich, auf irgendetwas oder irgendwen einzuschlagen. Doch dann krächzte er etwas in seiner singenden Sprache, was dem Tonfall nach das zhanyrianische Äquivalent zu einem deftigen Schimpfwort war.

Elisa wusste nicht recht, ob es angemessen war, sich nach einem derart aufwühlenden Disput bemerkbar zu machen. Sie wollte nicht, dass ihre eigene Situation zum Thema wurde, jetzt, wo es für diese faszinierenden Wesen eines fernen, verschwundenen Planeten um so viel mehr ging. »Warum freut ihr euch eigentlich kein bisschen?«, rutschte es ihr dennoch heraus. Die drei Jäger sahen sie erst resigniert und dann mehr oder weniger nachsichtig an. Oh, oh. Thynor brauchte dringend ein Lächeln, dachte Elisa, also schenkte sie ihm eins, und es war ihr völlig egal, ob er es für Unsinn hielt, was sie zu sagen hatte: »Ich meine, ihr erfahrt nach zweitausend Jahren Hoffnungslosigkeit, dass es entgegen allen Wahrscheinlichkeiten überlebende Frauen gibt, und außerdem realisiert ihr endlich, dass unter uns Menschenfrauen einige existieren, die euch lieben könnten. Warum freut ihr euch nicht darüber?«, wiederholte sie ihre Frage. »Weil euch das nicht eher aufgefallen ist? Weil ihr euch mit Jagdspielchen abgelenkt habt? Nun, das ist ziemlich dämlich, finde ich. Ich halte euch jetzt keinen neuen Vortrag über eure Eroberungsmission, aber fest steht, dass selbst ihr die Vergangenheit nicht ändern könnt. Außerdem habt ihr heute ein paar Verbündete gewonnen, was ein weiterer Grund für eine etwas bessere Stimmung sein sollte.«

Langsam löste sich der Knoten aus Thynors Eingeweiden. Alvar und Luys blickten ihm mit Zuversicht ins Gesicht, begleitet von einem amüsierten Funkeln. Offensichtlich half es, wenn jemand die Wahrheit schonungslos verkündete.

»Im Übrigen glaube ich nicht, dass Rainar auf dem Balkan zwei Zhanyra gerettet hat. Er sagte, die entführten Frauen seien total verdreckt und schwach gewesen. Nach allem, was ihr erzählt habt, sind die Lebensräuber nicht dümmer als ihr. Warum sollten sie also dermaßen schäbig mit einem solchen Schatz umgehen? Eigene Frauen! Hallo! Sie würden sie genauso hüten und beschützen, wie ihr es tätet. Ich denke, die Entführten waren menschlichen Ursprungs, aber dennoch wertvoll für sie. Wir sollten herausbekommen warum. Nehmen wir ihre Spur wieder auf und vergewissern uns, dass es ihnen gut geht. Ich werde mich mit Rainar gleich an die Arbeit machen. Er muss mir alles über diese Klinik in Split er–« Thynor presste seine Lippen fest auf ihren Mund, heftig und heiß. Dann bedeckte er ihr Gesicht mit weiteren weichen Küssen. Elisa spürte, wie sich beruhigende Wärme in ihr ausbreitete und die Anspannung von ihr fiel.

Als Thynor sie freigab, sah er sie zärtlich an. »Das musste jetzt sein. Elisa, du bist ... Deine Sicht auf die Dinge ist so erfrischend. Ein Perspektivwechsel ist manchmal ganz nützlich.« Er griff in ihr Haar und drückte sie sanft an seine Brust.

»Ich gehe mal davon aus, dass Luys und ich uns nicht auf dieselbe innige Art erkenntlich zeigen dürfen«, tat Alvar, als sei er hoch betrübt. Ein verwarnender Boxhieb von Thynor an die Schulter ließ ihn schnell hinzusetzen: »Also bleibt uns nur, unserem Kommandanten vorbehaltlos zuzustimmen.«

Elisa registrierte mit Wohlwollen, dass die Auseinandersetzung der Männer über Schuld und Verantwortung zumindest vorerst beendet war. »Weil ihr gerade bei dem Thema Nützlichkeit seid«, murmelte Elisa, »ich glaube, ich habe diesen blöden Code endlich gefunden.«

»Was!?« Thynor schob sie von sich und verstärkte dennoch unwillkürlich den Griff um ihre Oberarme.

»Na, womit ich euer System geknackt habe; weswegen neulich euer Alarm losging.« Elisa verstand nicht, warum Thynor sie dermaßen drückte.

»Das ist mir schon klar, Liebes.« Er löste erschrocken seine Finger, als er Elisas Unbehagen registrierte. Behutsam streichelte er über die Druckstellen auf ihrer Haut. »Tut mir leid. Verrätst du uns auch, was genau du gefunden hast?«

»Und das sagst du erst jetzt?« Luys hinkte den Geschehnissen gedanklich ein paar Sekunden hinterher, so sehr frappierte ihn Elisas knapp hervorgebrachte Mitteilung.

Elisa schnaubte empört: »Was dachtet ihr denn, warum ich vorhin in die Partyplanung eurer Jungs geplatzt bin? Ich habe Thynor gesucht, weil ich es ihm erzählen wollte!«

Alvar stöhnte kopfschüttelnd: »Dieser Tag kostet mich bestimmt ein paar hundert Jahre meines Lebens«, und ließ sich mit beachtlichem Talent zur Dramatik, wie Elisa fand, auf den nächststehenden Sessel fallen.

»Haltet eure Klappe!«, fuhr Thynor die Kameraden an. »Elisa, wir hören.« Es gelang ihm nicht wirklich, den Druck aus seiner Stimme herauszunehmen.

Selbstbewusst marschierte sie zu der großen Monitorwand, platzierte ein paar Folien nebeneinander und formulierte dann die nötigen Befehle, um ihre persönlichen Dateien zu sehen. Dann drehte sie sich wieder um und erklärte: »Ich habe verschiedene selbst angelegte Datenbanken, mit denen ich arbeite. Es wäre nämlich schade, wenn die ganzen Informationen, die ich im Zusammenhang mit einer Recherche so zusammentrage, danach wieder im Nirwana verschwänden. Also sortiere ich sie in verschiedenste Tabellen oder andere Strukturen, zum Beispiel Familienstammbäume oder Geschlechterlinien, ein. Heute Mittag habe ich nun versucht, nicht meine Einzelfälle auf Hinweise zu analysieren – was Luys und ich bisher gemacht haben –, sondern nach Zusammenhängen zu suchen. Auch dafür nutze ich eine bestimmte Reihenfolge. Die Erfolgsaussichten sind nicht besonders hoch, aber ab und zu finde ich doch eine familiäre Abhängigkeit, die ich sonst nicht erkennen würde. Zunächst fand ich nichts, aber dann arbeitete ich mit der Tabelle, die sich an allen mir aus meinen Recherchen bekannten Todesdaten von Menschen orientiert. Diese hier.« Sie öffnete eine Datei. »Wie ihr seht, sind schon ein paar tausend Sterbedaten zusammengekommen. Dann folgen Name, Vorname, Wohnort und so weiter zu der verstorbenen Person. In der letzten Spalte habe ich meine Registraturangaben eingefügt.« Elisa tippte auf eine Beispielzeile. »Und als ich dann alle offenen Anfragen ansehen wollte, also die, mit denen ich mich in letzter Zeit beschäftigte, sortierte sich das Ganze folgendermaßen.« Sie markierte den entsprechenden Ausschnitt und kopierte ihn auf eine eigene Monitorfolie. »Und jetzt sah ich es auf einmal. Achtet auf die Spalte mit den Namen, seht auf die obersten fünf Zeilen.« Elisa las deutlich vor: »Carl Georg Adam, Leonhard Vice, Miriam Bonterz, Christiane Viertel, Johannes Piater – das muss es sein!« Sie wartete, doch ihr Publikum konnte nicht folgen, das war mehr als offensichtlich. Die Männer starrten zwar bereitwillig auf die Namen, ihre Gesichter aber zeigten außer konzentrierten Mienen keinerlei Reaktion.

Allerdings beschlich Thynor das Gefühl, dass er etwas Entscheidendes überhört hatte. Gerade wollte er Elisa bitten, ihre Erläuterungen zu wiederholen, da legte sie selber los: »Meine Güte, erkennt ihr es denn nicht? Adam, der erste Mann. Leonhard Vice. Vize, stets der Zweite; ein Stellvertreter, wenn man nett, der zweite Sieger, wenn man zynisch ist. Miriam Bonterz. Terz steht im Deutschen auch für Drei. Viertel erklärt sich ja von selbst und nun – Piater, der Freitag oder auch: pjat, die Fünf in slawischen Sprachen. Johannes Piater war Absender der Anfrage an mich, bei deren Recherchen dann euer Alarm losgegangen ist. Eins, zwei, drei vier - und fünf. Bei Fünf ging dann bei euch – und wohl auch bei diesem Franco – die Sirene los.«

Lange Sekunden sagte niemand etwas. Thynor, Alvar und Luys sahen einander stumm und ohne eine Regung an. Elisas Herzklopfen wurde stärker. Hatte sie sich blamiert und die Männer suchten insgeheim nach einer netten Formulierung, um ihren Unsinn höflich abzutun? Hatte sie sich in dem Wunsch, endlich den Grund für das Datenleck und die Überfälle herauszufinden, vergaloppiert?

Thynor fand in seinem nicht gerade geringen Erfahrungsschatz keinen Hinweis darauf, was er tun sollte. Sieh sie dir an, dachte er und verschlang Elisa nahezu mit einem schmachtenden Blick, bevor er sich stumm Alvar zuwandte, denn er wusste einen Moment lang nicht wohin mit seinen überbordenden Gefühlen. Sieh dir dieses blutjunge Menschenküken an, diese zauberhafte, kluge, mitfühlende und rührend naive Frau, sagte sein Blick, wie soll ich diese Liebe aushalten, und Alvar zuckte verständnisvoll lächelnd mit den Schultern. »Ach, Elisa«, brachte Thynor dann irgendwie hervor. »Auch auf die Gefahr hin, mich zu wiederholen – du bist ein Wunder!« Er küsste sie noch einmal vor seinen Männern und verschwendete keinen Gedanken daran, was die davon hielten.

»Sie hat vollkommen recht«, sagte Alvar. »Der Erste. Der Zweite. Die Dritte ... Da zählt jemand mittels Namen hoch.«

Luys ergänzte, nachdem er ein paar Befehle moduliert hatte: »Die Todesdaten der fünf Menschen in dieser Reihenfolge sind die entscheidende Sequenz für den Code; als Elisa den fünften Namen und dieses Datum abspeicherte, wurde automatisch unser Alarm ausgelöst. Ich habe das eben mal kurz simuliert.« Allerdings war ihm mehr als deutlich anzusehen, dass er keinerlei Sinn hinter dieser Methode erkannte.

Elisa nickte überzeugt: »Ich habe Hinweise auf die Ziffern von Eins bis Fünf; vielleicht entdeckt Luys ja noch andere. Die obersten fünf Zeilen meiner Tab–«

»Halt! Was hast du eben gesagt?«, unterbrach Thynor sie barsch mitten im Wort, um dann mit einem Ausruf ungläubiger Erkenntnis zu verkünden: »Fünf stimmt.« Er sah bei diesen Worten Alvar auf eine Weise an, die Elisa nicht deuten konnte, und ergänzte dann: »Luys, ich schätze, du wirst keine anderen Namen oder Zahlenhinweise finden. Elisa sagte ›die Obersten Fünf‹. Das waren die entscheidenden Worte! Das muss es sein! Jetzt ergibt das alles zumindest ein wenig Sinn.«

»Findest du?« Alvar brauchte ein paar Augenblicke länger, bevor er aufkeuchte: »Das gibt's doch gar nicht! Mann! Wer programmiert denn so was in unserem System? Und wieso?«

»Ich habe nicht die geringste Ahnung«, gab Luys unumwunden zu und fixierte wieder Elisas Tabelle mit den Todesdaten, als würde sich dadurch irgendetwas erhellen.

Elisa fauchte die Männer an: »Würdet ihr mir mal erklären, wovon ihr im Moment redet? Das steht mir doch wohl zu, nachdem ich euch auf diese Spur gebracht habe. Oder ist das ein streng gehütetes Aliengeheimnis und euer System befiehlt nun doch, mich um die Ecke zu bringen?«

Thynor grinste und Luys schob augenblicklich irgendwelche Operationen an. Auch Alvar klinkte sich aus und beschäftigte sich mit scheinbar irgendetwas Wichtigem am anderen Ende der Kommandozentrale.

»Verzeih uns bitte unsere Ignoranz, Liebes. Das ist keine böse Absicht.« Thynor nutzte ungeniert seine sanfte, tiefe Stimme und nahm Elisa bei den Händen. »Komm, setzen wir uns einen Moment hin und lass es dir erklären. Die Obersten Fünf waren für unser Volk so etwas wie eine Weltregierung, wenn es so ein Gremium auf Lanor gäbe. Die Zahl Fünf steht bei uns für vieles. Sie hat bereits Bedeutung in den Mythen. Aber auch in der Zeitrechnung oder unserer Linguistik hat sie eine enorme Relevanz. Ein andermal können wir uns gern ausführlicher darüber unterhalten, aber jetzt ... nun ja, wir denken, wenn jemand dich benutzt, um bei uns Alarm auszulösen und uns auf diese Weise auf die Obersten Fünf hinweisen will, ist das ziemlich«, er stutzte, »umständlich.«

Aus Alvars Ecke war ein verächtliches Schnauben zu vernehmen. »Es ist, einfacher gesagt, dämlich.«

Thynor nickte. »Also muss mehr dahinter stecken. Was auf der Hand liegt, ist, dass der Programmierer ein Zhanyrianer sein muss, der was? – eine Weltregierung auf Lanor will? Uns an unsere Heimat erinnern möchte? Oder sich einfach einen Spaß erlaubt hat? Luys, von wem hat Elisa diese verdammten E-Mails bekommen?«

»Wie ich schon gestern sagte, da muss ich passen. Ich konnte bisher keinen real existierenden Absender ermitteln. In keinem gottverdammten Krankenhaus liegt ein Johannes Piater und ich gehe jede Wette ein, dass wir auch zu den anderen Namen keine physische Person finden werden. Das erinnert mich an die Gehaltsüberweisungen an Wank oder die Mietzahlungen von Elisa. Ich konnte den Bankkonten kein existierendes menschliches Subjekt zuordnen. Da versteht sich jemand bestens darauf, seine Spuren zu verwischen.«

Elisa beschloss, nicht darüber zu grübeln, warum sich Luys mit ihrer Miete beschäftigte.

»Ich mag solche Ungewissheiten nicht«, murrte Thynor. »Geister-E-Mails, Elisas unsichtbare Vermieterin, Wanks großzügiger Arbeitgeber – hier zieht irgendjemand die Fäden im Hintergrund und ich bin nicht gern eine Marionette. Bleib da dran Luys, ich brauche Antworten!«

»Kommandant?«, meldete sich Alvar zu Wort und kam näher. »Ich denke, es geht bei der ganzen Sache gar nicht vordergründig um unser Bordsystem, Thynor, auch wenn wir durch den Alarm den Bralurhackern – was für ein Zufall! – gerade noch rechtzeitig, haha, auf die Spur gekommen sind. Das scheint mir eher die Draufgabe eines unsichtbaren Wohltäters zu sein. Ich denke, derjenige, der es aus unerfindlichen Gründen gut mit uns meint, wollte uns vor allem auf Elisa aufmerksam machen. Auf eine menschliche Spiegelfrau! Und bei dieser Gelegenheit hat er uns auf unser Datenleck hingewiesen.«

»Dann steht er eindeutig auf dramatische Inszenierungen«, merkte Elisa, die nach den Ereignissen der letzten Stunde mit ihren Kräften am Ende war, nach einem charmanten Gähnen an. »Hätte dafür nicht eine simple E-Mail an den Kommandanten genügt?«

Thynor rührte ihre Erschöpfung. Die Zuneigung schlug wie eine Welle über ihm zusammen. »Du gehörst ins Bett.« Er nahm Elisa bei der Hand und versicherte Alvar: »Ich bin gleich zurück.«

Als sie außer Sichtweite waren, nahm er Elisa auf die Arme und flog zu seinem Quartier; sie schlief an seiner Brust fast ein. Im Schlafzimmer angekommen, zog er sie aus und steckte sie ins Bett, gab ihr einen Kuss auf die Stirn und sah ihr tief in die Augen. »Du hast vollkommen recht, Liebstes. Wir sollten uns wirklich freuen. Wir haben dich. *Ich* habe dich. Wir haben Henrik wieder und es gibt Zhanyra auf Lanor, vielleicht sogar Kinder. Wank ist sicher nur der erste Mensch, der uns unterstützen wird, und höchstwahrscheinlich finden wir noch andere Spiegelfrauen. All das hatten wir nicht, bevor du mir in diesem nebligen Park vor die Füße gefallen bist. Ich spüre es: Jemand hat uns zu dir geführt, Elisa. Fünf Wünsche erfülle ich ihm, sollte es mir eines Tages gelingen, ihn aufzuspüren.«

## ◊ 41 ◊

In der Kommandozentrale hatte Luys Neuigkeiten für Thynor, der, kaum dass Elisa die Augen zugefallen waren, wieder zurückgeeilt war. »Das hier kam vor wenigen Sekunden rein.« Er spielte eine Tonaufnahme ab: »Elisa, ich weiß nicht genau, wie ich dich erreiche, deswegen spreche ich dir einfach mal aufs Band. Morgen am Abend müsste ich wieder da sein. Kommst du vorbei? Das wäre nett von dir. Hast du schon etwas Neues herausgefunden? Jede Information kann wichtig sein. Ich freu mich auf unser Wiedersehen. Bis dann.« Luys kommentierte: »Das war diese

Paula Straub auf dem Anrufbeantworter von Elisa. In ihrer Wohnung. Und nun sieh dir an, wen Alvars Kameras gerade eingefangen haben«, deutete er auf ein gestochen scharfes Livebild.
Thynor hatte keine Mühe, den Bralur zu erkennen. Brar. Einer der gerissensten und umsichtigsten Killer, die er kannte. Er fragte sich schon länger, warum Brar sich nicht selbstständig gemacht oder gar Francos Imperium übernommen hatte, denn die Rolle des braven Befehlsempfängers lag diesem Lebensräuber nicht im Blut. Doch wie es schien, war er zumindest heute in Francos Auftrag unterwegs. Er verfolgte die Übertragung vom Anwesen weiter: Immer wieder drückte Brar die Rückspultaste. Lauschte er auf Hintergrundgeräusche? Die Nachricht der Frau hatte jedenfalls die volle Aufmerksamkeit des Killers. Man sah förmlich, wie Brars Gedanken rasten. Dann nahm er Kontakt zu Brandon auf. »Hör dir das an.«

Sein Kumpan lauschte und überlegte dann laut: »Hat die Puppe etwa schon mit jemandem über ihre Arbeit gesprochen? Ein Grund mehr, sie schnellstens einzukassieren. Vermutlich haben die Jäger sie mitgenommen. Das wird also etwas komplizierter für dich. Schnapp dir morgen Abend fürs Erste die andere Frau. Offenbar weiß sie was.«

Brar nickte. Er würde bei der Rückkehr der Anruferin vor Ort sein.

Luys ließ die Übertragung auf einer großen Monitorfolie weiterlaufen, parallel zu den etwas kleineren Livebildern der anderen Kameras.

Thynor nahm augenblicklich die Verbindung zu seinen Männern auf. »Alvar und Boris. Ratet mal, wen wir soeben serviert bekommen haben!« Die Übertragung des Livebildes zeigte das Gesicht Brars fast lebensgroß. »Ihr kümmert euch um ihn. Aber bitte, bevor Paula Straub mit dem Kind zurückkommt. Ihn lebend zu bekommen, wäre nicht schlecht; wenn ihr es nicht für ratsam haltet und ihn lieber gleich eliminiert, soll mir das auch recht sein.«

Beide Jäger bestätigten.
»Wir bleiben ständig in Kontakt.«

Luys war zufrieden; sein eingeschleustes Programm funktionierte. Sie hatten die komplette externe Kommunikation der Bralur mitgeschnitten. »Franco lässt nicht locker. Er sucht weiter nach Elisa. Er will sie unbedingt haben. Dazu mobilisiert er seine gesamten Kräfte«, fasste Luys die Aufzeichnungen der letzten Stunden zusammen. »Und das, obwohl er immer noch keinen Schimmer hat, was sie vermeintlich in unseren Datenbanken zu suchen hatte und was den Alarm letztendlich auslöste. Das sind doch hervorragende Nachrichten.«

»Ich finde noch viel besser, dass sie offenbar nicht wissen, dass Elisa eine Spiegelfrau ist. Sie denken bestimmt, sie jagen nur eine begnadete Hackerin. Offiziell gibt Franco vor, sie zu zwingen, für ihn zu arbeiten.« Wenn es nur das wäre, sagte Thynor nicht laut, voller Sorge bei dem Gedanken an die anderen Frauen, die der Braluranführer gefangen hielt. Er schlug Luys kameradschaftlich auf die Schulter. »Morgen, mein lieber Freund, morgen beginnt wohl unsere schwerste Schlacht. Und wir werden gewinnen!«

## ◊ 42 ◊

Als Thynor nach Stunden intensivster strategischer Vorbereitungen in seine Wohnung zurückkam, fand er Elisa am Schreibtisch vor. Sie war so in ihre Arbeit vertieft, dass sie ihn nicht bemerkte. Konzentriert schob sie ein paar beschriebene Zettel umher und runzelte ab und zu die Stirn. Sie schlug etwas in einem riesigen Atlas nach und machte sich dann eine Notiz. Thynor blieb lautlos im Türrahmen stehen und gönnte sich das Vergnügen, sie zu beobachten. Elisa hatte sich in einen dicken, weißen Bademantel gewickelt und schien ansonsten nackt zu sein. Nach ihrem Nickerchen hatte sie wohl geduscht, denn ihr feuchtes Haar war in ein Handtuch gewickelt, das sich gelöst hatte und halb auf ihrer Schulter lag. Auf ihren Wangen lag ein leicht rosiger Schein, so, als wäre das Wasser beim Duschen etwas zu heiß gewesen. Unter Umständen rührte das aber auch vom Eifer her, mit dem sie arbeitete. Nackt und warm. Wie überaus hilfreich, dachte Thynor, der zwar neugierig war, was sie dort an seinem Arbeitsplatz trieb, prinzipiell aber andere Pläne für den Abend hatte. »Möchtest du vielleicht ein Glas Wein?«, fragte er lächelnd und hob die Hände, in denen er eine Flasche und zwei Gläser hielt.

»Du bist wieder da!«, strahlte sie ihn an und winkte ihn zu sich. »Ich versuche, mir eine Übersicht zu verschaffen, was wir alles noch tun könnten, um diese Frauen zu finden. Sämtliche Adressen der Kliniken in Split habe ich schon herausgefunden.« Sie bemerkte ihren Aufzug und zog den Gürtel des Bademantels fest zusammen. Dann redete sie weiter: »Ich hatte nicht damit gerechnet, dass du so bald wieder herkommen könntest. Aber es ist natürlich schön.«

Thynor stellte Wein und Gläser ab und zog Elisa vom Stuhl hoch, umfasste mit beiden Armen ihre Taille, legte den Kopf in ihren Nacken und verharrte. Dann steckte er seine Nase in ihre Halsbeuge und inhalierte ihren Duft. Gut. Alles war gut.

Elisa sorgte sich ein wenig wegen seines ungewöhnlich ernsthaften Gesichtsausdrucks und schlang ihm die Arme um den Hals. »Ist alles in Ordnung?« Ein süßer, warmer Kuss war die Antwort. Und schon hatten seine Finger den Gürtel aufgezogen, den Weg unter den Bademantel gefunden und sich zielgerichtet auf ihre Brust gelegt, während die andere Hand ihren Kopf für einen nächsten Kuss festhielt. Worüber machte sie sich düstere Gedanken? Thynor ging es offenbar bestens. Seine Fingerspitzen stimulierten leicht ihre Brustwarzen und Elisa spürte, wie sie nachgiebig und weich wurde. »Liebster! Ich wollte eigentlich ein wenig arbeiten und einen Plan entwerfen!« Inzwischen hatten seine Hände den Weg auf ihre nackten Pobacken gefunden. Er knetete sie erfahren, während sein heißer Atem ihr ins Ohr hauchte. Elisa bekam am ganzen Körper eine Gänsehaut und presste sich an ihn. Sie spürte erfreut, dass er steinhart war. Seine Liebkosungen ließen ihre ohnehin nur halbherzig vorgebrachten Einwände in Nullkommanichts dahinschmelzen. Plötzlich spürte sie ihn überall und es waren nicht nur seine Hände, diese unvergleichlich warmen, starken Hände. Vor Wonne stöhnte sie leise auf.

»Mein Plan ist schon fertig«, gab Thynor mit verführerischer, tiefer Stimme bekannt und schob sie ein wenig von sich. Wie selbstvergessen fuhr er mit der Hand zart eine Linie von ihrem Hals bis kurz unter ihren Bauchnabel. Dann lächelte er sie derart einnehmend an, dass ihr Herz mal wieder drohte, aus der Brust zu springen. »Erst der Wein.« Unversehens hatte er die Flasche als auch die Gläser in der Hand, füllte sie und reichte ihr eins herüber.

Der tintenrote Wein duftete nach Brombeeren und ein wenig nach Schokolade. Elisa wusste, dass er sie verführen wollte und allein die Verheißung ließ sie in Vorfreude feucht werden. Ihre Hand zitterte leicht, als Thynor sacht an ihr Glas stieß und flüsterte: »Auf uns, liebste Elisa.« Der Wein war köstlich und sie nahm gleich noch einen zweiten Schluck in der Hoffnung, ihren Puls etwas herunterzuregeln.

Thynor gab die nächsten Punkte seines Plans bekannt: »Zunächst kommt eine kleine Stärkung. Komm. Nebenan habe ich Käse und Brot. Etwas Obst steht auch bereit. Und wenn du dich kräftig genug fühlst, muss ich abermals auf unseren Aufenthalt und das Gespräch heute Vormittag in meiner Suite zurückkommen, Liebstes. Wir waren nicht ganz fertig geworden.«

Elisa sah ihn so überrascht an, dass er lachen musste. »Also ehrlicherweise meinte ich nicht das Gespräch, sondern den leidenschaftlichen Teil, bei dem wir unterbrochen wurden. Ich war gerade dabei, eine meiner Lieblingsideen umzusetzen, als die Situation im Isolationstrakt eskalierte. Bitte komm.« Er zog sie in Richtung der riesigen Sitzgruppe.

»Essen klingt toll«, bekannte Elisa. Sie hatte in der Tat einen Riesenhunger. Lieblingsidee? Was hatte Thynor mit ihr vor? Bei dem Gedanken an seine intensiven Liebkosungen zog sich ihr Unterleib in süßem Schmerz zusammen. Und dann war da noch etwas, das ihr vorhin unter der Dusche wieder in Erinnerung gekommen war und das sie unbedingt hinter sich bringen wollte. Nein, musste. Und zwar bevor Thynor begann, irgendwelche erotischen Lieblingsideen umzusetzen. Also los. »Mit *Gespräch* hattest du dennoch nicht ganz unrecht. Wir müssen nämlich dringend was besprechen«, brachte Elisa aus etwas ungünstiger Position hervor, denn Thynor hatte sie zielstrebig zum Sofa geführt, auf das Polster gedrückt und war gerade dabei, ihr den offenen Bademantel flugs von den Schultern zu schieben.

»Müssen wir nicht. Mein Plan–«

»Doch. Jetzt. Aufhören!« Und als sie merkte, dass er gar nicht daran dachte, sie in Ruhe zu lassen und sogar das angekündigte Essen ausfiel, riss sie seine Hände von ihrem Körper und hielt sie fest. In seinen Augen war neben Überraschung und Ärger auch eine Spur Verletztheit zu sehen. Elisa setzte sich wieder auf und hoffte, ruhig zu klingen: »Wir müssen endlich verhüten!« Da sie das Thema Sex für sich ganz weit weggeschoben hatte, nahm sie weder ein Verhütungsmittel ein, noch trug sie Kondome mit sich herum. Und jetzt hatte sie ungeschützten Sex! Ihr Verhalten in den letzten Tagen war diesbezüglich schon nicht mehr leichtsinnig zu nennen, nein, es war mehr als dumm. Was, wenn sie bereits schwanger wäre? Ein Kind war das letzte, was sie in ihrer unsicheren Situation gebrauchen konnte. Sie hatte keine Ahnung, was sie mit einem Kind anfangen sollte. Noch dazu mit einem Zhanyrbaby! Sie war dreiundzwanzig und hielt sich kaum für etwas weniger geeignet, als für eine Mutterschaft. Thynor hatte zwar mehrmals von der Paarung und der Vermehrung der Spiegelpaare gesprochen, aber bestimmt hatte er nicht gemeint, sich nach zwei Tagen Bekanntschaft, nun ja, intensiver Gefühle und unerklärlich wuchtiger Liebe, in das Abenteuer Elternschaft zu stürzen. Oder? Obwohl das auf seinem Planeten ohnehin anders organisiert war. Oh, verdammt. Aufmerksam blickte Elisa ihn an. Sie hoffte, etwas Beruhigendes zu hören zu bekommen.

Thynor ahnte, wo sie der Schuh drückte. Sofort hatte er sich wieder beruhigt. Verhütung! Sie konnte nicht wissen, wie die Vermehrung von Spiegelpaaren funktionierte. Er nahm ihre Hände und streichelte mit den Daumen sanft ihre Handgelenke. Elisas Puls raste. Sein aufflackernder Ärger war verraucht. »Keine Sorge. Ich habe das im Griff.«

»Was meinst du?«

Also gut. Sie wollten ohnehin etwas essen und währenddessen konnte er sie aufklären. Er langte zu der Platte auf dem Beistelltisch, steckte Elisa ein Stückchen Käse in den Mund und gab ihr ein Stück Brot in die Hand. Willig kaute sie und schluckte, bevor sie von dem Brot abbiss. »Nun, ich kann es steuern. Ich habe dir doch gesagt, dass wir in nahezu jeder Hinsicht dem menschlichen Körper und seinen Funktionen angepasst wurden. Aber außerdem gibt es ein paar Optimierungen. Eine davon ist, dass ich entscheiden kann, ob ich meine menschliche Spiegelfrau schwängern möchte oder nicht.«

»Du kannst das entscheiden?! Und die Frau?« Elisas verschluckte sich fast an den Weintrauben, die sie im Mund hatte.

Er schob ein weiteres Käsehäppchen hinterher. »Sieh mich nicht so an! Das haben sich die Körperdesigner vor tausenden von Jahren als Instrument zur Steuerung der Vermehrung hier auf Lanor ausgedacht. Bevölkerungsentwicklung war ein Kernziel unserer Mission.«

»Wirklich reizend!« Aufgebracht trank Elisa einen großen Schluck Wein. Dann schnappte sie sich eine weitere Scheibe von dem Brot und kaute versessen darauf herum.

»Es ist nichts passiert. Du bist nicht schwanger, Elisa. Glaubst du wirklich, ich würde dich so hintergehen?«

Sie erwog die Antwort einen Augenblick, dann sagte sie überzeugt: »Ja. Warum nicht? Schon möglich.«

Thynor sah sie erschrocken an und seine Stimme klang eiskalt, als er von oben herab fragte: »Willst du deine Antwort noch einmal überdenken?« Trotz allem, was sie in den letzten Tagen miteinander erlebt und durchgestanden hatten, traute sie ihm nicht über den Weg!

Elisa brauste auf. »Nein. Ihr redet ohne Unterlass von dieser blöden Idee. Besiedlung. Da hat die Vermehrung ja gewiss eine hohe Priorität. Ihr hattet auf der Erde nichts anderes vor, als uns zu schwängern!« Sie setzte sich kerzengerade hin und schimpfte weiter. »Und was ist mit deinen Männern? Warten die nicht auf unsere, na, du weißt schon.« Sie wedelte unbestimmt mit den Händen in der Luft.

Thynor prustete trotz seines unterschwelligen Zorns los; sie sah zum Anbeißen aus. »Auf unsere Vermehrung? Ein wenig prosaischer Ausdruck, stimmt. Layos in seiner Funktion als Arzt hat tatsächlich schon danach gefragt.«

»Siehst du!« Elisa schwenkte ihr Glas vorwurfsvoll in seine Richtung.

Nun war es genug. Thynor nahm ihr das Glas aus der Hand, bevor sie in ihrer Aufregung noch etwas verschütten würde, stellte es auf dem kleinen Tisch neben dem Sofa ab und drückte ihr einen leichten Kuss auf die empört geschürzten Lippen. Er wusste, dass Elisa nicht total daneben lag mit ihren Vermutungen, und ebenso mit ihrer missbilligenden Bewertung der gesamten Mission. Aber dieses Dilemma würde er heute Abend keinesfalls lösen können. Er küsste sie noch mal. »Es ist nichts passiert und es wird auch nicht das Geringste passieren. Du kannst mir vertrauen, Elisa.« Thynor ließ seine Fingerspitzen über ihren Hals zu ihren Schultern wandern. »Ich möchte, dass wir gemeinsame Kinder haben, Liebstes. Nicht sofort, und unter Umständen nicht im nächsten Jahr, aber irgendwann schon. Und eines Tages werden wir zusammen entscheiden, wann der Zeitpunkt für uns gekommen ist.«

Elisa atmete auf. Damit konnte sie leben. Wer weiß, vielleicht sehnte sie sich irgendwann nach einem Kind? Ihre Atmung beruhigte sich und ihr Körper entspannte sich wieder. Skeptisch schüttelte sie leicht den Kopf. »Dennoch hätte ich an Verhütung denken müssen.«

»Ja, wir beide. Andererseits habe ich dir emotional kaum eine Wahl gelassen, als ich mit dir geschlafen habe. Und ich hätte dich vorher aufklären müssen. Aber ich war ebenso kopflos. Geht es dir wieder besser?«

»Erheblich«, lächelte Elisa zart. »Ich hatte vorhin unter der Dusche einen ziemlichen Schreck bekommen, als mir das Thema einfiel.«

»Hm. Nun, da wir das glücklicherweise geklärt haben, will ich dich nur noch vor Lust beben sehen.« Umstandslos drückte er Elisa auf das Sofa, sodass sie auf dem Rücken lag. Er stützte mit einem Kissen ihren Kopf ab und setzte sich neben sie auf den Rand.

»Was ist mit dem Essen?«, erinnerte Elisa, konnte sich aber im nächsten Moment schon nicht mehr besinnen, warum ihr das wichtig war, denn Thynor hatte sie gewandt aus dem Bademantel geschält, ihr eine Erdbeere in den Mund gesteckt. Nun drückte er ihr einen sinnlichen Kuss nach dem anderen auf ihren Rippenbogen und auf den Bauch.

»Kleine Planänderung«, gab Thynor kurzerhand bekannt und ließ seinen Mund abwärts wandern. Sein erster Kuss auf ihre Schamlippen ließ Elisa aufkeuchen und zufrieden mit ihrer Reaktion begann er, sie zu lecken. Erst äußerst zart, sanft, bis sie wohlig aufstöhnte und von alleine die Beine spreizte. »Du willst mehr? So was vielleicht?« Sein warmer, geschmeidiger Finger stieß tief in sie hinein und begann, sie von innen zu massieren, während sein Daumen ihre Klitoris neckte. Elisa zuckte mit einem kleinen schockierten Laut zusammen und er sah, wie ein Schwall feuchter Cremigkeit seine Hand benetzte. Wunderschön. Ihre Haut bekam einen leichten Glanz und begann zu schimmern. Thynor streichelte mit der anderen Hand fest über ihre Brüste. Sofort zogen sich ihre Brustwarzen zu kleinen harten Perlen zusammen. Er brauchte nur ein wenig daran zu zupfen, und schon wand sich Elisa in einem schnellen Höhepunkt. Er schmunzelte. Ihre Reaktionen auf seine Berührungen waren hinreißend. Und er hatte erst angefangen.

Elisa kam wieder zu Sinnen und sah, wie Thynor die von ihrem rasenden Herzschlag bebenden Brüste beobachtete. »Wieso bin ich eigentlich immer nackt und außer Atem, während du scheinbar leidenschaftslos die Klamotten der Jäger trägst?«, japste sie.

Thynor kniete sich über sie und antwortete mit einem selbstgefälligen Zug um den Mund: »Weil es mir genau so gefällt und ich hier das Kommando habe.« Dann beugte er sich zu ihr herab, leckte über Vaja-61, küsste sie auf den Hals, biss ihr sanft in die Lippen und zog ihre Zunge in seinen Mund, wo er sie mit den Zähnen fixierte und mit seiner Zunge fest umschloss. Elisa konnte bei diesem Kuss nicht ruhig liegen bleiben, wackelte mit den Hüften und wollte sich aufsetzen. Sie versuchte, ihm zumindest das T-Shirt über den Kopf zu streifen, doch Thynor drückte sie auf das Polster zurück. »Du kommst noch einmal, meine Liebe, und als Belohnung ziehe ich mich aus. Vielleicht.« Noch während er die Bedingung verkündete, spreizte er ihre Beine um seine Hüfte und begann, mit den Fingerspitzen in den seidigen Locken zwischen ihren Schenkeln zu spielen. Sie glänzten vor Feuchtigkeit und ließen seine Hand angenehm leicht gleiten. Mit zwei Fingern in ihrer Scheide, die er langsam auf und ab schob, erregte er sie von innen. Er tupfte Küsse auf ihre Brüste, umfasste eine mit der Hand und leckte mit unbändiger Erregung über ihre aufgerichtete Brustspitze. Doch das Spielchen musste bald ein Ende haben. Jetzt spürte er, dass er wohl den Mund viel zu voll genommen hatte. Selbst für ihn war die Zeit gekommen. Wenn er nicht innerhalb weniger Augenblicke seinem Verlangen nachgab und sich in Elisas Hitze versenken würde, platzte sein toll designtes Stück Männlichkeit und er käme wahrscheinlich nicht mit dem Leben davon. Er stöhnte: »Und dieses Mal lässt du die Augen auf, Elisa, ich will sehen, wie du kommst.« Er beugte sich über sie und bannte ihren Blick. Vor Erregung waren Elisas Pupillen riesengroß und das Blau ihrer Augen glich der Nacht von Draghant. Mit wenigen gekonnten Fingerspielen ließ Thynor sie in einen glühenden Orgasmus stürzen, der nahtlos in einen noch heftigeren überging. Elisa ergab sich stöhnend ihrer Lust. »Sieh mich an!«, erinnerte er sie und schwelgte zufrieden in dem schimmernden Flackern ihrer großen glänzenden Augen.

Elisa war noch nicht vollständig wieder in ihren Körper zurückgekehrt, da hob Thynor sie auf seine Arme und trug sie zum Schlafzimmer. Währenddessen dachte er sich Seide und Kissen zusammen und verwandelte sein Bett in einen Traum aus hellem Türkis und sonnigem Gold. Wortlos legte er Elisa dazwischen ab und betrachtete sie.

Elisa, dankbar für die kleine Atempause, sehnte sie sich danach, ihn endlich Haut an Haut zu spüren. Sie streckte lockend eine Hand nach ihm aus. »Leg dich zu mir. Bitte.« Thynors Miene verriet einen etwas angespannten Ausdruck, der ganz sicher in der Beule seiner Hose begründet lag. Einen Augenblick später hörte sie ihn murmeln: »Hier haben wir bestimmt mehr Platz«, und registrierte befriedigt, dass er sich mit zügigen Bewegungen vollständig auszog. Endlich! Dann lächelte er verhalten. Oh Mann! Sein Glied ragte aufgerichtet und mehr als bereit aus seinen Schamhaaren. Elisas Unterleib zog sich in freudiger Erwartung zusammen. »Leg dich bitte auf mich«, bat sie und machte sich lang, um so viel wie möglich von Thynors Körper an ihrem spüren zu können. Sie freute sich auf das Gewicht und wollte ihn mit allen Sinnen erobern. Lasziv bewegte sie eine Hand über ihren Leib von der Schulter bis zu ihren Schenkeln.

Thynor wusste nicht, ob er ihrem Wunsch entsprechen konnte, ohne die Beherrschung zu verlieren. Es sollte nicht so schnell vorbei sein. Doch letztendlich entschieden die Hormone für ihn und so legte er sich geschwind auf Elisa und bemerkte, wie sie erregt zitterte, als er sie endlich bedeckte. Verflucht! Mit ganzer Kraft lenkte er seine Gedanken auf den eigenen Körper, um sich zu zügeln. Von den Haarwurzeln bis zu den Fußsohlen schienen alle Zellen nur das Eine zu begehren. Er hörte, wie sie wohlig keuchte, und spürte ihr Herz rasen. Er küsste sich einen Weg von ihrem Gesicht über ihren Hals zu ihren Brüsten und knabberte ihre Brustwarzen hart. Ihre Hüfte hob sich ihm entgegen.

Elisas Körper war sich dessen bewusst, wonach er sich sehnte, und ihr Herz sowieso. Sie begehrte diesen Mann, wollte ihn spüren lassen, wie sehr sie ihn liebte. Sie hob sich ihm entgegen, presste ihre Brüste an ihn und kreiste rhythmisch mit langsamen Hüftbewegungen an seinem schweren, harten Glied. »Komm zu mir. In mich. Nimm mich.« Als Thynors Muskeln sich am ganzen Körper strafften, stellte sie ihre Knie auf und spreizte die Beine einladend weit auseinander. Gleich! Gleich! Sie verging vor Sehnsucht und griff nach seinem Glied, um es einzuführen.

Doch auch dieses Mal hatte Thynor eigene Pläne. Er fing ihre Hand ab und schob ihr die Arme über den Kopf, wo er sie an den Handgelenken festhielt. Dann stützte er sich etwas auf, um Gewicht von Elisa zu nehmen. Er stieß – nur ein ganz kleines Stück – in ihre warme Nässe und verharrte dort. »Versuch, dich nicht zu rühren«, befahl er lächelnd. Wenn Elisa sich ihm zu stark entgegenbog, würde er sich ganz gewiss nicht mehr zurückhalten können und alles wäre schon vorbei. »Wie fühlt sich das an?«

»Gut. Doch das kannst du besser«, versuchte Elisa, ihn zu locken. Sie brauchte mehr.

»Tatsächlich? So etwa?«, fragte Thynor mühsam nach, während er sich ein gutes Stück in sie hineinschob. Seine Worte klangen bei Weitem nicht so beherrscht, wie er es beabsichtigte.

Elisa keuchte vor Wonne. »Mehr. Bitte.« Sie probierte, ihre Hüften anzuheben, um sich selbst zu holen, was sie brauchte.

»Du solltest dich doch nicht rühren«, erinnerte Thynor sie, vom Saugen an ihrer Brustwarze kurz ablassend. Er wusste, dass es ihr Körper wollte und dehnte die wohlige Folter genüsslich aus.

Elisa erregtes Zittern nahm gewaltig zu. »Bitte!«, schrie sie.

Thynor glitt ein weiteres Stückchen in sie hinein und spürte, wie ihre Scheide gierig kontrahierte. Ah, fühlte sich das gut an! Er konnte nicht widerstehen und saugte härter an Elisas Brust und ihr Rücken bog sich durch.

»Lieg. Still.«

Unterschwellig wurde Elisa bewusst, wie auch Thynor bebte. Das steigerte ihre eigene Erregung ins Unermessliche. »Ich kann nicht mehr!«

»Das glaubst du nur. Warte, bis ich fertig bin.« Er vergrub seine Zunge in ihrem Mund. Für ihr wonniges Stöhnen belohnte er sie, indem er tief in sie hineinstieß. »Gefällt dir das?«

»Ja. Ja«, brachte sie stöhnend hervor und wand sich unter ihm.

»Na, bestens. Dann fangen wir von vorne an.« Und unerbittlich versagte Thynor ihr die Erlösung, entzog sich ihr und begann erneut, mit gezielten Pausen in sie einzudringen. »Du darfst dich erst bewegen, wenn ich es dir erlaube, hörst du!«

Elisa gelang es kaum, zu nicken. Diese Qual würde sie um den Verstand bringen. Jede Faser ihres Körpers schrie nach Befreiung. Thynor stieß wieder ein wenig weiter in sie und wie es schien, lenkte er sich erneut mit dem Saugen an der anderen Brust ab. Sie spürte, wie sich ihr Körper vollends an ihn verlor, wie er mit ihr machen konnte, was er wollte und er die Kontrolle übernahm. Als er dieses Mal tief in sie stieß, glaubte sie, endlich losfliegen zu können, doch er hielt sie wieder nur am Rand eines Orgasmus und begann sein Liebesspiel ein drittes Mal. »Ich verliere mich«, hauchte sie und überließ ihm die weitere Initiative.

Thynor presste triumphierend hervor: »Gut. Das ist schließlich meine Absicht gewesen. Sieh mich an!«

Als Elisa es schaffte, ihre Augen zu öffnen, war sein Gesicht nur wenige Zentimeter von ihrem entfernt. Glutvoll und irgendwie unergründlich sah er sie an. Doch dann erkannte sie so viel Leidenschaft, so viel unbändige Gier nach Erfüllung, die sie in ihrem Drang bestärkte: Blitzartig ignorierte sie die Anweisung, still zu liegen, und die Stöße reglos hinzunehmen. Elisa hob ihre Beine in die Höhe und schlang sie um seine Hüften. Es gab keine weitere Chance, sich ihr erneut zu entziehen. Sie startete das Feuerwerk.

Selbst wenn Thynor es gewollt hätte, brachte das Gefühl ihrer weichen Schenkel, ihr genießerisches Stöhnen und die Zuckungen ihres ungezügelten Orgasmus ihn um die Beherrschung. Nach einem völlig unmotivierten Versuch, die Kontrolle über seine aufgepeitschten Sinne zurückzugewinnen, kapitulierte er und ergoss sich in Elisas heißen, sehnsuchtsvollen Körper.

Als sich sein Bewusstsein zurückmeldete, küsste er sie sanft auf den Mund und rollte sich mit ihr herum, sodass sie nun auf ihm lag und etwas besser zu der dringend benötigten Luft kam. Er spürte das wummernde Pochen ihres Herzens; ihr warmer Köper lag weich und geschmeidig auf ihm und er streichelte liebevoll ihren Rücken bis zum Po. Ihre Entspanntheit nach dem Sex fühlte sich großartig an. Das hier war das unbeschreibliche Glück, diese Frau in seinen Armen. Er zog Elisas Kopf zärtlich auf seine Schulter und hielt sie fest. »Ich möchte dir von meinem Lieblingsplatz auf Draghant erzählen. Es war dort atemberaubend schön. Stell dir leichtes Meeresrauschen vor, streichelnder warmer Wind und Feuerfarben. Dunkle Rottöne, Gelb und Gold, das Schwarz über glimmender Glut. Keine Vögel, nirgendwo ein Baum, dafür niedriges, goldfarbenes Buschwerk und überall blasige dunkelhäutige Kakteen, die auf dicken Stacheln umherrollten und sich an Hindernissen zu gewaltigen Hügeln auftürmten. Hitze. Dorthin flog ich oft und landete auf einem Felsen, der hoch über dem Ozean aufragte, am Ende einer lang gezogenen, entlegenen Meeresbucht. Das Gestein war hart und von dunklem Rostrot, wie auch das umspülende Meer und der Sand des Strandes, wobei diese einmaligen Farben dort in der Bucht besonders intensiv waren.« Mit den Fingern einer Hand spielte Thynor in Elisas Haar, bevor er leise weiterredete: »Mein Felsen war sehr schmal, denn er war die Spitze eines Turmes. Der Gipfel bestand aus fünf gewaltigen Zacken, die ihn von Weitem zu einer Krone werden ließen. Wenn ich dort oben landete und über das Meer zum Horizont schaute, hatte ich manchmal das Gefühl, die Zeit bliebe stehen.« Und irgendwie war sie das auch. Stehengeblieben für ihn. Für seine Freunde. Für alle auf Draghant.

Elisa wagte nicht, sich zu regen, so seelenwund wirkte Thynors Stimme.

»Ich flog zu dem Felsen, wann immer ich konnte, denn ich liebte es, den Sonnenuntergang über der Bucht zu erleben. Bevor die Sonne im Meer versank, ließ sie alles in einem berauschenden Farbenspiel leuchten, und kurz danach kam die Nacht. Und dann passiert es! Über mir war nur der Himmel. Grenzenlos und von einem so schönen Blau, welches stets zu schnell von der hereinbrechenden Dunkelheit verschlungen wurde. Dieses Blau, Elisa, dieses Blau hat mir so gefehlt. Bis ich in deine Augen sah. Denn da war er wieder, mein Himmel über Draghant.«

Bei den letzten Worten hatte er sich wieder auf sie gelegt und seine Stirn berührte ihre Braue. Elisa spürte, wie Thynor selbst nach all der Zeit den Verlust der Heimat betrauerte. Er würde nie dorthin zurückkehren können. Innig umschlang sie ihn mit ihren Armen und hielt ihn fest. »Ich liebe dich. Ich liebe dich«, wisperte sie. »Und ich fühle mit dir und spüre den großen Schmerz, den der Verlust deines Zuhauses dir bereitet.«

Thynor hob den Kopf – und das war schon alles, was er in der Lage war zu tun. Denn nun er sah den Blick in Elisas Augen, diesen Blick, den die Menschen hatten, wenn sie von der Liebe redeten. Diesen Blick, nach dem er sich so gesehnt hatte. Er drückte Elisa an sich und lachte glücklich. »Mein Zuhause ist genau hier, in diesem Bett mit dir. Ohne irgendetwas zwischen uns. Ich kann dich fühlen und du siehst wunderschön aus, weil ich dich geliebt habe.« Verschmitzt setzte er hinzu: »Und ich kann es jederzeit und sogar noch besser tun. Du lachst mit mir, du streitest mit mir und du liebst mich. Du bist mein Zuhause. Jetzt darf ich es endlich sagen: Ich liebe dich, Elisa. Du und ich. Ein Mann und seine Frau. Für alle Ewigkeit.«

# ENDE

Wird es Alvar gelingen, Paula vor den Bralur zu beschützen?
Werden die Jäger eine Spur zu dem geheimnisvollen Auftraggeber von Elisa und Rainar finden?
Wird es ihnen gelingen, die überlebenden Zhanyra zu retten?
Finden die Jäger weitere Spiegelfrauen?


In HIRAETH 2 »Die Lieder von Draghant« geht das Abenteuer weiter.

Printed in Poland
by Amazon Fulfillment
Poland Sp. z o.o., Wrocław